플로리다

이 도서의 국립중앙도서관 출판예정도서목록(CIP)은
서지정보유통지원시스템 홈페이지(http://seoji.nl.go.kr)와
국가자료종합목록 구축시스템(http://kolis-net.nl.go.kr)에서 이용하실 수 있습니다.
(CIP제어번호: CIP2020013957)

플로리다
FLURIDA

로런 그로프 소설
L A U R E N   G R O F F

정연희 옮김

문학동네

일러두기

1. 주석은 모두 옮긴이주다.
2. 본문 중 고딕체는 원서에서 이탤릭체나 대문자로 강조한 부분이다.

히스에게

차례

유령과 공허 009

둥근 지구, 그 가상의 구석에서 027

늑대가 된 개 061

미드나이트 존 089

아이월 109

사랑의 신을 위하여, 신의 사랑을 위하여 129

살바도르 165

꽃 사냥꾼 193

위와 아래 211

뱀 이야기 251

이포르 265

감사의 말 335

옮긴이의 말 달걀과 오렌지 337

유령과 공허

어쩌다 나는 소리를 지르는 여자가 되어 있었다. 어린 자식들이 소리를 질러대는 엄마 때문에 얼어붙은 표정과 경계하는 얼굴로 돌아다니는 건 싫어서, 저녁을 먹고 나면 운동화 끈을 조여 매고 땅거미가 내린 거리로 나가 산책을 하기 시작했다. 아들들의 옷을 벗기고 몸을 씻기고 책을 읽어주고 노래를 불러주고 침대에 눕힌 뒤 이불을 덮어주는 일은 소리를 지르지 않는 남편에게 맡긴 채.

산책하는 사이 날이 어둑해져, 낮시간의 동네 풍경 위로 두번째 풍경이 펼쳐진다. 우리 동네에는 가로등이 몇 개 없고, 그 밑을 지나가면 내 그림자가 까불거린다. 그림자는 내 뒤에서 따라오다, 전속력으로 내 걸음을 따라잡고, 이어 내 앞에서 뛰어다닌다. 다른 빛은 내가 지나가는 집들의 창문에서 흘러나오는 불빛과, 내게 위를 봐, 위를 봐! 하고 명령하는 달빛뿐이다. 길고양이들이 발치에서 후다닥 뛰어가고, 극락조화極樂鳥花가 그림자들 속에서 고개를 내민다. 여러 가지 냄새가 공기 중으로 퍼진다. 오크나무 가루 냄새, 점균류 냄새, 장뇌 냄새.

플로리다 북부의 1월은 추워서, 나는 몸을 덥히려고 걸음을 재촉한다. 게다가 동네는 오래되고―빅토리아양식 저택들이 방사형으로 뻗어나가고, 그 끝에 1920년대 방갈로식 단층집들이 들어서 있으며, 변두리에는 20세기 중반의 모던한 랜치하우스*들이 있다―안전하다고는 말할 수 없다. 여기서 한 달 전에 강간 사건이 일어났다. 조깅하던 오십대 여자가 진달래 덤불 속으로 끌려갔다. 그리고 일주일 전에는 줄에 묶이지 않은 핏불테리어 한 무리가 유아차에 아기를 태워 가던 어머니를 덮쳤고, 죽음까지는 가지 않았으나 어머니와 아기 모두에게 큰 상처를 입혔다. 애견가들은 동네 이메일 리스트에 있는 사람들에게 개 잘못이 아니라 주인 잘못입니다! 라는 글을 써 보내며 목소리를 높였지만, 그 개들이 소시오패스였던 것이다! 1970년대에 교외에 주택가가 들어서면서 타운 중심지의 역사적인 집들이 버려져 대학원생들에게 넘어갔다. 그들은 소나무 심재를 깔아 만든 바닥에서 분젠버너로 콩을 익혔고, 무도실을 여러 개로 나누어 방들을 만들었다. 방치되고 습기가 차자 집은 썩고 내려앉고 녹슬어 비늘처럼 벗겨지기 시작했고, 다시 버려져 가난한 사람들과 불법 거주자들의 차지가 되었다. 우리가 여기로 온 것은 십 년 전이었는데, 우리집의 값이 쌌고 골조로 미개간 숲에서 베어온 목재를 사용했기 때문이었다. 삶은 땅콩을 먹는 사람들과 겨드랑이 털처럼 늘어진 스페인 이끼와 더불어 남부의

---

* 폭이 넓지 않으면서 길쭉한 단층집.

주에 살아야 한다면, 적어도 외부인 출입 제한 주택단지에서 내 하얀 피부로 방어벽을 친 채 살지는 않겠다고 결심했기 때문이기도 했다. 좀 위험하지…… 않겠니? 부모님 연배의 사람들은 우리가 어디 사는지 이야기하면 얼굴을 찡그리며 이렇게 말할 것이다. 흑인 동네인 거요, 아니면 가난한 동네인 거요? 라고 말하지 않으려면 굉장한 의지력이 필요하다. 둘 다이기 때문이다.

하지만 그 이후 백인 중산층이 동네로 침투했고, 지금은 모든 것이 재개발 열풍에 휩싸였다. 지난 몇 년 사이 흑인들은 거의 빠져나갔다. 노숙자들은 한동안 머물렀다. 우리 동네가 보디들리 플라자와 인접하고, 그곳에서 최근까지 교회들이 음식과 하느님을 나눠주었기 때문이다. 그리고 오큐파이* 운동가들이 밀물처럼 흘러들어와 그곳에서 잠잘 권리를 주장하다가 더러운 생활에 지쳐 썰물처럼 빠져나갔다. 떠난 자리에 노숙자들의 허섭스레기가 침낭에 쑤셔넣어진 채 남았다. 이 집에 이사와 처음 몇 달 동안 노숙자 커플을 받아준 적이 있었다. 우리는 그들이 새벽에 슬그머니 빠져나가는 모습만 보았다. 해질 무렵 그들은 격자 모양으로 세공된 가림막을 조용히 치우고 우리집 밑의 좁은 공간으로 기어들어 거기서 잤다. 우리의 침실 바닥이 그들의 지붕이라, 우리는 한밤중에 일어나면 조용히 걸으려고 노력했다. 꿈꾸는 사람의 얼굴 위 몇 인치 높이에서 걸음을 옮기는 것이 무례하게 느껴졌기 때문이었다.

밤시간에 돌아다니면 이웃들의 생활이 자연스레 드러난다. 불

---

* 국제적이고 진보적인 사회정치운동을 말하며, 사회경제적 정의와 새로운 형태의 민주주의를 주창했다.

켜진 창문을 통해 들여다보는 가족 수족관이다. 때때로 나는 음악 없이 추는 느린 춤 같은 싸움을 구경하는 침묵의 목격자가 된다. 사람들이 어떻게 살아가는지 그 양상은 참으로 놀랍다. 엉망인 상태로 지내는 모습, 거리로 솔솔 흘러나오는 맛있는 요리 냄새, 어느새 일상의 장식을 은근슬쩍 치고 들어온 명절의 장식. 나는 1월 내내 어느 집 벽난로 선반에 놓여 있던 크리스마스 장미 꽃다발이 서서히 쇠락해가는 것을 지켜보았다. 꽃은 시들어 쪼글쪼글해졌고, 물은 녹색 구정물로 변했다. 그 폐허 속에서 막대에 붙은 커다란 산타만은 여전히 환한 웃음을 지은 채 즐거워 보였다. 창문이 하나 또하나 다가오고, 그 속에서 텔레비전의 빛이 만드는 푸른 안개나 저녁식사인 피자 위로 몸을 숙인 부부가 정지화면으로 잡힌다. 화면은 내가 지나갈 때까지 그 모습을 보여주다가, 슬며시 망각 속으로 사라진다. 나는 물이 어떻게 모이는지 상상한다. 물은 고드름 길이로 흘러내려, 영롱한 한 방울이 될 때까지 잠시 멈추었다가, 너무 굵어져 더 매달려 있지 못하게 됐을 때 낙하한다.

이 동네에는 창문이 거의 없는 집이 하나 있는데, 그럼에도 나는 그곳을 좋아한다. 거기 수녀들이 살기 때문이다. 전에는 여섯 명이 살았지만, 나이가 아주 많은 여자들이 살면 으레 그렇듯 수가 줄어, 지금은 마음씨 좋은 수녀 셋만이 실용적인 신발을 신고 끽끽 소리를 내며 그 광활한 공간을 돌아다닌다. 부동산중개업을 하는 친구가 말해주기로, 1950년대에 그 집을 지을 때 뒷마당의 구멍 많은 석회암 안에 공습 대피소를 만들었다고 한다. 잠이 오지 않는 밤, 몸은 침대에 있으나 머리는 여전히 어둠 속을 산책할 때, 나는 수녀복을 완전히 갖춰 입은 수녀들이 대피소의 파닥거리는 전구

불빛이 꺼지지 않게 하려고 성가를 부르면서 고정된 자전거의 페달을 밟는 모습을 즐겨 상상한다. 그러는 사이 땅 위의 모든 것이 폭발해 시커멓게 변하고, 녹슨 경첩은 바람에 삐걱거린다.

　밤이 몹시 추워서, 나처럼 길에 나온 사람은 몇 명 없다. 젊은 커플이 내 빠른 걸음보다 조금 느린 속도로 조깅을 한다. 나는 그들을 따라가면서, 그들이 결혼식 계획이나 친구들과 싸운 일로 속닥거리는 것을 듣는다. 한번은 나도 모르게 그들이 뭐라고 한 말에 웃음을 터뜨렸는데, 그들이 불안해졌는지 놀란 올빼미 눈을 하고 나를 돌아보았다. 그러더니 걸음을 빨리해 가장 먼저 나타난 모퉁이를 돌아서 어둠 속으로 사라져버렸다.
　우아하고 키 큰 여인이 건조기 필터 속 먼지 색깔인 그레이트데인종 개를 산책시킨다. 여자는 몸이 아픈 것 같은데, 걸음걸이가 뻣뻣하고, 통증 때문인지 간헐적으로 감전이 일어난 듯 얼굴을 씰룩거리곤 한다. 나는 이따금 이런 상상을 한다. 내가 급히 모퉁이를 돌다가 땅바닥에 쓰러져 있는 그녀를 발견하는 것이다. 개 위에 그녀를 업혀주고 개의 목덜미를 탁 치면, 내가 지켜보는 가운데 개가 아주 품위 있게 그녀를 집으로 데려간다.
　열다섯 살쯤 돼 보이는 굉장히 뚱뚱한 소년도 있다. 늘 셔츠를 벗은 채 유리로 막은 포치에 놓인 트레드밀 위를 걷는다. 내가 그 유리창 앞을 몇 번 지나갔는지는 모르지만, 지나갈 때마다 그의 모습이 보인다. 그가 쿵쿵 아주 세게 발을 굴러서, 두 블록 떨어진 곳에서도 그 소리가 들린다. 그 집의 불이 모두 켜져 있어, 그가 보는 유리창은 검은색뿐 그 이상은 없을 텐데, 그도 내가 보는 대로 유리창에 비친 자신의 모습을 보는지, 한 번 발을 디딜 때마다 자신의 뱃살이 주먹 크기의 돌을 연못에 던져넣었을 때처럼 출렁이는 것을 보는지 나는 궁금하다.

슬금슬금 사람을 피하면서 혼자 중얼거리는 노숙자 여인도 있다. 그녀는 깡통을 모은다. 자전거 뒤쪽에 매단 봉지들에서 깡통들이 부딪치는 소리가 난다. 그녀는 자전거에 올라탈 때 큰 집 앞의 오래된 콘크리트블록을 이용한다. 그녀가 풍기는 냄새는 한때 마차에 올라탈 때 그 블록들을 이용했을 남부 여인을 떠올리게 한다. 짙은 색 실크 옷을 입은 돈 많은 남부 여인. 그들도 비슷하게 친밀하고 고약한 여성의 체취를 풍겼을 것이다. 위생관념은 시대와 함께 변했겠으나, 인간의 몸은 그러지 않았다.

창문에 철창을 덧댄, 술과 잡화를 파는 가게 바깥의 불빛 아래에는 한 남자가 서서 중얼중얼 저속한 말을 내뱉는다. 나는, 나한테 허튼수작 부리지 마, 하는 표정을 지어 보이지만, 그는 아직 그 이상의 수작은 걸지 않는다. 하지만 내 안에는 충분히 준비된 내가, 속에서 쌓여가고 있는 것을 사용하고 싶어하는 내가 있다.

이따금 나는 우리집 아래 몰래 들어와 사는 그 커플을 본 것 같다고 생각한다. 세심하게 각이 진 남자의 자세, 여자의 등에 올린 남자의 손. 하지만 다가가면 빗물통 위로 허리를 숙인 파파야나무나 덤불 속에서 담배를 피우다가 내가 지나가면 경계심을 드러내는 두 소년이 보일 뿐이다.

그리고 썩어가는 갤리언선*처럼 생긴 빅토리아양식 저택의 서재에는 한 치료사가 밤마다 책상 앞에 앉아 있다. 그는 환자의 아내와 한 침대에 있는 장면을 환자에게 들켰다. 환자는 차에 장전한 총을 가지고 다녔다. 아내는 성관계중에 사망했고, 치료사는 골반에 총알이 박힌 채 살아남았다. 그 때문에 스카치를 더 따라 마시려고 일어서면 그의 몸이 휘청한다. 그가 자신과 사통한 여자의 남편인 살인자를 매주 면회하러 간다는 소문이 있다. 하지만 그의 동기가 선의에서 나온 것인지, 그 남편을 약 올리려는 심보에서 비롯한 것인지는 분명하지 않다. 동기란 것이 과연 순수한 것일 수 있는지 모르겠으나. 내가 남편과 막 이사를 왔을 때 그 살인 사건이 일어났다. 우리가 식사실 오크나무 몰딩의 썩어가는 페인트를 벗겨내고 있는데 허공을 가르는 총소리가 들렸다. 하지만 당연하게도 우리는 몇 집 아래 사는 아이들이 불꽃놀이를 한 거라고 생각했다.

걸으면서 나는 낯선 사람도 보지만, 아는 사람도 본다. 2월 초순에 고개를 드니 친한 친구의 집 창문으로 친구가 분홍색 레오타드를 입고 스트레칭을 하는 모습이 보인다. 그 순간 퍼뜩 그녀가 지금 스트레칭을 하는 게 아니라 수건으로 다리를 닦고 있는 거라는 사실을 깨닫는다. 레오타드는 사실 뜨거운 물로 샤워를 해서 발그레해진 그녀의 몸인 것이다. 그녀의 아들들이 태어났을 때 나는 두 번 다 그녀가 입원한 병원을 찾아가 아직 그녀의 냄새가 나는 갓난아기들을 내 품에 안았고, 그녀의 몸에서 방금 제왕절개한 자국을 보았지만, 그녀가 성적 매력이 넘치는 여자라는 걸 안 것은 그때 몸을 닦고 있는 모습을 본 뒤였다. 그 이후 그녀와 만나 이야기를 나눌 때면 나는 극단적인 성체위를 한 그녀의 모습이 자꾸만 상상

---

*16~17세기 유럽의 대형 범선.

되어 얼굴을 붉히며 애써 그 상상을 눌렀다. 하지만 대체로는 아는 엄마들을 흘끗 보고 지나치는데, 그들은 집안 구석에 털썩 앉아 양치기의 지팡이처럼 허리를 굽히고 작은 레고 조각이나 씹다 만 포도나 한때 그들 자신의 모습을 찾아 바닥을 살피고 있다.

너무 지나쳐, 너무 지나쳐, 어떤 밤에는 집으로 돌아와 남편에게 이렇게 소리친다. 그러면 그는 두려운 눈빛으로 나를 쳐다본다. 이 거인 같은 다정한 남자가. 그러고는 침대에서 일어나 앉아 자신의 노트북 너머로 부드럽게 말한다. 당신 아직 기분이 별로인가봐, 한 바퀴 더 돌고 오는 게 어때. 나는 다시 나가지만, 이렇게 늦은 밤시간에는 거리가 더 위험하므로 화가 난다. 나 자신이 취약한 사람인 것을 이미 증명해 보였는데, 그는 도대체 어떻게 이런 위험한 일을 내게 제안할 수 있는가. 하지만 다시 생각해보면, 내 따뜻한 집 또한 더 위험해졌을 것이다. 낮에 아들들이 학교에 가 있는 동안, 나는 세상의 재앙에 관한 글을 읽는 것을 멈출 수가 없다. 생물처럼 죽어가는 빙하, 소용돌이치는 쓰레기장이 되어버린 방대한 태평양, 기록에 남겨지지 않은 수많은 종種의 죽음, 중요하지 않은 듯 싱겁게 끝나버린 밀레니엄. 나는 읽는 것이 슬픔에 대한 내 허기를 얼마간 채워줄 것처럼, 그런 글을 읽으며 몹시 슬퍼한다. 하지만 그렇게 되기는커녕, 오히려 허기에 불이 붙는다.

나는 어디를 걷는지는 대체로 신경쓰지 않게 되었다. 하지만 매일 밤, 방치된 지 몇 주가 지난 크리스마스 전구가 딸깍 꺼지고 연못이 활기를 뿜어내면서 개구리들이 당김음을 이용한 노래를 부르기 시작할 때쯤엔 오리 연못에 가보려고 한다. 우리의 검은 백조 한 쌍이 개구리들의 입을 다물게 하려는 듯 금관악기 같은 목소리로 소리를 지르지만, 수에서 뒤진다. 백조들은 곧 포기하고 연못 중심에 있는 섬에 올라가 서로 목을 감고 잠든다. 지난봄 백조들이 새끼 넷을 낳았는데, 솜털로 뒤덮여 삑삑 울어대는 그 사랑스러운 것들은 어린 아들들의 기쁨이었다. 아들들은 매일 그것들에게 개 먹이를 던져주었는데, 어느 아침 백조들이 우리가 던져준 먹이에 정신이 팔렸을 때 새끼 하나가 캑 목멘 소리를 내고 몇 차례 자맥질을 하더니 수면 아래로 쑥 내려갔다. 새끼는 다시 나타났지만, 연못 반대쪽에서, 수달의 발에 붙잡힌 채였다. 수달은 등을 물 쪽으로 하고 조용히 떠서 그것을 조금씩 씹어먹었다. 수달이 새끼 백조 한 마리를 더 먹고 난 다음에야 야생동물 보호팀이 도착해 남은 두 마리를 건져냈지만, 나중에 지역 소식지에 보도된 바에 의하면, 새끼들의 작은 심장이 겁을 먹어 멎어버렸다고 했다. 부모 백조들은 슬픔을 가누지 못한 채 몇 달을 떠다녔다. 아마도 이것은 투사일 것이다. 검은 백조이자 부모인 그것들은, 깃털이 이미 상중의 색깔이다.

밸런타인데이에 멀리 수녀원에서 빨갛고 하얀 불빛이 번쩍거리는 것을 보고 수녀들이 러브파티, 광란의 디스코파티를 하는 중이기를 바라며 그쪽으로 걸음을 재촉한다. 하지만 내가 본 것은 구급차가 멀어지는 장면이다. 다음날 나는 내가 두려워하던 일이 일어난 것을 알게 된다. 수녀들의 수가 더 줄어 이제 둘 남았다. 하느님의 영광을 위해 에로틱한 즐거움을 억누르는 것은 우리의 쾌락주의 시대에 시대착오적인 것으로 느껴진다. 그들의 몸은 허약하고 그들이 뼈를 달가닥거리며 돌아다니는 그 집은 너무 커서, 남은 수녀들은 집을 비우기로 했다. 그들이 떠나는 밤, 나는 이삿짐 트럭이 와 있을 것을 기대하며 그들을 보러 그곳에 가지만, 수녀원 차인 스테이션왜건 뒤쪽에 가죽 여행가방 몇 개와 상자 한두 개가 실려 있을 뿐이다. 차를 타고 떠나는 그들의 주름진 얼굴이 안도감에 편안해진다.

추위는 머뭇머뭇 3월까지 이어진다. 북부의 주만큼 끔찍하지는 않아도 모두에게 힘든 겨울이었다. 나는 저 위에서 더러워진 눈의 벽을 보고 사는 친구들과 가족을 생각하고, 이곳엔 어둠 속에서도 동백나무와 복숭아나무와 층층나무와 오렌지나무의 꽃들이 만개해 있다는 사실을 떠올리려고 애쓴다. 다음날 아침 내 머리에서는 재스민향이 강하게 난다. 내가 젊었고 지금은 생각도 할 수 없는 것들을 할 수 있던 시절에 나이트클럽에서 돌아와 담배 냄새와 땀냄새를 풍기던 것처럼. 크래커양식이라고 불리는 대중적인 건축양식이 있다. 기분 나쁘게 들리지 않았으면 좋겠는데, 온통 포치와 높은 천장으로 되어 있다. 3월 중순에 플로리다 중북부에 있는 크래커양식의 아주 오래된 집들 중 하나가 수리에 들어갔다. 앞면은 살려놓았지만 다른 부분은 싹 없앴다. 하루하루 집이 허물어지고, 나는 밤마다 집의 남은 부분을 본다. 그러던 어느 날 밤 그 집이 완전히 사라져버렸다. 집은 그날 아침 작업중이던 일꾼 위로 폭삭 내려앉았는데, 그 사람은 건물이 무너질 때 버스터 키턴*처럼 창문

---

* 1920년대 미국 무성영화 시대의 배우. 영화 〈스팀보트 빌 주니어〉에서 건물이 무너지는 곳에 서 있던 키턴은 몸이 열린 창틀 안으로 들어가 살아남는다.

쪽에 서 있어서 살아남았다. 나는 집터 자리에 생긴 구멍을 살펴본다. 초라하고 두드러질 것 없는 역사가 오랫동안 서 있던 그 자리, 타운이 힘차게 일어서고 자기를 중심으로 성장하는 것을 지켜본 그 집. 그리고 나는 붕괴의 현장에서 부상 없이 걸어나온 그 공사장 일꾼을, 그가 무슨 상상을 했을지를 생각한다. 알 것 같다. 크리스마스 바로 전 어느 밤, 산책을 마치고 늦게 집에 돌아오니 남편이 욕실에 있었다. 나는 그의 노트북을 열어보았고, 거기서 보았다. 나를 향한 것이 아닌 대화, 그의 것이 아닌 삶의 일부. 나는 그에게 내가 집에 돌아온 것을 알리지 않고 뒤돌아섰다. 그리고 다시 밖으로 나가서 너무 추워 더는 걸을 수 없을 때까지 걸었다. 새벽이 오기 직전, 이슬이 금세 얼음이 될 수 있는 그 시간까지.

붕괴된 집 앞에 서 있는 지금, 나는 그레이트데인종 개를 데리고 다니는 그 여자가 어둠을 통과해 스쳐지나가는 것을 본다. 그녀의 얼굴색은 공격적으로 보일 만큼 파리하고, 너무 깡말라서 뺨이 쑥 들어갔다. 삐뚜름히 쓴 가발 때문에 앞머리 위로 두피가 드러나 보인다. 만약 이번에 그녀가 내 특별하고 어둡고 가시 같은 불안을 알아차린다면, 그녀는 부드럽게 굿나이트라고 말할 것이고, 그녀의 개는 인간이 지닌 공감의 눈빛을 하고 나를 쳐다볼 것이다. 그리고 둘은 위엄 있고 다정한 모습으로 함께 어둠 속으로 사라질 것이다.

대부분의 변화는 무너진 그 집처럼 급격히 일어나진 않지만, 유리로 막은 포치 안에서 들리는 소년의 발소리에 나는 그가 살을 아주 많이 뺀 것을 알아차린다. 이제 그는 트레드밀에서 걷지 않고 뛴다. 오랜 시간이 지났지만 그를 이렇게 유심히 쳐다보는 건 처음이다. 내 소중한 친구, 나는 그의 출렁이는 군살을 당연하게 여겼었다. 그의 변신은 처녀가 자작나무나 시냇물로 변한 모습을 보는 것처럼 아주 놀랍다. 몇 개월이 지나는 사이 이 과체중의 아이는 가슴팍에 장미꽃 봉오리 같은 흉근이 잡히고, 땀을 흘리면서 유리에 비친 자기 모습을 보고 빙긋 웃을 수 있는 날씬한 남자가 되었다. 나는 청춘의 급속한 변화에, 모든 것이 우리가 사랑할 틈도 없이 너무 빠르게 쇠퇴해버리지는 않는다고 말해주는 이 멋진 변화에 꽥 소리를 지른다.

나는 계속 걸음을 옮긴다. 소년이 뛰는 소리가 희미해지면서 어디선가 들려오기 시작한 시끄러운 소리에 마음이 불안해진다. 어디서 나는 소리인지 짚어 말할 수 없다. 끈적거리는 밤이다. 나는 재킷을 지난주에 벗었고, 그 소리가 그해 들어 처음 켠 에어컨에서 나는 것임을 서서히 깨닫는다. 곧 모든 에어컨이 가동될 것이다. 그러면 에어컨은 창문 아래에 트롤*처럼 쭈그리고 앉아 집단적이고 곡조가 없는 소리를 윙윙 흘려보낼 것이고, 그 소리는 한밤의 새소리와 개구리 소리를 집어삼킬 것이다. 시간이 풀쩍 뛰어 앞으로 나아가면 밤은 점점 내려오지 않으려 할 테고, 땅거미가 지고 서늘한 기운이 느껴지면 온종일 건강에 좋지 않은 가짜 추위 속에서 시간을 보낸 사람들은 진짜 공기를 갈망하며 밖으로 나올 것이다. 그러면 나는 더이상 위험하고 어두운 거리를 혼자 돌아다니지

---

* 북유럽신화에서 동굴에 산다는 거인이나 장난꾸러기 난쟁이.

않아도 될 것이다. 공기 중에 캠프파이어를 할 때의 기분좋은 냄새가 감돌아, 나는 도시 가장자리를 둥글게 둘러싸고 있는, 테레빈유를 제공하는 늙은 소나무숲이 불타고 있는 게 틀림없다고 생각한다. 일 년쯤마다 한 번씩 그런 일이 일어난다. 잠을 자다 불에 그슬린 채 어딘지도 모르는 어둠 속으로 달아나는 그 모든 불쌍한 새들이 어떻게 될지 궁금하다. 다음날 아침 알게 된 사실은 그보다 더 나빴다. 노숙자 수십 명이 텐트를 치고 살던 텐트촌의 넓은 땅에 계획적으로 불을 지른 것이었다. 내려가서 살펴보니, 아직 숲에서 연기가 피어오르는 넓은 들판에는 허리 아래가 검어진 큰 오크나무들만 외롭게 서 있다. 다시 올라와보니 보디들리 플라자 주변에 6피트 길이의 펜스가 보인다. 그 자리에서 공사를 시작할 예정으로 그날 밤 세워 올린 것이다. 어쨌거나 안내문에는 그렇게 쓰여 있고, 이번 일은 더 큰 계획의 일부로 치밀하게 계산되어 집행된 게 분명하다. 나는 소리를 지르고 싶은 심정으로 서서, 한낮의 햇살에 눈을 찡그리며, 거기서 쫓겨난 사람이 있는지 둘러본다. 제발, 나는 생각한다. 제발, 우리집에 사는 커플이 지나가는 모습을 보게 해달라고, 마침내 그들의 얼굴을 보게 해달라고, 그들의 팔을 잡을 수 있게 해달라고. 나는 그들에게 샌드위치를 만들어주고 싶고, 담요를 주면서 괜찮다고, 우리집 아래에서 살아도 된다고 말해주고 싶다. 나중에 생각하니, 그들이 보이지 않은 게 다행이었다. 인간에게 우리집 아래에서 살아도 된다고 말하는 것은 친절한 일이 아니기 때문이다.

그 주는 날이 더웠는데, 일시적인 현상이었다. 계절의 진짜 시작은 아니었던 것이다. 날씨가 다시 습하고 추워져서 나 말고는 밖으로 나오는 사람이 없다. 걸으면서 몸이 떨리고, 목욕으로 산책의 피로를 씻어낼 때 쓸 엡섬 소금을 사려고 드러그스토어에 들어가서야 오슬오슬한 추위에서 벗어난다. 여러 단계의 회색 색조와 추위 속에 있다가 이 현란한 색깔 속으로, 이 굉장한 열기 속으로 들어오는 것은 충격적인 일이다. 균열이 일어난 보도 위로 띄엄띄엄 심긴 팰머토*를 지나고 길을 건너는 검은 고양이들을 화들짝 피하며 수백 마일을 걷다가, 언젠가 지구의 마지막 바다거북 목구멍 안에서 끝날 요란한 쓰레기나 무익한 포장지나 플라스틱 따개가 달린 제품이 통로마다 가득가득 진열된 이곳에 들어오는 것은. 나는 절뚝거리며 걷는데, 그 모습은 아픔을 참고 춤을 추는 모양새가 된다. 초등학교 시절의 기억을 끌어내는 그 음악소리 때문이다. 놀랍게도 부모님이 지금의 나보다 더 젊었을 때, 그들은 어느 긴 여름 동안 폴 사이먼이 탄력적인 아프리카 드럼 소리를 배경으로 아들과 떠나는 여행과 사람 몸을 이용한 트램펄린과 가슴속 창문에 대해 부르는 노래를 반복해서 들었다. 그것은 너무 지나치기도 하고 너무 별것 아니기도 해서, 이런 쉬운 용서에 준비가 되어 있지 않은 나는 엡섬 소금을 사지 않고 그냥 나온다. 나는 그럴 수 없으므로.

그래서 나는 걷고 또 걷는다. 그러다가 개구리들이 요란하게 울어대는 곳 근처 어딘가에서 고개를 들고, 어둠 속에서 놀라운 장면을 본다. 수녀원이던 그곳에 새로 들어온 교수가 업라이트 조명을

---

* 미국 남부에서 주로 자라는 야자수.

달아놓았는데, 육면체 건물의 그 미학적인 여백이 아니라 건물 앞의 열정적이고 살아 있는 오크나무에 달아놓았다. 나무는 아주 오래되고 우람해서 차지하는 면적이 반 에이커가 넘는다. 나는 그 나무가 거기 있는 것을 줄곧 알고 있었고, 내 아이들은 종종 낮은 나뭇가지에 매달려 그네를 타듯 몸을 흔들거나 나무껍질에서 뜯어낸 양치식물과 착생식물로 내 머리를 장식하곤 했다. 하지만 나무는 이 거대한 모습만큼 저 자신을 풍성하게 선포한 적이 없었다. 나뭇가지가 어찌나 무거운지 아래를 향해 자라다가 땅을 짚고 다시 위로 자랐다. 그 모양새가 팔꿈치를 땅에 댄 팔 같아서, 부엌 식탁에 앉아 손마디에 턱을 괴고 꿈을 꾸는 여인의 모습을 떠올리게 한다. 나는 그 아름다움에 놀라 넋을 놓고 서서, 밤중에 백조들이 저들의 섬에서 반짝거리는 그 빛을 바라보는 것을, 저들의 가슴이 감동하는 것을 상상한다. 백조들이 다시 둥지를 짓기 시작했다는 이야기를 들었다. 하지만 그런 일을 경험하고서 어떻게 그 상실을 견디는지 나는 모르겠다.

나는 아들들—아이들의 얼굴은 지금도, 훗날에도 어둠 속에서 나타날 것이다—이 이해해주길 바란다. 내가 저들에게서 멀어지며 급히 걸음을 옮긴 그 모든 시간에 엄마는 가버린 게 아니라는 걸, 내 영혼은 몇 시간 전에 이미 집으로 살그머니 돌아와 대체로 여덟시 전에 자고 일찍 일어나는 아빠가 잠들어 있는 방으로 살며시 들어갔다는 걸, 그리고 내가 몹시 사랑하지만 그만큼 두려워하는 이 다정한 남자를 만지고 맥박이 뛰는 그의 관자놀이에 손을 댄 채 나 같은 사람에게는 너무 멀게 느껴지는 그의 꿈을 느낀다는 걸. 나는 삐걱거리는 낡은 계단을 올라가고, 맨 위에서 둘로 나뉘어 아이들 각자의 방으로 들어간다. 문 밑 틈으로 슬며시 들어가, 아이들이 내쉬는 숨을 내 안에 들이마시려고 베개 위에서 몸을 웅크린다. 한 번의 호흡이 끝나고 다음 호흡이 시작되는 사이 정지된 모든 순간이 길다. 그러고 보면 늘 전환의 순간에 있지 않은 것은 없다. 내일이라도 곧 아이들은 어른이 될 것이고, 어른이 되면 집을 떠날 것이다. 그러면 남편과 나는, 우리가 함께 걸어다닌 그 모든 시간과 내 몸과 내 그림자와 달에 더해서, 우리가 소리지르지 않고 소리지를 수 없는 그 모든 것의 무게 아래 웅크리고 있는 서로를 보게 될 것이다. 진실은 위로가 되지 못하지만 이것은 아주 분명한 진실이다. 내가 그랬듯 밤마다 오래오래 달을 쳐다보면 옛날 만화가 맞는다는 사실을, 달은 사실 웃고 있는 거라는 사실을 알게 될 것이다. 하지만 달이 보고 웃는 대상은 우리가 아니다. 우리 외로운 인간은 너무 작고, 달이 우리를 조금이라도 알아차리기에 우리 삶은 너무 순식간이다.

둥근 지구,
그 가상의 구석에서

주드는 이름 없는 파충류 종種들이 득시글거리는 늪지 가장자리의 크래커양식 집에서 태어났다. 그 당시 플로리다 중부엔 사람이 얼마 살지 않았다. 에어컨은 부자들을 위한 것이었고, 나머지는 천장을 높게 만든다거나 잠자는 용도의 포치를 만든다거나 다락에 선풍기를 다는 방법을 선택했다. 주드의 아버지는 대학의 파충류학자였다. 뱀들이 스스로 저들의 고온실高溫室로 기어들지 않더라도 어쨌거나 아버지는 집을 뱀들로 채웠을 것이다. 창턱에는 방울뱀들이 포름알데히드액 속에 똬리를 튼 모양으로 들어앉아 있었다. 한때 그의 어머니가 닭을 키우려고 했던 집 뒤쪽 닭장에는 파충류들이 서로 꿈틀꿈틀 뒤엉키며 살았다. 주드는 아주 어렸을 때부터 송곳니가 돋은 것을 만질 때 마음을 차분히 하는 법을 배웠다. 어머니가 부엌에 들어왔다가 산호뱀이 제 빨갛고 노란 꼬리를 쫓으며 주드의 손목을 감고 있는 것을 발견했을 때 그는 거의 걷지도 못하는 나이였다. 아버지는 저만치에서 그 장면을 지켜보며 웃고 있었다. 어머니는 뉴잉글랜드 지방 사람이고 장로교 신자였다. 그리고 늘 피곤한 상태였다. 누구의 도움도 없이 집의 곰팡이와 습기와 지독한 뱀냄새와 싸웠다. 아버지는 피부색이 검은 사람은 집에 들이지 않으려 했고, 그들에겐 백인 여자를 고용할 돈이 없었다. 주드의 어머니는 비늘 달린 생물을 무서워해서 그것들이 가까이 오지 못하게 하려고 찬송가를 불렀다. 8월의 어느 밤, 그때 어머니는 주드의 여동생을 임신하고 있었는데, 시원하게 목욕을 하려고 안경을 벗고 욕실로 들어갔다. 남편이 욕조에 넣어둔 3피트 길이의 알비노 앨리게이터는 보지 못했다. 다음날 아침, 어머니는 사라지고 없었다. 그리고 일주일 뒤에 돌아왔다. 주드의 여동생, 완벽한 꽃잎 같던 아기가 사산된 뒤 어머니의 흥얼거리는 노래는 결코 멈추지 않았다.

전쟁의 소음이 점점 커졌다. 그리고 마침내 무시할 수 없는 수준이 되었다. 주드는 두 살이었다. 어머니가 아버지의 새 카키색 군복을 다렸고, 곧 집안에는 아버지가 부재한 자리에 시원한 바람이 채워졌다. 아버지는 프랑스로 파견되어 화물수송기를 탔다. 주드는 비늘 달린 생물이 공중에서 큰 날개를 퍼덕거리고, 성난 아버지가 그것을 타는 장면을 상상했다.

집에서 주드와 어머니만 지내게 된 첫날, 주드가 낮잠을 자는 사이 어머니는 죽은 뱀들이 들어 있는 유리병을 모조리 늪지로 집어던졌고, 살아 있는 뱀들은 괭이로 대가리를 말끔하게 베어냈다. 그녀는 자신의 머리칼도 정원 가위로 싹둑싹둑 잘라 단발로 만들었다. 일주일도 되지 않아, 그녀는 90마일 떨어진 해변으로 이사했다. 새집에서 지내는 첫날밤에, 그녀는 주드가 잠들었다고 생각하고 달빛 속에서 물가로 내려가 모래에 두 발을 푹 집어넣었다. 바다의 반짝거리는 가장자리가 그녀를 무릎까지 씹어먹은 듯 보였다. 주드는 몹시 불안한 마음으로 숨을 참았다. 파도가 크게 한 번 들이쳐 어머니의 어깨를 쓸고 지나갔고, 파도가 물러났을 때 어머니는 다시 온전한 모습이었다.

이곳은 활 모양의 반짝이는 해안선까지 돌고래들이 가득 밀려오는 새로운 세상이었다. 주드는 머리 위로 유령처럼 날아다니는 쐐기 모양의 펠리컨들을, 그것들이 젖은 모래 속 깊이 들어가버린 총알고둥을 찾아 미친듯이 구멍을 파는 것을 보는 게 좋았다. 그는 펠리컨들이 총알고둥을 사냥하는 동안 머릿속으로 그 수를 헤아렸다. 그리고 집으로 돌아왔을 때, 어머니에게 펠리컨들이 모두 사백육십일 개를 파냈다고 말해주었다. 어머니는 안경 뒤의 눈을 깜짝도 하지 않고 그를 쳐다보면서 그 개수를 하나둘 소리 내어 헤아렸다. 다 끝내자 개수대에서 한참 손을 씻었다.

숫자를 좋아하는구나, 어머니가 마침내 말하며 돌아섰다.

네, 그가 대답했다. 그러자 그녀는 싱긋 웃었고, 어머니에게서 뿜어져나오는 부드러운 빛에 그는 깜짝 놀랐다. 그리고 그 빛이 그의 안으로 스며들어 그의 뼈에 들어앉는 것을 느꼈다. 그녀가 그의 정수리에 키스한 뒤 그를 침대에 눕혔다. 그가 한밤중에 눈을 뜨니 그녀가 그의 옆에 있었다. 그는 그녀의 턱 아래 자신의 한 손을 넣고, 그렇게 아침까지 있었다.

그는 세상이 자신이 통제할 수 없는 방식으로 움직인다는 것을 느끼기 시작했다. 그가 붙잡고 있는 것은 더 큰 천의 실오라기 몇 개뿐이었다. 주드의 어머니는 서점을 시작했다. 플로리다에서 여자들은 자기 명의로 땅을 살 수 없었으므로, 주드의 아버지와는 완전 딴판으로 생긴 작고 땅딸막한 삼촌이 그녀의 돈으로 가게를 사서 절차를 밟아 그녀에게 양도했다. 어머니는 가슴 윗부분이 드러나는 슈트를 입기 시작했고, 전차에 타기 전에는 안경을 벗었다. 그래야 사람들을 향하는 눈빛이 부드러울 수 있었다. 뱀의 집에서 어머니는 노래를 불러 주드를 재웠지만, 이제는 그러는 대신 책을 읽어주었다. 셰익스피어, 네루다, 릴케였고, 그는 그 시들의 운율과 바다의 느린 리듬이 머릿속에서 뒤엉키는 것을 느끼면서 잠이 들었다.

주드는 서점을 좋아했다. 새 종이 냄새가 나는 밝은 곳이었다. 외로운 전쟁 신부들이 유아차를 밀고 와서 모던라이브러리 고전을 한아름 사들고 떠났다. 휴가 나온 선원들이 들어왔다가 책이 담긴 종이봉투를 가슴에 꼭 끌어안고 홀린 듯 나갔다. 가게문을 닫고 나면 어머니는 불을 끄고 뒷문을 열었고, 거기 흑인들이 인내심 있게 기다리고 있었다. 골즈워디*를 좋아하고 수병의 털모자를 쓴 품위 있는 남자도 있었고, 가정부로 일하면서 매일 소설을 읽는 뚱뚱한 여자도 있었다. 네 아버지라면 빽 소리를 지를 거다. 흥, 그러든가

---

* 영국의 소설가이자 극작가로 1932년 노벨문학상을 수상했다.

말든가. 어머니가 그렇게 말하고 정말로 강렬히 주드를 쳐다봤기 때문에 그의 마음속에 남아 있던, 과거에 벌벌 떨던 어머니의 흔적은 마지막 것까지 싹 지워졌다.

어느 아침, 새벽이 오기 직전에 주드는 홀로 해변에 나갔다. 해안에서 100야드 떨어진 바다에 아주 큰 금속 개구부開口部가 보였다. 잠수함이 외눈박이 잠망경으로 그를 쳐다보더니 다시 슬그머니 내려갔다. 주드는 그 이야기를 아무에게도 하지 않았다. 이 위험한 정보를 자기 안에 간직했다. 그것은 그의 안에서 단단해지고 압착되었으나, 거기서는 더 큰 세상을 위협할 수 없었다.

주드의 어머니는 샌디라는 이름의 흑인 여자를 데려와 집안일을 돕고 자신이 가게에 나가 있는 동안 주드를 돌보게 했다. 샌디와 어머니는 친구가 되었다. 어떤 밤에 주드가 베란다에서 들리는 웃음소리에 깨어 나가보면, 어머니와 샌디가 바다에서 산들산들 불어오는 밤바람을 맞으며 앉아 있는 것이 보였다. 그들은 슬로진피즈를 마시고 레몬케이크를 먹었다. 그 무렵 설탕이 점점 귀해지고 있었지만, 샌디는 늘 케이크가 떨어지지 않도록 신경을 썼다. 그들은 그에게도 케이크를 한 조각 주었고, 그는 샌디의 넓은 무릎에서 잠이 들었다. 혀로는 달콤새콤한 맛을 느끼고, 귀로는 바다의 날숨과 여자들의 목소리를 들으면서.

여섯 살에, 뜨거운 햇볕 속에 쭈그리고 앉아 개밋둑을 굽어보다가, 그는 혼자 힘으로 곱셈의 원리를 발견했다. 일 분에 열두 마리의 개미가 개밋둑을 떠난다면, 그가 생각해보기로 한 시간에 칠백이십 마리가 떠난다는 뜻이었다. 떠나는 수도 돌아오는 수도 어마어마했다. 그는 서점 안으로 뛰어들어갔지만 너무 행복해 말이 나오지 않았다. 그가 어머니의 무릎에 얼굴을 묻자, 계산대 주변에서 어머니와 이야기를 나누던 여자들이 그가 뭔가 슬픈 일 때문에 우는 것으로 오해했다.

아버지가 그리워서 그러나본데요, 한 여자가 다정한 말을 해줄 요량으로 그렇게 말했다.

아니에요, 어머니가 말했다. 어머니만이 그의 터질 것 같은 심장을 이해하고 그의 머리를 부드럽게 긁어주었다. 하지만 주드의 마음속 뭔가가 움직였다. 아버지가 궁금해졌다. 그 세월 동안 어머니는 아버지에 관한 이야기를 거의 하지 않았고, 그래서 그 존재 자체가 희미해져 있었다. 주드는 비늘과 비늘이 건들리며 스륵거리는 소리도, 늪지에 있던 크래커양식의 어두운 집도, 뜨겁고 지겨운 햇볕을 가리려고 쳐둔 커튼도 거의 기억나지 않았다.

하지만 그 여자가 좋은 의도에서 했던 말이 아버지의 존재를 불러내기라도 한 것처럼, 주드의 아버지가 집으로 돌아왔다. 그는 일광욕실 한복판에 거칠어진 뺨을 드러내며 거대한 모습으로 앉아 있었다. 주드의 어머니는 아버지 맞은편 등받이가 없는 긴 의자에, 그의 무릎에 닿지 않도록 무릎을 튼 채 불안하게 앉아 있었다. 소년은 바닥에서 나무 기차를 가지고 조용히 놀았다. 샌디가 갓 구운 쿠키를 들고 들어왔다가 다시 부엌으로 간 뒤, 아버지가 주드에게 는 들리지 않는 아주 작은 목소리로 어머니에게 뭐라고 말했다. 그 러자 어머니가 아버지를 한참 쳐다보더니 일어서서 부엌으로 갔 다. 이어 방충문이 탁 닫히는 소리가 났고, 그뒤로 소년은 다시 샌 디를 볼 수 없었다.

어머니가 없는 사이 아버지가 말했다. 집으로 돌아갈 거다.

주드는 아버지를 쳐다볼 수 없었다. 허공 속에서 아버지가 존재 하는 공간은 너무 무겁고 너무 어두웠다. 주드는 의자 다리를 중심 으로 기차를 빙빙 돌렸다. 이리 와, 아버지가 말했다. 소년이 천천 히 일어서서 아버지의 무릎 앞에 가서 섰다.

큰 손이 휙 지나갔고, 주드의 얼굴이 귀에서 입까지 벌게졌다. 그는 쓰러졌지만 울지 않았다. 코에서 흐른 피를 빨아먹었다. 목구 멍 뒤로 피가 고인 것이 느껴졌다.

어머니가 달려들어와 그를 안아올렸다. 무슨 짓이에요? 그녀가 소리를 지르자, 아버지가 차가운 목소리로 말했다. 사내자식이 소 심해. 뭔가 문제가 있어.

할말을 안에 담아둬서 그래요. 수줍음을 타서요. 어머니는 그렇 게 말하고 주드를 데려갔다. 주드는 자신의 얼굴에 흐른 피를 씻어 주면서 어머니가 떨고 있는 것을 느낄 수 있었다. 아버지가 욕실로 들어오자 어머니가 이를 악물고 말했다. 애한테 한 번만 더 손대 봐요.

그럴 필요 없을걸, 아버지가 말했다.

어머니는 주드가 잠들 때까지 옆에 누워 있었다. 하지만 그가 눈 을 뜨자 자동차 앞유리로 달이 보였고, 부모의 들쑥날쑥한 옆모습이 터널 같은 어두운 도로를 응시하고 있었다.

늦지 옆의 집은 다시 뱀의 소굴이 되었다. 어머니가 서점을 하도록 도와준 삼촌은 아버지의 유일한 혈육이었음에도 더이상 환영받는 존재가 아니었다. 주드의 어머니는 매일 밤 스테이크와 감자를 요리했지만 자신은 먹지 않았다. 그녀는 뼈만 남아 칼날처럼 앙상해졌다. 그리고 머리칼은 땀에 젖어 반지르르한 채 실내복 차림으로 포치 흔들의자에 앉았다. 주드는 어머니 옆에 서서 귓가에 옛 소네트를 읊어주었다. 그녀는 주드를 자기 옆으로 끌어당기고 그의 어깨와 목 사이에 얼굴을 묻었다. 그녀가 눈을 깜박이자 젖은 속눈썹이 그를 간질였지만, 그는 몸을 빼서는 안 된다는 것을 알았다.

아버지는 뒷거래로 동물원이나 대학에 뱀을 팔기 시작했다. 이틀이나 사흘 밤 연속으로 사라졌다가, 옷에 연기 냄새를 잔뜩 묻힌 채 방울뱀과 검정뱀을 자루에 채워 들고 돌아왔다. 아버지가 이틀 밤 집을 비운 사이, 어머니는 파란색 카드보드 여행가방 한쪽에 주드의 짐을, 반대쪽에 자신의 짐을 챙겨넣었다. 그러고는 아무 말 하지 않고 허밍으로 자신의 뜻을 드러냈다. 그들은 함께 어두운 길을 걸어가 기차가 오기를 기다리며 한참 동안 앉아 있었다. 플랫폼은 텅 비어 있었고, 그들이 탈 기차는 주말이 오기 전 마지막 기차였다. 그녀가 그에게 캐러멜을 빨아먹으라고 주었다. 어머니와 꼭 붙어 앉아 있어서 허벅지를 통해 어머니의 온몸이 떨리는 것이 느껴졌다.

기다리는 동안 그의 안에 너무 많은 것이 쌓여, 기차가 한숨을 내쉬며 역으로 들어오는 것을 보자 거의 안심이 되었다. 어머니가 일어서서 주드의 손을 잡았다. 그는 그에게 답하는 어머니의 부드러운 미소에 고개를 들고 웃어주었다.

그 순간 주드의 아버지가 불빛 속으로 걸어들어오더니 주드를 훅 들어올렸다. 주드를 안은 아버지의 몸에 힘이 잔뜩 들어갔고, 주드는 얼마나 놀랐는지 비명이 목안에 걸려버렸다. 어머니는 남편도, 아들도 쳐다보지 않았다. 조각상이 되어버린 것 같았다. 가늘고 하얀 조각상.

마침내 차장이 모두 탑승하세요! 하고 말했고, 그녀는 목이 졸린 듯한 끔찍한 소리를 내며 기차 안으로 허겁지겁 들어갔다. 기차는 기적을 울리며 서서히 떠나갔다. 주드는 그제야 목소리가 나왔고, 그가 달아나지 못하도록 아버지가 그를 꽉 잡고 있었지만 목청껏 소리를 질렀다. 하지만 기차는 멈추지 않고 어머니를 어둠 속으로 데려가버렸다.

그리고 늦지 옆 그 집에는 그들만 남았다. 아버지와 주드만.

그들 사이에 말수가 점점 줄어들었다. 주드는 쓸고 닦는 일을 맡았고, 저녁식사로 샌드위치를 만들었다. 아버지가 집을 비우고 없을 때는 창문을 열어 썩은 파충류 냄새를 내보냈다. 아버지는 어머니의 백합과 장미를 뽑고 그 자리에 만다린과 블루베리를 심으면서, 과일은 새를 부르고 새는 뱀을 부른다고 말했다. 소년은 학교까지 3마일을 걸어다녔고, 학교에 가서는 자신이 이미 선생들보다 숫자에 대해 더 잘 안다는 사실을 누구에게도 말하지 않았다. 그는

덩치가 작았지만 누구도 그에게 시비를 걸지 않았다. 학교에 간 첫
날, 덩치 큰 열 살짜리 아이가 주드의 옷을 보고 놀리려고 하자, 주
드는 방울뱀을 관찰하여 배운 방식으로 사납게 덤볐다. 큰 아이의
머리에서 피가 났다. 아이들은 주드를 피했다. 그는 어느 한쪽으로
규정할 수 없는 존재였다. 어머니는 없었지만 아버지는 없지 않았
다. 가난한 집 아이처럼 발육이 더디고 지저분했지만, 교수의 아들
이었다. 선생들이 그를 불러 질문하면 항상 정답을 말했지만, 한마
디라도 먼저 말하는 법은 없었다. 다른 아이들은 그와 거리를 두었
다. 주드는 혼자 놀거나 아버지가 꾸준히 한 마리씩 집으로 데려오
는 강아지와 놀았다. 개들이 늪지가로 뛰어내려가는 걸 막을 수는
없었고, 그것들은 길이가 14피트나 15피트쯤 되는 앨리게이터들
중 한 마리에게 잡아먹히곤 했다.
　점점 자라난 주드의 외로움은 살아 있는 생물이 돼버렸고, 그림
자처럼 그를 따라다녔지만, 그가 숫자들을 가지고 놀 때는 슬그머
니 사라졌다. 숫자는 그에게 구슬이나 양철 병정 이상의 장난감이
었다. 숫자는 막대사탕이나 자두 이상으로 그의 입안에 침이 고이
게 했다. 세상은 엉망이었지만, 숫자는 예측 가능하고 정중하고 질
서가 있었다.

　그가 열 살이 되었을 때 키가 작고 둥글둥글한 남자가 길에서 그
를 불러 세우더니 갈색 종이에 싸인 꾸러미를 품에 떠안겼다. 주드
는 그를 어렴풋이 알 것 같았지만 확실히 기억나지는 않았다. 남
자는 자기 입술에 손가락을 대고 꾹 누르더니 빠른 걸음으로 가버

렸다. 집에 돌아간 주드는 밤이 되자 자기 방에서 책을 싼 포장지를 풀었다. 한 권은 프로스트의 시선집이었다. 다른 한 권은 기하학 책이었는데, 세상은 일련의 선과 각이 될 때까지 깎이고 깎여나갔다. 그가 고개를 드니, 아침이 밝아 로럴오크나무 사이로 햇살이 비쳐들고 있었다. 소년은 그 책이 단순히 기하학을 가르쳐주는 것 이상으로, 그의 안에 존재하고 있으나 여태 탐지되지 않은 뭔가에 대한 길을 제시해주었다고 느꼈다.

편지도 들어 있었다. 어머니의 둥근 필체로 그에게 쓴 편지였다. 하교 시간이 될 때까지 시간을 나눗셈하면서 앉아 있을 때, 저녁식사로 참치 샌드위치를 만들 때, 라디오에서 흘러나오는 베니 굿맨 노래에 맞춰 지휘하는 아버지와 함께 샌드위치를 먹을 때, 이를 닦고 너무 작아져 몸에 맞지 않는 잠옷을 입을 때, 편지 귀퉁이 네 곳의 완벽한 직각이 그에게 말을 건넸다. 그는 편지를 펴보지 않고 베개 밑에 넣어두었다. 한 주 동안 편지는 모든 것 아래에서 활활 타올랐다. 덥고 구름이 잔뜩 낀 날에도 태양은 숨어 있을 뿐 늘 존재하는 것처럼.

마침내 그는 기하학 책에서 알아야 할 모든 것을 쥐어짜냈고, 여전히 봉투를 뜯지 않은 편지를 책 안에 끼운 뒤 표지를 테이프로 꽁꽁 둘러 침대 매트리스와 박스 스프링 사이에 숨겼다. 그는 매일 밤 기도를 마친 다음 그것을 확인하고서야 안심하고 잠이 들었다. 어느 날 밤 책에 붙인 테이프가 떼어지고 편지가 사라진 것을 보았을 때, 그는 아버지가 그것을 찾아낸 사실을 깨달았다. 어떻게 할 방법이 없었다.

그 작고 둥글둥글한 남자를 길에서 다시 만났을 때, 주드는 그를 멈춰 세웠다. 누구시죠? 주드가 묻자 남자는 눈을 깜박이며 말했다. 삼촌이야. 소년의 얼굴에 알겠다는 기색이 전혀 없자, 남자는 두 팔을 들고 오, 애야! 하고 말하면서 그를 끌어안으려는 동작을 했다. 하지만 주드는 이미 돌아선 뒤였다.

대학은 무자비한 기세로 성장했다. 에어컨이 꾸준히 보급되는 가운데 팽창하고 확장되었다. 대학 건물과 늪지 사이의 땅을 집어삼켰고, 마침내 대학 도로가 아버지의 땅과 맞닿았다. 이제 저녁식사 시간은 아버지의 욕설로 채워졌다. 대학은 뱀에게 집이 필요하단 걸 몰라? 이 방대한 모래땅이 북아메리카에서 가장 풍요로운 파충류 서식지라는 걸 몰라? 아버지는 절대 팔지 않겠다고 했다. 절대. 무슨 일이 있어도 그 땅을 지킬 거라고 했다.

아버지가 말하는 동안, 주드 안의 배신자는 아버지가 제안받은 돈의 액수를 가지고 꿈을 꾸었다. 돈을 불리는 건 아주 간단한 일로 보였다. 다른 종류의 숫자와 달리 돈은 이미 자가수정自家受精이 되어 있었다. 돈은 배가 되고 다시 배가 되고, 마침내 어마어마한 돈더미가 될 것이다. 돈만 충분하다면 누구도 두 번 다시 걱정할 필요가 없으리란 걸 주드는 알았다.

주드가 열세 살이 되었을 때 대학에 도서관이 있다는 걸 알게 되었다. 어느 여름날 책―삼각법, 통계학, 미적분학, 찾아낼 수 있는 건 뭐든―을 쌓아놓고 만족스럽게 파고들다가 문득 고개를 들었더니, 바로 앞에 아버지가 서 있었다. 아버지가 거기 얼마나 오래 있었는지 알 수 없었다. 습한 아침이었고 도서관 안인데도 공기가 후끈했지만, 아버지는 짐승의 가죽처럼 보였고, 햇볕에 바랜 셔츠를 입고 빨간 네커치프를 한 모습은 시원해 보였다.

이제 가자, 아버지가 말했다. 주드는 내키지 않았지만 아버지를 따라갔다. 픽업트럭을 타고 두 시간을 달린 뒤에야 주드는 지금 그들이 함께 뱀을 잡으러 간다는 사실을 깨달았다. 그에게는 이번이 처음이었다. 더 어렸을 때는 따라가겠다고 졸랐지만, 아버지는 번번이 안 된다고, 너무 위험하다고 말했었다. 주드가 독과 총이 가득하고 알 수 없는 배선 장치가 되어 있는 집에 어린아이를 혼자 일주일 동안 방치하는 것도 똑같이 안전하지 않다고 말하며 맞선 적은 한 번도 없었다.

아버지가 텐트를 쳤고, 그들은 어둠 속에서 캔에 든 콩을 먹었다. 그리고 각자 침낭 안에 나란히 누웠고, 마침내 아버지가 말했다. 수학을 잘하는구나.

주드가 말했다. 네. 하지만 별것 아닌 듯 대답하고 나니 거짓말처럼 느껴졌다. 그들 사이에 약간의 변화가 생겼다. 그들이 잠들자 침묵이 내려앉았고, 그 가장자리는 이제 좀더 부드러워져 있었다.

새벽이 오기 전 아버지가 주드를 깨웠고, 주드는 비틀거리며 텐트 밖으로 나와 알갱이 커피에 연유를 부어 마시고 따끈한 허시퍼피*를 먹었다. 아버지는 모카신**을 찾고 있었다. 그는 긴 장화를 주

---

* 옥수수 가루로 만든 작은 튀김. 주로 미국 남부에서 먹는다.
** 북아메리카 남부의 늪지에 사는 독사.

드에게 주고 자신은 청바지와 부츠로만 보호한 채 늪지 속으로 힘겹게 걸어들어갔다. 자신은 여러 번 물려서 아무렇지 않다고 했다. 그리고 아들에게 막대기를 건네며 바위에서 햇볕을 쬐고 있는 검은 사선 모양의 것을 손짓해 가리켰다. 뱀을 잡을 수 있으려면, 소년은 그것을 공간 속의 선으로, 그저 점과 점이 연결된 것으로 상상해야 했다. 뱀은 몸을 비틀어 숫자 1에서 3으로, 이어 8이 된 뒤 패배했고, 그는 그것을 자루에 담았다. 그들은 묵묵히 일했고, 풍요로운 자연의 플로리다가 쏟아내는 소리만이 그들의 귀를 채웠다. 두려움 없는 새들, 요란하게 울어대는 벌레들.

그날 하루가 끝나고 다시 트럭에 올라탔을 때, 주드는 용감해지려고 무진장 애를 썼던 탓에 다리가 후들거렸다. 그러니 이제 너도 알 테지, 아버지가 기이하고 성스러운 목소리로 말했다. 하지만 그때 주드는 너무 피곤해서 그 말을 이해하는 데 필요한 질문을 하지 못했고, 심지어 그 이후로도, 그가 아버지의 나이가 될 때까지도 그러지 못했다.

아버지가 주드의 옷장에 뱀 먹이로 쓸 쥐를 넣어두기 시작하자, 주드는 죽을 운명의 쥐들이 찍찍거리는 소리를 피하려고 고등학교 육상부에 들어갔다. 그는 220야드 장애물 경기에서 재능을 발견했다. 그가 주州 단위 경기에서 트로피를 받아 돌아왔을 때 아버지는 잠시 트로피를 들고 있다 내려놓았다.

흑인들이 달리기 시합에 나가는 게 허용되면 상황은 달라지지, 아버지가 말했다.

주드가 아무 말 하지 않자 아버지가 말했다. 내가 그 인종을 좋아하지 않는다는 건 하느님도 알겠지만, 보통의 흑인도 내가 아는 어떤 백인 남자보다 더 빨리 뛸 수 있다.

주드는 이번에도 아무런 대꾸를 하지 않았지만, 아버지를 피했고 저녁에 먹을 스테이크를 만들 때도 아버지 것을 따로 만들지 않았다. 그가 여전히 아버지에게 말을 하고 있지 않던 시기에 아버지가 일박으로 집을 떠났고 일주일이 지나도 돌아오지 않았다. 주드는 그런 일에는 익숙해서 놀라지 않았지만, 돈이 다 떨어졌는데도 아버지는 여전히 돌아오지 않았다.

주드가 대학 직원에게 그 사실을 알리자 직원은 대학원생들을 주드의 아버지가 목격되었다는 장소로 보냈다. 그들은 텐트 안에서 몸이 부풀고 얼굴이 검게 변한 채 혀를 내민 나이든 남자를 발견했다. 주드는 그때 깨달았다. 자신이 가장 사랑하는 것이라 해도 자신을 죽일 수 있다는 것을. 그는 그 깨달음을 뼈에 새겼고, 그때부터 모든 결정을 내릴 때 그것을 생각했다.

장례식 날 그는 아버지에 대한 왜곡된 의리 때문에 삼촌을 피했다. 어머니가 남편을 잃은 사실을 알고 있는지도 알 수 없었다. 아마 모를 거라고 짐작했다. 학교에서는 누구에게도 아버지가 죽었다는 말을 하지 않았다. 그는 자신이 바다 한가운데에 있는 섬이라고 생각했다. 저멀리 다른 섬을 볼 희망도 없고, 심지어 지나가는 배를 볼 희망마저 없는 섬.

주드는 그 집에서 혼자 살았다. 쥐는 죽게 내버려두었고, 뱀은 높이 던져 늪지 속으로 구불구불 포물선을 그리며 날아가게 했다. 고약한 파충류 냄새가 사라지고 반짝거릴 때까지 집을 박박 문질러 닦은 뒤, 어머니에게 어울리는 집이 될 때까지 밀랍, 페인트, 광택제를 발랐다. 그리고 기다렸다. 하지만 어머니는 오지 않았다.

고등학교를 졸업한 날, 주드는 옷가지를 챙기고 집을 다 잠근 뒤 보스턴행 기차에 올라탔다. 어머니가 거기 산다는 말을 삼촌에게서 들었고, 그 도시의 대학에 지원해 합격통지를 받았다. 어머니는 작고 어두운 거리에서 서점을 하고 있었다. 주드는 그 앞을 천천히 지나다니기만 하다가 한 달이 지나서야 안으로 들어가볼 용기를 냈다. 어머니가 뒤쪽에 있거나 책을 선반에 정리하고 있거나 누군가와 이야기를 나누면서 웃고 있는 것을 보면 그는 가슴속이 어둠으로 뒤덮이는 것 같았고, 운명이 오늘은 아니라고 신호를 보낸 거라고 생각했다. 그가 안으로 들어간 것은, 그녀가 계산대에 혼자 있었기 때문이었다. 쉬고 있는 어머니의 얼굴―눈 밑이 처지고 밀랍 같았다―이 너무 슬퍼 보여서 그 모습을 보자 그의 머릿속에서 다른 생각이 싹 씻겨나갔다.

그녀는 소리 없는 비명을 내지르며 일어서서 그에게 날아오듯 달려왔다. 그가 감정을 억제하며 그녀를 안았다. 그녀에게서 고양이 냄새가 났고, 짧은 시간 동안 몸무게가 훅 줄어든 것처럼 옷이 헐렁하게 펄럭거렸다. 그는 아버지가 돌아가신 사실을 말했고, 그녀는 고개를 끄덕이며 알고 있어, 아가, 꿈을 꿨어, 하고 말했다.

그가 떠나려고 하자 그녀가 못 가게 했다. 그를 자신의 집으로 끌고 가다시피 해, 카르보나라 스파게티를 만들어준 뒤 카우치에 깨끗한 시트를 깔아주었다. 그녀가 키우는 고양이 세 마리가 침실

문 밑에서 애처롭게 울었고, 그녀가 안으로 데리고 들어가서야 잠잠해졌다. 한밤중에 그가 잠에서 깼는데 어머니가 안락의자에 앉아 있었다. 손깍지를 끼고 눈물이 맺혀 반짝거리는 눈으로 그를 바라보고 있었다. 그는 눈을 감고 주먹을 꽉 쥐었다. 뻣뻣이 누운 채, 누군가가 자신을 지켜보고 있다는 느낌이 고통스러워 거의 비명을 지를 뻔했다.

그는 일주일에 한 번 그녀를 보러 갔지만, 저녁을 먹으러 오라는 초대는 모두 거절했다. 그는 그녀의 짙은 사랑도, 늦어버린 사랑도 견딜 수가 없었다. 그가 대학교 3학년 때, 오랜 시간 괴롭혀온 질병이 어머니를 완전히 덮쳐, 어머니마저 그를 떠났다. 이제 그는 혼자였다.

이제는 숫자 말고 아무것도 없었다.

나중에는 숫자 말고도, 주드가 구멍 뚫린 용지를 집어넣는 일을 한 실험실의 크고 기막히게 아름다운 기계와 부릉거리는 소리가 죽이게 멋져서 타고 다닌 오토바이도 생겼다. 그에게 수업이 맡겨졌지만, 그는 연구에 더 적합하다는 말과 함께 한 달 뒤에 철회되었다. 이십대 후반에는 말 한마디 하지 않아도 술 취한 멍청한 여자들을 꼬드길 수 있었는데, 그건 그 여자들이 그의 안에 똬리를 튼 위험인자를 느꼈기 때문이었다.

그는 빙판이 된 도로에서 과속을 하며 오토바이를 탔다. 밤에는 대백상어가 출몰하는 만에서 수영을 했다. 눈의 역학에 대해 어렴풋한 개념만 지닌 채 스키 슬로프를 질주하며 활강했다. 맥주를 너무 많이 마셨고, 어느 날 아침 눈을 떠 임신한 여자만큼 커진 자신의 배를 발견했다. 웃으니 배가 흔들렸고, 그는 그 출렁거림이 마음에 들었다. 위로가 되었다. 어린아이가 온종일 품에 끌어안고 다니는 베개처럼.

서른 살이 됐을 즈음 주드는 지쳐 있었다. 그는 교각에, 그것들의 인장강도引張強度에, 그 아래로 흐르는 차가운 강물에 마음이 이끌렸다. 피부 아래 멍이 맺히는 것처럼, 생각들 아래 결심이 굳고 있었다.

그러다 어느 날 길을 건너는데, 그가 미처 못 본 사이 빵 트럭이 그를 쳤다. 효모가 듬뿍 들고 따끈해서 쟁반 위에서 여전히 부풀고 있는 부드러운 저녁식사용 롤이 가득 든 트럭이었다. 그가 의식을 찾았을 때 그의 다리는 원래 형태를 알아볼 수 없을 만큼 뒤틀려 있었고, 한쪽 치아는 다 빠져 있었고, 머리는 그를 걱정하며 울고 있는 여자의 무릎에 놓여 있었다. 모르는 여자였는데, 그녀의 치마가 그의 피로 물들어 있었다. 그들 주위에 따뜻한 빵 무더기가 흩어져 있는 게 보였다. 그 빵이 그의 몸에 고통을 되살려냈다. 깊은 따뜻함, 그리고 좋은 냄새. 그는 소리를 지르지 않으려고 여자의 치맛단을 물었다.

그녀는 그를 태우고 병원으로 갔고, 그가 잠들어 혹시라도 의식 불명 상태에 빠질까봐 밤새 곁을 지켰다. 그녀는 따뜻하고 편안했고, 그보다 세 살이 더 많았으며, 다리가 굵었다. 어느 길에서 골동품가게를 하는데, 가게가 코딱지만해서 창문에 햇볕도 들지 않는다고 했다. 그는 고요하고 어두컴컴한 가게에 있는 그녀를, 크리덴자*에서 크리덴자로 옮겨다니는 그녀의 모습을 상상했다. 그녀는 그를 보러 병원에 오면 그에게 라이스푸딩을 먹여주었고, 정수리 부분이 판판해질 때까지 그의 헝클어진 머리칼을 조심스럽게 빗겨주었다.

어느 날 밤 그는 화들짝 놀라며 잠에서 깼다. 병원 창문으로 성난 듯 환하게 떠 있는 별들이 보였고, 병실 안에서 누군가가 숨을 쉬고 있었다. 그의 가슴팍이 무겁게 느껴졌다. 내려다보니 잠든 여자의 머리가 보였다. 잠깐 동안 그는 그녀가 누군지 몰랐다. 그녀를 알아봤을 때 알 수 없는 감정이 그의 안을 파고들었다. 그는 결코 그녀를 알지 못할 것이다. 다른 사람을 안다는 것은 붙잡을 수 없는 것, 구름 같은 것이었다. 그는 마음속에 다른 누군가를 결코 등호 같은 뭔가로 받아들이지 못할 것이다. 순수하고 완전한 뭔가로. 그는 그녀의 숱이 적은 머리의 가르마에 집중했다. 이런 어둠 속에 이렇게 가까이서 보니 그것은 하얀 밀랍에 솜씨 없이 기운 바늘땀처럼 보였다. 그는 공포가 걷힐 때까지, 그녀의 냄새, 감지 않은 머리칼의 시큼한 냄새와 얼굴을 씻을 때 사용했을 라벤더향 비누 냄새가 훅 올라올 때까지 가르마를 응시했고, 그녀의 온기에 코를 대고 그녀를 들이마셨다.

새벽에 그녀는 잠에서 깼다. 병원복의 접힌 부분 때문에 뺨에 눌린 자국이 나 있었다. 그녀가 영문을 모르겠다는 듯 그를 쳐다보자 그가 웃었다. 그녀는 입가에 흐른 침을 닦아내고는 속상한 듯 고개를 돌렸다. 그는 그녀와 결혼했다. 그 밤이 지나는 동안, 그러지 않는 것은 이미 선택지가 아니게 되었으므로.

---

* 르네상스 시대의 수납장.

걷는 법을 다시 배우고 있을 때, 그는 플로리다의 대학에서 편지 한 통을 받았다. 아버지의 땅을 팔면 어마어마한 돈을 주겠다는 제안이었다.

그래서 그들은 소나무와 차가운 물과 아내의 밀가루반죽 같은 살이 비키니에 눌린 자국을 볼 수 있는 사우전드아일랜드로 신혼여행을 가는 대신 침대칸이 있는 플로리다행 기차를 탔고, 뜨거운 열기 속에서 대학 캠퍼스 가장자리로 걸어갔다. 그가 오크나무 언덕들이 방대하게 펼쳐져 있었다고 기억하는 자리에 직선의 벽돌 건물들이 들어서 있었다. 이끼가 자란 웅덩이들은 이제 주차장이 되어 있었다.

100에이커에 달하는 아버지의 땅에만 팰머토와 넝쿨이 무성했다. 그는 아내의 실용적인 여행용 바지에 붙은 빨간 벌레를 손으로 쓸어내고, 그녀를 아버지의 집으로 데리고 들어갔다. 흰개미가 바닥 판자를 파먹은 자리가 길게 남아 있었지만, 크래커양식의 튼튼한 그 집은 대체로 황폐함을 면한 상태였다. 아내는 소나무 심재로 만들어진 벽난로 선반을 만져본 뒤 기쁜 표정으로 그를 돌아보았다. 나중에, 그가 식료품을 사서 박스에 담아 들고 돌아와보니 부엌이 깨끗이 닦여 있었다. 그리고 2층에서 쿵하는 소리가 세 번 들려 뛰어올라가니, 아내가 욕조에서 검은 뱀 한 마리를 맨발 뒤꿈치로 밟아 죽인 뒤 제풀에 놀라 웃고 있었다.

그가 발견한 그녀의 모습은 참으로 굉장했다. 반쯤 벗은 몸으로 발치에 죽은 뱀을 놓고 전사처럼 선 발키리*. 그녀의 몸은 모든 것이 정점에 달해 있었다. 물론 그는 그 말을 입 밖에 내지는 않았다. 할 수가 없었다. 그저 손을 뻗어 그녀의 몸을 만졌을 뿐이었다.

밤중에 그녀는 그에게로 몸을 굴려 자신의 발목을 그의 발목에 감았다. 좋아, 그녀가 말했다. 여기서 지내자.

내가 그러자고 한 거 아니야, 그가 말했다.

그러자 그녀가 좀 쓸쓸하게 웃더니 말했다. 그래, 당신이 그러자고 한 거 아니야.

그들은 그가 태어난 집으로 짐을 옮겼다. 에어컨을 설치했고, 구조를 개조했고, 큰 건물을 증축했다. 아내는 가게를 열었고, 가게에 진열할 골동품을 사러 마이애미와 애틀랜타로 운전해서 다녀왔다. 그는 아버지의 땅을 팔되 천천히 조각조각 팔았다. 땅은 팔 때마다 현기증이 날 정도로 값이 치솟았다. 숫자가 그의 안에서 살았고, 그를 따뜻하게 해주었고, 그에게 활기와 기쁨을 가져다주었다. 주드는 돈을 아주 영리하게 투자했고, 그들이 삼십대 중반이 되었을 때 그는 와인 한 병을 따면서 그녀에게, 앞으로 그들 중 누구도 다시 일할 필요가 없을 거라고 선언했다. 아내는 웃고 와인을 마셨지만 가게는 계속 했다. 그녀의 나이가 거의 너무 많다고 생각될 무렵 그들 사이에 딸이 태어났다. 아이의 이름은 그의 어머니 이름을 따서 지었다.

집에서 처음으로 아기를 안아보았을 때, 그는 자신이 여태 이 울긋불긋한 살덩이에게 겁을 집어먹은 것만큼 겁먹은 적이 없었다는 사실을 깨달았다. 그럴 의도 없이도, 그는 얼마나 쉽게 이 아이

---

* 북유럽신화에 나오는 여성들로, 용감한 전사자의 영혼을 천계로 인도한다.

를 부숴버릴 수 있는가. 아이가 그의 손에서 미끄러져 바닥에서 쪼개질 수도 있었다. 그가 목욕을 시키다가 아이가 폐렴에 걸릴 수도 있었다. 화가 난 그가 끔찍한 말을 해서 아기가 쪼그라들 수도 있었다. 그가 저지를 수 있는 모든 실수가 그의 앞에 망원경으로 보듯 펼쳐졌다. 아내는 그의 얼굴이 하얗게 질리는 것을 보았고, 그가 쓰러지기 직전에 그의 손에서 아기를 빼앗아갔다. 그가 정신을 차렸을 때 그녀는 안색이 어두웠으나 침착했다. 그는 거부했지만, 그녀는 그의 손에 아기를 안겨주었다.

다시 해봐, 그녀가 말했다.

딸은 아내처럼 튼튼한 금발의 여자로 자라났지만, 주드가 가진 숫자에 대한 천재적인 재능은 눈곱만큼도 찾아볼 수 없었다. 숫자는 아이의 입안에 든 비스킷처럼 건조한 것이었다. 아이는 음악과 영어를 더 좋아했다. 그는 그것이 기뻤다. 아이는 더 온유하고, 외부로 더 열린 사랑을 할 수 있을 것이다. 아이 엄마가 하듯 보듬어줄 수는 없어도, 그는 여전히 자신이 좋은 아버지라고 생각했다. 그는 결코 아이를 때리지 않았고, 결코 집에 혼자 두지도 않았다. 아이가 좋아할 만한 것은 뭐든 사주면서 자신이 아이를 얼마나 사랑하는지 말해주었다. 그는 조용한 아버지였지만, 자신의 마음이 얼마나 큰지 아이가 알 거라고 확신했다.

그러나 딸의 유난히 짜증스러운 표정은 자라서도 결코 없어지지 않았다. 그것은 경쟁심 때문에 긴장한 표정, 아주 어린 꼬마였을 때 부활절 달걀 찾기 시합을 하면서 처음 나타난 표정이었다. 주드의 어린 딸은 풀물이 든 블루머를 입어 걸음을 옮기기가 불편했음에도, 다른 아이들이 플로리다의 햇볕을 피해 그늘에서 쉬면서 전

리품인 초콜릿을 먹는 동안, 사고야자나무 속에 너무 교묘히 숨겨져 있어 맨 처음 우르르 달려가 찾을 때 발견하지 못한 달걀을 계속 찾아 들고 돌아왔다. 아이는 흘러넘칠 때까지 그의 무릎에 달걀을 수북이 쌓았고, 그가 이만하면 충분하다고 단호하게 말하자 소리를 꽥 질렀다.

한번은 그의 뚱뚱하고 나이든 삼촌이 저녁을 먹으러 왔다. 그러다 일주일에 한 번씩 오게 되었고, 곧 그들은 친구가 되었다. 삼촌은 카나리아에게 먹이를 주던 중에 동맥류로 숨졌고, 주드에게 좀먹은 스모킹재킷*과 장식적인 액자에 넣은 가족사진들을 유산으로 남겼다.

대학은 주드가 남겨둔 10에이커의 땅 주위로 점점 더 커져갔다. 그 땅은 오래된 집과 나머지 세상 사이의 보호 쿠션 같은 것이었다. 남은 땅 주위로 더 많은 건축물이 들어설수록 주드의 눈에 띄는 뱀의 수는 더 줄었다. 이제 그는 진입로 끝으로 쓰레기를 버리러 가면서 세인트오거스틴의 풀밭을 거리낌없이 맨발로 걸을 수 있었다. 그는 자신의 땅 주위에 울타리를 쳤고, 대학에서 제시하는 액수가 점점 높아지는 것을 보고 그들이 필사적인 것을 감지하면서 대학의 제안을 비웃었다. 그는 자신이 부지런히 움직이는 세포 속에 잠복해 인내심 있게 기다리는 바이러스라고 생각했다. 늪지의 물길이 대학의 공사 때문에 막혀 작은 호수가 되었다. 그는 호

---

* 과거 남자들이 담배를 피울 때 입던, 보통 벨벳으로 된 상의.

수에 모기가 오지 못하도록 분수식 수도꼭지를 설치했다. 거기 앨리게이터들이 살았는데, 가끔은 아주 큰 놈이었다. 그는 그 안에 보이지 않는 울타리를 쳐서, 가족의 개가 물가로 너무 가까이 갔다가 잡아먹히는 일이 없도록 했다. 앨리게이터들은 강둑에서 개를 노려볼 수 있을 뿐이었다.

그러던 어느 날, 주드는 벨자*가 내려와 그를 덮는 느낌과 함께 눈을 떴다. 그는 찜찜한 기분으로 샤워를 하고서 한동안 침대 가장자리에 앉아 있었다. 아내가 그에게 뭔가 말하려고 들어왔고, 그는 아내의 입이 물고기처럼 벙긋벙긋 소리 없이 열리고 닫히는 것을 혼란스럽게 쳐다보았다.

귀가 먼 것 같아, 그가 말했다. 자신이 하는 말이 들리지 않고 두개골의 뼈에서 진동하는 것이 느껴질 뿐이었다.

병원에 가서 이런저런 검사를 받아보았지만 아무도 그의 뇌나 귀가 어떻게 잘못되었는지 알아내지 못했다. 그들은 그에게 청각 보조 장치를 주었고, 그것을 착용하자 대화가 물속의 지껄임처럼 들렸다. 대체로 그는 그것을 착용하지 않고 지냈다.

밤중에 그는 카레로 요리한 치킨과 생양파, 통조림 복숭아가 몹시 먹고 싶어 방에서 나와 어두운 부엌으로 갔다. 톡 쏘는 단순한 맛이 그가 아직 그곳에 존재함을 일깨워주었다. 딸이 아일랜드식 탁 앞에 서 있었는데, 딸의 사랑스럽고도 심술궂은 얼굴이 화면의 불빛을 받아 환했다. 딸은 얼굴을 찡그리고 그가 볼 수 있도록 화면을 돌려 자신이 찾아낸 것을 보여주었다. 달팽이관 이식, 청각

---

* 종 모양의 유리 덮개.

재활, 기적들.

하지만 어떤 것도 그에게 도움이 되지 않았다. 그는 저주를 받은 것이었다. 추수감사절 저녁식사에서 고구마를 먹다가 그는 울고 싶어졌다. 가족들이 그의 주위에 모여 있었다. 아내와 딸과 그들의 친한 친구들, 친구들의 자녀들. 그는 그들이 웃는 모습은 볼 수 있어도 농담은 들을 수 없었다. 그는 누군가가 고개를 들고 식탁 끝에 앉은 자신을 봐주기를, 손을 뻗어 자신의 손을 가볍게 두드려주기를 간절히 바랐다. 하지만 그들은 너무 행복했다. 그들은 포크 가득 음식을 집어 입안으로 밀어넣었고, 깨끗이 비워진 포크를 다시 꺼냈다. 칠면조 고기의 살을 발라먹었고, 스푼으로 파이의 피칸을 떠먹었다.

식사가 끝나고, 설거지를 하느라 틀어놓은 뜨거운 물 때문에 그의 팔이 따끔거릴 때, 그들은 앉아서 함께 축구를 보았다. 그리고 그는 두 다리를 받침대에 올려놓고 의자에 누웠고, 아이들은 모두 카우치 위 그의 주변에서 잠들었다. 그만 혼자 멀뚱히 눈을 뜨고 그들이 잠든 것을 지켜보며 앉아 있었다.

딸이 대학 입학을 위해 보스턴으로 가던 날, 아내가 따라갔다.

그녀는 아주 신중하게 입을 벙긋거려 그에게 말했다. 나흘인데 괜찮겠어? 혼자 잘 지낼 수 있겠어?

그러자 그가 말했다. 그럼, 당연하지, 나는 어른이야, 여보. 그녀가 움찔 놀라는 것으로 보아 그가 너무 크게 말한 것 같았다. 그가 차에 그들의 가방을 실어주었고, 딸은 그의 품에 안겨 울었다. 그는 딸의 정수리에 몇 번이고 키스해주었다. 아내는 그를 걱정스럽게 쳐다보더니 그에게 키스하고 차에 올라탔다. 그리고 다른 모든 것처럼, 차도 소리 없이 멀어졌다.

혼자 남은 집은 어마어마하게 크게 느껴졌다. 그는 어린 시절 자신의 침실이었던 서재에 앉았고, 그러자 그 장소가 예전 모습으로 보이는 것 같았다. 집 건물 위에 올려 지은 방, 가구는 없고 뱀이 우글거리고 대리석과 밝은 색깔 벽과 머리 위로 트랙 조명이 있던 곳.

그날 밤 그는 보청기 볼륨을 아주 크게 키워놓고 기다렸다. 날카롭게 삑삑거리는 소리에 귀가 아플 정도였다. 그는 고통을 원했다. 그는 시트콤을 보다 잠이 들었다. 소리가 없는 시트콤은 이상해 보이는 사람들이 얼굴에 표정을 크게 짓는 것에 지나지 않았다. 눈을 떴는데 겨우 저녁 여덟시였고, 평생 이렇게 혼자였던 것처럼 느껴졌다.

그는 침대 위 자기 옆에 누운 아내의 육중한 몸을, 그녀가 만들어주는 샌드위치(마요네즈가 너무 많이 들어갔지만 그걸 아내에게 말한 적은 없었다)를, 아침의 습한 욕실에서 풍기는 그녀의 바디워시 냄새를 자신이 이렇게 그리워할 줄 몰랐다.

두번째 날 밤에 그는 베란다의 짙은 어둠 속에 앉아 한때 늪지였던 호수를 바라보았다. 그는 거기 살던 파충류들이 어떻게 됐을지, 어디로 갔을지 궁금했다. 어둠 속에 혼자 있으면서, 주드는 밤시간의 대학이 분출하는 소리를 들을 수 있으면 좋겠다고 생각했다. 술취한 학생들이 고래고래 질러대는 소리, 딩딩거리는 베이스 소리, 경기장에서 축구 시합을 하는 소리. 주드와 그의 아내는 그 소리들에 짜증을 내며 꿍얼거렸었다. 하지만 그에게 밤이 이렇게 고요하니, 어디에 있어도, 수백 마일 펼쳐진 황무지 한복판에 있어도 마찬가지였을 것이다. 심지어 모기도 얼마간 감소했다. 어린아이였다면 지금쯤 그는 온몸이 퉁퉁 붓고 가려웠을 것이다.

잠이 오지 않자 주드는 지붕 위로 올라가, 자꾸 아래로 내려오는 오크나무 가지 때문에 가운데가 구부러진 홈통을 폈다. 손과 무릎을 짚어가며 낮의 열기로 아직 뜨거운 석면 널판 지붕을 건너가, 굴뚝의 빗물막이 철판을 고쳤다. 위에서 내려다보니 대학은 그의 주위로 똬리를 튼 모양새였다. 가로등 불빛 아래, 여학생 클럽 회원인 여학생들이 몸에 붙는 밝은 색깔 원피스를 입고 하이힐을 신은 채 개미떼처럼 언덕을 줄지어 오르고 있었다.

그는 새벽녘에 마지못해 아래로 내려와 참치캔 하나와 찬물이 든 물통을 들고 호숫가로 갔다. 거기서 아내가 몇 년 전에 그에게 사준 소형 알루미늄 보트를 뒤집었다. 취미로 낚시를 해보라고 사준 것이었다.

낚시? 그가 말했다. 어렸을 때 이후로 낚시해본 적 없어. 그는 어린 시절에 잡았던 청어와 동갈치와 농어를, 아버지가 한마디 칭찬도 없이 뒷문 옆 나무에서 딴 레몬과 함께 그것을 요리하던 것을 떠올렸다. 아내가 움찔한 것으로 보아 그는 틀림없이 얼굴을 찡그렸을 것이다.

취미로 하면 좋을 것 같았는데, 그녀가 말했었다. 마음에 안 들면 다른 취미를 찾아봐. 아니면 또다른 뭔가를.

그는 아내에게 고맙다고 말했지만, 시간을 내서 그 낚싯대를 쓰거나 배를 탄 적은 없었다. 배는 그 자리에 있었고, 밝은색의 불룩한 부분은 꽃가루가 켜켜이 쌓여 색깔이 흐릿해져 있었다. 지금이 그때였다. 그는 규정할 수 없는 무언가에 굶주려 있었다. 그가 아주 오래전에 버리고 떠났다고 생각한 그 무언가에. 어쩌면 호수에서 그것을 발견할 수 있을지도 몰랐다.

그는 배를 밀어 호수에 띄우고 노를 저어 나아갔다. 바람은 없었고, 해는 이미 이글이글 타오르고 있었다. 물은 뜨거웠고, 해조류 때문에 뻑뻑했다. 사이프러스나무들 사이에 왜가리가 외다리로 서 있었다. 뭔가 큰 생물이 점프를 하자 여러 원이 만들어져 배쪽으로 퍼졌고, 배가 살짝 흔들렸다. 주드는 마음을 편히 먹으려고 해보았지만 진땀이 났다. 이제 모기들이 그의 냄새를 맡고 우글우글 몰려들었다. 그가 기억하는 호수는 소리들로 촘촘히 짠 태피스트리 같았기에 지금의 정적은 기괴하게 느껴졌다. 캐나다두루미와 매미와 부엉이가 내는 딸깍거리는 소리나 윙윙거리는 소리. 너무 멀어 정체를 알 수 없는, 인간보다 미천한 동물의 신비로운 울음소리. 그가 원한 것은 자신이 잃어버린 무언가와 연결되는 것이었지만, 그것은 여기 없었다.

그는 포기했다. 하지만 노를 저어 다시 돌아가려고 똑바로 앉았을 때 양쪽 노가 노받이에서 모두 빠져나가 둥둥 떠내려가버렸다. 노는 10피트 떨어진 곳에, 좀개구리밥에 걸렸다.

호수는 뻑뻑한 물속에 위험 요소들을 감추고 있었다. 하지만 그는 그 안에 뭐가 있는지 알았다. 앨리게이터가 있었다. 툭 불거진 눈이 지금도 그를 지켜보고 있었다. 요전날 침실에서 쌍안경으로 한 마리를 보았는데, 길이가 적어도 14피트는 되어 보였다. 지금 그의 가까이 어딘가에 그것의 존재가 느껴졌다. 이곳은 더는 초원이 아니었지만, 호숫가 썩은 잎 아래 여전히 뱀 몇 마리와 독사 코튼마우스, 코퍼헤드, 피그미가 있었다. 그리고 물 자체가 위험했다. 물이 지나치게 뜨거워지면, 코로 들어가서 뇌를 감염시키는 편모충이 생겨났다. 무한수의 극소한 미생물이 뇌를 먹어치웠다. 머리 위로는 불타는 태양이 있었고, 모기들은 그의 피를 빨아먹었다. 그리고 정적이 흘렀다. 이런 공포의 진탕 속에서 헤엄치지는 않을 것이다. 그가 불안해서 일어서자 배가 몇 인치 이동하는 것이 느껴졌다. 그는 뱃전을 붙잡고 쿵 주저앉았다. 숨막히는 날, 지금 그는 호숫가로부터 100피트 떨어진 곳에 있었다. 그가 바람에 떠밀려 호숫가로 돌아가는 일은 없을 것이었다. 이곳에 평생 붙들려 있게 될 것이었다. 이틀 뒤 집으로 돌아온 아내가 그의 시신을 태운 작은 보트가 떠 있는 것을 보게 될 것이었다. 그는 마음을 진정시키기 위해 물을 좀 마셨다. 머릿속에서 알고리듬을 떠올려보려 했지만, 그런 재미는 이미 사라지고 없었다.

지금은 침묵하는 새들과 태양과 모기뿐이었다. 아래는 슬금슬금 움직이는 포식자들의 세계였다. 정교한 컵 모양의 작은 보트 안에는 그 혼자였다. 그는 눈을 감았고 귀로 심장이 뛰는 걸 느꼈다.

그는 의심에 사로잡힐 만큼의 시간을 가져본 적이 한 번도 없었다. 이제 그가 가진 것은 시간뿐이었다. 시간이 방울방울 흘러갔다. 진땀이 났다. 몸이 아팠다. 햇볕은 점점 뜨거워질 뿐이었고, 한숨을 돌릴 곳도, 햇볕을 피할 곳도 없었다.

주드는 스르르 잠이 들었다가 잠에서 깼다. 하지만 눈을 뜨면 아버지가 뱃머리에 앉아 그를 노려보고 있을 거란 사실을 알았다. 아버지가 가장 사랑한 것을 망가뜨려놓았으니 주드는 정말로 몹쓸 아들이었다. 그의 안에서 해묵은 공포가 일어났다. 목안이 건조했지만 가능한 한 그것을 잘 삼켰다. 눈을 뜨지 않을 것이다. 아버지가 만족감을 느끼게 하지 않을 것이다.

가세요, 그가 말했다. 저를 이대로 두세요. 그의 목소리는 머리 안에서만 우르르 울릴 뿐이었다.

아버지는 뱃머리에서 검고 농밀한 덩어리로 존재하며 인내심 있게 조용히 기다렸다.

저는 아버지와 달라요, 잠시 후 주드가 말했다. 저는 사람보다 뱀을 더 좋아하지 않아요.

태양이 공기를 내리눌렀다. 공기에서 맡아지는 냄새는 아버지의 냄새였다. 주드는 입으로 숨을 쉬었다.

조금 더 뒤에 그가 말했다. 아버지는 비열하고 불행한 사람이었어요. 저는 늘 아버지를 미워했어요.

하지만 그 말이 가혹한 듯해서, 전적으로 진심은 아니에요, 하고 덧붙였다.

그는 이 호수에 대해 생각했다. 아버지가 주드의 삶을 어떻게 바라볼지 생각했다. 그토록 정교한 생태계. 정확히 측정되어 결국 주드에 의해 그 사랑이, 그 땅이 조각조각 나뉘어 파괴되었다. 탐욕, 대학의 게걸스러운 식욕. 죽임을 당한 비늘 달린 생물들. 함께 모카신을 잡으러 나간 그날 아버지의 목소리에 배어 있던 경외감. 오래전 숫자를 사랑하던 그때 주드 안에 깃들어 있던 밝고 예리한 사랑. 주드가 보여준 가능성은 실현되지 않았고, 그가 내린 선택은 열정적인 것이 아니었다. 주드는 줄곧 안전하게 살아왔다.

그리고, 그럼에도, 여기 그가 있었다. 아버지가 텐트 안에서 숨졌을 때 그랬던 것처럼 그도 혼자였다. 고립된 채. 햇볕에 지쳐. 늙은 모습으로.

그는 절망에 빠져 위험한 물속으로 몸을 던질까 생각했다. 씹어 먹히는 꼴을 당해도 마땅할 것이다. 하지만 그 순간 바람이 불어와 그를 다시 호수 이편으로, 그의 집 쪽으로 밀기 시작했다. 그가 눈을 뜨자 아버지는 옆에 없었고, 뱃머리 저만치에서 그의 집이 서서히 모습을 드러냈다. 금방이라도 무너질 것 같은, 너무 큰, 미친 사람의 집. 지금은 차마 쳐다볼 수가 없어서 그는 시선을 돌렸다. 해가 완전히 사라졌다. 다리와 팔에 햇볕 화상으로 물집이 잡혀 고통스럽고 모기에 물린 자리가 크게 부어오르고 가려웠음에도, 그는 나중에야 자신이 깜박 잠들었던 것을 알아차렸다. 다시 눈을 떴을 때 별이 나와 있고 작은 보트는 호숫가로 밀린 채 코를 들고 있었기 때문이었다.

그가 일어섰고, 삭신이 쑤셨다. 그는 비틀비틀 호숫가로 걸어갔다.

그때 뭔가 크고 하얀 것이 그를 향해 돌진해오는 게 보였다. 아버지의 유령과 온종일 앉아 있었던 터라 그는 그것 역시 유령일 거라 생각했고, 침착하게 마음의 준비를 한 뒤 고개를 들어 쳐다보았다. 그 형체 뒤로 집에서 흘러나오는 불빛이 환했다. 은은한 금빛이 그 형체를 에워싸고 있었다. 하지만 그 형체가 바로 그의 앞에 와서 섰을 때, 그는 그것이 자신의 아내인 것을 알아보고 깜짝 놀랐다. 은은한 후광은 아내의 곱슬곱슬한 회색 머리칼이 불빛을 받은 것이었다. 바로 그 순간 그는 그녀가 예정보다 일찍 돌아왔다는 것을, 그에게 손을 내밀어 보드라운 손바닥을 그의 뺨에 대고 뭔가 말하고 있다는 것을 깨달았다. 그는 영원히 알지 못할 말을. 하지만 그녀가 웃는 방식으로 보아 그를 나무라고 있다는 것을 알 수 있었다. 그는 그녀에게 다가가 목덜미에 머리를 묻고, 거기에 자신의 부족함을 내쉬고 그녀의 사랑과 끈적거리는 여행의 흔적을 들이마셨다. 그리고 자신이 운이 좋았음을, 굶주린 어둠을 또 한번 모면했음을 깨달았다.

늑대가 된 개

폭풍우가 몰아쳐 고요를 지워버렸다.

음, 언니는 섬이란 결코 정말로 조용한 곳은 아니라고 생각했다. 폭풍우가 아니어도 파도가 쳤고 바람이 불었고 에어컨과 발전기가 가동되었고 짐승들이 어둠 속에서 돌아다녔다.

폭풍우는 다른 오두막의 침묵도 지워버렸다. 한참 동안, 웃는 소리도, 병뚜껑 떨어지는 소리도, 지난 이틀간 소녀들이 점점 익숙해졌던 말다툼 소리도 전혀 들리지 않았다.

그건 더는 어른들이 없기 때문이었다. 그들은 이 섬에 그들끼리만 남겨졌다. 어린 여자아이 둘만. 네 살과 일곱 살이었다. 예쁜 꼬맹이들, 낯선 사람들은 그들을 그렇게 불렀다. 인형같이 생겼네! 아이들은 얼굴이 어머니와 정확히 똑같이 생겼다. 앞으로 남자들이 엄청 꼬일걸요, 어머니는 농담을 하면서 염려스럽다는 듯 곁눈질로 아이들을 살폈다. 그녀는 좋은 어머니였다.

복슬복슬한 하얀 개는 적어도 울부짖던 것을 멈췄다. 그 개는 소녀들의 침대로 살금살금 다가오면서도 소녀들이 쓰다듬으려고 하면 손을 물었다. 그 짐승은 아이들에 대한 증오와 바깥의 사나운 폭풍우에 대한 증오 사이에서 갈피를 잡지 못했다.

언니가 말했다, 옛날 옛적에—
—공주가 살았어, 동생이 말했다.
토끼가 살았어, 언니가 말했다.
토끼 공주, 동생이 말했다.
옛날 옛적에 작은 자주색 여자 토끼가 살았어, 언니가 말했다. 어떤 남자가 그 토끼를 보고 그물로 잡았어. 토끼 가족이 못하게 하려고 했지만 그럴 수 없었어. 남자는 토끼를 도시에 있는 애완동물가게로 데려갔고, 그들은 토끼를 상자에 넣어서 창가에 뒀어. 온종일 사람들이 자주색 토끼를 만지려고 상자 안에 손을 집어넣었어. 마침내 한 소녀가 가게로 들어와 그 토끼를 사서 집으로 데려갔어. 거긴 훨씬 좋았지. 하지만 토끼는 여전히 가족이 그리웠어. 토끼는 점점 자랐고, 소녀의 침대에서 소녀와 같이 잠을 잤지만, 대부분의 나날을 슬픔에 빠져 창밖만 바라봤어. 그러다 토끼는 자신이 토끼라는 사실을 잊기 시작했어. 어느 날 소녀는 목줄을 해서 토끼를 공원에 데려갔어. 토끼가 고개를 들었는데, 다른 토끼가 숲 가장자리에서 자기를 쳐다보고 있는 거야. 그들은 서로 한참 쳐다봤고, 마침내 토끼는 자신이 소녀가 아니라 토끼라는 사실을 기억해냈어. 그리고 그 다른 토끼는 친자매였어. 소녀가 토끼에게 잘해주고 먹을 것도 주었지만, 자신의 자매를 보고 토끼는 기회는 지금 뿐이라는 것을 알았어. 토끼는 목줄에서 빠져나와 가능한 한 빠르게 들판을 달려갔어. 토끼 자매는 깡충깡충 뛰어 숲속으로 들어갔어. 토끼 가족은 그 토끼를 다시 만나자 아주 기뻐했어. 파티를 열어 춤추고 노래하고 양배추와 당근을 먹었지. 끝.

동생은 잠들어 있었다. 낚시를 할 수 있게 기둥을 세워 지은 오두막 두 채는 기둥 위에서 흔들거렸고, 선거船渠는 해안에 맞닿은 채 삐걱거렸다. 바람이 부서진 창틀 틈새를 뚫고 들어와 말을 걸었고, 종려나무는 채찍을 휘둘렀으며, 파도는 산산이 부서지며 포효했다. 언니가 동생을 끌어안고 있었다.

밤새 소녀와 섬은 깨어 있었다. 섬은 결코 잠들지 않았기 때문에 그랬고, 소녀는 자신이 정신을 똑바로 차리고 있어야만 그들이 무사하리라는 것을 알았기 때문에 그랬다.

바다 한복판에 있는 섬의 낚시 캠프에 소녀들끼리만 남겨지기 전에는 스모키 조와 멜러니도 같이 있었다. 소녀들에게는 낯선 사람들이었다. 남자는 눈썹 위로 빨간색 반다나를 맸고, 여자의 셔츠는 여자의 살을 다 담아내지 못했다.

언니는 두 어른이 불안정하다는 것을 알아차렸다. 그들이 줄담배를 피우고 숨죽인 목소리로 말다툼을 했기 때문이었다. 그러는 동안 소녀들은 〈백설공주〉를 보고 또 보았다. 그들이 가져온 유일한 테이프였다. 오후에는 스모키 조가 소녀들을 섬 한가운데 연못으로 데려갔다. 이상한 곳이었다. 선거와 오두막이 있는 만의 모래밭에서 더 깊숙이 들어가면, 스펀지 같은 돌멩이가 깔린 땅은 점점 험해졌고 나무는 쪼그라들고 바람에 휜 듯 보였다.

조심해, 스모키 조가 그들에게 말했다. 오래전에 여기서 할리우드 영화를 찍었는데 그때 원숭이 몇 마리가 탈출했어. 가까이 다가가면 원숭이들이 너희 머리칼을 쥐어뜯고 그릇에서 음식을 훔쳐가고 머리에 똥을 던질걸. 그가 한 말은 아마 농담이었을 것이다. 확실하진 않았다.

그들은 원숭이는 한 마리도 보지 못했지만, 크고 검은 팰머토 벌레와 모랫길에 드러누워 일광욕을 하는 쥐잡이뱀과 스모키 조가 따오기라고 부른 목이 긴 하얀 새를 보았다.

오두막에서 멜러니는 그들에게 케첩이나 빵 없이 햄버거 패티만 주었고, 개는 성질이 지랄 같으니 만지지 말라고 했다. 동생은 그말을 듣지 않았고, 팔뚝에서 갑자기 피가 흘렀다. 멜러니가 어깨를 으쓱하며 말했다, 내가 뭐랬니. 언니가 소지품 가방에서 어머니의 긴 생리대를 하나 꺼내 스티커 쪽을 밖으로 해서 동생의 팔에 감아주었다.

스모키 조는 오후 내내 바깥에, 손가락처럼 생긴 녹색 바나나들이 주렁주렁 매달린 자주색 나무 아래 앉아 있었다. 그는 CB 라디오를 듣고 있었다. 그러다 일어서서 큰 목소리로 멜러니를 불렀다. 멜러니가 셔츠 아래 젖가슴과 배를 사방으로 출렁이며 달려나왔다. 언니는 스모키 조가 이렇게 말하는 것을 들었다, 쟤들은 여기두는 게 더 안전해.

멜러니가 오두막 안으로 고개를 빠끔 내밀었다. 원래는 하얀 피부였지만 햇볕에 태워 오렌지 색깔로 가무잡잡했다.

그녀가 말했다. 여기 있어. 누가 나타나도 남자는 절대 따라가면 안 돼. 얘들아, 내 말 들어. 여기 있어. 착하지. 몇 시간 안에 너희를 데려갈 여자를 보내줄게.

소녀들은 밖으로 나가 스모키 조와 멜러니가 선거 위를 달려가는 것을 지켜보았다. 멜러니가 괴성을 지르며 개를 불렀지만, 개는 그 자리에 서 있을 뿐 그녀를 따라가지 않았다. 조가 밧줄을 풀어 던졌고, 멜러니는 배 안으로 점프해서 들어갔는데 하마터면 타지 못할 뻔했다. 다리 한쪽이 물속에서 대롱거렸지만, 곧 그녀가 난간 너머로 다리를 옮겼고, 그러자 배는 전속력으로 나아갔다.

그 일이 있기 전에, 그러니까 스모키 조와 멜러니가 그 섬에 소녀들만 남겨두고 떠나기 바로 하루 전에, 소녀들의 어머니가 소녀들을 보러 소녀들의 오두막에 찾아왔었다. 화려하게 차려입었고, 몸에서는 정원냄새가 났다. 남자친구인 어네스토와 그의 배를 타고 나갈 거라면서, 예쁜 곰들, 한두 시간 있다 올 거야, 하고 말했다. 그녀는 그들을 바짝 끌어안았다. 얼굴에는 파란색 아이섀도를 발랐고, 속눈썹이 어찌나 숱이 많고 긴지 앞을 볼 수 있다는 게 신기할 정도였다. 그녀는 아이들의 뺨에 빨간색 키스 자국을 남겼다.

하지만 시간이 한참 흘러도 어머니는 돌아오지 않았다. 밤이 되자, 소녀들은 어쩔 수 없이 멜러니와 스모키 조의 오두막 바닥에서 잠을 잤다. 멜러니와 스모키 조가 침실 문 뒤에서 밤새 소곤거렸다.

그러기 이틀 전, 포트로더데일에서 소녀들의 어머니가 한밤중에 소녀들의 방으로 들어왔다. 그러고는 가방 안에 그들 물건 몇 가지를 휙휙 던져넣으며, 예쁜이들, 우리 배 타러 갈 거야! 어네스토가 우리를 부자로 만들어줄 거야, 하고 말하며 웃었다. 어머니는 너무 아름다워서 빛이 뿜어져나오는 것 같았다. 그들은 해가 뜨기도 전에 어네스토의 보트에 올라탔고, 어둠을 헤치고 빠르게 나아갔다. 그렇게 이 작은 섬에 오게 된 것이었다. 어른들은 다른 오두막에서 낮과 밤 내내 이야기를 나눴고, 어머니는 속으로는 몹시 흥분한 상태였으나 겉으로는 상기된 듯 보였다.

어네스토 이전에, 그를 만나기 이전에, 어머니가 신경이 곤두선 채 아주 늦게 귀가한 밤이 숱하게 많았다. 대개는 소녀들에게 저녁을 만들어준 뒤, 언니에게 동생 이를 닦이고 책을 읽어 재우는 일을 맡겼다. 언니는 어머니가 돌아올 때까지 절대 자기 침대에서 잠을 자지 않고 늘 동생 곁을 지켰다. 이따금 어머니는 집에 돌아와 잠옷 차림의 소녀들을 깨운 뒤 음악을 아주 크게 틀었고, 그들은 다 같이 춤을 추었다. 유리창에는 여전히 밤이 드리워져 있었고, 뜰에서는 스프링클러가 물을 뿜어내고 있었고, 어머니에게서는 보드카와 담배 연기와 돈 냄새가 났다. 어머니는 담배를 피우고 달걀 프라이와 팬케이크를 만들어 그 위에 딸기 아이스크림을 얹어주었다. 그녀는 함께 일하는 다른 여자들에 대해 말했다. 멍청이들, 그렇게 불렀다. 사기꾼들. 어머니는 다른 여자들을 믿지 않았다. 그들은 모두 도움을 주기보다는 조만간 등을 처먹을, 뒤에서 험담이나 쏟아내는 암컷들이었다. 어머니는 남자를 좋아했다. 남자는 쉬웠다. 남자는 무슨 생각을 하는지 알 수 있었다. 여자는 너무 복잡했다. 늘 추측을 해야 했다. 조금이라도 빈틈을 보이면 너희 인생을 망칠 거야, 어머니가 말했다.

포트로더데일의 이글거리는 태양 속으로 살러 오기 전에, 그들은 트래버스시티에 살았다. 그곳에 대해 언니가 기억하는 건 체리와 얼어붙을 듯 시린 손가락뿐이었다.

트래버스시티 전에는 새너제이에서 살았는데, 큰 알로에 식물들이 자라는 곳이었고, 그들의 아파트 아래 세탁소에서는 온종일 들들들 세탁기 돌아가는 소리가 났다.

새너제이 이전은 브루클린이었고, 그곳에서 동생이 그들에게 왔다. 챙이 젖혀진 모자를 쓰고 파란색과 분홍색 줄무늬의 작은 담요에 감싸인 채.

브루클린 이전은 피닉스였고, 거기서 동생의 아버지일지 모르는 남자와 같이 살았다.

피닉스 이전은 소녀가 너무 어려서 기억할 수 없었다. 혹은 아무것도 없었는지도.

그날 아침은 몹시 맑았다. 예전에 굿윌*에서 어머니가 유리잔 하나를 찾아냈는데, 손톱으로 치면 소리가 났다. 유리잔은 높고 완벽한 목소리로 노래했다. 폭풍우가 지나간 뒤의 햇빛은 바로 그런 느낌이었다.

그들에게 뭘 하지 말라고 말하는 사람이 아무도 없어서, 그들은 아침식사로 포도 젤리를 스푼으로 떠먹었다. 〈백설공주〉 비디오테이프를 다시 봤다.

개가 문 앞에서 낑낑거렸다. 욕실에 작은 패드를 깔아둬서, 개는 거기서 용변을 봤다. 멜러니는 게으르기 짝이 없어, 처음 그 패

---

* 구세군에서 운영하는 가게.

드를 봤을 때 어머니가 중얼거렸다. 어쩜 이렇게 게을러빠졌을까. 어쩌면 개는 바람을 좀 쐬고 싶은 건지도 모르겠다고 언니는 생각했다. 언니가 일어나 개에게 분홍색 목줄을 채우고 데리고 나갔다. 개가 계단을 너무 빠르게 내려가는 바람에 소녀는 목줄을 놓쳤다. 개가 소녀를 돌아보았고, 소녀는 개의 머릿속이 빠르게 회전하는 게 보였다. 개는 곧 한달음에 숲속으로 달려가버렸다. 소녀가 개를 소리쳐 불렀지만, 개는 돌아오지 않았다.

소녀는 안으로 들어갔고, 무슨 일이 일어났는지 동생에게 말하지 않았다. 저녁때—참치와 크래커와 치즈를 먹었다—가 되어서야 동생이 주위를 둘러보더니 말했다. 개는 어디 갔어?

언니가 어깨를 으쓱하며 말했다. 달아난 것 같아.

동생이 울기 시작했다. 두 소녀는 물그릇과 참치캔을 가지고 나가, 캔을 딴 뒤 개를 부르고 또 불렀다. 개가 숲에서 빠르게 달려나왔다. 털에 잔가지가 붙어 있고 배에 진흙이 묻어 있었지만 개는 행복해 보였다. 소녀들 가까이로는 오지 않으려고 하면서 그들이 안으로 들어갈 때까지 그르렁거리기만 했다. 그러고는 방충문으로 그들을 지켜보며 게걸스레 음식을 먹어치웠다. 언니가 문밖으로 달려나가 목줄을 잡으려 했지만, 개는 매우 빠르게 다시 사라져버렸다.

동생은 언니가 멜러니의 쿠키를 가져온 뒤에야 울음을 그쳤다. 내 오레오에 손도 대지 마, 멜러니는 그렇게 말했었지만, 지금은 옆에 없으니 소리를 지를 일도 없었다. 그들은 쿠키를 모조리 먹어치웠다.

늦은 밤, 뭔가가 갈리는 끔찍한 소리가 들려서 소녀들은 손전등을 들고 밖으로 나가 에어컨을 살펴보았다. 갈색 뱀 한 마리가 종려나무에서 에어컨 안으로 떨어져, 팬의 날개가 돌아갈 때마다 그 몸이 1밀리미터씩 먹혀들어가고 있었다. 그들이 지켜보는 가운데 뱀은 조금씩 해체되어 마침내 속살이 죄다 비워진 채 외피만 땅바닥에 떨어졌다.

　소녀들은 끈적끈적하고 더운 상태로 잠에서 깼다. 에어컨은 새벽이 오기 전 어느 시점에 이미 멈춰버렸다.

　언니는 뱀 때문에 끈적끈적한 게 묻어 에어컨이 멈춘 거라고 생각했지만, 아무것도—전등, 펌프, 냉장고도—작동하지 않았다. 그제야 발전기 문제라는 것을 깨달았다. 소녀는 뒤쪽으로 나가 발전기를 발로 찼다. 기름 넣는 구멍을 찾아서, 손전등으로 안을 비춰보았다.

　기름이 다 떨어졌어, 아기 때 그랬던 것처럼 다시 손가락을 빨고 있는 동생에게 언니가 말했다.

　고쳐줘, 동생이 말했다. 너무 더워. 하지만 찾고 또 찾아봐도 남은 기름은 없었다. 언니가 변기 물을 내리려고 했지만 내려가지 않았다. 오두막에서 화장실냄새와 개의 패드 냄새가 나기 시작하자 그들은 다른 오두막으로 옮겼다. 거기 옷장 안과 서랍장 위에 어머니의 물건이 아직 남아 있었다. 그들은 바깥에서 볼일을 보기 시작했다.

　그들의 오두막에는 음식이 없어서, 멜러니와 스모키 조의 오두막에서 찾을 수 있는 것은 모조리 꺼냈다. 냉동 완두는 팝콘처럼 먹었다. 헝그리맨 즉석식품 한 팩을 뜯어 개 먹으라고 밖에 두었다. 치즈 한 덩이와 노란 머스터드가 있었다. 식빵, 스프레이 캔에 든 치즈 조금 더, 콩 한 캔. 양념통 서랍 냄새가 나는 버번과 담배.

오후에 그들은 어머니의 옷을 입고 어머니의 화장품을 발랐다. 둘 다 어머니의 축소판 같았다. 하지만 동생은 피부를 태우려고 햇볕에 나가 있을 필요가 없었다.

언니는 읽어줄 수 있는 건 뭐든 동생에게 읽어주었다. 멜러니의 침대 옆 협탁 위에 노랗고 부푼 두꺼운 책이 한 권 있었다. 표지에는 셔츠를 입지 않은 채 어깨에 도끼를 걸친 남자가 있었다. 쓰레깃더미 속에서 건져낸 시리얼 상자에 적힌 글도 읽어주었다. 커피 테이블 위에 놓여 있던 오래된 잡지도 읽어주었다.

언니는 목이 말라 수도꼭지를 틀어보고서야 물이 없다는 사실을 깨달았다. 갈증을 무시하고 한참을 버텼지만, 급기야 목안에 솜뭉치를 쑤셔넣은 것 같은 느낌이 들었고, 동생은 불평을 그치지 않았다.

반시간쯤 지나면 날이 어두워질 것이었다. 해가 바다 가장자리에서 불을 사르고 있었다.

언니가 한숨을 쉬었다. 연못까지 걸어가야 할 것 같아, 소녀가 말했다.

동생이 울기 시작했다. 하지만 원숭이들이 있잖아, 동생이 말했다.

우리가 시끄러운 소리를 내면 돼. 우리가 같이 다니면 원숭이들이 우릴 괴롭히지 않을 거야, 언니가 말했다. 그들은 서로 손을 잡고 연못까지 아주 빠르게 걸었고, 돌아왔을 때는 황혼녘이었다. 소녀들은 숲속에서 하얀 것이 번쩍이는 것을 보았고, 동생이 너무 놀라 물통을 떨어뜨리는 바람에 물의 절반이 쏟아졌다. 동생은 오두막까지 쉬지 않고 달려가, 문을 쾅 닫으며 들어갔다. 언니는 화가 나서 소리를 질렀고, 물통들을 혼자 다시 날랐다. 동생이 얄미워서, 소녀는 동생에게 끓일 물을 소스팬에 담아 숯불 그릴에 올리지 않으면 물을 마시지 못하게 할 거라고 말했다. 물이 끓기까지 시간이 아주아주 오래 걸려, 다 끓었을 때는 하늘에 둥그렇고 환한 달이 떠올라 있었다.

아침에 언니는 동생의 땋은 머리를 풀어주었고, 그렇게 하니 머리칼이 부풀어서 아름답고 검은 구름이 되었다.

그들은 하나뿐인 칼인 스테이크 나이프를 꺼내 그것으로 막대 끝을 뾰족하게 깎았다. 곧 먹을 것을 구해야 했기 때문에, 물고기를 잡으러 차갑고 얕은 물속으로 들어갔다. 하지만 물속이 너무 기분좋고 물고기는 많지 않아서, 그들은 창을 버리고 오전 내내 수영을 했다.

그들은 손톱에 멜러니의 약장에서 찾아낸 매니큐어를 발랐다. 발톱에도 발랐다. 그리고 이두박근 쪽에 심장 모양을 문신처럼 그렸다. 그랬더니 피부가 간질거려서 심장을 긁어냈다.

그들은 협탁에서 초콜릿바를, 스모키 조의 침대 아래에서 지저분한 잡지를 발견했다. 한 여자가 다른 여자의 은밀한 핑크색 살 부분에서 진주 한 알을 핥아 떼어내고 있었다.

우웩, 언니가 소리를 지르며 잡지를 던져버렸지만, 동생은 어머니가 남자친구들과 침대에 있을 때 내는 소리를 냈다. 그러고는 울기 시작했다. 언니가 이유를 물으니 처음에는 고개만 내저었다. 그리고 마침내 말했다. 개가 보고 싶어.

아무도 그 개를 보고 싶어할 리 없어, 언니는 생각했다.

멜러니는 어떻게 개를 버리고 갈 수 있지? 동생이 말했다.

그러자 언니가 생각했다. 오.

그럼 개를 찾으러 가자, 언니가 말했다.

그들은 스테이크 나이프, 망원경, 끓인 물 남은 것을 담은 오래된 위스키병, 옷장에서 찾아낸 어마어마하게 큰 파나마모자를 챙겼다. 모자는 햇볕에 타면 늘 물집이 생기는 언니가 썼다. 그들은 남은 크래커를 챙기고 멜러니의 스킨소소프트 벌레퇴치제 남은 것을 몸에 뿌렸다.

동생은 다시 기분이 좋아졌다. 이른 오후였다. 바람 한 점 없었고, 공터는 뜨거웠지만 숲속으로 들어가자 시원해졌다. 그들은 개의 이름을 노래처럼 부르면서 걸어갔다. 언니는 원숭이가 있을까봐 불안해서 눈으로 나뭇가지를 훑었다.

연못에 큰 회색 왜가리가 조각처럼 움직임 없이 서 있었다. 얕은 물에는 석순이 돋은 것처럼, 사이프러스나무의 무릎 모양 줄기들이 물 위로 자라 있었다.

연못 반대편 저 끝에 노를 젓는 작은 나무배가 있었다. 위아래가 뒤집혀 있었고, 칠이 벗겨진 듯한 푸른색이었다. 언니가 배를 끌고 숲속을 통과해 만과 선거로 가려면 어떻게 해야 할지 생각하며 그것을 발로 찼다. 물에 띄웠을 때 깊고 푸른 바다로 떠밀려가지 않고 육지를 향하게 하려면 어떻게 하면 될지 고민했다. 어쩌면 멜러니가 보내주기로 한 여자를 기다리는 게 가장 현명한 일인지도 몰랐다.

소녀가 고개를 들자 동생이 사라지고 없었다. 심장이 몸밖으로 떨어져나오는 것 같았다. 소녀는 동생의 이름을 불렀다. 절박하게 부르고 또 불렀다.

아래에서 웃음소리가 들리더니, 동생이 바위 밑 눈에 띄지 않는 얕은 동굴에서 빠져나왔다. 못됐어, 언니가 소리를 지르자 동생이 어깨를 으쓱하며 미안해, 하고 말했지만, 미안한 것 같지 않았다.

거기 뱀이 있었을지도 모르잖아, 언니가 말했다.

하지만 없었어, 동생이 말했다.

그들은 섬의 반대쪽 끝까지 계속 걸었고, 거기서 노란 모래 해변을 발견했다. 연못으로 돌아와 위스키병에 녹색 물을 가득 채웠을 때는 옷이 땀으로 흠뻑 젖어 있었다.

낚시 캠프로 돌아가니 개가 계단에서 기다리고 있었다. 소녀들이 끓이지 않은 물을 개에게 따라주자, 개는 검은 단추 같은 성난 눈을 하고 그들을 쳐다보며 할짝할짝 다 마셨다. 동생이 다정하게, 어머니가 늘 천국에 있는 천사들도 반해서 나와볼 만한 목소리라고 말했던 목소리로 노래를 불러주어도, 개는 가까이 오려 하지 않고 다시 숲속으로 들어가버렸다.

입은 옷이 많이 더러워지자, 소녀들은 스모키 조의 마지막 남은 깨끗한 티셔츠 두 벌을 찾아 입었다. 소녀들이 달리면 옷은 무도회 드레스처럼 그들 뒤쪽에서 바닥에 쓸렸고, 빨간색과 파란색이 녹색과 금색의 숲속을 통과하며 휙휙 지나갔다.

동생은 불평 없이 자기 물통을 연못에서 오두막까지 들고 왔다.

그들은 선거 밑에서 손으로 게 세 마리를 잡아 삶았다. 게살은 버터맛이 났다. 게를 삶은 물까지 수프처럼 마시고 나자 한동안은 포만감이 느껴졌다.

그리고 남은 식량이 다 없어졌다. 나무에 매달린 바나나는 설익어서 먹으면 배가 아플 거라고, 스모키 조가 말했었다. 언니는 벌레를 먹는 사람들 얘기를 들은 적이 있었고, 바퀴벌레가 사방에 있었다. 하지만 그것이 입안에서 와자작 바스러질 생각을 하니 구역질이 났다.

그들은 체리향 챕스틱을 먹었다. 수납장 뒤쪽에서 찾아낸 상표가 붙지 않은 캔을 땄다. 만다린 오렌지였다. 어머니가 그러면 절대 안 된다고 늘 말했었지만, 관목에서 딴 뭔지 모르는 빨간 열매도 먹었다.

배고파, 동생이 말했다.

옛날 옛적에, 언니가 말했다. 소년과 소녀가 살았는데, 그 집에는 먹을 게 하나도 없었어. 그애들의 갈빗대가 다 드러나 보일 정도였어. 어머니에게는 남자친구가 있었는데, 아이들을 좋아하지 않는 사람이었어. 어느 날 남자친구가 어머니에게 아이들을 없애야겠다고, 자기가 아이들을 데리고 하이킹을 가서 먼 숲속에 두고 오겠다고 말했어. 그날 밤 소녀는 어른들이 하는 말을 들었고, 아침에 주머니 가득 시리얼을 채웠어.

시리얼이 있으면 굶진 않겠다, 동생이 말했다.

소녀는 어항에서 꺼낸 파란색 돌멩이도 주머니에 가득 채웠어. 그리고 어머니의 남자친구가 그들을 데리고 숲속을 걸어갈 때 길가에 돌멩이를 하나씩 떨어뜨렸어. 그렇게 해야 그가 사라졌을 때 돌아오는 길을 찾을 수 있을 테니까. 소년과 소녀는 돌멩이를 따라 집으로 돌아왔어. 어머니는 그들을 보고 아주 기뻐했어. 하지만 남자친구는 더 화가 났지. 다음날 그는 아이들을 데리고 다시 나갔어. 하지만 그가 그들의 옷 주머니를 모조리 꿰매버려서 아이들은 자취를 남길 수가 없었어. 그가 아이들을 버리고 가버리자, 아이들은 헤매고 또 헤매다가 밤 동안 몸을 숨길 동굴 하나를 찾아냈어. 다음날 아침에 어디선가 나무 태우는 냄새가 나서 아이들은 그 냄새를 따라갔어. 가보니 숲속에 쿠키와 사탕으로 만들어진 작은 오두막이 있었어. 그들은 그리로 달려가 집을 뜯어먹기 시작했어. 한동안 아무것도 못 먹었거든. 한 여자가 밖으로 나왔어. 그 여자는 아이들에게 잘해주면서 케이크와 미니피자를 계속 줬어.

우유도, 동생이 말했다. 사과도.

거기 텔레비전이 있었어. 여자는 심지어 아이들이 먹을 때 앉아 있지도 못하게 했어. 아이들은 온종일 누워서 만화를 보고 음식을 먹었어. 소년과 소녀는 정말로 피둥피둥 살이 쪘어. 아이들이 정말로 엄청 엄청 뚱뚱해지자, 여자가 아이들을 묶어서 칠면조처럼 오븐에 넣으려고 했어. 하지만 소녀는 영리했지. 소녀가 말했어, 오, 아줌마에게 마지막으로 한 번만 키스하게 해주세요! 그러자 여자가 머리를 앞으로 숙였고, 그 순간 소녀는 여자의 목을 한입 베어 먹었어. 그 여자 집에서 지내는 동안 먹는 데는 선수가 되어서, 소녀는 아무것도 남지 않을 때까지, 피 한 방울 남지 않을 때까지 여자를 싹 먹어치웠어. 그리고 소년과 소녀는 겨우내 쿠키 집을 먹으면서 거기서 지냈어. 봄이 오자 그들은 어른이 되었지. 그리고 어머니의 남자친구를 찾으러 갔어.

왜? 동생이 말했다.

먹어버리려고, 언니가 말했다.

사람이 사람을 먹어? 동생이 말했다.

가끔 그래야 할 때가 있어, 언니가 말했다.

아니야, 동생이 말했다.

알았어. 그럼 그 여자는 생크림으로 만들어진 걸로 해, 언니가 말했다. 그 남자친구는 결코 찾아내지 못했어. 하지만 찾았다면 먹었을 거야.

언니의 머릿속은 구름이 낀 듯 자욱했다. 만의 모래에서 아몬드 냄새가 났다. 소녀는 물이 끓기를 기다리며 숯불 그릴 옆에 혼자 앉아 있었다. 동생은 안에서 혼자 노래를 부르며 잠이 들려 하고 있었다. 저애는 행복하구나, 언니는 깨달았다. 머리 위로 야위어가는 달이 보였다. 바다 저편에서 더 추운 어딘가로, 더 넓은 어딘가로, 여기보다 더 나은 어딘가로 가려고 지나가는 중인, 목이 핏빛인 큰 새들이 꽥꽥 우는 소리가 들렸다.

저기 남자가 있어, 동생이 방충문 앞에서 말했다.

남자는 없어, 언니가 꿈결처럼 말했다.

배 안에 있어. 선거로 올라왔어, 동생이 말했다. 이제 언니의 귀에도 탈탈거리는 모터 소리가 들렸다. 언니는 너무 급하게 일어서

느라 머리에서 피가 빠져나가면서 바닥에 쓰러졌지만, 곧 무릎을 땅에 대고 다시 일어섰다.

가자, 소녀가 속삭였다. 그러고는 동생을 끌고 문을 통과해 밖으로 나간 뒤 계단을 내려가 숲속으로 들어갔다.

그들은 양치식물 속에 쭈그리고 앉았고, 양치식물이 그들을 가려주었다. 그들은 벌거벗은 상태였고, 그들의 맨발 바로 아래에는 뱀과 도마뱀과 거미가 득시글했다.

남자가 부츠 신은 발을 쿵쿵거리며 선거를 걸어왔다. 그의 모습이 시야에 들어왔다. 그는 땅딸막했고 청바지와 땀에 젖은 티셔츠를 입고 있었다. 목에는 금으로 만든 굵은 체인 목걸이를 하고 있었다. 언니는 그가 나쁜 남자인 것을 알아봤다—어떤 목소리가 조용히 속삭여주었다.

조용히 있어, 속삭이는 목소리가 말했다. 달아나.

그가 소녀들의 오두막으로 들어갔고, 부서지는 소리가 들렸다. 그는 멜러니와 스모키 조의 오두막으로 갔고, 거기서도 부서지는 소리가 들렸다. 밖으로 나온 그는 그릴을 발로 차서 넘어뜨렸다. 언니는 동생이 비명을 지르지 못하게 하려고 동생의 입을 막았다. 그가 천천히 돌아서서 숲속을 응시했다.

이리 나와, 그가 외쳤다. 말투에 특정한 억양이 있었다. 거기 있는 거 다 알아.

그가 기다렸다가 말했다. 우리가 엄마를 데려왔어. 엄마 보고 싶지 않아? 우리가 너희에게 옛날식으로 성대한 만찬을 열어줄 거야. 너희는 엄마 무릎에 앉아 모조리 먹어치우기만 하면 돼. 틀림없이 배가 고플 텐데.

언니는 동생이 일어서려는 걸 간신히 막았다. 남자가 그들 쪽으로 휙 고개를 돌린 걸 보면 소리를 들은 게 분명했다.

뛰어, 언니가 말했고, 그들은 숲을 통과해 달렸다. 팰머토 잎에 발목을 베여 피가 났다. 길이 나왔고, 연못이 나왔다.

언니가 나무배 근처 동굴 안으로 미끄러져들어갔고, 이어 동생이 들어갔다. 언니는 동생을 꽉 끌어안았다.

얼마 안 있어 남자가 땅을 짓밟으며 걸어오는 발소리가 들렸고, 씩씩거리며 힘들게 숨을 들이쉬고 내쉬는 소리도 들렸다. 얘들아, 그가 말했다. 다 봤어. 이 근처에 있는 거 알아.

남자의 부츠가 그들의 시야에 들어왔다. 아주 가까이. 그가 배 쪽으로 이동하더니 배를 발로 한 번, 두 번 찼다. 그러자 소녀들은 썩은 나무가 쩍 쪼개지는 것을 보았다. 놀란 벌레들 백 마리가 후다닥 도망쳤다.

좋아, 그가 말했다. 온종일 쫓아다닐 생각은 없어. 굶어죽고 싶으면 그렇게 해.

소녀들은 그의 발소리가 사라질 때까지 부들부들 떨면서 조용히 있었다. 너무 길다 싶은 만큼의 시간이 지나자 배에 시동 걸리는 소리가 들렸고, 이어 모터 소리가 희미해지더니 그가 떠났다. 하지만 그들은 더 기다렸다.

그들의 발치에서 부스럭거리는 소리가 들리더니 작은 개가 동굴 밖으로 살금살금 나왔다. 그 시간 내내 거의 바로 옆에서 몸을 숨기고 있었던 게 틀림없었다. 소녀들은 개가 분홍색 목줄을 입에 물고 종종거리며 멀어지는 것을 지켜보았다.

그 아줌마는 어디 있어? 동생이 말했다. 한참 지났는데.

누구 말이야? 언니가 말했다.

우리를 구해줄 아줌마, 동생이 말했다. 멜러니 아줌마가 보내준 댔잖아.

언니는 여자가 오기로 했다는 사실을 잊고 있었다. 소녀들은 그들이 만든 둥지 깊숙이 들어가 있었다. 캠프에 있는 베개와 시트를 죄다 꺼내 그들의 오두막 거실 한복판에 쌓았다. 여린 바람이 방충문으로 들어와 창문으로 빠져나가면서 땀에 젖은 그들의 몸을 훑고 지나갔다. 늦은 오전 시간이었지만, 소녀들의 뼈는 일어나고 싶어하지 않았다. 그냥 누워 있어, 뼈가 말했다. 그들의 심장이 귓속에서 음악을 만들었다.

언니는 이제 선거를 걸어오는 여자의 모습이 거의 보이는 것 같았다. 그들이 속에 들어가 숨어도 될 만큼 치맛자락이 넉넉한 파란색 원피스를 입었을 것이다. 머리칼은 어머니처럼 뿌리 부분이 짙은 노란색일 것이다. 그녀는 그들을 내려다보며 미소를 지을 것이다. 얘들아, 그녀는 속삭일 것이다. 나하고 같이 집에 가자.

그들은 사흘 동안 아무것도 먹지 못했다. 아주 멀지 않은 어딘가에서 하얀 개가 밤새, 그 긴 울음이 바람소리로 들릴 때까지 울었다. 언니는 꿈속에서 포트로더데일의 아파트 안뜰을, 분수의 청록색 물을, 붉게 물든 삼나무 뿌리덮개를, 손으로 까면 껍질이 거의 저절로 벗겨지는 달콤한 오렌지가 주렁주렁 달린 나무를, 만물에 햇살을 쏟아내는 황금색 해를 보았다. 그 모든 것이 유리 뒤에 있는 듯, 은은하게 빛나고 있었지만 만질 수는 없었다.

밤이 왔고, 낮이 왔고, 밤이 왔다.

개가 침묵에 빠졌다. 동생의 피부 아래 갈빗대가 날카롭게 불거져 보였다. 동생의 눈이, 어머니가 일을 마치고 집에 돌아와 춤추고 담배 피우고 노래 부르고 싶어할 때 어머니의 눈처럼 뜨거웠다.

언니는 자신의 몸이 공기로 만들어진 것 같았다. 그녀는 풍선이 되어 땅 위를 주르르 미끄러져다녔다. 만의 파도에 어린 불빛을 보자 소녀는 울고 싶어졌다. 하지만 슬퍼서는 아니었다. 그것은 너무 아름다웠고, 그녀에게 뭔가 말하고 싶어하는 것 같았다. 그녀가 정말로 아주 열심히 쳐다보면 곧 뭔가 말해줄 것이었다.

귓가를 왱 하고 지나가는 모기 소리는 바늘로 찌르는 듯한 아름다움이었다. 소녀는 모기가 자신의 피부에 앉게 내버려두었다. 모기는 천천히 꿈틀꿈틀 피를 빨아올렸고, 소녀는 그 작은 생명체 안으로 자신의 피가 빨려올라가는 것을 느꼈다.

모든 게 벅찼다. 다가올 세월을 보내며 그녀는 이 고요한 나날을 기억할 것이다. 한 해 두 해 서서히 시간이 끔찍한 것에서 견딜 만한 것으로, 이어 더 나은 것으로 옮겨갈 때 이 아름답고 온화한 나날을 가슴속에 담고 있을 것이다. 그녀는 자신이 성장하고 있음을, 날카롭게 벼려지고 있음을 느낄 것이다. 소녀는 남자의 언어를 배워 남자에게 맞설 때 사용할 것이다. 변호사가 될 것이다. 동생은 아주 사랑스럽고 연약해서, 늘 누군가에게 안기기만을 바랄 것이다. 오랫동안 언니가 그 역할을 해주었다. 언니가 보호막이었다. 그러던 중 동생이 한 남자를 만났다. 처음에 그는 사랑을 주었지만,

곧 자신이 믿는 것을 동생이 믿을 때까지 사랑을 철회했다. 동생이 자기 성姓을 버리게 했다. 언니는 어린 시절 내내, 세번째 위탁가정의 부모가 그들을 입양하고 싶어했음에도, 원래의 성을 지키려고 끝까지 버텼다. 그것이 그들이 어머니와 관련하여 가진 유일한 것이었기 때문이다. 그리고 어느 날 언니는 신자석에서 일어서서 귀여운 동생이 그 남자와 결혼하는 것을 지켜보았다. 동생은 하얀 드레스를 입었는데, 치맛자락이 너무 풍성해서 잘 걸을 수 없어 그에게 꼭 들러붙어 있었다. 그 장면을 지켜보던 언니의 몸이 부들부들 떨리기 시작했다. 울음이 터졌다. 잉크가 물속에서 퍼지듯 못된 소망이 그녀 안에서 퍼져나갔다. 그만큼의 세월 전에 소녀와 동생이 그 섬에서 계속 머물렀기를 바라는 소망, 그들이 굶주림 속으로 서서히 사라져 마침내 햇살과 먼지가 되었기를 바라는 소망.

옛날 옛적에, 언니가 껵껵거리며 말했고 동생이 속삭였다, 그만, 쉿, 제발.

옛날 옛적에, 언니가 말했다, 공기로 만들어진 두 소녀가 있었어. 그애들은 너무 예뻐서 보는 사람마다 손으로 집어올려 주머니에 넣고 싶어했어. 어느 날 바람의 신이 그애들을 보고 너무 사랑하게 됐고, 그애들을 들어올려 구름으로 데려가 딸로 삼았어. 그리고 그들은 거기서 아버지와 평생 같이 살았어. 거긴 무지개가 가득한 곳, 사람들이 노래를 부르고 맛있는 것이 많고 깃털로 만든 폭신한 침대가 있는 곳이었어.

끝, 동생이 말했다.

동생은 오두막에서 꾸벅꾸벅 졸았다. 언니는 길 위로 몸을 띄워 연못으로 가서 물을 길어 돌아왔다. 더는 숯이 없어서, 돌아오는 길에 주워온 가지들로 불을 지펴 물을 끓여야 했다.

오두막에서 20피트 떨어진 곳에서 아주 작은 소리가 들려왔다. 소녀가 팰머토 사이로 들여다보니 반짝이는 금속이 보였다. 콕콕 찔러대는 나무들 사이로 안으로 들어갔지만, 소녀를 할퀼 만큼 튀어나온 잎은 없었다.

그건 개였다. 졸참나무에 목줄을 감고 얼마나 빙글빙글 돌았던지 혀가 나오고 눈이 불거져 있었다. 개는 더이상 북슬북슬한 하얀 개가 아니라, 노란색과 갈색의 실뭉치가 되어 있었다.

소녀는 벨트에서 스테이크 나이프를 꺼낸 뒤 무릎을 꿇고, 그 줄을 썰고 또 썰었다. 자꾸 현기증이 나서 틈틈이 쉬어야 했다. 마침내 목줄이 끊어지자 개는 일어서서 비틀거리며 다시 덤불 속으로 사라졌다. 소녀는 알았다, 개는 그곳에서 평생 살아갈 거라는 걸. 숲에서 지내면서 달리고 긴 울음을 울고 새와 물고기와 도마뱀을 잡아먹을 거라는 걸. 그 개는 너무 야비해서 죽을 리 없었다.

소녀가 돌아와서 보니 동생이 벌거벗은 채로 오두막 밖 바나나나무 아래에 있었다. 봐. 동생이 손가락을 빨며 꿈속에선 듯 말했다.

언니는 쳐다보았지만 아무것도 보이지 않았다. 물을 길으러 가기 전까지만 해도 분명 매달려 있던 뭉툭한 손가락 같은 설익은 바나나가 보이지 않았다. 나중에 쓰레깃더미 속에서 발견하게 되지만, 벗긴 바나나 껍질도 보이지 않았다.

원숭이가 있었어, 동생이 말했다. 아주아주 작은 원숭이. 손가락이 사람 손가락 같았어. 지붕 위에 앉더니 바나나 껍질을 벗겨서 죄다 먹어버렸어.

언니가 동생을 쳐다보았다. 동생이 동그란 눈으로 시선을 받았다. 긴 침묵이 흘렀고, 언니는 고개를 끄덕였지만 언니 안의 뭔가는 고개를 돌렸다.

알았어. 그럼. 원숭이가 있었어.

그 순간 섬 반대편 해변에서 바람을 타고 연못을 건너 어떤 소리가 들려왔다. 언니는 그 소리를 들었다가, 놓쳤다가, 다시 들었다. 차 안 라디오에서 흘러나올 때 어머니가 종종 따라 부르던 노래였다. 노래—그건 라디오가 있다는 의미였다. 언니가 동생의 얼굴을 양손으로 잡았다. 얼른 준비해야 해, 언니가 말했다. 그리고 뛰어야 해.

소녀들은 파도에 몸을 씻은 뒤 젖은 채로 어머니의 원피스를 입었다. 남아 있는 것 중 유일하게 깨끗한 것이었다. 열대 무늬의 시프트 원피스*는 언니의 무릎까지, 동생의 발목까지 내려왔다. 어머니가 입으면 너무 짧아서 앉아 있을 때 이따금 속옷까지 다 보이던 옷들이었다. 소녀들은 손목과 머리에 어머니의 향수를 쏟아부었다.

그리고 달렸다. 멈춰 섰을 때는 여전히 나무들 사이였다. 그들은 숨을 헐떡였다.

그리 멀지 않은 곳에 보트가 정박해 있었다. 소형 고무보트가 젖은 모래밭에 끌어올려져 있고, 그 옆에 낚싯대가 묻혀 있었다. 한

---

* 치마폭이 넓지 않은 단순한 원피스.

여자가 담요 위에 누워 있었다. 피부는 하얬지만, 어깨와 허벅지가 발그스름해지고 있었다. 통통했다. 여자는 라디오에서 흘러나오는 다른 노래에 맞춰 입을 벙긋거리고 박자에 따라 발을 까딱거렸다.

고무보트 옆에 한 남자가 수영복 트렁크를 무릎까지 내린 채 서 있었다. 소녀들은 그가 소변을 보고 있다는 것을 알아차렸다. 그는 심지어 파도에 손을 씻지도 않고 여자 쪽으로 가더니 허리를 굽히고 손을 잠시 아이스박스 안에 넣었고, 이어 여자의 비키니 팬티 안으로 쑥 집어넣었다. 여자가 비명을 지르며 그를 찰싹 때렸다.

그는 웃었고, 아이스박스에서 맥주 한 캔을 꺼내 뚜껑을 딴 뒤 쭉 들이켰다. 그리고 파라핀지로 싼 샌드위치를 집었다. 언니의 입에 침이 고였다. 그가 종이를 구겨서 버리지 않고 아이스박스 안에 다시 잘 넣는 것을 보고 언니는 다행이라고 생각했다.

언니가 동생을 보았다. 동생은 야생의 모습이었다. 뼈가 다 드러나 보였다. 언니는 동생의 머리칼에서 갈색 나뭇잎을 떼어주고 옷에서 흙먼지를 털어준 뒤 어머니의 립스틱을 꺼냈다. 문밖으로 달려나올 때 주머니에 넣어두었던 것이었다. 소녀는 동생의 입술에 립스틱을 발라주고 뺨에 작은 원들을 그렸다. 이제 나 해줘. 언니가 동생에게 해달라고 했다. 집중하느라 동생의 얼굴이 가운데로 모였고, 립스틱을 발라서 뺨과 입술이 간질거렸다.

소녀는 립스틱을 다시 주머니에 넣었다. 다 써서 없어진 지 오래고 어머니의 달콤한 왁스 냄새만 남았을 때에도, 소녀는 그 금색 케이스를 보관할 것이다.

준비됐어? 소녀가 말했다. 동생이 고개를 끄덕이고 언니의 손을 잡았다. 그들은 함께 그늘에서 나와 탈 듯이 뜨거운 해변에 섰다.

담요에 누워 있던 여자가 그들을 올려다보더니 더 잘 보려고 눈 위로 손차양을 했다. 훗날 여자는 소녀들을 보러 딱 한 번 찾아왔고, 언니에게 선물을 준 뒤 사라진다. 그 선물은 그때 그들 자매가 어떤 모습이었는지를 보여주었다. 광대 화장을 하고 꽃무늬 원피스를 자루처럼 입고 어두운 숲속에서 슬그머니 기어나온 유령 같은 모습. 여자의 입이 벌어졌지만, 깜짝 놀란 비명은 목구멍에 걸렸다. 여자는 대경실색하며 두 팔을 들어올렸다. 소녀들은 그 몸짓을 환영의 표시로 받아들였다. 그들은 몹시 지쳐 있었고 성난 태양 아래 자신들이 작게 느껴졌지만, 달렸다.

미드나이트 존

그곳은 20마일 길이의 잡목숲에 방치된 옛 사냥 캠프였다. 우리
의 친구가 며칠 전에 플로리다 표범이 그곳 나무들 사이를 천천히
지나가는 것을 보았다고 했다. 하지만 우리 손에서 뭔가가 자꾸 닳
아 없어지고, 캠프는 공짜인데다 조용해서, 나는 신중한 남편과 어
린 아들들의 저항을 물리쳤다. 아이들은 봄방학 동안 소라게와 연
날리기와 웨이크보드와 모래를 원했다. 그 대신 아이들에게 주어
진 것은, 양치식물로 뒤덮인 오래된 싱크홀과 고양잇과 동물에 물
려 죽을 가능성이었다.

내가 좋아한 것 하나는 밤에 도마뱀이 방충망에 붙어 그 부드러
운 배를 불끈거리는 것이었다.

황금처럼 소중한 작은아들과 침낭에 같이 누워 있는데도 3월의
찬바람이 내 뼈를 통과해 불어들어오는 듯했다. 나는 먹는 것을 좋
아했지만, 그 무렵엔 살이 너무 많이 빠진 상태라 반투명한 인간이

된 듯 조심조심 움직였다.

휘발유로 가동되는 발전기가 만들어내는 전기는 충분하지 않았고, 인터넷도 없었다. 휴대전화 신호를 받으려면 다락방 창문 밖으로 기어나가 지붕 위에 올라서야 했다. 사흘째 날, 아들들이 자고 있고 내가 랜턴 불빛을 어둡게 해두었을 때 남편이 다락방에 올라가 바깥으로 나갔다. 그가 금속 지붕을 밟고 다니는 소리가 들렸다. 밤중에 그 위에서 강도처럼 콩콩거려 우리를 깨운 라쿤들의 거인 형제 같았다.

어느 순간 남편은 돌아다니기를 멈췄고, 내가 남편이 거기 올라가 있다는 사실을 잊을 정도로 오래 한자리에 가만히 서 있었다. 다락방에서 사다리를 타고 내려왔을 때 그는 얼굴이 하얗게 질려 있었다.

누가 죽었어? 내가 가볍게 말했다. 만약 누구라도 죽게 된다면 그것은 우리일 것이기 때문이었다. 우리의 두개골이 멸종위기에 처한 고양잇과 동물의 입안에서 아작 쪼개져서. 그건 결국 나쁜 농담이 되고 말았다. 누군가가 실제로 죽었기 때문이었다. 그날 아침 남편의 아파트 건물 하나에서. 5층에 살던 여자가 죽었다. 아마 의도한 자살로. 보드카로 아스피린을 삼키고 욕조에서. 4층, 3층, 2층 사람들은 해변이 있고 술을 넣은 스무디를 즐길 수 있는 어딘가로 떠나고 없었고, 1층 카펫에 죽음의 물이 스며들고 나서야 그 진상을 알게 되었다.

남편이 직접 가봐야 했다. 잡역부 한 명은 바로 얼마 전에 해고했고, 다른 한 명은 카리브해를 즐기러 떠나고 없었다. 유람선에서 흘러나오는 칼립소*를 들으며 뷔페 음식을 먹고 있을 터였다. 짐을 꾸리자, 남편이 말했지만, 당시에는 반항심이 끈적거리는 안개처럼 내 몸안을 흘러다니고 있었고, 내 안에 햇볕이 없었기에 그것은 결코 타 없어지지 않았다. 그래서 나는 아들들과 여기 남겠다고 말했다. 그는 내가 미쳤다는 듯 나를 쳐다보더니 차 없이 어떻게 지낼 수 있겠느냐고 물었다. 나는 그에게 당신이 그렇게 무능한 여자와 결혼했다고 생각하느냐고 물었다. 사실 그것은 핵심을 찌른 말이었는데, 우리 문제의 근본 원인이 그가 그런 여자와 결혼한 것이기 때문이었다. 나는 한 번에 몇 년씩 내 관심을 끄는 것만 잘했다. 내 관심사는 책과 아이들뿐이었기에, 삶의 나머지 부분은 얼마간 멀어져 있었다. 내 아이들, 인류 문화가 길러지고 있는 두 배양 접시가 무한히 매력적인 것은 사실이었지만, 엄마가 된다는 것은 결코 그렇지 않았다. 애초에 성性의 구분으로 떠맡겨진 듯한 것은 뭐든 모욕으로 느껴졌기에 그 역할을 하고 싶지 않은 것도 있었다. 나는 옷을 사주지도 않을 것이고, 저녁을 만들어주지도 않을 것이고, 일과를 관리하지도 않을 것이다. 부모들끼리 아이들의 놀이 약속을 잡는 일은 단연코 없을 것이다. 나에게 엄마가 된다는 것은 한 달 동안 아이들을 데리고 유럽으로 모험을 떠나는 것, 아이들에게 로켓을 쏘아올리는 법이나 영광의 순간을 위해 수영을 가르치는 것을 의미했다. 나는 아이들에게 읽기를 가르쳤지만, 아이들은 자기 점심은 자기가 만들어 먹을 수 있어야 했다. 아이들이 원하는 만큼 아이들을 안아주겠지만, 그것은 그저 인간으로서 하는 행위였다. 남편은 내가 제공하지 않는 빈 부분을 메워주는 사람이어야

---

* 카리브해 지역의 민속음악.

했다. 매일 늘어가지만 갚을 생각은 전혀 없는 빚을 떠안고 살아가는 것은 지치는 일이었다.

이틀, 그가 약속했다. 이틀만 가 있다가 사흘째 정오까지 돌아오겠다고 했다. 그는 내게 키스하려고 허리를 굽혔고, 나는 뺨을 내민 뒤 몸을 굴려 돌아누웠다. 곧 벽에 헤드라이트 불빛이 환하게 비쳤다가 서서히 사라졌다. 엔진소리가 물러나자 밤은 점점 대담해졌다. 바람이 소나무숲에서 나직하고 사람의 것이 아닌 중얼거림을 만들어냈고, 그에 자극된 짐승들이 울부짖으면서 서로 화답했다. 그 모든 것 때문에 나는 새벽이 오기 직전까지 정신이 말똥말똥했고, 잠시 눈을 붙였다가 강아지가 낑낑거리는 소리에 잠을 깼다. 큰아들이 울고 있었는데, 밤에 침낭을 발로 차 벗어버려서 몸이 추웠지만 그 상황을 바로잡기엔 너무 졸렸기 때문이었다.

나는 앙심快心만큼의 버터와 체더치즈를 넣은 스크램블드에그와, 마시멜로를 조금 넣은 코코아를 만들면서 칼로리로 아이들의 활동성을 떨어뜨려야겠다고 생각했지만, 칼로리는 오히려 아이들을 더 활발하게 만들 뿐이었다.

우리 친구가 표범이 접근하지 못하도록 공터 주위에 초포식자의 인조 소변 같은 것을 뿌려놓아서, 우리는 오두막 근처에서는 안전하다고 느꼈다. 야성이 살아난 우리 개가 아이들에게 덤벼들어 이빨로 아이들 팔을 물어뜯고 아이들이 아파서 비명을 지르고 어쩔 줄 몰라하며 내게 피부에 생긴 분홍색 줄무늬 자국을 보여줄 때까지, 우리는 도보경주를 했다. 내가 개를 심하게 야단치자, 개는 포치로 기어나가 제 발 위에 턱을 올리고 우리를 지켜보았다. 아들들과 나는 축구를 했다. 우리는 해먹에 누워 흔들거렸다. 빙빙 원을 그리며 도는 붉은 날개의 매를 지켜보았다. 나는 큰아이에게, 동생에게 『이상한 나라의 앨리스』를 읽어주라고 했다. 그것은 참담한 실패로 돌아갔는데, 언어유희가 많고 빅토리아시대풍이어서 현대의 만화 같은 아이들에게는 적합하지 않았기 때문이었다. 우리는 점심을 먹었다. 큰아이는 나뭇가지들을 비벼 불을 피우려 해보았고, 작은아이는 진지하게 거들었다. 아이들은 그날 나머지 시간을 나뭇가지로 오두막을 지으면서 보냈다. 그리고 저녁을 먹었고, 노래를 불렀고, 누군가가 찬물 목욕용 욕조로 개조해놓은 아연 강판 말구유에서 목욕을 했다. 족집게로 진드기나 벼룩을 잡았다. 첫째 날은 그게 다였다.

우리가 바깥에서 놀 때 우리를 지켜보는 무거운 시선이 느껴졌다. 뭔가가 실제로 지켜보고 있다는 게 아니라, 인간세상에서 이렇게 멀리 떨어져 여기 플로리다의 불모지에 와 있으니 뭔가가 우리를 지켜보고 있을 가능성이 있다는 것이었다.

둘째 날도 당연히 첫째 날과 같았어야 했다. 나는 아침식사에 팬케이크를 추가해 칼로리에 더 신경을 썼고, 아이들을 나무에 매단 해먹에 잠시 눕혀, 나무에서 폴짝 뛰어내리기 전에 사색적으로 소화를 시킬 시간을 갖게 하는 데 성공했다.

그런데 오후에 전구 하나가 지지직거리다 불이 나갔다. 오두막은 온통 짙은 색깔의 목재로 되어 있어, 씻고 있는 접시의 무늬가 보이지 않았다. 나는 수납장에서 새 전구를 찾아 바 쪽에 있던 스툴을 끌고 왔다. 그리고 큰아이에게 내가 올라가 있는 동안 빙빙 돌아가는 스툴을 잡고 있으라고 했다. 쓰던 전구는 뜨거웠다. 나는 새 전구를 겨드랑이 밑에 낀 채 쓰던 전구를 다른 손으로 바꿔 잡왔다. 그 순간 강아지가 큰아들의 얼굴로 폴짝 뛰어올랐다. 아이는 강아지를 쳐서 떨어뜨리려고 스툴을 잡은 손을 놓았고, 나는 4분의 1 바퀴 빙그르르 돈 뒤 바닥에 떨어져 머리를 부딪혔다. 아마 틀림없이 의식을 잃었을 것이다.

잠시 후 나는 눈을 떴다. 두 아들이 나를 내려다보고 있었다. 창백했으나 익숙한 얼굴이었다. 하나는 하얀 피부, 하나는 검은 피부. 하나는 작고, 하나는 크고.

엄마? 작은아이가 말했고, 목소리는 물속을 통해 들리는 듯했다.

나는 고개를 돌리고 바닥에 토했다. 큰아이가 내 얼굴의 냄새를 맡던 강아지를 끌어내 문밖으로 내보냈다.

나는 통증이 느껴진다는 것과 움직여서는 안 된다는 것 말고는 아는 것이 거의 없었다. 큰아들이 나를 굽어보았고, 내 겨드랑이 밑에서 깨지지 않은 전구를 승리를 거둔 듯 집어올렸다. 나는 닭, 전구는 달걀.

작은아들이 젖은 종이타월을 손에 쥐고 내 뺨을 톡톡 두드리고 있었다. 펄프 냄새에 속이 다시 메슥거렸다. 나는 눈을 감고 이마에서, 목에서, 입가에서 톡톡 두드리는 손길을 느꼈다. 작은아들의 목소리는 높았다. 노래를 부르고 있었다.

나는 눈을 감은 채 울기 시작했고, 눈물은 내 관자놀이를 타고 귀로 흘러들어가면서 뜨거워졌다.

엄마! 큰아들, 진지하고 피부색이 검은 그 아이가 비명을 질렀고, 눈을 떠보니 두 아이 모두 울고 있었다. 나는 그 아이들이 내 아이들인 것을 그렇게 알았다.

잠깐만 여기 누워 있을게, 내가 말했다. 아이들이 내 손을 잡았다. 아이들의 뜨거운 손이 느껴졌고, 나는 그것이 좋았다. 나는 발가락을, 이어서 발을 움직여보았다. 머리를 이쪽저쪽 돌려보았다. 눈가에서 불꽃이 튀는 것 같았지만, 목이 움직여졌다.

내가 걸어서 타운까지 갔다 올게, 큰아이가 동생에게 말하는 소리가 솜뭉치를 통과하는 듯 들렸다. 하지만 가장 가까운 타운이 20마일 거리였다. 안전은 20마일 떨어진 곳에 있었고, 우리와 그곳 사이에는 표범이 있었다. 또한 무서운 남자들, 싱크홀, 앨리게이터, 세상의 끝이 있을 가능성도 있었다. 이곳엔 유선전화가, 세상의 통로인 배꼽 같은 것이 없었다. 어린아이들이 휴대전화를 쓰려고 그런 미끄럽고 경사진 금속 지붕에 올라갔다가는 대번에 굴러떨어질 것이다.

하지만 갑자기 엄마가 돌아가시고 갑자기 나 혼자 남게 되면 어떡해? 작은아이가 말하고 있었다.

알았어, 엄마 이제 일어나 앉을 거야, 내가 말했다.

강아지가 문 앞에서 긴 울음소리를 내고 있었다.

나는 팔꿈치에 무게를 실으며 몸을 일으켰다. 조심조심 일어나 앉았다. 오두막이 살짝 주저앉으며 빙빙 도는 것 같았고, 나는 다시 토했다.

큰아이가 그것을 치우려고 밖으로 달려나가 빗자루를 들고 돌아왔다. 안 돼! 내가 말했다. 나는 이 아이를 늘 가혹하게 대했다. 이 아이는 이렇게 아름답고 이렇게 훌륭하지만, 논리라는 게 전혀 없다.

우리 아가, 내가 말했다. 그리고 나는 울음을 멈출 수가 없었는데, 내가 아이의 이름 대신 우리 아가라고 불렀기 때문이었다. 바로 그 순간 이름이 기억나지 않아서였다. 나는 대여섯 번 정도 심호흡을 했다. 고마워. 나는 좀더 차분해진 목소리로 말했다. 종이타월을 많이 가져와 거길 덮고, 개가 가까이 오지 못하게 러그를 끌어와서 그 위에 덮어. 작은아이가 순서대로 그렇게 했다. 평소 그 아이의 방식이 아니었다. 그 아이는 다른 사람들이 자기를 위해 뭔가 해주는 것을 즐겁게 지켜보는 걸 늘 더 잘했다.

큰아이는 내게 물을 마시게 하려고 했다. 그것이 우리 가족이 반창고를 붙이는 대신 늘 하던 방식이었기 때문이다. 나는 반창고가 살색깔의 쓰레기 매립지 같아서, 그걸 산다는 생각 자체를 거부한다.

그 순간 작은아이가 비명을 질렀다. 내 주위를 돌다가 내 뒤통수에 피가 흐른 것을 봤기 때문이었다. 아이는 아까 토사물을 쏟아낸 내 입을 닦아준 종이타월로 상처 부위를 톡톡 닦았다. 종이타월은 아이의 손에서 해체되었다. 아이는 내 무릎 위로 기어올라와 내 배에 자기 얼굴을 갖다댔다. 큰아들은 상처 부위에 차가운 것을 대주었다. 나중에 보니 냉장고에서 꺼낸 맥주캔이었다.

아이들은 아주 오랫동안 그렇게 조용히 있었다. 아이들의 이름이 되살아났다. 처음에는 손닿지 않는 곳에서 수줍게 춤추었고, 움켜쥐자 내 것이 되었다.

나는 고등학교 때 축구선수였다. 빠르고 공격적인 미드필더였다. 머리 외상은 오래된 친구였다. 한번 뇌진탕이 일어나 응급실에 갔었는데, 그때 이렇게 끝없이 불안했던 게 기억났다. 혼란과 죽을지 모른다는 감각 또한 익숙한 것이었다. 어머니가 밤새 내 침대 옆에 앉아 있던 기억이 문득 떠올랐다. 내가 잠이 들려고 애쓸 때마다 어머니는 나를 흔들어 깨웠고, 나는 어머니가 그렇게 왜소해진 현재의 상태, 금세라도 바스러질 것 같은 은퇴자가 아니라 내 어린 시절의 어머니 모습, 작지만 거인 같았던 사람, 햇볕을 가려주는 존재이기를 원했다.

나는 작은아이에게는 먼지 묻은 덕트테이프를, 큰아이에게는 욕실 약상자에 있는 거즈를 가지고 오게 했다. 아이들이 다시 돌아왔을 때, 나는 머리에 거즈를 대고 덕트테이프를 붙이기에 앞서 내 긴 머리를 이미 애도하고 있었다. 그건 내게 아주 비싼 애완동물 같은 것이었다.

안구 뒤쪽에서 번쩍번쩍 불꽃이 튀는 것 같았지만, 몸을 조금씩 움직여 침대로 가서 그 위로 기어올라갔다. 아이들이 방치되어 있던 강아지를 안으로 들어오게 했고, 문을 열자 밤도 따라 들어왔다. 내가 떨어지는 바람에 우리 삶의 몇 시간이 날아가버렸기 때문이었다.

우리가 마주해야 하는 시간의 깊이를 깨달은 것은 바로 그때, 밤이 들어왔을 때였다. 나는 아이들에게 랜턴을 가져오라고, 이어 캔 따개와 참치캔과 콩캔을 가져오라고 시켰다. 누운 자세로는 쉽지 않았기 때문에 천천히 캔을 땄고, 뭐든 먹는다는 생각에 소름이 돋았지만, 우리는 신나게 먹어치웠다. 큰아이가 병에 든 우유를 가져왔다. 나는 아이들이 남은 아이스크림 반 통을 다 먹는 것을 그냥 두었다. 그건 남편의 것이었다. 그가 다정하고 친절하게 행동한 것에 대해 매일 주어지는 보상이었다. 하지만 지금 이 순간 그가 여기 없으니, 우리의 신의 없는 행동은 마땅한 것이었다.

비가 오기 시작했다. 처음에는 금속 지붕 위에 부드럽게 투둑투둑 떨어졌다.

아이들에게 주의를 줄 요량으로, 우물에 빠져 소방관들이 구하는 방법을 알아낼 때까지 일주일을 기다려야 했던 소녀 이야기를 해주었다. 아마도 희미하게 떠오르는 내 어린 시절에 실제로 일어난 일이었을 텐데, 그 이야기가 아이들에게는 너무 추상적이었거나 내가 잘 전달하지 못해서 아이들이 이해를 잘 못하는 것 같았다. 최악의 일, 내가 피하려고 하는 일, 생각조차 할 수 없는 일, 내가 말하려고 하는 모든 문장 앞에 버티고 있는 구덩이 같은 일이 언제 일어날지 모르니, 그들은 다른 곳에 가면 안 되고 오두막에 있어야 한다는 것을. 아이들은 소녀가 우물 밖으로 무사히 빠져나오고 나서 장난감을 많이 받았는지, 그것만 자꾸 물었다. 그것은 내가 말하려던 요점과는 아주 반대되는 것이어서, 괘씸한 마음에 나는 아니, 안타깝게도 그런 일은 없었어, 하고 말했다.

나는 계속 깨어 있으려고 아이들에게 자꾸 이야기를 시켰다. 작은아이는 해양생물에 관한 영국 텔레비전 프로그램에 빠져 있었다. 큰아이는 그것이 유치하다는 태도를 보이다가, 내가 자기들이 하는 이야기를 믿지 않는 척하자 태도를 바꾸었다. 그러더니 둘이서 같이 내게 쿠키커터상어에 관한 이야기를 해주었다. 그것의 입이 쿠키커터처럼 고래의 몸에 완벽하게 둥근 구멍을 뚫는다고 했다. 아이들은 후무후무누쿠누쿠아푸아라는 이름의 물고기에 대해서도 말해주었다. 아름다운 이름이었지만, 아이들이 웃으면서 〈반짝반짝 작은 별〉 노래에 맞춰 불러주어도 나는 제대로 발음할 수가 없었다. 아이들은 걸어다니는 메기에 대해서도 말해주었는데, 물 밖에 나와 사흘 동안 진흙탕을 돌아다녀도 괜찮다고 했다. 아이들은 햇빛, 황혼, 미드나이트 존들, 즉 밀도에 따라 나뉜 바다의 세

부분, 빛이 투명한 층, 그 밑으로 빛이 뿌옇고 어두운 층, 빛이 전혀 없는 층에 대해서 말해주었다. 아이들은 월드풀World Pool에 대해서도 말해주었는데, 한 해류는 이 방향으로, 또 한 해류는 저 방향으로 흐르고, 두 해류가 만나는 곳에서 공기의 토네이도가 형성된다고 했다. 작은아들은 공기 토네이도가 눈먼 물고기들이 사는 미드나이트 존에서 출발해 위로 위로 위로 새들에게까지 뻗어올라간다고 했다.

아까부터 내 몸이 심하게 부들부들 떨리기 시작했지만, 아이들은 갑자기 신사가 되어 그것에 대해 아무 말도 하지 않았다. 아이들은 침낭과 담요를 모조리 가져와 내 몸에 덮어준 뒤 그 밑을 파고들었고, 목욕도 하지 않고 양치도 하지 않고 더러운 옷을 벗지도 않은 채 잠이 들었다. 어쨌거나 옷은 한 시간 만에 땀으로 흠뻑 젖었다.

개는 저녁을 걸렀지만, 그것 때문에 낑낑거리지는 않았다. 그리고 평소에는 허용되지 않는 일인데, 침대 위로 올라와 큰아이의 배를 베고 잠들었다. 개는 우리 중 가장 큰 강아지인 큰아들을 가장 좋아했기 때문이었다.

아직 밤 아홉시나 열시밖에 되지 않은 이른 시간이었지만, 정신이 말똥말똥 깨어 있는 존재는 이제 나뿐이었다.

협탁에 유럽 소설을 놓아둔 게 있었는데, 그걸 읽으니 머릿속이 하얘지고 불안해졌다. 그래서 『이상한 나라의 앨리스』를 읽으려고 해보았지만, 머릿속이 뒤죽박죽이라 이해하기가 쉽지 않았다. 그래서 사냥 잡지를 보았다. 그걸 보니 플로리다 표범이 생각났다. 정말로 잊은 것은 아니었지만, 나는 한 번에 몇 가지 공포만 감당할 수 있었고, 아이들이 깨어 있을 때는 다른 공포가 더 급했다. 우리는 사흘 전 산책을 하러 나갔다가 숲에서 동물의 똥 같은 것을 보았다. 곰의 것인지 표범의 것인지는 모르지만, 분명 어마어마하게 큰 육식동물의 것이었다. 우리가 그 존재의 육체적인 증거를 볼 때까지 위험은 추상적인 것이었다. 남편과 나는 아이들을 데리고 집으로 돌아오면서 다 같이 손을 잡고 돌림노래를 불렀다. 개의 목줄을 풀어 우리 주위를 신나게 뛰어다니게 했는데, 몸집이 작은 개일지라도 위험에 맞닥뜨리면 먼저 자신을 희생할 것이기 때문이었다.

비가 점점 거세지며 요란한 소리를 냈지만, 땀에 젖은 내 아이들은 여전히 잠들어 있었다. 잠의 파도가 밀려와 아이들의 뇌를 통과하면서, 내일의 더 무거운 진실을 받아들이려고 오늘의 작고 중요하지 않은 표류물을 씻어 내보내는 것 같았다. 지붕에 투둑투둑 떨어지는 빗소리에는 기분좋은 견고함이 있었다. 그 소리가 어떤 것도 들어오지 못하게 막아주는 장벽인 것처럼, 점점 깊어지는 밤을 막아주는 버팀목인 것처럼.

젊은 날에 읽었던 시를 떠올리려고 해보았지만 몇 행이 맴돌 뿐 그 이상은 기억나지 않았다. 나는 블레이크와 디킨슨과 프로스트와 밀턴과 섹스턴의 시들을 짜맞추어 이상하고 슬픈 시로 만들었다. 축축한 운율의, 벼룩시장에서 파는 것 같은 그 시는 그럼에도 불구하고 살아나서 내 손을 잠시 잡아주었다.

그러다 빗방울이 약해졌고, 마침내 소나무에서 똑똑 흩어져 떨어지는 물방울소리밖에 들리지 않았다. 랜턴 하나의 건전지가 다 닳아서, 하나 남은 랜턴에서 흘러나오는 불빛은 약하고 풀죽은 듯 보였다. 내 손도, 랜턴을 들고 있는 내 손이 벽에 만드는 그림자도 거의 보이지 않았다. 이 랜턴은 내 여동생 같았다. 역시 언제라도 어두워질 수 있었다. 나는 내 눈이 오두막을 실컷 보게 해주었다. 깊어지는 어둠 속에서 오두막은 금으로 만든 장소가 되어 있었지만, 이제 그림자는 너무 짙고 그 가장자리가 번져 보였다. 내가 그림자에서 눈을 돌리면 그림자도 따라 움직였다. 잠든 아이들의 치즈 같은 크림색 뺨을 쳐다보는 게 더 안전하게 느껴졌다.

애가哀歌였다. 빛의 그 마지막 한 시간은. 나는 아들들에게, 그들의 몸과 내 피부가 닿는 곳으로 그들에 대한 내 사랑을 넣어주려고 했다.

바람이 다시 거세져 인격체가 되었다. 바람은 예민하고 야비한 기분에 빠져 있었다. 바람은 작은 오두막에 제 몸을 비비고 그 모서리에서 놀았으며, 나뭇가지를 부러뜨려 지붕 위로 던져올렸다. 나뭇가지들은 이상하고 긁어대는 발톱을 가진 생물처럼 까불까불 내려왔다. 바람은 그 끝없는 몸을 부딪쳐 문을 덜컹덜컹 흔들었다.

움직이지 않고 가만히 있는 게 무엇보다 중요했지만, 몸의 여기저기가 가려웠다. 내 안의 끔찍한 뭔가, 가장 어두운 뭔가는 내가 침대 머리판에 머리를 세게 부딪치기를 원했다. 나는 그 순간을 자꾸 상상했다. 단번에 머리를 뒤로 쾅 부딪친다. 그러면 평화가 쏴아 하고 밀려올 것이다.

나는 천천히 호흡하며 수를 셌는데 이백까지 세도 마음이 가라앉지 않았다. 그래서 천까지 셌다.

랜턴이 깜박거리다 완전히 꺼지자 어둠이 쏟아져들어왔다.

천창으로 보이는 달이 높이 솟았다가, 검은 하늘을 건너지르며 뒤로 물러났다.

달이 사라지자 나는 다시 혼자였다. 몸이 분리되어 실제로 이동하는 듯한 신체감각이 느껴졌다. 나의 대부분이 몸에서 떨어져나와 몇 피트 거리에 앉아 있는 느낌이었다. 어마어마한 안도감이 느껴졌다.

잠시 서로 지켜보고 있는 느낌이 들었다. 뭔가 결정적인 것을 기다렸지만, 결정적인 일은 일어나지 않았다. 그리고 몸이 없는 내가 일어서서 오두막 안을 한 바퀴 돌았다. 개가 몸을 조금 움직이고 코로 조그맣게 낑낑거리는 소리를 냈는데, 여전히 잠이 든 채였다. 발밑으로 느껴지는 바닥은 서늘했다. 내 머리가 들보에 쓸렸지만, 들보는 10피트 위에 있었다. 내 몸과 두 아들의 몸이 함께 누워 있는 곳은 검고 불끈거리는 덩어리, 빛의 구멍이었다.

나는 밖으로 빠져나갔다. 길은 희끄무레한 흙땅이고 까마중이 무성했는데, 비가 내린 뒤라 춥고 젖어 있었다. 나뭇가지에서 떨어진 큰 물방울에서 소나무맛이 났다. 숲은 어둡지 않았다. 어둠은 숲과 아무런 상관이 없었기 때문이다—숲은 생명과 빛으로 이루어져 있었다. 나무는 바람과 미세한 생물들과 함께 움직였다. 나는 어느 한 곳에 있지 않았다. 나는 지붕 위의 라쿤들, 지금은 길 끝 큰 쓰레기통 위에서 자전거 자물쇠를 가지고 놀고 있는 라쿤들과 같이 있었고, 둥지에서 혼자 숨을 쉬고 있는 붉은 날개의 아기 매들과, 갑옷을 입은 몸으로 잡목림을 헤치고 나아가는 아르마딜로*와 같이 있었다. 이 순간 굶주린 듯 후각이 되살아나고서야 나는 내가 후각을 잃었었다는 사실을 깨달았다. 나는 솔잎 아래로 저들의 길

---

* 아메리카 대륙에 사는 가죽이 딱딱한 동물.

을 찾아가는 벌레들의 냄새와 내리는 비에 흔들려 살아나서 새 포
자를 뱉어내는 곰팡이 냄새를 맡을 수 있었다.

나는 정신을 바짝 차리고 덤불 속을 조용히 움직였다. 팰머토의
손톱이 내 몸을 긁어내렸다.

오두막은 보이지 않았지만, 옆구리의 아픈 감각, 빽빽하고 공기
가 통하지 않는 느낌은 존재했다. 나는 그것에서 멀어질 수도, 돌
아갈 수도 없었다. 그저 오두막 주변을 돌고 또 돌 뿐이었다. 한 바
퀴 돌 때마다 끔찍하고 찌르는 듯한 고통이 내 안에 쌓여, 나는 점
점 더 빠르게 움직여야 했다. 한 차례 한 차례가 점점 더 많은 야성
을 끌어냈다. 그동안 축적되어온 아주 견고해 보이던 것이 시간과
대면하자 부서지기 쉬운 것이 되었다. 시간은 무감정하고, 인간이
기보다는 동물이기 때문이었다. 시간은 당신이 떨어져나가더라도
상관하지 않는다. 당신 없이도 계속 흘러간다. 시간은 당신을 볼
수 없다. 시간은 늘 인간에게, 그리고 우리가 시간을 늦추기 위해
하는 일, 즉 분류나 청소나 정리나 정돈에 관심이 없었다. 여러 요
소를 완벽하게 고려하여 각도를 설계하고 파이프와 전선을 혈관처
럼 연결해놓은 이 오두막도 안정적이지 않기는 마찬가지였다. 이
미 시간이 문질러 없애버린, 그날 아침 우리가 흙땅에 만들었던 갈
큇자국보다 더.

숲속에 존재하는 나는 달리고 또 달렸지만, 달린다고 느린 이동
을 어떻게 할 수는 없었다. 낮게 깔린 안개가 지면에서 올라와 서
서히 맑아졌다. 일찍 일어난 새들이 쌀쌀한 공기 속으로 질문을 보
냈다. 하늘은 점점 파란색을 띠어갔다. 해가 나타났다.

되돌아오는 과정은 서서히 진행되었다. 큰아이가 갈색 눈을 뜨

고 내가 자기 위쪽에 앉아 있는 것을 보았다.

엄마 아주 안 좋아 보여요, 아이가 내 얼굴을 토닥거리며 말했다. 그리고 이제 내 귀에 들리는 소리는 반쯤만 물에 잠긴 것 같았다.

머리가 지끈거렸다. 그래서 입을 꾹 다물고 눈으로 미소를 지었다. 아이가 부엌으로 걸어가 땅콩버터와 젤리를 바른 샌드위치, 우노 카드 한 벌, 끊임없이 나지막이 치는 천둥 같은 내 두통을 잠재우기 위한 어제 끓인 식은 커피를 들고 돌아왔다. 그리고 밖에 내보냈던 개도 데려와 혼자 먹이를 먹였다.

나는 아이를 지켜보았다. 아이는 환한 빛을 뿜어냈다. 작은아이가 눈을 떴지만 몸을 일으키지는 않았다. 마치 자신의 얼굴과 내 어깨의 살이 서로 붙어버린 것처럼. 작은아이는 아기 때 젖을 먹고 나면 그랬던 것처럼, 자기 입술에 피 묻지 않은 내 머리카락을 비비고 있었다.

내 아들들은 행복하지 않은 게 아니었다. 나는 대체로 다른 뭔가에 몰두한 엄마였고, 아이들을 퉁명스럽게 대했으며, 바빴고, 일을 했다. 그러다 갑자기 노는 것에 재미를 붙였고, 그러다 다시 일의 구덩이 속으로 돌아갔다. 지금은 아이들과 앉아서, 아이들과 이야기를 할 수 있을 뿐이었다. 심지어 책을 읽을 수도 없었다. 아이들은 내게 다정했고, 내가 자랄 때 집에서 키운 골든리트리버를 떠올리게 했다. 입이 아주 부드러워서, 호수로 내려가 새끼 오리를 훔쳐서는 그것을 다치지 않게 하면서 몇 시간이고 혀에 올리고 있었는데, 우리는 개가 엉큼한 표정으로 유난히 꼿꼿하게 구석에 앉아 있는 것을 보고서야 그 사실을 알아차렸다. 내 아들들은 저들의 아버지 같았다. 언젠가 자신이 사랑하는 사람을 보살피는 남자가 될 것이다.

나는 아이들이 우노 게임을 하고 또 하는 동안 눈을 감고 있었다.

정오가 왔고, 정오가 갔지만, 남편은 돌아오지 않았다.

어느 시점에 몸서리를 친 것처럼 뭔가가 바깥의 숲속을 통과했고, 모든 것이 조용해졌다. 아들들도, 개도 나를 쳐다보았고, 그들의 얼굴은 비상하려는 하얀 새처럼 보였다. 하지만 내 청각은 자비롭게도, 그것이 뭐였건 간에, 나를 제외한 지상의 모든 생물에게 그토록 급박한 공포를 일으킨 그것을 차단했다.

오후 네시에 멀리서 차가 달려오는 소리가 들렸을 때 아이들은 펄쩍 뛰어 일어났다. 아이들은 문을 활짝 열어둔 채 오두막 밖으로, 강렬한 햇살 속으로 달려나갔고, 그 햇살에 나는 눈이 아팠다. 아이들 아버지의 목소리가 들렸고, 이어 그의 발소리가 들렸다. 그는 달리고 있었고, 그의 뒤에서 아이들도 달리고 있었다. 개도 달리고 있었다. 남편이 흙땅인 진입로에 발을 디뎠다. 포치에 그의 묵직한 발이 느껴졌다.

할 수 있었다면, 숨을 절반 들이쉬는 시간만큼이라도 나 자신을 사라지게 만들었을 것이다. 나는 그가 조바심을 치며 애태운 모든 것이었다. 피 묻은 덕트테이프 왕관을 쓴 이 수동적인 카오스의 여왕. 남편이 문틀을 가득 채웠다. 그는 문틀을 가득 채울 수 있게 태어난 남자다. 나는 눈을 감았다. 내가 눈을 떴을 때 그는 거대한 모습으로 나를 굽어보고 있었다. 그의 얼굴에는 내 내면을 고요하게 만드는 뭔가가 있었고, 그것을 보자 찌르르한 감각이 손끝에서 팔을 타고 길고 느리게 올라왔다. 내가 그의 얼굴에서 읽은 것이 최악이었기 때문이다. 그것이 공포였고, 광막한 것이었고, 광포한 것

이었기 때문이다. 바람처럼, 곧 내 보드라운 피부에서 느끼게 될
차가운 태양처럼.

아이월

그것은 닭들에서부터 시작되었다. 로드아일랜드레드종이었는데, 병아리 때부터 키웠다. 나는 목소리가 나오지 않을 때까지 외쳐 불렀지만, 그것들은 집 아래 어둠 속에 옹송그리고 거무스름한 덩어리를 이룬 채 미약하게 고동치고 있었다. 그래, 됐어, 이 배은 망덕한 놈들! 나는 그렇게 말하고는 그것들을 폭풍우에 유기했다. 그리고 판자로 미리 막아놓지 않은 부엌 창문 앞에 서서, 서쪽에서 허리케인의 푸른 멍이 퍼져나가는 것을 지켜보았다. 닭들의 공포가 바닥 판자를 통해 올라와 기도처럼 내 몸을 통과하는 것이 느껴졌다.

우리는 기다렸다. 텔레비전 기상캐스터가 소용돌이치는 허리케인의 형태를 자신의 몸을 이용해, 시도는 가상하나 어설픈 마임으로 재현했다. 지구상의 다른 모든 생명들은 몸을 납작하게 하고서 땅을 파고 들어갔다. 첫 돌풍이 호수 저편의 오크나무들을 덮친 뒤 호수 위를 질주할 때, 나는 조종간을 잡은 선장처럼 창가에 서서 지켜보고 있었다. 바람은 내 잔디밭을, 내 정원을 떨게 만들었고, 따지 않은 호박을 교회 종처럼 흔들어댔다. 그러고는 집을 강타했다. 덤벼봐! 내가 외쳤다. 혹은 어쩌면 그것은 그저 내 어리석은 인생에서 낮게 읊조린 또하나의 말이었을 것이다.

하지만 처음에는 별다른 일이 일어나지 않았다. 호수에 닭살이 돋은 듯했다. 거대한 도마뱀의 예민한 살을 쳐다보고 있는 것일 수도 있었다. 오크나무에 매단 그네가 호수 위에 더 큰 아치를 그렸다. 팰머토가 고개를 끄덕이며 그 춤을 구경했다.

내가 마시고 있던 와인은 아주 좋은 것이었다. 나는 한 병을 더 땄다. 부르고뉴 지하 카브*의 축축한 흙의 습기를 정확히 모방하도록 설계된 팬트리의 특수 냉장고에 보관해온 것이었다. 한 병이 일년치 연금만큼의 값이었다. 혹은 실눈을 뜨고 엄청난 규모의 허리케인을 내려다보는 그 한 시간만큼의 값.

이웃의 지프차가 길에서 희미한 색깔의 흙더미를 차올렸다. 그가 창가에 서 있는 나를 보더니 끽 소리를 내며 차를 세웠다. 그러고는 차창을 내리고 소리를 질렀다. 그의 얼굴은 정사각형을 이루면서 목으로 이어졌는데, 얼굴색은 벽돌의 따뜻한 색조였다. 하지만 지금은 바람소리가 너무 요란해서 그의 목소리가 들리지 않았다. 그가 차창 밖으로 머리를 내밀어 몸짓으로 뭐라고 말을 할 때,

---

* 와인을 저장하는 곳.

나는 그를 향한 애정이 와락 솟구치는 것을 느꼈다. 몇 년 전, 내 남편이 나를 떠난 직후, 우리는 컨버세이션 트러스트 자선행사에서 한순간을 즐겼다. 사십 줄에 들어선 우리 몸을 화려하게 치장한 채였다. 내 치아에 위스키맛과 어색한 콧수염이 느껴졌었다. 지금 나는 그를 향해 잔을 들어 건배했고, 그는 어찌나 소리를 크게 질렀는지 얼굴이 자주색이 되어 있었다. 그의 사냥개가 뒤쪽 차창에서 머리를 내밀고 울부짖기 시작했다. 나는 두 손가락을 세워서 그에게 조용히 교황의 축복을 내렸다. 모욕감을 느꼈는지 그의 몸이 커지는 듯 보였고, 그는 곧 차창을 올렸다. 그는 종이뭉치를 똘똘 뭉쳐 어깨 뒤로 던져버리는 동작을 한 뒤, 엔진이 낼 수 있는 최대한의 속도를 내 북쪽으로 밀고 가는 마지막 차량 행렬에 합류했다. 폭풍우는 대단한 난장판을 벌이며 그들을 길에서 휩쓸어버릴 것이다. 나는 이웃의 지프차가 시속 100마일로 달리다가 고가도로의 콘크리트 난간에 사랑스럽게 키스하는 소리를 듣게 될 것이다. 그의 개는 육차선 도로 위를 날아 남쪽으로 가는 배수로 안에 깔끔하게 착지한 뒤 땅을 파고 밑으로 내려갈 것이다. 밤이 지나고 하루가 조용히 밝아올 무렵 개는 자신의 몸을 이끌고 다시 길 위로 올라올 테고, 자신이 1마일 길이로 이어진 살과 금속의 샌드위치에서 유일하게 살아남았음을 알게 될 것이다.

나는 나 자신에게 노래를 불러주기 시작했다. 유년의 노래들. 그때 이해하지 못했고 여전히 이해하지 못하는 가사의 노래들. 포크송, 시엠송, 어린 내가 잠들지 않고 있던 숱한 밤에 아버지가 불러

주던 헝가리 자장가. 나는 아주 예민하고 얼굴을 찡그리고 다니는 여자애였고, 그런 노래들을 들으면 더 오래 깨어 있고 싶어질 뿐이었다. 아버지보다 더 오래. 아버지가 내 침대 머리판에 구부린 자세로 기댄 채 잠들고 내가 아버지의 잘생긴 얼굴 아래로 꿈이 돌아다니는 것을 관찰할 수 있을 때까지. 다음날 학교에 가면 나는 나른하나 경계를 늦추지 않은 채, 공책에 그림—백 채의 다른 집, 바닥과 창문과 문—만 잔뜩 그렸다. 선생님의 목소리, 우리를 역사와 영어와 수학의 세계로 데려가면서 밧줄처럼 풀어내는 그 문장들의 흐름을 쫓아갈 수 없어서였다. 온종일 나는 맹렬하게 낙서를 해댔다. 나를 보듬어줄 적당한 장소를 그릴 수만 있다면, 시간만 죽이는 학교에서 탈출해 안전하게 집으로 돌아가는 내 모습을 그릴 수 있을 터였다.

집이 몸서리를 치며 숨을 훅 빨아들였고, 창문이 안으로 끌어당겨지자 합판이 신음했다. 바깥세상에 어둠이 내려앉았다. 폭우가 쏟아졌다. 그것은 화물열차도, 제트엔진도, 내 주위에서 폭포가 쏟아지는 것도 아니었다. 오히려 그 모든 것이었다. 지붕은 물과 함께 포효했고, 창문은 번져 보였다. 폭풍우가 지나간 뒤 나는 호숫가의 유서 깊은 오크나무에서 기관차 크기의 나뭇가지가 우지끈 부서져 맥없이 떨어지는 것을 보았다. 젖은 이끼가 쓸모없는 검은 날개처럼 멀리까지 둥둥 퍼져나갔다.

나는 전력이 끊기는 것을 봤다기보다는 느꼈다. 전자기기에서 시간이 지워졌고, 전등이 깜박이다가 꺼졌다. 집은 내 뒤쪽에서 악의를 품고 있었고, 어둡고 습한 기운이 나를 짓눌렀다. 내가 뒤를 돌아보자 저멀리 문간에 서 있는 남편이 보였다.

당신 내 와인을 마시고 있군, 그가 말했다. 폭풍우가 몰아치는 데도 그의 목소리가 완벽하게 잘 들렸다. 그는 땅딸막한 남자였고, 나보다 서른 살이 더 많았다. 그에게서 그가 씹는 민트 가지와 마른버짐에 바르는 연고 냄새가 났다.

당신이 신경 안 쓴다고 생각했어, 내가 말했다. 어차피 이제는 필요하지 않잖아.

그가 자기 가슴에 두 손을 얹고 미소를 지었다. 그가 나를 떠나고 일주일 뒤 그의 심장이 멈췄다. 그가 침대에 애인과 함께 있을 때였다. 애인인 여자가 말도 안 되게 어려서 나는 그들이 대화할 때 서로 아기에게 말하듯 할 거라고 생각했다. 아이를 원하지 않더니 그는 결국 아이를 데리고 잔 것이다. 축축하게 식어가는 그의 몸 아래 깔린 사람이 그녀였다는 사실이 나는 기뻤다. 그의 이름을 외쳐 부르지만 대답을 듣지 못하는 사람이 그녀라는 것이.

그가 가까이 다가와 창가 내 옆에 섰다. 그의 옆에서 늘 그랬듯, 나는 아주 조용해졌다. 우리는 엉망진창이 된 바깥의 세상을 보았다. 내가 예쁘게 키운 토마토는 납작해졌고, 철제 케이지들은 유령이 그것을 후프스커트처럼 입고 미끄러지며 지나간 것처럼 잔디밭을 갈아버렸다.

당신은 아직 여기 있군, 아무렴 그랬겠지, 그가 말했다. 하지만 며칠 전에 여길 떠나야 한다는 말은 들었을 거야.

이 집은 오래됐어, 내가 말했다. 다른 폭풍우들을 다 버텨냈어.

당신은 누구 말도 안 듣는 사람이지, 그가 말했다.

와인 좀 마셔, 내가 말했다. 나하고 같이 서서 쇼를 구경해. 하지만 제발 그 입은 좀 다물고.

그가 나를 유심히 바라보았다. 그의 피부가 아무리 앨리게이터 가죽처럼 변했더라도, 그의 갈색 눈은 크고 젊었다. 내가 그에게 빠졌던 게 그 눈 때문이었다. 그는 뛰어난 시인이었다. 내가 그를 만난 밤, 나는 친구가 끌고 간 낭독회에서 주문에 걸린 듯 앉아 있었다. 그의 말이 내 단단한 토양을 부드럽게 만들어, 그가 고개를 들었을 때 그의 갈색 눈이 나를 뚫고 들어올 것만 같았다.

그는 와인을 한 모금 마시고 음 소리를 내며 그 맛을 음미했다. 지금 맛이 최곤데, 그가 말했다. 완벽해. 지금 마셔.

그럴 생각이야, 내가 말했다.

그는 내게 모호한 태도를 보이기 시작했다. 나는 그의 시는 모호해지기 시작하면 전혀 좋지 않다는 것을 알고 있었다. 내 평판은 어때? 그가 물었고, 손가락을 모아 손모아장갑 안에 집어넣었다. 나는 그의 유작 관리자였다. 그에겐 그 마지막 한 가지를 바꿀 시간이 없었다.

관심이 시들해지는 걸 그냥 두고 보고 있어, 내가 말했다.

아, 그가 말했다. La belle dame sans merci.*

이탈리아어는 못해, 내가 말했다.

프랑스어야, 그가 말했다.

아, 그렇군, 내가 말했다. 내가 무식해서 당신 미칠 지경이시겠어.

여보, 그가 말했다. 당신은 정말 몰라.

---

* '자비심 없는 아름다운 여자'라는 뜻으로 영국의 시인 존 키츠의 발라드 시 제목.

그런가, 내가 말했다. 나에 대해선 좀 알지.

내가 한 말이 아니었어, 나는 절대 말하지 않았어. 오, 내 품에 온전히 안을 수 있는 당신 모습을 내가 얼마나 원했는데.

그가 내게 윙크했고, 민트향이 더 강하게 났다. 이어 내 입술을 누르는 힘이 느껴졌고, 그 힘은 곧 물러났다. 그러자 폭풍우와 집과 나뿐이었다.

어둠은 더욱 짙어졌고, 소리는 강렬해졌다. 구름 안에 맥박이 뛰듯 불끈거리는 감청색 혈관이 있었다. 예전에 남편과 사냥 여행을 갔던 게 기억났다. 수사슴의 내장이 꺼내져 바닥에 버려졌다. 장뇌와 목련과 백일홍이 곡예사처럼 왕관을 땅으로 내리박았다가 반동으로 튀어올랐다. 티크 목재로 만들어진 피크닉 테이블이 길을 향해, 이미 그쪽으로 날아간 의자들을 뒤쫓아 육중하게 이동했다.

내가 키우는 알 낳는 암탉 중 가장 좋은 닭이 집 아래에서 바닥을 긁으며 쓸려나와, 창문을 대각선으로 끔찍하게 미끄러져올라갔다. 잠시 도마뱀 눈 같은 닭의 눈과 눈이 마주쳤다. 나는 숨을 들이마셨다. 유리가 뿌옇게 변했고, 다시 맑아졌을 때는 닭이 이미 바람에 날려간 뒤였다. 이어 호수의 맨 위층이 한 장의 크고 얇은 판처럼 들어올려지는 것 같더니 집을 들이받으며 와르르 부서졌다. 바람이 물을 휩쓸어 길로 데려갔고, 내 정원은 구덩이로 변해 동갈치가 요리조리 헤엄쳤고 새끼 앨리게이터가 맹렬하게 진흙을 팠다. 납작 눌린 블루베리 덤불 뒤로, 진흙덩이로 이루어진 악몽 같은 피조물이 바람에 기대선 것이 보였다. 그것의 정체는 남자였는데, 그게 밝혀지자마자 바람이 그를 들어올려 문에다 쾅 내던졌다. 어느새 나는 달려가서 힘겹게 문을 열었고, 남자는 안으로 굴러떨어지듯 들어왔다. 내 발이 떨어지며 몸이 붕 떠버렸고, 날아가지 않으려면 문손잡이를 꼭 잡아야 했다. 바람이 화분을 낚아채 전자레인지에 사정없이 내동댕이쳤다. 남자가 기어와 내가 문 미는 것을 도와주었고, 마침내 문이 닫혔다. 폭풍우는 추방되어 다시 바깥에서 울부짖었다.

남자는 진흙을 잔뜩 묻힌 채 알몸으로 웃고 있었다. 머리가 아주 더러웠는데, 사이사이 금발의 곱슬머리가 드러나 보였다. 나는 그의 얼굴을 내 원피스 자락으로 닦아주었고, 마침내 그가 대학 시절의 남자친구인 것을 알아보았다. 나는 바닥 위 그의 옆에 앉아 손톱 끝으로 그에게 묻은 진흙을 긁어냈다. 마침내 그의 모습이 완전히 드러났다.

오! 말할 수 있게 되자 그는 그렇게 외쳤다. 그는 말이 많고 사랑 많은, 늘 유쾌한 친구였다. 그가 내 얼굴을 양손으로 붙잡고 말했다. 늙었네! 늙었어! 바짓자락을 걷어올려 입어야겠어.*

바지는 안 입어, 나는 그렇게 말하고 머리를 홱 치웠다. 다행히 아직 수돗물이 나와서, 나는 그가 깨끗해질 때까지 씻겨주었다. 그는 키친타월로 로인클로스**를 만들었다. 그가 내게서 고개를 돌리고 곁눈질로만 나를 봐서, 결국 나는 그의 턱에 손가락을 대고 내쪽으로 돌렸다. 거기, 그의 귀 위쪽에 젖은 장미 꽃송이가 있었다.

---

* T.S. 엘리엇의 시 「J. 앨프리드 프루프록의 연가」에서 따온 말.
** 허리에 둘러 입는 형태의 단순한 옷.

그가 와인을 길게 한 모금 삼켰고, 나는 뼈 위로 빨간색 인대가 움직이는 것을 지켜보았다.

그러니까 너 정말로 그랬구나, 내가 말했다.

친구의 친구의 친구가 내게 말해줬었다. 캘거리, 거기서 찾을 수 있는 최악의 호텔에서, 집안의 오래된 결투용 권총으로. 하지만 나는 친구도, 친구의 친구도 믿지 않았고, 두 다리 건넌 친구는 물론이었다. 그 행위는 그런 활기 넘치는 사람에게는 정말로 어울리지 않는 것이라, 나는 그게 사실일 리 없다고 결론 내렸었다.

정말 이상한 일이야, 내가 말했다. 너는 내가 아는 사람들 중에서 가장 행복한 사람이었어. 너랑 헤어진 이유가 네가 너무 행복해서였는데.

그는 고개를 갸웃 기울이더니 나를 자신의 무릎에 끌어 앉혔다. 행복해서라고? 그가 말했다.

나는 그의 젊고 마른 가슴에 몸을 기댔다. 그와 함께 이 년을 보낸 뒤 내가 얼마나 지쳤었는지를 떠올렸다. 나는 견딜 수가 없었다. 그가 새벽 세시에 기어코 벤저민의 글을 읽어주겠다면서 전화를 걸어오던 것을, 토요일이면 그를 찾아 여기저기 술집을 돌아다녀야 하거나 아니면 모르는 사람의 집 거실에서 그를 발견하곤 하던 것을, 그리고 그의 입에 뭔가를 채워넣어 조용히 시키고 새벽에 얌전히 잠들게 하기 위해 빌어먹을 달걀 샌드위치를 하나 더 만들면 나 자신이 산산조각으로 부서질 것처럼 느껴지던 것을. 우리는 마지막 한 달을 스페인에서 보냈다. 그곳에 가려고 내 난소 하나를 팔아야 했다. 나는 바르셀로나에서 그를 잃어버렸고, 한 시간 동안 나를 걱정하며 모여든 스페인 사람들 한가운데에서 울었다. 마침내 그가 성큼성큼 걸어 내게로 왔고, 그의 손에 잡힌 목줄에는 아프간하운드가 끌려오고 있었다. 모르는 사람의 개를 훔친 것이었다. 그의 눈동자에 불이 지펴진 듯했고, 그 불은 그의 앞에서 활활 타올랐다. 그의 특이한 자아를 알리는 전조였다. 나는 폭풍우에 두들겨맞은 집의 희미한 어둠 속에서 고개를 들어 그를 보았고, 그의 머리 옆에는 구멍이 뚫려 있었다.

그가 자신의 입술로 내 손마디를 쓸면서 뭔가를 기대하는 표정으로 미소를 지었다. 내가 말했다, 오.

지나간 일이야, 그가 말했다. 그는 와인 반병을 플라스틱컵에 담긴 맥주 비우듯 쭉 비웠다. 팰머토 벌레들이 에어컨 통풍구를 통해 우글우글 쏟아져나와 한 줄로 행진하는 모습이 공손한 인상을 주었다. 그의 피부와 내 다리 사이에 얇은 키친타월이 느껴졌다. 한때 이 아름다운 청년이 내 마음을 언제나 휘저어놓던 그 느낌처럼.

오 어쩜, 널 사랑했어, 내가 말했다. 그때는 그 말을 가슴에 담아두고 꺼내지 않았다. 그에게 말하지 않는 것이 그에게 힘을 행사할 수 있는 나의 원천이라고 생각했다.

그 또한 지나간 일이지, 그가 말했다. 이제 네가 여기서 뭘 하고 있는지 말해줘.

배가 수영하는 사람의 팔처럼 노를 이쪽저쪽으로 흔들면서 호수 위로 통통 튀어갔다. 배는 로켓처럼 오크나무 둥치로 발사되어 그 자리에 꽂혔다. 창문 유리가 덜컹덜컹 흔들렸다. 유리 안의 어둠이 너무 깊어, 유리창에 비친 내 모습은 관자놀이께가 회색으로 보였고 콧구멍에서 입술까지는 골이 패 있었다. 내 주위로 집이 동굴처럼 느껴졌다. 나는 지금쯤 집안이 가득 채워졌을 거라고 생각했었다. 남편의 존재로, 작은 목소리들로, 적어도 닭들로.

우리 아이들 기억해? 내가 물었다.

그가 환하게 웃었다. 클로틸드, 그가 말했다. 루퍼트. 쌍둥이 해리콧과 애브리콧. 도디. 오스트랄로피테쿠스. 그리고 더크. 모두 영재들이었어. 당신 머리와 내 외모를 가진.

클린스를 뺐어, 내가 말했다.

내가 가장 사랑하는 아이! 그가 말했다. 내가 어떻게 그애를 잊을 수 있었지? 십자말풀이를 만드는 아이, 전국 스펠링비 대회 챔피언. 그리운 클린스.

그가 내 손등을 들어 자신의 입술에 대고 키스했다. 너무 안됐어, 그가 중얼거렸다.

뭐가 그리 안됐는지 내가 묻기도 전에 창문이 안쪽으로 폭발하면서 우리에게 유리 비를 뿌렸다. 바람이 안으로 들어와 그를 빨아냈다. 나는 조리대 상판을 붙잡고 나의 아름다운 남자가 3피트 깊이의 연못이 돼버린 내 마당에 내리꽂히는 것을 지켜보았다. 그는 몸을 뒤집고 몇 차례 팔을 휘저었다. 그러고는 저주를 퍼붓듯 하늘을 향해 두 날개를 들어올린 채 물에 떠 있는 내 닭들 중 한 마리의 흉내를 냈다. 그 둘은 싱크로나이즈드스위밍 선수처럼, 하늘을 향해 양팔을 들고 서로의 주위를 빙글빙글 돌다가, 단숨에 가라앉았다.

나는 술 두 병과 코르크마개 따개를 소매 속에 넣고 바람이 끌어당기는 힘에 저항하며 문간으로 간신히 이동했다. 그곳을 통과하자 제대로 걸을 수조차 없었다. 내 주위로 집이 들썩거렸고, 바람이 쫓아와 시계와 의자를 뒤엎고 피아노 위에 둔 악보를 휘리릭 넘기더니 낚아채 갔다. 그리고 여백에 써둔 글을 찾아내려는 듯 내 책들을 한 권씩 획획 넘겨보다가 기어코 책장을 넘어뜨렸다. 물은 집 아래에서부터, 바닥 균열 사이로, 통풍구로 밀고 올라왔고, 내 러그를 늪지로 만들어버렸다. 쥐들이 잽싸게 계단을 올라와 내 침실로 들어갔다. 나는 엉망진창인 공간을 느릿느릿 걸어, 무릎과 손을 짚으며 한 계단씩 기어올라갔다. 테라핀* 한 마리가, 이어 등에 아기를 단단히 업은 라쿤 한 마리가 강도처럼 부릅뜬 눈으로 나를 응시하며 스쳐지나갔다. 까꿍, 내가 말했다. 그러자 아기는 어미의 목덜미에 얼굴을 묻었다. 건전지를 넣어 쓰는 알람시계의 불빛 속에 쥐와 뱀과 버지니아주머니쥐와 한 무리의 벌레들이 마치 파자마파티를 하러 모인 것처럼 방안에 흩어져 있는 게 보였다. 어둠 속에서 모든 눈이 빛을 반짝이고 있었다. 욕실이 이 집의 중심부에 위치하고 유일하게 창문이 없는 공간이어서, 내가 그 안으로 들어가면 다른 모두를 밖에 가두는 꼴이 되었다.

　나는 욕조가 내 몸을 끌어안는 서늘한 느낌을 즐기며 욕조 안에 앉아 있었다. 나는 욕조에서 늘 자매의 정을 느꼈다. 우리 안에 다른 누가 존재하지 않는다면 우리는 아무것도 담기지 않은 반드럽고 하얀 컵에 불과할 것이다. 욕실 안은 짙은 암흑이고, 철저히 봉인되어 있었다. 집이 비틀리고 흔들렸다. 머리 위로 지붕이 서서히

---

* 북아메리카의 강이나 호수에 사는 작은 거북.

벗겨지고 있었다. 바람이 굴뚝을 연주했고, 마침내 집 전체가 백파이프처럼 삑삑거렸다. 나는 와인을 한 모금 음미할 때마다 끝은 어떤 모습일지 생각했다. 지붕이 날아가자 폭풍우가 전속력으로 들어왔다. 집이 계단 수직판 위에서 기우뚱하더니 나를 굴려 욕조 밖으로 내보냈다. 워터모카신 한 마리가 배수관을 타고 기어올라와 내 다리 사이에서 둥지를 틀 따뜻한 곳을 찾았다.

폭풍우의 비명을 뚫고 젖은 성냥이 픽픽거리는 소리가 들렸다. 이어, 약한 불길이 변기 주변을 밝히면서 날름거리다가 꺼졌다. 그 자리에서 파이프 담배의 달콤한 냄새가 올라왔다.

지저스 크라이스트, 내가 말했다.

아니, 아버지다. 그가 부드러운 억양으로 말했다. 말할 때 그의 목소리에서 미소가 느껴졌다. 말조심해야지, 우리 딸.

나는 그가 가까이 있다고 느꼈다. 그는 거기가 침대 옆인 것처럼 욕조 가장자리에 앉아 있었다. 그의 손이 내 입에서 젖은 머리카락을 떼어주는 것이 느껴졌다. 나는 손을 들어 그의 손을 잡았고, 내 가냘픈 뼈에 그의 살이 닿는 것에서 위로를 느꼈다. 어두워서 다행이었다. 그는 속에서부터 암에 잠식당했다. 어머니는 진토닉을 너무 많이 마신 뒤에는 늘 가혹하게 변했다. 한번은 어머니가 아버지의 종말이 어땠는지 말해준 적이 있었다. 마지막 며칠 동안은 살이 부풀어 자루 같았다고, 어머니는 말했다.

나는 그 자리에 없었다. 심지어 아버지가 아픈 것도 몰랐다. 나는 걸스카우트 캠프에 보내졌다. 아버지가 서서히 죽음을 맞는 동안 나는 매듭 묶는 법을 배웠다. 아버지가 자신이 자란 마을을, 체리나무를, 밤에 교미를 하려고 들판에서 우렁차게 울부짖는 황소를 환시로 보는 동안, 나는 줄리아 페퍼너스라는 이름의 여자애에게 키스했다. 나는 그뒤로 꽤 오랫동안 혀에서는 우리가 뿌리의 꿀을 빨아먹던 클로버맛이 난다고 믿었다. 아버지가 영어를 잊어버리고 헝가리어로 자신의 어머니를 외쳐 부를 때 나는 요트를 훔쳐 저수지의 고요한 심장부로 혼자 나아갔다. 댐이 지어지기 전에는 거기 마을이 있었다. 나는 돛을 내리고 닻을 떨어뜨린 뒤 물속으로 뛰어들었다. 눈을 뜨니 어느 소녀의 방 밖이었다. 소녀의 브러시와 빗이 화장대에 놓여 있었고, 해조류로 장식한 거울 속에는 내 모습이 비쳐 보였으며, 그 뒤로 창문이 있었다. 메기가 저 자신을 대접하려는 듯 식사실 접시 위에 누워 있는 게 보였다. 메기는 나를 쳐다보더니 고개를 가로젓고 현자처럼 헤엄쳐 멀어졌다. 빨랫줄에 걸린 채 망각된 시트가 태양을 향해 펄럭이는 것을 보았다. 나는 호수에서 나와 배에 올라탔고 배의 방향을 캠프 쪽으로 돌렸다. 그리고 내가 본 것을 누구에게도, 결코, 단 한 번도, 남편에게도 말하지 않았다. 남편은 그 이야기를 자기 것으로 만들어버렸을 테니까.

아마 캠프에 같이 간 친구들에게는 말했을 거라고 생각한다. 그런 기적 같은 이야기를 나 혼자 간직하려고 했을 것 같지는 않다. 하지만 캠프 지도자가 선거에서 나를 기다리고 있었고, 그녀의 양 입술은 굶주린 연민에 꾹 다물려 있었다. 그녀가 입은 운동복 셔츠의 빨간 후드가 그녀의 뒤로 허공에서 이리저리 흔들렸다. 내 기억에, 그것은 크고 못생긴 혀처럼 고요를 휘저어놓았다.

우리가 60에이커의 땅에 지어진 이 집을 처음 보았을 때, 내가 반한 것은 에어컨 없이도 여름을 시원하게 만들어주는 소나무 심재 바닥이나 다락 팬, 와인잔 모양의 하얀 빛깔 꽃을 피워내는 목련이 아니었다. 나는 호수 저편 유서 깊은 오크나무에 매달아놓은 긴 그네에 반했다. 어떤 아이에게 짜릿한 즐거움을 주었던 그것이 지금은 다른 사람을 기다리고 있었다. 남편은 마호가니 패널을 두른 서재를 보고 조그맣게 이거야, 하고 말했다. 나는 부엌에 서서 그네를, 햇살이 나무 그네에 부드럽게 가닿는 방식과 그네가 지켜줄 약속을 보면서 이거야, 하고 생각했다. 십 년 동안 날마다, 나는 아침 바람이 가볍게 불어올 때 좀더 기대하는 마음으로 그네를 바라보면서 이거야, 하고 생각했다. 이거야, 그 말이 조용히 횡격막을 찌르고 들어왔다. 남편이 떠난 그날까지, 심지어 그가 떠난 뒤에도, 심지어 그가 죽은 뒤에도 나는 한결같이 이거야, 하고 생각했다. 그런 때조차 여전히 희망을 품은 채.

아주 오랫동안 우리는 거기 그렇게 앉아 있었다. 포효하는 암흑 속에서 내 손은 아버지의 손을 잡고 있었다. 나는 아버지가 뭐라고 말하길 기다렸지만, 그는 늘 사람들 사이의 침묵을 어떻게 다루는지 아는 사람이었다. 그는 담배를 피웠고, 나는 술을 마셨고, 세상은 저 혼자 성질을 부리다 지쳐 떨어졌다.

나는 내 몸에 대한 인식을 잃었다. 내 아래 자기磁器의 매끈한 감촉, 아버지의 손이 주는 따뜻한 느낌뿐이었다. 시간이 흘러갔다. 끝없이. 한 번의 호흡.

바람이 서서히 부드러워졌다. 흐느껴 울었다. 멈추었다. 집이 진동하고 신음하더니 다시 정점으로 치달았다. 새벽녘에 똑똑 떨어진 빗방울이 문 아래 회색 띠를 그려놓았다. 내 몸이 되돌아왔다. 내 귀에 들리는 건 내 심장이 뛰는 소리와 지붕에서 떨어지는 빗소리뿐이었다. 내가 말했다. 아빠가 헝가리에 사는 아빠 가족에게 종종 전화하시던 거 기억나세요?

너는 늘 화가 아주 많이 나 있었지, 그가 말했다. 내가 무슨 말만 하려고 하면 내게 소리를 질렀어. 내가 전화를 걸고 싶어할 때마다 네 엄마가 너를 데리고 나가 아이스크림을 사줘야 했다.

먹을 수 없었어요. 그저 녹는 걸 지켜보기만 했죠, 내가 말했다.

알고 있다, 그가 말했다.

지금도 못 먹어요, 내가 말했다. 나는 아빠가 입을 벌리고 갑자기 다른 사람이 되는 게 싫었어요.

우리는 기다렸다. 공기가 졸여지는 것 같았다. 끈적거리고 눅눅했다. 내가 말했다, 이렇게 철저히 혼자가 될 거라고는 생각해본 적 없었어요.

우리 모두 혼자야, 그가 말했다.

아빠한테는 제가 있었잖아요, 내가 말했다.

맞아, 그가 말했다. 그러고는 내 목덜미를 꼭 쥐고 뭉친 곳을 주물렀다.

나는 바깥의 세상이 움직이는 소리를 들었다. 지금 폭풍의 눈에 들어왔거나 방금 통과한 걸 거예요, 내가 말했다.

글쎄, 그가 말했다. 폭풍우란 늘 또 오지, 알겠지만.

나는 일어섰고, 머리가 띵했다. 병들이 내 몸에 부딪혔다가 댕그르르 소리를 내며 다시 욕조로 떨어졌다. 알아요, 내가 말했다.

너는 괜찮을 거다, 그가 말했다.

아빠가 하는 말에는 지혜가 전혀 없어요, 내가 말했다. 죽은 사람에게는 모든 게 괜찮죠.

침실로 들어가는 문을 열자 방안이 빛으로 환했다. 창문 위에 덧대어놓은 합판이 돛처럼 바람을 떠안고 집의 뼈대를 버티고 있었다. 벽에 직사각형의 구멍들이 보였다. 생물들은 방을 떠나고 없었다. 폭풍우가 착한 투숙객처럼 시트를 벗겼고, 시트는 거울을 가리며 하얗고 완벽하게 걸려 있는 한 장을 빼고는 죄다 날아가고 없었다. 내가 내 모습을 보지 않아도 되게.

피해는 막대했다. 삼백 년 된 나무가 완전히 박살났고, 타운들은 태양에서부터 주먹이 날아와 난동을 부린 것처럼 망가졌다. 내 삶이 카운티 세 곳에 흩어져 있었다. 어떤 사람이 내 장서표가 꽂힌 소설책이 조지아주의 어느 차 지붕 위에서 햇볕을 쬐고 있는 것을 발견했다. 내가 바라보는 모든 곳에 죽은 자들이 있었다. 폭풍우에서 살아남은 이웃 아이 하나가 나머지 식구들이 남은 물건을 건져내는 동안 바깥을 돌아다니다 수영장에 빠져 익사했다. 고등학교 농구팀이 모든 경고를 무시하고 다리를 건너다가 걸프만에 삼켜졌다. 늙은이들이 홍수에 목숨을 잃었고, 남은 친구들이 얼마 없다는 걸 알게 된 다른 늙은이들은 비통한 심정에 사로잡혔다. 폭풍우가 남은 와인을 훔치고 팬트리에 있는 것까지 휩쓸어갔다. 내 닭들은 물에 빠져 죽고, 깃털을 땅 위에 주근깨처럼 뿌리면서 흩어져 날려갔다. 몇 주 동안 그것들의 썩은 냄새가 내 꿈을 채웠다. 다음

달에는 곰팡이가 회반죽을 잠식해들어가, 샐비어색과 짙은 적갈색의 멋진 추상 벽화를 남겼다. 하지만 집의 뼈대는 버텼다. 문도 버텼다. 결국 집은 버텨냈다.

아래층으로 내려가는 길에, 나는 층계참에 모여 있는 지친 아르마딜로들을 지나갔다. 새들이 플로리다의 방을 장악했다. 홍관조와 쏙독새와 부엉이 들. 곤충들이 계단에서 슬그머니 달아났다. 나는 철벅철벅 러그 위를 걸어갔고, 러그는 바닥 판자 쪽으로 채소색깔의 물을 피처럼 흘려보냈다. 내 뇌는 두개골에 비해 너무 작아서 걸을 때 이쪽저쪽 탕탕 부딪혔다. 습한 공기 속을 이동하려니 젖은 실크를 뚫고 지나가는 것처럼 느껴졌다. 하지만 나는 문을 열고 폐허가 된 바깥 풍경을 바라보았다.

그리고 그 자리에 멈춰 섰다. 숨이 멎었다. 나는 웃었다. 정말로 지독한 결말인걸, 내가 소리 내어 말했다. 혹은 그러지 않았을 것이다.

집은 우리를 담는다. 하지만 우리가 무엇을 담는지 누가 말할 수 있겠는가? 바깥, 계단이 있던 자리, 급경사면 옆에 달걀 하나가 균형이 잡힌 채 놓여 있었다. 새벽의 모든 빛을 그 껍질 안에 담고서, 온전하게 말없이.

사랑의 신을 위하여,
신의 사랑을 위하여

포도나무 협곡 아래 돌로 지은 집. 지붕 아래 크고 하얀 방.

집이 새벽빛을 가려서 밤이 더 길었다. 해가 언덕을 배경으로 갑자기 햇살을 쏟아내면서 아침이 왔다. 들판에 남자의 모습이 보이자, 어둠 속에서 별스럽지 않게 시도한 것이 무엇을 따라 한 것인지가 분명해졌다. 그는 포도나무에 양다리를 벌리고 올라탄 듯한 이상한 모양새의 트랙터에 타고 있었다. 그리고 창문과 평행하게 자리를 잡고 느긋이 바라보았다. 어맨다는 이것이 아주 프랑스적이라고 생각했다. 그녀의 얼굴에서 열기가 느껴지는 건 옷을 벗고 있어서가 아니었다. 그보다는 표절이라는 생각 때문이었다. 그녀의 그 발상은 쭈그려앉은 모양새의 트랙터를 창문으로 처음 보고 떠오른 것이었다. 그녀는 자기 몸 아래 남편의 배를 찰싹 때리면서 말했다. 끝났어.

일 분 뒤 그녀는 침대에서 성큼 내려와 창가로 가서 섰다. 남자를 놀려주려는 생각으로 양쪽 커튼을 조금 벌려 잡고 가슴을 유리창에 댔다. 트랙터를 탄 남자는 남자라기보다는 소년이었다. 그는 웃고 있었다.

다시 커튼으로 가려진 어둠 속에서 그들은 트랙터가 멀어지는 소리를, 곧이어 저 아래 마을에서 수탉들이 부산스레 돌아다니는 소리를 들었다.

나이스 서프라이즈, 그랜트가 손으로 그녀의 허벅지를 쓸어내리며 말했다. 우리가 닭들을 깨운 건 아니겠지. 그가 느긋하게 기지개를 켰다. 어맨다는 바로 아래층 방에 있는 이 집의 주인들을 상상했다. 맨프레드는 망연히 벽을 쳐다보고 있을 것이다. 침을 흘리면서. 제너비브는 깃털 이불을 덮고서 부글거리는 수동공격적인 생각에 빠져 있을 것이다.

누가 상관해, 어맨다가 말했다.

음, 그랜트가 말했다. 리오도 있어.

잊었네, 그녀가 말했다.

불쌍한 아이, 그랜트가 말했다. 다들 늘 리오 생각을 못해.

어맨다가 달리기 복장을 하고서 계단을 내려왔다. 그리고 리오의 방 앞을 그냥 지나가려다가 다시 걸음을 돌렸다.

리오는 높은 창턱 위에 서 있었는데, 그 가녀린 몸이 유리에 바짝 붙어 있었다. 여기선 창문에 숨만 잘못 내쉬어도 창틀이 흔들거렸다. 목재가 어맨다보다 더 나이가 많아 썩은 곳이 있었다. 리오는 마음먹은 건 꼭 하고 마는 진지한 아이여서 그녀는 그냥 지켜보왔다. 그러다 문득 유리는 아주 느리게 흐르는 액체일 뿐이라는 말을 들은 기억이 났다. 그래서 달려갔다.

아이는 네 살배기치고 아주 가벼웠다. 아이가 그녀의 품안에서 몸을 돌리고 그녀의 목을 꼭 끌어안았다. 그리고 속삭였다, 이모네요.

리오, 어맨다가 말했다. 그러는 거 아주 위험해. 죽을 수도 있었어.

새를 보고 있었어요, 아이가 말하고는 손가락 하나를 유리창에 대고 꾹 눌렀다. 그녀가 내려다보니 하얀 돌들 위에 부리가 짧은 맹금 같은 것이 누워 있었다. 아주 크고 위험해 보였고, 심지어 죽어 있었다.

하늘에서 떨어졌어요, 아이가 말했다. 내가 지켜보는 데서 검은 하늘이 파랗게 변하더니, 새가 떨어졌어요. 내가 봤어요. 쿵. 안 좋은 일이지만, 이건 그냥 새잖아, 하고 생각했어요.

안 좋은 일? 그녀가 말했지만, 리오는 대답하지 않았다. 그녀가 말했다. 리오, 넌 이상한 말을 잘하는구나.

엄마도 그러던데, 아이가 말했다. 엄마는 내가 엄마한테 엉뚱한 장난을 친대요. 그런데 이제 아침 먹고 싶어요, 아이가 말했다. 그러고는 그녀의 스포츠브라 끈에 자기 코를 쓱 문질렀다.

리오는 어맨다를 계속 쳐다보면서 누텔라를 바른 토스트를 조심스럽게 베어 물었다. 그녀는 그렇게 빤히 쳐다보는 눈을 가진 아이를 만나본 적이 없었다. 빤히 쳐다보는 눈은 대체로 중년의 시기에, 길고 느린 실망의 순간들이 이어진 뒤에 생긴다. 그녀는 아이에게서 고개를 돌리고, 수면에 햇살이 퍼지며 수영장이 은은한 빛을 내는 것을 바라보아야 했다.

이모는 아이예요, 아니면 엄마예요? 리오가 물었다.

맙소사, 리오, 그녀가 말했다. 어느 쪽도 아니야. 아직은.

왜 아니에요? 아이가 말했다.

그녀는 아이에게 거짓말을 하는 건 옳지 않다고 생각했다. 그녀에게 아이가 있다면 그 생각이 달라질 수도 있었을 것이다. 그랜트와 나는 너무 가난했거든, 그녀가 말했다.

왜요? 아이가 말했다.

어맨다가 어깨를 으쓱했다. 학자금 대출 때문에. 나는 노숙자들하고 일해. 그랜트의 회사는 이제 막 시작했고. 다른 사람들도 그렇단다. 하지만 우리는 노력하고 있어. 나도 곧 누군가의 엄마가될지 모르지. 어쩌면 내년에.

그럼 이제 가난하지 않아요? 아이가 물었다.

과격하고 무뚝뚝한 말투를 쓰기로 한 모양이구나, 그녀가 말했다. 우리는 가난해. 그렇단다, 맞아. 하지만 언제까지고 기다릴 수는 없으니까.

리오는 팔꿈치에서 시작해 쭉 올라가서 그녀의 귀를 야금야금 뜯어먹는 기린 문신을 보았다. 그걸 보자 묘하게 흥분이 되었다. 그리고 그녀의 스포츠브라와 운동복 반바지 사이에 돋은 닭살을 보았다. 우리 엄마가 그러는데 조깅은 미국인만 한대요. 미국인은 품위에 대한 감각이 전혀 없대요.

하! 어맨다가 말했다. 나는 네 엄마를, 네 엄마가 제니퍼라는 이름을 썼을 때부터 알았어. 네 엄마도 지극히 미국인이야.

그들이 오다니?* 누가 와? 제너비브가 문간에서 말했다. 오늘 아침은 여기까지! 그녀가 크고 하얀 이를 드러내며 말했다.

미안, 어맨다가 말했지만 진심은 아니었다.

제너비브는 판석 바닥을 사뿐사뿐 건너와, 아들의 뻣뻣하게 들고 일어난 옅은 색 머리칼에 키스했다. 그녀는 시스루 실크 소재의 튜닉을 입고 있었고, 안에 입은 비키니는 검은색이었다. 실내에서 선글라스를 쓰고 있었다.

안녕요, 제니퍼, 리오가 장난스럽게 말했다.

어젯밤에 와인 많이 마셨어? 어맨다가 말했다. 그 레스토랑이 별을 그렇게 많이 받을 만했어?

하지만 제너비브는 자기 아들을 보고 있었다. 방금 나를 제니퍼라고 부른 거야? 그녀가 말했다.

맨다 이모가 말해줬어요, 아이가 말했다. 그리고 오늘 누가 온다고 했어요. 여자가요. 우리가 집에 돌아갈 때까지 나를 돌봐줄 사람이래요.

제너비브는 선글라스를 머리 위로 올리고 얼굴을 찡그렸다. 어맨다가 눈을 감고 말했다. 맙소사, 제너비브. 미나가 오잖아. 내 조카.

어머나, 제너비브가 말했다. 맞다, 그랬지. 몇시 항공편이었어? 세시였나. 그녀가 머릿속으로 뭔가 계산을 하더니 꿍얼거리며 말했다. 온종일 엄청 바쁘겠네.

넌 아주 중요한 일이 있으니까, 어맨다가 말했다. 필라테스. 꽃

---

* 원문에서 '지극히'는 'as they come'으로 표현되어 있어, '그들이 온다'라고 잘못 알아들은 것이다.

꽂이. 다른 카브에 가서 다른 샴페인도 맛봐야 하고. 미나를 데리러 갔다 오는 데 몇 시간을 쓰는 게 얼마나 큰 희생이겠어. 미나가 자기 돈 안 쓰고 비행기를 타는 대가로 남은 여름 동안 네 아들을 돌봐야 하긴 하지만, 기본적으론 내 핏줄인데—

알아들었어, 제너비브가 말했다.

—그 표 말이야, 어맨다가 말하고 있었다. 그랜트와 내가 샀어. 우리도 사 년 만에 즐기는 휴가니까, 일주일 동안 너희 부부가 나가고 없을 때 리오를 봐주는 대신 저녁에 적어도 한 번은 외식을 해야 할 것 같아서.

두 여자 모두 움찔하며 리오를 쳐다보았다.

리오를 아주 많이 사랑하지만, 어맨다가 말했다. 그래도.

그렇게 말하면 기분이 더 좋니? 제너비브가 말했다. 그리고 아들에게 말했다. 어떤 사람들은 나이를 먹어도 부드러워지지 않는단다.

리오는 스툴에서 미끄러져내려와 베란다 문을 통해 밖으로 나갔다. 그리고 수영장으로 향하는 긴 경사로를 내려갔다.

널 여동생같이 사랑하지 않았다면 네 목을 콱 졸랐을 거야, 어맨다가 말했다.

아들이 사라지자 제너비브의 미소도 사라졌다. 그녀의 얼굴이 손으로 꽉 쥔 실크처럼 구겨졌다. 네가 화가 난 것도 당연한 것 같아, 그녀가 말했다. 내가 줄곧 널 이용했으니까. 하지만 너도 알다시피 맨프레드의 정신을 들게 만드는 건 음식뿐이고, 리오는 그런 레스토랑들에는 들어갈 수 없어.

어맨다가 숨을 들이쉬었다. 그녀의 분노는 늘 빠르게 불붙었다.

그녀는 둘 사이의 거리를 천천히 좁혀 친구를 끌어안았다. 제너비브는 늘 작았지만 요즘은 마르기까지 했고, 뼈는 분필로 만든 것 같았다. 그냥 좀 속상해서 그래, 그녀는 제너비브의 정수리를 내려다보며 말했다. 알겠지만 우린 그 문제에 대해선 대체로 괜찮아. 특히 너희 샴페인을 전부 마시게 해주는 한은.

제너비브는 어맨다에게 몸을 기대고 한동안 그렇게 있었다.

오, 이런. 안녕, 숙녀분들. 그랜트가 조용히 계단을 내려와서 말했다. 그가 긴 팔로 문틀을 잡고 문간에 섰고, 눈에 여전히 졸음이 묻어 있어 더욱 사랑스러워 보였다. 정말 아름다워, 내 남편은, 어맨다가 생각했다. 관자놀이께의 하얀 주근깨에 빛이 비치니 좀 지저분해 보였다. 남자가 나이들수록 더 잘생겨 보이는 건 공평하지 않았다. 그들이 처음 만났을 때도 그는 어맨다보다 조금 더 아름다웠다. 하지만 그때 그는 아마도 대마초와 이상주의 아래 자신의 아름다움을 감추고 있었을 것이다.

여자들이 서로 떨어져 서자 그랜트가 말했다. 그보다 더 좋은 생각이 있는데, 2층으로 올라가서 하죠. 그러고는 윙크했다.

변태 뚱보, 어맨다가 말했다. 그러고는 잠시 양손으로 그의 곱슬머리를 잡고 키스한 뒤 진입로로 나가, 죽은 새 주변을 걸어서 한 바퀴 돈 다음 언덕을 달려 마을을 향해 내려갔다.

제너비브와 그랜트는 어맨다의 발소리가 완전히 사라질 때까지 귀를 기울였다. 그랜트가 미소를 지었다. 제너비브도 미소를 지었다. 그랜트는 눈썹을 치키고 고개를 살짝 들어 처마 밑 방을 가리켰다. 제너비브가 아랫입술을 깨물었다. 그리고 잔디밭을 내려다보았다. 리오는 수영장을 지나 쭉 걸어가, 체리 과수원에 쭈그리고 앉아 풀밭의 뭔가를 내려다보고 있었다. 제너비브가 마음에 걸리는 표정으로 그랜트를 쳐다보았고, 그가 손을 내밀었다.

그녀가 그에게 다가갔지만 그들의 손이 서로 닿기도 전에 계단을 내려오는 묵직한 발소리가 들려왔다. 맨프레드였다.

제길, 그랜트가 입을 벙긋거렸다.

나중에, 제너비브가 입을 벙긋거렸다. 그녀는 가스레인지를 켜고 냉장고에서 달걀을 꺼냈다. 달걀을 깨서 팬에 넣을 때는 이미 뺨에서 홍조가 가셨다.

그랜트가 에스프레소 메이커를 레인지 위에 올렸다. 맨프레드가 들어왔다. 그는 은색 머리칼을 뒤로 쓸어넘겼다. 그는 실제보다 키가 1피트 더 크고 몸무게는 100파운드 더 가벼운 사람처럼 돌아다녔다.

빳빳한 하얀 셔츠를 입고 모카신을 신은 그의 모습을 보자 제너비브의 가슴은 예전에 그랬던 것처럼 부풀어올랐다. 그가 햇볕 잘 드는 자리의, 표면을 반들반들하게 문지른 소나무 테이블 앞에 앉아 그 잘생긴 얼굴을 고양이처럼 따뜻한 쪽을 향해 들고 있었다.

여보, 제너비브가 말했다. 오늘 기분은 어때?

좀 힘들어, 그가 부드럽게 말했다. 좀 흐리멍덩해.

그녀는 그가 먹을 약의 개수를 세서 자신의 손에 쏟고 유리잔에 탄산수를 따랐다. 아직 삼 주도 되지 않았어. 지난번엔 다시 괜찮아지기까지 삼 주 정도 걸렸잖아. 그녀는 그에게 약과 잔을 건넸다. 그리고 그의 머리 꼭대기에 자신의 뺨을 대고 그를 들이쉬었다.

달걀이 타는데요, 그랜트가 말했다.

그럼 뒤집어요, 그녀가 고개도 들지 않고 말했다.

리오의 머리 위로 벌들이 이미 시끄럽게 붕붕거리고 있었다. 풀은 이슬을 머금어 차가웠다. 리오는 잔가지들을 조심했다. 저멀리 포도나무들은 쳐다보지 않을 생각이었다. 그 풍경은 남자들이 서로 어깨를 겯고 열을 지어 서 있는 것처럼 너무 지나쳤다. 저만치 들판에 트랙터와 프랑스 남자들이 있었는데, 너무 멀어서 그들이 무슨 말을 하는지 알아들을 수 없었다. 왁자왁자왁자왁자. 아버지가 삶은 감자 같은 모습으로 병원에서 돌아온 후, 그리고 맨다가 오기 전, 마을의 어느 착한 노부인이 와서 그들에게 저녁식사를 만들어주던 때가 있었다. 리오의 어머니가 울음을 그치지 못하는 어떤 밤들에 노부인은 리오를 자신의 집으로 데려가 재웠다. 노부인의 팬트리는 길고 추웠고 반짝거리는 병들과 쿠키가 든 깡통들이 줄지어 놓여 있었다. 노부인은 마당에서 암탉을 키웠고, 집에 무화과나무가 있었다. 크림은 아들에게서 얻었다. 맨다가 외출할 때 리오를 데려가지 않으면 그는 거기로 보내질 터였다. 그 생각에 리오는 걱정이 되어, 몸이 벌들로 가득 채워진 것처럼 붕붕거리는 것 같았다. 맨다는 그의 아름다운 기린이었다. 그럴 수만 있다면 그는 다른 모두에게 불을 지를 수도 있었다. 할일을 마치자 그는 다시 언덕을 올라갔다. 그랜트는 부엌에서 커피를 마시면서 소설을 읽고 있었고, 리오의 아버지는 접시에 놓인 달걀을 천천히 썰어서 그 노란 물을 얇은 햄 위에 흘리고 있었다. 맨프레드의 턱에 노른자가 묻어 있었다. 리오가 부지깽이를 집어 돌로 된 큰 벽난로 안을 긁어냈다. 구석에 작은 치즈 조각이 있어 리오는 한참 쳐다보면서, 입안에 그걸 쏙 집어넣는 상상을 했다. 어금니가 그 단단한 껍질을 뚫고 들어가 부드러운 속에 닿을 것이다. 그는 그 생각을 물리쳤다. 밖으로 나가니, 매의 무게는 그가 상상했던 것보다 더 무거웠다. 그는 수영장 옆에서 고양이 자세를 하고 있는 어머니 옆을 지나가기까지 세 번 쉬어야 했다. 그녀는 늘 그에게 같이 하자고 했지만, 그는 그걸 왜 하는지 이유를 알 수 없었다. 송장 자세는 그도 좋아하는 것이었다. 다시 과수원으로 가서, 그는 그 새를 자신이 쌓아올린 잔가지 위에 올렸다. 그는 숨을 참으며 뒤로 물러섰다. 바람이 불어오고 새의 깃털이 팔랑거렸다. 그것을 보면서 그는 기적이 일어나려 한다고 느꼈다. 하지만 바람이 다시 잦아들자 새는 다시 뻣뻣이, 그가 지어준 둥지 위에 누워 있었다. 그것은 여전히 철저히 죽어 있을 뿐이었다.

　　그들이 차에 타자마자 어맨다는 마음이 가벼워진 것 같았다. 그녀는 그렇게 생각하고 싶지 않았지만, 맨프레드에게는 어딘가 억압적인 데가 있었다. 모든 빛을 흡수하는 전도된 별처럼.

　　도시에 나가서 점심을 먹는 게 좋겠어, 그들이 구불구불한 길을 통과해 마을을 지나갈 때 제너비브가 말했다.

　　우리가 파리에 간다니 믿을 수 없어, 어맨다가 말했다. 그녀는 파테나 크레페를 생각했지만, 어느 쪽도 진짜 프랑스 사람이 내오는 것을 먹어본 적은 없었다. 그녀의 젖은 머리가 차 안에 로즈메리향을 가득 채웠다. 뒷좌석에 앉은 리오가 눈을 감은 채 코를 벌름거렸다.

파리엔 한 번도 가본 적 없어? 제너비브가 물었다. 하지만 넌 대학에서 프랑스어를 전공했잖아.

그 시절에 그들의 우정은 암흑기였다. 제너비브는 꿈꾸던 뉴잉글랜드대학에 가게 되었고, 새 친구들과 어울리면서 소식이 끊겼다. 어맨다는 플로리다대학에 다니면서, 자신이 그 거리에서 성장하지 않은 척했다. 졸업하고 몇 년 뒤 제너비브가 플로리다에서 직장을 구했을 때 그들은 다시 연락하는 사이가 되었다. 하지만 새러소타*는 그저 그런 곳이었다.

프랑스에는 한 번도 와본 적 없었어, 어맨다가 말했다. 먹고살기 위해 직장 세 곳에서 일을 해야 했으니까.

그래서 학자금 대출이 있는 거잖아, 제너비브가 말했다. 어맨다가 아무 말도 하지 않자 제너비브는 한숨을 쉬고 손으로 원을 그리는 동작을 하더니 이렇게 말했다. 아하, 내가 또 그랬네. 특권의식. 미안.

잠시 후 어맨다가 말했다. 우리 엄마가 담배를 끊고 돈을 모은 적이 있었어. 나를 대학에 보내려고. 하지만 엄마가 모은 얼마 안 되는 돈을 아빠가 찾아냈어. 너도 우리 가족이 어떤지 알잖아.

알다마다. 어지간하지. 그 불같은 가족은 어떻게 지내?

좀 나아졌어, 어맨다가 말했다. 아빠는 재향군인 시설에 들어갔고, 엄마는 집안을 돌아다녀. 남동생들은 작년에 지게차 사업이 망했지만, 괜찮은 것 같아. 그리고 언니는 오리건주에 살고, 우리 생각이지만. 삼 년 동안 아무도 소식을 듣지 못했어.

---

* 미국 플로리다주 새러소타 카운티의 주도.

미나도? 제너비브가 말했다. 그애가 대학생이라고 그랬잖아. 딸인데 삼 년 동안 자기 엄마 소식을 듣지 못했다고?

미나도 못 들었대, 어맨다가 말했다. 미나는 돈을 아끼려고 우리집 남는 방에서 지내고 있어. 같이 살아서 얼마나 좋은지 몰라. 걘 햇살 같아. 설거지도 다 하고 정원도 돌보고. 하지만 생각해보면, 내가 개를 키운 거나 마찬가지야. 나 자신이 아기라고 해도 될 나이에 말이야. 너도 기억하지. 그 기저귀를 다 갈아대느라 나는 축구팀 지원도 못했던 거. 소피는 완전 걸레였어.

제너비브가 웃다가, 리오가 거울로 그들을 쳐다보고 있는 것을 깨닫고 볼을 불룩하게 만들며 웃음을 멈추었다. 우리 부모님은 여전하셔, 그녀가 말했다. 주먹을 불끈 쥐고 분노에 차오른 채 영원을 향해 행진하고 계시지.

우리가 우리 가족 중 어느 쪽이 우리를 먼저 죽일지 궁금해하면서 프로스트의 시 이야기하던 거 기억나? 어맨다가 말했다. 누군가는 세상이 불로 끝날 거라고 말하고, 누군가는 얼음으로 끝날 거라고 말하지. 등등. 작은 얼음만 얻을 수 있었다면 나는 뭐라도 줬을 거야.

적어도 너희 가족은 재미있기라도 했지. 적어도 사랑이 있었고, 제너비브가 말했다.

적어도 너희 가족은 돈을 뜯어내진 않았지, 어맨다가 말했다. 지속적으로.

뒷좌석에 방치되어 있던 리오의 작은 목소리가 들렸다. 나는 엄마랑 이모가 자매인 줄 알았어요.

맙소사, 아니야! 제너비브가 그렇게 말하고는 어맨다를 쳐다보았다. 그리고 말했다. 미안.

어맨다가 미소를 지으며 말했다. 나는 네 엄마와 같은 유전자를 나눈 사이라고 해도 괜찮아. 네 엄만 얼굴이 예뻐. 적어도 광대뼈는. 내가 저런 광대뼈를 가졌다면 난 뭐든 할 수 있었을 거야. 세상이라도 지배했을 거야.

네겐 너만의 아름다움이 있어, 제너비브가 말했다.

이번에도 특권의식에서 나온 말이었어, 어맨다가 손으로 원을 그리는 동작을 하며 말했다.

리오는 마을 두 개를 통과하는 동안 그것에 대해 생각해보았다. 들판에는 트레일러가 잔뜩 세워져 있고, 아이들과 개들이 뛰어놀고 있었다. 그것을 보자 그는 몹시 부러워 몸이 떨렸다. 어맨다는 정말로 정말로 예쁜데 왜 엄마처럼 보이고 싶어하는 거지? 하지만 그가 물어보려는 순간, 여자들의 이야기는 이미 다른 주제로 넘어가 있었다.

해가 이동했다. 맨프레드는 해를 쫓아 의자를 옮겼다. 그는 아무것도 생각하지 않았고, 시간은 물처럼 한결같았다. 그는 에너지가 충분히 쌓여 그 자체로 눈부시게 폭발할 때까지 에너지를 비축하는 중이었다. 그 순간이 오는 것이 아직 보이지는 않았지만, 축적되고 있는 것을 느낄 수는 있었다. 그는 그 이후에 일어날 일을 간절히 기다렸다. 정적, 공허. 새들은 노래를 참고 있었다. 바깥은 사방이 고요했다. 여자들이 남겨두고 떠난 키가 큰 남자는 한곳에 있지 않고 이리저리 돌아다녔다. 맨프레드는 그 남자가 말할 때 굳이 들으려 하지 않았다. 정오가 되자 해는 하늘 높이 떠올랐다. 마지막 따뜻한 기운이 달아났다. 맨프레드는 추위 속에 남겨졌다. 곧 일어서야 할 것이다. 그는 오늘밤 자신이 만들 저녁식사를 생각하면서 한 입 한입에 대한 계획을 세웠다. 어쨌거나 그의 에너지는 유한하니 아껴야 하는 것이다. 그가 손가락을 폈더니 약이 손바닥에서 녹아 연고처럼 변해 있었다. 전날도, 그전날도, 그전날도 그랬다.

여자들은 플라타너스가 빙 둘러 자라는 광장에 있는 테이블을 차지했다. 아무도 타지 않은 회전목마가 빙글빙글 돌아가고 있었다. 어맨다는 식료품점에서 아이들을 잃어버린 어머니를 한 번 본 적이 있었다. 그 여자도 똑같이 히스테리컬하게 밝은 태도를 보였다.

모노프리*에 가자고? 어맨다가 말했다. 파리에서 처음 사 먹는 음식인데, 그런 보잘것없는 데서?

저기, 우리에겐 한 시간밖에 없고, 이 카페는 그렇게 나쁘지 않아. 그리고 리오는 회전목마를 아주 좋아해, 제너비브가 말했다.

어맨다는 눈꺼풀 뒤에 모래가 들어간 느낌이었다.

내가 점심 살게! 제너비브가 말했다.

뭐, 그러겠다면. 어맨다는 랍스터 샐러드와 차가운 화이트와인 한 병을 주문했다. 웨이트리스가 그녀의 프랑스어에 얼굴을 찡그리더니 영어로 대답했다. 제너비브는 운전을 맡았지만, 자기도 한 잔 달라는 손짓을 했다.

리오는 스테이크 프리트에는 손도 대지 않고 회전목마만 쳐다보

---

* 프랑스의 대형 마트 체인.

고 있었다. 제너비브가 마침내 아이를 놓아주며 유로를 한 움큼 집어주자 아이는 쪼르르 달려갔다. 그러고는 동물 각각의 귓가에 속닥속닥 뭐라고 말하고는 날아가는 원숭이에 정착했다. 회전목마를 작동하는 남자가 아이를 들어올려 앉혀주었고, 리오는 원숭이의 목에 꼭 매달렸다. 음악이 시작되고 기둥에 붙은 원숭이가 위아래로 움직였다. 어맨다는 리오가 세 번 도는 것을 지켜보았다. 리오는 진지했고, 웃지 않았다. 그녀는 식기 전에 리오의 감자튀김을 먹었다.

더 좋은 데가 아니라서 미안, 제너비브가 말했다. 네가 다음주에 집으로 날아가기 전에 좋은 식사를 할 기회가 있을 거야.

그러면 좋겠다, 어맨다가 말했다.

사실, 우리는 생활비를 좀 줄이는 중이야, 제너비브가 고단한 얼굴로 말했다.

어맨다는 웃다가 눈에 눈물이 다 고였다. 너무 웃겨. 어디서 생활비를 줄인다는 거야? 그녀가 숨을 고르며 말했다. 새러소타에 있는 15,000평방피트의 집? 알프스에 있는 성?

제너비브의 얼굴에 순간 짜증이 떠올랐다. 하지만 그녀는 이 또한 가라앉혔다. 새러소타는 올해 어느 래퍼한테 빌려줬어, 그녀가 말했다. 성은 팔았고.

하지만, 잠깐, 나는 그 집이 맨프레드 집안의 소유라고 생각했는데, 어맨다가 말했다.

삼백 년 동안 그랬지, 제너비브가 말했다. 어쩔 수 없었어.

어맨다는 와인이 가득 채워진 잔을 집어들고 두 번에 걸쳐 마신 뒤 빈 잔을 내려놓았다. 너 정말로 파산한 모양이구나, 그녀가 말했다.

농담 아니야, 제너비브가 말했어. 빈털터리가 다 됐어. 맨프레드의 조증이 이번엔 국제적인 게 됐어. 래퍼 임대료 덕에 간신히 살아. 사람들이 하는 말 있잖아? 다 돈이 문제라고.

그건 우리가 어렸을 때 사람들이 하던 말이었지. 그러니까, 우리가 이십대였을 때. 나는 우리가 지금 지내는 그 집이 너희 건 줄 알았어.

아니야. 맨프레드의 누이 거야. 그 누이, 여섯 달쯤 전까진 가난했지.

하! 어맨다가 말했다. 그건 정말로 예상치 못한 일이었다. 이 슬픔은 자신의 친구를 위한 것이었다. 어맨다는 제너비브를 자신의 바보 같은 백일몽으로 바라보는 데 익숙해져 있었다. 자신보다 더 나은 존재로.

나 때문에 울지 마, 제너비브가 가볍게 말하고 어맨다의 팔을 꽉 잡았다. 우리는 괜찮을 거야.

나 때문에 우는 거야, 어맨다가 말했다. 이제 누구를 부러워해야 할지 모르겠어서.

제너비브는 친구를 찬찬히 바라보고 몸을 앞으로 숙이고 입을 열었다. 하지만 어떤 말이 튀어나오려고 했는지 몰라도, 다시 들어갔다. 리오가 고개를 숙인 채 광장을 가로질러 그들을 향해 뛰어왔기 때문이었다. 회전목마는 이미 멈춰 있었다. 공기는 잠잠해졌고, 갑자기 정적이 흘렀다. 솜으로 귀를 틀어막은 것 같았다. 아가! 제너비브가 그렇게 외치며 어정쩡하게 일어서다가 와인이 남아 있는 병을 엎었다.

그리고 그 순간 하늘을 덮고 있던 담요가 찢기듯 열렸고, 여전히 뛰어오고 있던 리오가 폭우 속에 사라졌다. 리오! 두 사람 다 외쳤다. 한순간에 아이가 테이블의 어맨다 쪽에 나타났다. 그리고 그녀의 맨다리에 차가운 얼굴을 갖다댔다. 곧 양쪽에서 어린 소년의 손을 붙잡고 빗속을 통과하는 맹목적인 질주가 이어졌다. 그들은 주차장에 다다랐다. 말라 있고 빛이 있는 벽. 그들은 안도하며 웃었고, 돌아서서 1피트 떨어진 곳에 커튼을 친 것처럼 쏟아지는 비를, 한낮에 재빨리 내려온 젖은 황혼을 보았다.

하지만 그들이 몸을 떨며 지켜보는 가운데 뭔가가 갈라지는 요란한 소리와 번쩍하는 빛이 광장을 쫙 찢어놓았고, 번개는 젖은 땅 위에서 두 배로 강해졌다. 회전목마가 갑자기 회색톤으로 변했고, 모든 동물이 퉁방울눈을 하고서 겁에 질려 달아나고 있었다. 제너비브와 리오는 어맨다에게 다가와 그녀의 어깨와 골반에 얼굴을 갖다댔다. 어맨다는 그들을 끌어안고 시야에서 점점 희미해지는 후끈한 붉은 대기 사이로 그 혼란을 지켜보았다. 그녀 안의 뭔가가 비와 함께 올라와 이 환희의 순간을 즐기고 있었다.

공항에 도착했을 때도 그들은 여전히 젖어 있었다. 제너비브의 원피스는 어깨와 등 쪽이 흠뻑 젖었고, 머리칼은 곱슬곱슬하게 부풀어 풍성하고 빨간 푸프* 모양이 되었다. 리오는 밀랍으로 빚어진 듯 보였다.

---

* 18세기에 유행한 여성들의 부풀린 머리 모양.

한편 미나는 비행기에서 내린 뒤인데도 생기가 넘쳤다. 눈부셨다. 빨간 립스틱, 하이힐, 미니스커트, 원숄더 셔츠. 귀에는 이어폰을 꽂아 자기만의 사운드트랙과 함께했다. 심지어 파리에서도 그녀가 걸어가면 남자들이 그녀가 지나간 자리에서 스르르 녹아버렸다. 어맨다는 미나가 자신 있는 태도로 목에 힘을 주고 걸어오는 것을 보았다.

대학생활을 일 년 더 하고 나면, 세상은 미나가 어디에 손을 대든 폭발할 것이다. 똑똑하고, 강인하고, 멋지고, 그 모든 것이었다. 어맨다는 미나가 자신의 친척이라는 것이 믿기지 않을 정도였고, 조카를 볼 때마다 자기도 모르게 조용히 기도했다. 미나는 이모를 한참 동안 꼭 끌어안았고, 이어 리오와 제너비브를 돌아보았다.

리오는 입을 벌리고 미나의 길쭉한 몸을 올려다보았다.

제너비브가 말했다. 네가 미나일 리 없어.

제가 미나가 아닐 거라고요? 미나가 웃었다. 저 맞아요.

제너비브는 혼란스러운 표정으로 어맨다를 돌아보았다. 하지만 쟤가 태어났을 때 내가 그 자리에 있었어, 그녀가 말했다. 내가 병원에 너하고 같이 갔었잖아. 쟤 엄마보다 내가 저애를 먼저 봤어. 소피는 출혈이 너무 심해서 기절했었고. 내가 대학에 가려고 집을 떠난 건 미나가 다섯 살 때야. 쟤는 네 언니를 똑 닮았었어. 피부가 하얬다고.

오, 미나가 어맨다에게 몸을 기대며 말했다. 알겠어요. 피부가 검어서 내가 나일 리 없다는 말이었군요.

어맨다는 웃음을 참았다가, 그 순간이 지나자 이렇게 말했다. 얘 아버지가 아프리카계 미국인이었던 게 분명해, 제너비브.

무슨 말이야? 제너비브가 말했다.

저는 자라면서 모든 게 검어졌어요, 미나가 말했다. 가끔 그런 일이 일어난대요. 별거 아니에요. 안녕, 그녀가 리오를 굽어보며 말했다. 내가 돌봐야 할 꼬맹이가 너로구나. 우리가 친해진다면 난 정말 기쁠 거야, 미스터 리오.

누나하고요. 아이가 속삭이듯 말했다.

우린 친구가 될 거야, 미나가 말했다.

미안. 그냥 네가 너무 예뻐서 그래, 제너비브가 말했다. 네가 이렇게 다 컸을 거라고는, 이렇게 아름다울 거라고는 생각도 못했어.

미나가 말했다. 이모도 예쁘세요.

어머, 아니야! 제너비브의 목소리에서 거짓 겸손이 느껴졌다. 어맨다는 제너비브의 목을 조르고 싶었다.

이제 가자, 어맨다가 말했다. 집에 갈 때 저 아래 가게에 들러 저녁거리를 사려면 서둘러야 해. 곧 가게문을 닫을 거야.

차에 타면 제너비브가 미나에게 자기 이야기를 너무 많이 할 거란 걸 어맨다는 알았다. 맨프레드의 전기충격 치료에 대해, 리오의 야뇨증에 대해, 빵을 너무 많이 먹을 때마다 자신의 위장에 말썽이 생긴다는 것에 대해. 어맨다는 평가를 삼가는 티를 내며 앞좌석에 앉아 있을 것이다. 미나와 리오는 뒷좌석에서 손을 이용해 침묵의 게임을 하면서 동맹을 다질 것이다. 주차장을 나서자 날씨는 상쾌했고, 폭풍우가 온 뒤라 새삼 추웠다. 그들이 도시를 떠나자마자 비에 씻긴 들판은 오후 햇살에 금색과 녹색으로 빛났다.

시간이 되었다. 맨프레드가 의자에서 일어섰다. 그랜트는 사과를 먹다가 거의 질식할 뻔했다. 오전 내내 그는 수영장에서 수영을 했고, 디자인을 맡은 웹사이트 작업을 하는 척했다―그것이 그가 맡은 마지막 디자인이었고, 더 의뢰받은 일은 없었다. 그리고 오후 내내 컴퓨터로 솔리테어*를 했다. 그는 자기 혼자 집에 남은 거라고 믿게 되었다. 다른 남자는 아주 조용해서 가구가 된 것 같았다. 그랜트는 자신이 혼자 있다고 믿는 편이 더 쉬웠다. 그는 미나 생각이 나는 것에 대해 자신을 방어하면서 온종일 침묵을 지켰다. 그가 세탁실에서 훔친 키스, 들들들 돌아가는 세탁기 소리와 섬유유연제 냄새, 그의 관자놀이로 날아온 주먹. 힘이 너무 세서 그뒤로 일주일 동안 그의 얼굴에는 멍이 들어 있었다. 그는 용서받을 수 있을 것이다. 어쨌거나 곧 끝날 것이다.

여자들이 곧 돌아올 거예요. 우리가 준비를 해야겠군요, 맨프레드가 그랜트와 어맨다가 렌트한 피아트로 걸어가면서 말했다.

제길 빌어먹을, 그랜트가 혼잣말을 하고 열쇠와 지갑을 집었다. 그는 차에 시동을 걸고 길로 거의 나갔다가, 트랙터들이 집에 돌아가려고 오르막길에 줄지어 서 있는 것을 보았다. 그들은 막대기같이 생긴 그것들이 지나가기를 기다려야 했다. 우리 어디로 가는 거죠? 굽은 길에 트랙터들이 꼬리를 물고 서 있는 것을 보며 그랜트가 말했다.

당연히 마을이죠, 맨프레드가 말했다. 그의 손은 무릎을 꽉 움켜쥐고 있었다.

---

* 혼자 하는 카드놀이의 종류.

당연히, 그랜트가 말했다.

빵집에는 불*이 다 팔리고 없었다. 그래서 맨프레드는 마지못해 바게트를 골랐다. 그리고 디저트로는 나폴레옹**을 샀다. 그리고 파스텔 색조의 마카롱 한 세트를 샀다. 리오가 이런 걸 좋아해요, 그가 그랜트에게 말했지만, 그들이 청과물가게에 이르기도 전에 그는 이미 피스타치오맛과 장미맛을 먹어버렸다.

그는 가지를 샀고, 리크도 샀고, 꽃상추와 포도도 샀다. 버터와 크림과 크렘프레슈도 샀다. 그리고 갈색 종이에 포장된 여섯 종류의 치즈를 샀다.

와인가게에서 그는 케이스에 든 품질 좋은 부르고뉴와인을 샀다. 집에 샴페인은 충분히 있는 것 같더군요, 그가 말했다.

그랜트는 부엌 구석에 쌓여 있던, 병으로 꽉 찬 궤짝들을 생각했다. 확실하진 않지만요, 그가 말했다.

맨프레드가 처음으로 그랜트의 얼굴을 쳐다보았다. 맨프레드의 얼굴에 걱정의 빛이 떠올랐으나 곧 긴장이 풀어졌다. 아, 그가 말했다. 농담이시죠.

정육점에는 유리판 아래 선명한 빛깔의 고기가 진열되어 있었다. 맨프레드는 소시지, 송아지고기, 비계를 넣은 테린***을 샀다. 얇은 햄도 샀다. 거의 모든 궤짝과 봉지를 나른 그랜트는 차에 다다랐을 때 팔을 제대로 펼 수도 없었다. 맨프레드는 하늘을 올려다

---

* 둥그런 모양의 빵.

** 밀가루 반죽이 낙엽 쌓인 것처럼 겹겹이 쌓여 있는 형태의 디저트.

*** 잘게 썬 고기나 생선을 그릇에 담아 단단히 다진 뒤 차게 식히고 얇게 썰어 전채 요리로 내는 음식.

보았고, 무엇을 봤는지 그것을 향해 앞니 사이로 휘파람을 불었다. 하지만 그랜트는 주의를 기울이지 않았다.

오늘밤에 우린 잔치를 할 거예요, 함께 차에 타고 문을 닫은 뒤 맨프레드가 말했다.

그래야죠, 그랜트가 말했다. 짐을 너무 많이 실은 듯한 작은 차가 언덕을 올라가기 시작했다.

뒤에서, 동쪽에서 휘파람 부는 소리가 들려와 그랜트는 백미러를 쳐다보았는데, 차가 낼 수 있는 속도보다 훨씬 빠른 속도로 언덕을 오르고 있는 물의 벽이 보였다. 비가 차 지붕을 세차게 두들기기 시작하자 그는 와이퍼와 라이트를 켰다. 그랜트는 앞이 보이지 않아 운전을 할 수가 없었다. 차를 도랑 쪽으로 옮겨 세웠는데, 바퀴 두 개는 도로에 걸쳐진 채였다. 누가 뒤에서 속도를 내며 언덕길을 올라온다면 피아트는 박살이 날 것이다.

맨프레드는 얇은 판처럼 보이는 물을 꿈속에선 듯 바라보았다. 그랜트는 그들 사이에 침묵이 자라나는 걸 그대로 두었다. 다른 남자와 이렇게 같이 앉아 있는 것이 불쾌하지는 않았다. 불쑥, 맨프레드가 퍼커션 소리 같은 빗소리 속에서 잘 들리지도 않을 만큼 조용한 목소리로 말했다. 당신 아내를 좋아해요.

그랜트는 그 말에 어떻게 답해야 할지 잘 생각이 나지 않았다. 침묵에 날이 섰다. 맨프레드가 작게 미소를 지으며 말했다. 당신이 사랑하는 것보다 더 많이요, 아마도.

오, 이런. 그랜트가 말했다. 어맨다는 멋지죠.

맨프레드는 기다렸고, 그랜트는 자신이 좀더 열정을 보여야 하는 것처럼 느껴져 이렇게 말했다. 그러니까, 어맨다는 아주 다정해요. 그리고 아주 똑똑하고요. 최고죠.

하지만, 맨프레드가 말했다.

아니, 아니, 그랜트가 말했다. 하지만은 없어요. 어맨다는 그런 사람이에요. 내가 앤아버에 있는 로스쿨 입학 허가를 받았는데, 어맨다는 아직 모르고 있어요. 내가 거기 간다는 걸.

그는 어맨다가 절대 자기와 같이 가지 않을 거라는 말은, 정신이 이상하고 쇠약한 그녀의 어머니를 플로리다에 두고 떠날 수 없다는 말은 하지 않았다. 혹은 그가 혼자 미시간에 간다는 사실을 깨닫자마자, 그의 미움을 받는데다 늙어서 대소변을 못 가리는 고양이를, 더러운 리놀륨을, 궁색한 삶을, 쿠폰으로 질 나쁜 화장실용 휴지를 사던 일을, 플로리다와 영혼을 빨아먹는 열기를 남겨두고 떠난다는 사실을 깨닫자마자 마음이 가벼워졌다는 말은 하지 않았다. 일주일 전, 그들이 포도나무에 둘러싸인 돌로 지은 오래된 집으로 운전해서 갔을 때 그는 자신이 그런 것을 원한다는 사실을 깨달았다. 역사, 오래된 리넨, 크리스털, 유럽, 아름다움. 어맨다는 그곳에 어울리지 않았다. 이제 그녀는 그에게서 너무 멀어져 있어, 거의 보이지도 않았다.

그랜트는 폐 근처 어디쯤에서 통증을 느꼈다. 가슴이 철렁했다. 그가 말한 것은 아주 작은 부분이긴 해도 배신이라면 배신이었다.

어맨다에게 알릴 적당한 때를 기다리고 있어요. 그러니 아무 말 하지 말아줘요. 부탁이에요, 그가 말했다.

맨프레드는 두 손을 맞잡고 있었다. 망연한 얼굴이었다. 그는 앞 유리 밖으로 비의 벽을 쳐다보고 있었다.

그랜트가 숨을 들이쉬고는 말했다. 미안해요. 내 말 듣고 있지도 않았군요.

맨프레드는 그랜트 쪽을 향해 눈을 깜박였다. 그러면 떠나요. 뭐가 문제인가요. 모두 떠나는걸요. 결국엔 그리 대단한 일도 아니게 돼요.

그렇게, 그의 어깨를 무겁게 누르던 돌덩이가 치워졌다. 그랜트의 얼굴에 미소가 떠올랐다. A급 지혜를 가졌군요. 친구, 그가 말했다. 번개가 먼 하늘에서 지직거렸다. 그들은 지켜보았다.

하지만 당신이 내게 말해줘야 할 게 하나 있어요, 맨프레드가 불쑥 말했다. 그 앤아버 여자는 누군가요? 그랜트가 놀란 것 같자, 맨프레드는 또 한번 작게 웃고는 말했다. 이것도 농담이었어요. 그러자 그랜트는 안도하며 웃었다. 그리고 말했다. 진지하게 부탁하는건데, 어맨다에게 말하지 마세요. 그러자 맨프레드가 고개를 약간 숙였다.

그랜트는 작은 차 안에서 맨프레드와 너무 가까이 붙어 있는 게 불편했다. 십 년 전 새러소타에서 있었던 제너비브의 결혼식 이후로 그가 말하고 싶었던 게 있었다. 돌이켜보면 그때는 시계추처럼 왔다갔다하는 맨프레드의 증상 중 그가 명백히 조증 상태에 있던 기간이었다. 정원에는 공작들이 뛰어다니고 있었고, 손님들은 은그릇을 선물로 받았다. 그랜트는 어맨다가 좀 지나치게 신경을 썼다고 생각했고, 그래서 그녀가 준비한 것이 못마땅해 그 장면을 꿍얼거리면서 지켜보았었다. 지금은 상황이 다르게 보였다.

이렇게 말해도 괜찮다면요, 그랜트가 말했다. 가끔 당신이 오스트리아 백작처럼 보여요. 당신에겐 귀족적인 분위기가 흘러요.

나는 스위스 남작일 뿐이에요, 맨프레드가 말했다. 아무 의미도 없죠.

내겐 의미가 있어요. 그랜트가 말했다.

그럴 수도 있겠네요, 맨프레드가 말했다. 당신은 누가 봐도 미국인이죠. 하지만 가슴속은 철저히 왕정주의자로군요.

멀리서 구름이 쪼개지더니 햇살이 편편이 땅으로 떨어졌다. 맨프레드가 한숨을 쉬었다. 그리고 말했다. 대화 즐거웠어요. 이제 운전을 하셔도 될 것 같군요.

그랜트가 시동을 걸고 집으로, 힘겹게 언덕을 올라갔다.

집에 도착한 여자들은, 남자들이 부엌에서 앞치마를 두르고 채소를 썰고 있는 걸 보고 놀라서 짤막한 요들을 불렀다. 남자들은 미나가 차에서 내리는 모습을 보았고, 리오는 전원이 켜지고 그녀 쪽으로 전류가 흐르기 시작하는 것을 느꼈다. 개울 바닥의 돌멩이를 옮기면 언덕 아래 물길이 달라지는 것과 같았다. 바깥에서는 비옥한 흙냄새, 소 냄새가 났다. 맨프레드가 이미 그들 모두가 마실 샴페인을 따라 큰 쟁반에 샴페인잔을 내왔다. 그들은 흰색의 젖은 자갈밭에서 샴페인을 마시면서, 포도나무가 늦은 햇살에 반짝이고 하늘 가장자리에 녹색과 자주색 색조가 물드는 것을 바라보았다. 미나를 위하여, 모두 합창했다. 리오도 샴페인을 조금 얻어 마셨는데, 그는 늘 그걸 콜라처럼 좋아했다. 그가 쭉 들이켰다. 그의 어머니는 술잔 너머로 조심스럽게 그의 아버지를 지켜보고 있었다. 아버지의 뺨이 위험스럽게 붉어진 것은 사실이었다. 리오의 내면에서 못된 마음이 일어났다. 리오는 땅거미가 내려 이제 어둑해진 부

억으로 살금살금 들어가 벽난로 쪽으로, Allumettes*라고 써 있는,
혹은 맨다가 며칠 전 수줍은 프랑스어로 그렇게 읽어준 작은 도자
기 상자로 다가갔다. 리오는 그랜트가 들어와 미나의 가방을 쿵쿵
팅기며 2층으로 들고 올라가기를 기다려야 했다. 리오의 어머니와
미나가 그랜트의 뒤를 따랐고, 가는 동안 리오의 어머니는 미나에
게 샤워기가 흔들거린다는 것과 리오의 스케줄, 리오가 아직 수영
할 줄 모르니 모두가 수영장을 조심해야 한다는 사실을 알려주었
다. 리오의 아버지는 리오에게 자주색 마카롱 하나를 근엄하게 건
넨 뒤 다시 돌아서서 요리를 했고, 리오는 그 달콤한 마카롱을 비
둘기들 먹으라고 굴뚝에 올려놓았다. 리오는 마카롱을 싫어했다.
그리고 풀밭으로 나가 수영장을 지나 끈적이는 냄새가 나는 시원
한 과수원으로 갔다. 매는 그가 없는 사이 더 커진 것 같았다. 그
위에 그림자가 드리워 어마어마하게 커 보였다. 그는 선 채로 둥지
위에 놓인 새를 굽어보고 독일어로, 영어로, 그리고 프랑스어로 뭐
라고 말했다. 마법의 주문을 지어내 그것을 말했다. 알프스 성에
있는 집에는 아버지의 오래된 책 안에 늙은 새의 몸에 불이 붙은
그림이 있었다. 그다음 삽화에서 그 새는 새로이 태어난 눈부시게
찬란한 새가 되어 있었다. 리오는 그곳에 있는 자신의 침대가, 자
신의 책이, 자신의 장난감이, 눈을 뜨면 창문을 통해 보이던 산의
자태가 그리웠다. 그는 돌에 성냥을 그었다. 불꽃이 지지직거리다
불이 붙었다. 나뭇가지들이 젖어 있었지만 새가 놓인 곳 바로 아래
는 그렇지 않았다. 성냥불이 그의 손에 닿기 직전에, 마른 잔가지

---

* '성냥'이라는 뜻의 프랑스어.

에 불이 붙었다. 새의 깃털이 불에 탈 때 지독한 냄새가 났는데 그건 그가 예상치 못한 것이었다. 그는 뒤로 물러나 쭈그리고 앉아 그것을 지켜보았다. 검은 연기가 사방에 퍼졌다. 그가 다시 고개를 든 것은 상당한 시간이 흐른 뒤였고, 그의 주위로 어둠이 깊어져 있었다. 그 새는 이제 까맣게 타서 절반은 깃털, 절반은 살인 흉측한 꼴이 되어 있었다. 불이 완전히 꺼졌다. 타다 남은 것에 붉은 기운은 더이상 남아 있지 않았다. 누군가가 그를 소리쳐 부르고 있었다. 리오, 리오! 그가 일어서서 언덕 위로 달려올라가는데 다리와 목뒤가 뻐근했다. 그를 부르는 사람은 미나였다. 그녀의 머리칼은 일몰의 밝은색을 머금고 있었고, 한 손에는 반짝거리는 샴페인잔이 들려 있었다. 누가 뭔가 끔찍한 걸 태우고 있나봐, 그녀가 콩콩거리며 말했다. 얼굴이 오렌지색인 청년 하나가 다리 달린 짐승처럼 보이는 트랙터를 몰고 지나갔다. 그 청년이 일어서서 유쾌하게 뭐라고 외쳤는데, 주변 소음 때문에 두 사람 다 그의 말을 알아듣지 못했다. 미나는 손을 흔들고, 이를 드러내며 싱긋 웃었다. 그녀는 리오의 지저분한 얼굴, 지저분한 손을 보았다. 그녀가 웃으며 말했다, 좀 씻어, 얼른 저녁 먹고. 그러면 내가 목욕을 시키고 재워줄 거야. 그의 가슴은 자신이 느끼는 그 모든 감정을 감당할 수 없었다. 하늘로 확장되는 것 같기도 하고, 핀 하나로 줄어드는 것 같기도 했다. 잘라 말하기 어려웠다. 리오, 어머니가 불렀다. 와서 엄마한테 키스해줘. 죽어도 안 해, 생각은 그렇게 했지만 어쨌거나 그는 파우더를 바른 어머니의 부드러운 뺨에 키스했다. 그는 맨다의 목에 그려진 기린의 목에도 키스했다. 그녀는 얼굴을 붉히며 웃었다. 아버지에게는 키스하지 않을 테다. 그냥 둬, 아버지가 어머니에게 중얼거렸다. 계단을 올라가는 미나의 다리에서 빛이 났다. 할 수만 있다면 그는 그녀를 먹고 싶었다. 그는 그녀가 따뜻한 물로 자신을 씻기고 깨끗한 파자마를 입혀줄 때 가만히 있었고, 그녀가 노래를 불러 자신을 재우는 동안 그녀의 보드라운 뺨을 만지고 그녀의 냄새를 맡았다.

베란다로 나오니 서늘했다. 어맨다는 플리스 소재의 옷을 입었고, 제너비브는 브로케이드 소재의 숄을 걸쳤다. 그들은 음식이 조리되기를 기다리면서 테린을 올린 바게트를 먹고 샴페인을 마시며, 모니터로 리오의 피리 같은 작은 목소리와 미나가 걸걸한 목소리로 리오에게 대답하는 소리를 들었다. 부엌에서 빛이 흘러나왔고, 테이블에는 오래돼 보이는 백랍 촛대에 초 하나가 끼워져 있었다. 맨프레드는 〈피터와 늑대〉 CD를 틀어놓았다. 그것은 리오의 것이었지만, 그 집에 있는 다른 음악은 전부 누이의 것이고 모두 1990년대 그런지 록이었다. 맨프레드의 눈동자에 뭔가 새로 태어난 듯한 빛이 반짝이고 있었고, 어맨다는 그것을 똑바로 바라보기가 힘들었다. 그랜트와 맨프레드 사이에 뭔가 달라져 있었다. 그들 사이에 전에 없던 윙윙거리는 선이 생겨났다.

어제 말이야, 맨프레드가 불쑥 말했다, 내가 부엌에 있는 쥐를 잡으려고 약을 놓았어. 그걸 말한다는 걸 깜박했네. 구석에 치즈가 보여도 먹지 마.

불쌍한 쥐들, 제너비브가 말했다. 나한테 미리 말해줬으면 좋았을걸. 더 인도적인 방법인 쥐덫이 어디 있을 텐데. 목이 말라 죽는 건 정말 끔찍해. 그녀는 숄로 자신의 몸을 더 단단히 감쌌다.

오! 매가 왜 그렇게 됐는지 이제 알겠네, 어맨다가 말했다. 나머지 사람들이 그녀를 쳐다보았다.

리오가 오늘 아침 하늘에서 매가 죽어서 떨어지는 걸 봤대, 그녀가 말했다. 아주 컸어. 진입로에 있었어. 다들 왜 그걸 못 봤는지 모르겠네. 매가 쥐약을 먹은 쥐를 먹고 허공에서 고꾸라진 게 확실해.

아니야, 제너비브가 그 말이 떨어지기 무섭게 대답했다.

그럴듯한데, 안 그래? 맨프레드가 말했다. 오, 맙소사. 맹금을 죽이는 건 지독히 불운한 일이야. 그건 세상의 종말을 의미해.

내가 하고 싶은 말은, 그 새가 심장마비를 일으킨 건지도 모른다는 거야, 어맨다가 말하고 남편의 어깨에 머리를 기댔다. 그는 곧 자신의 의자를 그녀 쪽으로 옮겨 한 팔로 그녀를 감싸안았다.

바람은 얌전했고, 나무 꼭대기는 쉬쉬거렸다. 달이 구름 뒤에서 나와 수영장에 비친 제 모습을 쳐다보았다.

이제 모니터를 통해 미나가 노래하는 소리가 들렸고, 어맨다가 들어봐! 하고 말했다. 〈Au Clair de la Lune〉.* 그녀는 1절을 따라 부르다 말고 멈추었다.

왜 울어, 바보같이? 제너비브가 어맨다의 머리카락을 만지며 다정하게 말했다. 하루에 두 번이나. 이렇게 운 적 없었잖아. 덩치 큰 오빠 넷이 네 몸 위에 한꺼번에 올라앉아 있는 걸 봤을 때, 그중 한 명이 네 머리를 쿵쿵 내리치는데도 넌 울지 않았어. 너는 그냥 사나운 짐승처럼 싸웠어.

---

* 프랑스어로 '달빛 아래'라는 뜻의 자장가.

호르몬 때문인가봐, 어맨다가 말했다. 모르겠어. 소피가 미나를 우리집에 맡기고 외출한 그 모든 밤에 미나가 잠들 때까지 내가 이 노래를 불러줬어. 몇 시간이고. 아래층 사람들 모두 소리를 질러댔지. 끔찍했어. 이따금 경찰이 나타나 창문에 번쩍거리는 불빛을 비쳤지. 하지만 내 침대에서는 그 예쁘고 사랑스러운 아기가 엄지를 빨면서 또 불러줘, 하고 말하는 거야. 그래서 나는 부르고 부르고 또 불렀어. 내가 할 수 있는 건 그것밖에 없었으니까.

그들은 모니터로 미나의 아름답고 걸걸한 목소리를 들었다. Il dit à son tour — Ouvrez votre porte, pour le dieu d'amour.*

음, 뒤퐁 선생님에게 고마워할 일이네, 제너비브가 말했다. 7학년 때 억지로 그 노래를 배우게 했지. 학교 조회 시간에 우리에게 그 노래를 부르게 했잖아, 기억나? 죽고 싶었어.

아무도 맨프레드를 쳐다보지 않았다. 그들은 칼과 빵만 뚫어져라 보고 있었다. 그 순간이 지나갔다.

그랜트가 말했다. 미나가 하는 말이 무슨 뜻이야?

그의 눈에 눈물이 맺혀 있었다. 어맨다는 그것을 보았다. 그녀가 그의 목 뒤쪽을 꼭 잡아주었다. 그녀는 뭉클해졌다. 그가 울 수 있다는 걸 보여준 건 돌고래 포획에 관련된 영화를 본 그 오래전 이후 처음이었다. 그런 그랜트의 모습 위로 다른 그랜트의 모습이 자라난 것이다. 더 단단한 그랜트가.

맨프레드는 가사를 번역해주고 싶은 마음이 없는 것 같았다. 어맨다는 잠시 그 노래를 들으면서 생각을 정리했다. 이런 이야기야,

---

* '그가 그 말에 대답해요. 문을 열어줘, 사랑의 신을 위하여'라는 뜻.

그녀가 말했다. 할리퀸*이 편지를 쓰고 싶은데, 펜도 없고 피워놓은 불도 꺼졌어. 그래서 그걸 빌리려고 친구 피에로의 집에 가. 하지만 피에로는 침대에 누운 채 문은 열어주지 않고, 이웃집에 가서 물어보라는 말만 해. 어떤 여자 집 부엌에서 불 피우는 소리를 들었다면서. 그리고 할리퀸과 그 이웃은 사랑에 빠지게 돼. 바보 같은 이야기지, 그녀가 말했다. 예쁜 자장가야.

맨프레드는 어두운 자리에서 그녀를 보고 있었다. 그가 몸을 앞으로 숙였다. 친애하는 어맨다, 그가 말했다. 사는 게 고달팠나봐요. 핵심만 있고, 뉘앙스가 없어요. 할리퀸은 뭔가를 찾아 돌아다니고 있어요. 그가 원하는 건 섹스예요, pour l'amour de Dieu.** 피에로가 그를 거절하자 이웃을 찾아가는 거죠, battre le briquet.*** 이중적 의미 구조예요. 결국 그는 그 이웃과 섹스를 한다는 말이고요.

제너비브는 어둠 속에서 천천히 뒤로 기대앉았다.

맨프레드가 어맨다를 보고 미소를 지었고, 허공에 새롭고 묘한 전류가 흘렀다. 여기 그녀의 머리 뒤쪽에 뭔가가 있었다. 그 뭔가가 어맨다에게 자기 존재를 알리고 있었다. 그 순간이 거의 온 것 같았다. 깨달음의 순간. 거의 가까워졌다. 그녀는 숨을 참고 그것이 수줍게 빛 속으로 나아가는 것을 느꼈다.

---

* 다이아몬드 무늬의 알록달록한 옷을 입은 어릿광대.
** '신의 사랑을 위하여'라는 뜻.
*** '부싯돌로 불을 켜려고'라는 뜻.

미나는 문간에서 커플들을 바라보면서, 아직도 비행기를 타고 대서양을 건너고 있다고 느꼈다. 땅이 저 아래 멀리 빠르게 지나가는 느낌. 아무도 말하고 있지 않았다. 그들은 서로 쳐다보지 않고 있었다. 그녀가 반시간 전에 그들을 여기 두고 올라간 뒤로 분위기가 심상치 않게 변해 있었다. 그녀는 갈등이 많은 가정에서 자랐다. 그냥 보기만 해도, 곧 분쟁이 일어날 것이고 안 좋게 끝날 거라는 걸 알았다.

그녀는 그들의 주의를 흩트리기 위해 한 걸음 나아갔다. 그리고 노래를 부르기 시작했다. 그녀의 목소리가 예쁜 것은 아니었다. 하지만 목소리가 컸고, 노래를 부르면 이따금 집에서 일어날 뻔했던 싸움이 일어나지 않기도 했다. 나머지 네 사람이 눈을 치뜨고 그녀를 쳐다보았다. 누군가가 자신을 쳐다볼 때 늘 느껴지는 것인데, 그녀는 자신의 몸이 안으로 팽창해들어가는 것 같았다. 그녀는 오늘밤 새로 나타난 이방인이었다. 그녀가 올랜도를 떠난 뒤로 입에 댄 건 샴페인이 전부였고, 그 때문에 고양이처럼 나른한 기분이 들었다.

도착한 시간과 지금 사이 어느 시점에 그녀는 마침내 지난 며칠 동안 고민하던 것에 대한 결론을 내렸다. 이제 그녀는 알고 그들은 모르는 그것이 그녀를 은밀한 삶의 기쁨으로 가득 채웠다. 내면의 헬륨 같은 것. 그녀는 여름이 끝나도 비행기를 타지 않을 것이다. 파리에서 자신을 기다리고 있는 것에 비하면 학교는 정말로 재미없고 무익했다. 그녀가 어린 시절부터 살아온 그 뜨거운 장소 플로리다에서 보류중인 그녀의 삶. 음. 이제 그 모든 것과 끝이다. 그 대륙 전체가 과거다. 그녀는 화려한 인생을 향해 나아갈 것이다.

이제 겨우 스물한 살이었다. 그녀는 아름다웠다. 원하는 것은 뭐든 할 수 있었다. 그녀는 자신이 인생의 아찔한 상승곡선을 타고 있음을 느꼈다. 그들에게로 걸어가면서 보니, 식탁 앞에 앉은 이 사람들은 이미 오르기를 그만두었고 낭떠러지에 아슬아슬하게 서 있었다(심지어 어맨다조차, 불쌍하고 지친 어맨다). 맨프레드라는 그 남자는 이미 아래로 치닫고 있었다. 까딱하면 낭떠러지에서 떨어질 참이었다.

이곳 하늘은 거대하고 별이 많았다. 황홀해, 미나가 그들을 향해 걸어가며 생각했다. 공기는 차가웠고, 나무에서 체리 향기가 흘러나오고 있었다. 부엌에서는 송아지고기와 꽃상추가 요리되고 있었고, 수영장은 저만의 달을 품고 있었다. 돌로 지은 집, 포도 덩굴, 벨벳 같은 눈을 가진 프랑스인들로 가득한 나라. 식탁에 둘러앉은 저 성난 얼굴들 위로 일렁이는 촛불의 불빛마저 로맨틱했다. 모든 것이 아름다웠다. 어떤 것도 가능했다. 세상 전체가 쪼갠 복숭아처럼 활짝 벌어져 있었다. 그런데 이 불쌍한 사람들, 이 불쌍하기 짝이 없는 사람들. 그들은 나이를 너무 많이 먹어서 그걸 보지 못하는 걸까? 그저 손을 뻗고 그것을 따서 입술로 가져가기만 하면, 그들도 그것을 맛보게 될 텐데.

살바도르

헬레나가 살바도르에서 빌린 아파트는 천장이 높고 바닥이 대리석이고 창문이 아주 컸다. 늦은 오후 브라질 여름의 이글거리는 열기가 스멀스멀 안으로 기어들 때조차 그곳은 언제나 서늘해 보였다. 발코니에서 난간에 기대고 내다보면, 거리 끝 모퉁이에 자리한 예전 수녀원 건물이 보였고, 빨간 타일 지붕과 더 멀리 바다로 열린 항구까지 볼 수 있었다. 바다와 아주 가까워 연안 지역 특유의 희미하게 썩는 냄새가 났고 바람에서는 소금맛이 느껴졌다. 처음 며칠은 아침에 면 원피스 잠옷을 입은 채 커피를 들고 발코니로 나가 초록빛 바닷물이 수평선을 향해 부드럽게 쏠려나가는 것을 지켜보았다. 바다와 하늘이 만나는 그곳은 안개가 끼어 희부옇게 변해갔다.

어느 아침 그녀가 발코니에서 발목을 스치는 원피스 잠옷의 감촉과 여름의 날카로운 햇살을 즐기며 아래를 내려다보는데, 길 건너 식료품점 주인이 그녀를 올려다보고 있는 모습이 보였다. 손에 빗자루를 쥐고 있었지만 비질을 하고 있지는 않았다. 뜨거운 버터를 바른 듯 늘 번들번들한 그의 둥글고 거무스름한 얼굴이 그녀를 향해 들려 있었다. 입술이 벌어져 있고 두 앞니 사이 틈으로 혀가 빠르게 나왔다 들어갔다. 분홍색의 축축하고 음탕한 혀.

그녀는 안으로 들어가 유리문을 세게 닫고 유리로 된 식탁에 커피잔을 아주 조심스럽게 내려놓았다. 기분이 좋지 않았다. 그녀는 자신의 모습을 보려고 침실로 들어갔다. 발코니로 떨어지던 햇살은 그녀의 방 창문으로도 들어왔고, 그녀는 그가 무엇을 봤는지 보려고 햇살의 웅덩이로 들어가 섰다. 거울 속에 말 그대로 모든 것이 드러나 보였다. 그녀는 자신의 몸 전체―다리, 짙은 음모, 갈색의 둥근 젖꼭지―를 볼 수 있었다. 원피스 잠옷은 그저 피부에 드리운 하얀 그림자 같았다. 헬레나는 아래에서 올려다보는 남자의 눈에 보였을 모습을 상상했다. 발코니 바닥에 있는 열쇠구멍 모양을 통해 바닥을 딛고 있는 분홍색 발바닥이 보였을 테고, 다리의 가늘어지는 형태, 그리고 상반신까지 보였을 것이다. 그리고 남이야 보든 말든 빗지 않은 노랗게 염색한 머리칼로 뒤덮인 머리가 보였을 것이다.

맙소사, 창녀 같잖아, 그녀가 말했다. 헬레나는 혼자 웃었고, 웃다가 정신이 번쩍 들었다. 그리고 샤워를 하고 옷을 입고 하루를 시작하러 나갔다. 식료품점 앞을 지나면서는, 혹여 가게 안 어둑한 구석을 쳐다보는 자신의 모습을 들켜 주인에게 만족감을 주기 싫어서 똑바로 앞만 보며 걸었다.

헬레나는 삼십대 후반의 그 질퍽거리는 웅덩이의 시기를 보내고 있었다. 아름다움이 서서히 자신을 떠나는 것이 느껴졌다. 한때 사랑스러웠지만, 예쁘다는 말로 미끄러졌고, 더 미끄러져 매력적이라는 말이 되었다. 이제 미끄러지는 것을 멈추기 위해 뭔가 대단한 것을 하지 않으면 그저 멋진 중년으로 끝날 테고, 그것은 전혀 있을 만한 자리가 아니었다. 그녀는 영원히 나을 수 없는 병에 걸려 혼자서는 살아갈 수 없는 어머니의 막내딸이었다. 어머니의 병이 처음 나타난 시기에 헬레나가 가장 어리고 아직 미혼이었기 때문에 어머니를 돌보는 책임을 떠안게 되었다. 어머니와 함께 지내는 삶은, 대체로 조용했고 심지어 좋았다. 휘스트와 유커*와 직소 퍼즐을 했고, 텔레비전을 봤다. 일요일에는 빠지지 않고 성당에 갔는데, 미사보를 쓰고 라틴어로 하는 옛날 방식의 미사였다. 헬레나 자신은 어떤 신도 믿지 않았지만, 어머니가 벨벳 위에 무릎을 꿇고 당신이 얼마나 아픈지 망각할 때 어머니의 얼굴에서 움직이는 신은 믿었다.

그녀는 이런 삶의 방식에 대체로 불만이 없었다. 어머니를 돌보는 일도 괜찮았다. 하지만 이 사실은 밝혀야 하는데, 옆방에서 인내심 있게 불면을 견디는 병들고 성자 같은 어머니를 두고 사랑은 불가능했다. 데이트는 말할 것도 없었다. 어머니는 몇 시간에 한 번씩 화장실에 데려가거나 약과 주사를 챙겨줄 사람이 필요했고, 머리를 누일 무릎과 축축해진 관자놀이를 닦아줄 손도 필요했다.

---

* 모두 카드놀이의 종류.

헬레나의 언니들은 아름다운 동생이 그런 의무적인 노동에 시달려 시들어가는 것에 몹시 가책을 느껴, 매년 헬레나에게 큰 액수의 돈을 주고 따로따로 두 주씩 집에 와서 헬레나 대신 어머니를 돌봤다. 헬레나에게는 일 년에 한 달씩 어디든 원하는 곳에 가서 시간을 보낼 수 있는 자유와 돈이 주어졌다. 그녀는 대체로 로맨틱한 분위기로 꾸며진 조용한 장소를 선택했다. 베로나, 얄타, 다보스, 아라카타카 같은 곳들이었다. 그리고 돈을 아끼려고 가구 딸린 아파트를 빌리고 외식은 저녁에만 했다. 낮에는 박물관과 커피숍과 식물원에서 시간을 보냈고, 밤에는 종종 한 손에 펌프스를 모아 들고 키득키득 웃으며 집으로 돌아오면서 엘리베이터 안에서 낯선 사람과 끈적이는 키스를 나누었다.

그녀의 아름다움이 빠져나가고 있다는 사실은 부인할 수 없었지만, 남자를 찾는 데 어려움은 없었다. 만약 그날 고른 레스토랑에서 접근해오는 남자가 없으면, 괜찮은 호텔의 바로 갔다. 바에서도 아무 일이 일어나지 않으면 나이트클럽으로 가서 나이가 그녀의 절반밖에 되지 않는 술 취한 남자들을 집으로 데려왔다. 금발의 비즈니스맨이 가장 좋았지만, 그녀가 머무는 곳에서 나고 자란 젊은 남자들에게는 색다르고 종종 더 강렬한 기쁨이 있었다. 서로의 언어가 닿을락 말락 스치며 지나가는 방식에 뭔가 매력적인 데가 있었다.

남자는 여자만큼 절제하지 못하고 영리하지도 않다고, 그녀는 생각했다. 남자는 자신들에게 주어지는 것은 거의 늘 가졌고, 그들의 욕구는 스스로 저항하기에는 너무 날것이며 노골적이었다. 남자는 탐욕의 결과에 대해서는 전혀 생각하지 않고 사탕을 한 번에 쪽쪽 다 빨아먹는 아이와 같았다. 그녀와 그녀가 데려온 남자들이 종종 이웃들의 잠을 깨웠지만, 그들은 복도에서 그녀를 만나도 거의 불평하지 않았다. 그들은 헬레나가 입은 단정하고 우아한 회색 원피스를 보면 대체로 혼란스러워했다. 헬레나는 머리칼을 한 올도 빠져나오지 않게 단단히 틀어올렸고 파리하고 오만한 얼굴을 하고 있었다. 이렇듯 몸가짐이 지극히 단정한 여자에게 당혹스러운 불평을 하는 것은 뭔가 잘못된 것처럼 느껴졌다.

한 달 동안 갈증을 해소하고 나면, 헬레나는 답답하고 여기저기 도일리*가 깔려 있는 어머니의 아파트로, 밤이면 반쯤 삼켜진 어머니의 고통스러운 비명이 들리는 그곳으로 돌아가고 싶은 마음이 거의 간절해졌다.

가게 주인이 그녀의 황홀한 모습을 본 지 일주일이 되고 그녀가 살바도르에 머문 지 이 주일이 된 어느 이른 아침, 그녀는 그렇고 그런 남자 하나와 함께 집으로 돌아왔다. 바에서 비행기 승무원 무리를 만났는데, 그중 청일점인 남자는 명백히 그녀에게, 혹은 대체로 여자들에게 관심이 없는 것 같았다. 그래서 그녀는 그 들뜬 무리와 어울려 지역 나이트클럽으로 갔다. 그곳에서 그들은 간신히 몸을 가린 옷차림에 고양이처럼 새침한 화려한 청춘들 사이에서 자신들이 어울리지 않는다고 느꼈다. 승무원들은 결국 사라졌고, 헬레나는 남아서 열여덟 살쯤 된 키가 크고 피부색이 거무스름한

---

* 손뜨개로 만든 작은 깔개나 장식용 덮개.

남자와 춤을 추었다. 그의 영어는 음악에 맞춰 랩 가사를 벙긋거리는 수준이었지만, 그녀는 그에게 무엇을 하고 싶은지 어찌어찌 전달할 수 있었다. 그는 벙긋 아름답게 웃었다. 그들은 그의 스쿠터를 타고 그녀가 지내는 동네로 왔다. 스쿠터를 타고 가면서 헬레나는 골반을 그의 몸에 밀착시켰고, 그의 몸을 만졌다. 그는 너무 빨리 달리다 자갈 깔린 도로로 접어들었을 때 자칫 통제력을 잃을 뻔했다. 그가 시동을 끄자 그들은 안심하고 뭔가 더 신나는 것을 생각하며 깔깔거렸고, 스쿠터에서 내린 뒤에는 서로 쉿쉿 조용히 시키면서 연철 울타리를 통과해 안으로 들어갔다. 그녀는 대문을 당겨 닫았고, 철컹 소리가 나자 거리를 흘끗 쳐다보았다. 둥그스름한 얼굴의 가게 주인이 보여 깜짝 놀랐다. 그는 쭈그리고 앉아 그의 가게 앞면을 보호하는 철제문을 올리려 하고 있었다. 그가 그녀를 지켜보고 있었다. 그녀의 얼굴에서 웃음이 싹 걷혔고, 그는 거의 눈에 띄지 않게 고개를 젓더니 돌아섰다. 갑자기 그녀는 그에게 어머니의 병환이라는 황무지에서 보낸 길고 건조한 시간에 대한 절박하고 진실한 이야기를 하고 싶은 충동을 느꼈다. 하지만 그 어린 남자가 그녀의 허리를 잡아끌었고, 그녀의 귓가에서 들리는 그의 목소리는 따뜻하고 쉬쉬거리고 의미를 알아들을 수 없었다. 그녀가 돌아보았을 때 가게 주인은 이미 돌아선 뒤였다.

오전 나절 헬레나가 눈을 떴을 때 어린 남자는 이미 떠나고 없었다. 부엌에 가보니 그가 접시에 핫소스로 그려놓은 웃는 얼굴이 보였다. 그녀는 접시를 개수대에 넣고 얼굴이 졸졸 흐르는 물에 씻겨 사라지는 것을 지켜보았다. 오전 시간은 몸을 돌보면서 천천히 보냈다. 한참 동안 거품목욕을 하고, 각질을 벗겨내고, 제모를 하고, 손톱을 손질하고, 매니큐어를 바르고, 공들여 머리 모양을 손질했다. 일어날 때 들었던 꺼림칙한 느낌이 가시지 않아, 그녀는 자신이 가져온 가장 단정한 옷인 길고 검은 원피스를 입고 튼튼하고 걷기 편한 샌들을 신었다. 그리고 망설이다가 더 보수적인 느낌을 주기 위해 어깨에 숄을 둘렀다. 아직 길 건너 식료품점에서 뭔가를 산 적은 없었다. 아파트 주인이 그녀에게 쓴 편지에서, 북쪽으로 세 블록 가면 깨끗한 체인점이 있는데 거기가 지역 가게에 비해 절반은 싸다고 말해주었다. 하지만 그녀는 바나나와 파파야와 커피와 빵이 필요했고, 용기를 내서 가게 주인을 대면하기로 했다.

가게에서는 썩기 직전의 과일 냄새가 강하게 났고, 진열대 사이의 간격은 좁고 상품들이 빼곡하게 채워져 있었다. 바구니를 든 두 사람이 서로 스쳐지나가기 힘들 만큼 좁았다. 가게에는 가게 주인, 그리고 그녀가 들어가기 전까지 금전등록기 옆에서 주인과 담소를 나누고 있던 친구 한 명 말고는 아무도 없어 그녀는 안심이 되었다. 그녀가 고개를 조금 까딱했고, 두 사람 다 웃지 않는 얼굴로 고개만 까딱했다.

그녀는 한동안 가게 안을 돌아다녔고, 남자들은 낮은 목소리로 다시 이야기를 나누기 시작했다. 뒤쪽으로 가니 휴지와 파티용 냅킨이 진열된 곳 옆 벽에 작고 좁은 출입구가 있었다. 처음 그 앞을 지나가며 봤을 때는 아무것도 없었다. 하지만 다시 보니 작은 발 하나, 손 하나, 그리고 검은 머리가 보였다. 빛 속에 온전하게 드러난 그 사람의 형체는 아주 작은 여인이거나 어린 소녀 같았다. 헬레나는 그 여자가 갈색 피부에 광대뼈가 넓은 것을 보면서 이 지역 태생이 아닐까 생각했고, 가게 주인의 딸은 아닐지 궁금했다. 하지만 가게 주인을 봤을 때 그녀는 그를 흑인으로 추정했었다. 지난밤을 함께 보낸 그 어린 남자보다 아주 조금 덜 검을 뿐이었다. 브라질에 대해 혼란스러운 것은 이런 점 때문이었는데, 특히 과거 노예무역의 어두운 그림자가 남은 살바도르는 더욱 그랬다. 사람들이 어느 쪽에 속하는지를 결코 정확히 말할 수 없었다. 그녀는 이 도시가 자신이 소중히 여기는 줄도 몰랐던 북반구의 뿌리깊은 질서의식을 뒤엎어버린다는 사실을 깨닫고는 깜짝 놀랐었다.

가게 주인이 그 소녀 혹은 여인을 쳐다보더니 험악한 목소리로 뭐라고 말했다. 여자의 얼굴에 빠르게 떠오른 공포, 어깨가 복종의 뜻을 내비치며 내려간 방식, 여자가 시야에서 사라진 빠른 속도를 보고 헬레나는 여기 뭔가가 잘못되었다고 생각했다. 어떻게 해야 할지 알 수가 없었다. 마음을 가다듬으려고 진열대의 서늘한 금속에 얼른 머리를 갖다댔다. 구매할 물건을 가게 주인에게 가져갈 때 그녀의 손은 떨렸고, 그를 제대로 쳐다볼 수도 없어서 그저 그가 키가 작고 어깨가 강해 보인다는 인상만 받았다. 그녀는 그의 머리 위 창문에 주석으로 만든 작은 동상이 놓여 있는 걸 보고 거기에 시선을 고정했다. 거칠어 보이는 파도에 무릎까지 잠긴 여자의 모습이었다. 예만자, 시장에서 본 기억이 났다. 바다의 여신. 남자가 뭉툭한 손가락으로 금전등록기의 숫자를 가리켰다. 헬레나는 그에게가 아니라, 예만자에게 돈을 냈다.

그가 그녀가 산 것들을 비닐봉지에 담아줄 때, 그녀는 그의 얼굴 전체를 볼 수 있었다. 그녀가 속으로 말했다. 당신은 나쁜 남자야. 내가 지켜보고 있어. 그러고는 그날 내내 계속 그 여자를 생각하며, 구해내야 하는 게 아닌지 전전긍긍했다. 그러면서도 그녀는 가게 주인이 자신의 시선을 받고 움찔하던 모습을 음미했다.

　사흘 동안 헬레나는 보란듯이 단정한 옷차림을 하고 그 식료품점에서 이런저런 것들을 샀지만, 가게 주인이 그녀를 반갑게 맞아준 적은 단연코 없었다. 그 소녀 혹은 여인도 다시는 보이지 않았다. 헬레나의 열띤 관심은 사흘째 날에 식었고, 이제 그 여자가 단순히 그 남자의 아내나 여자친구나 재고관리자는 아닌지가 궁금해졌다. 그런 사람이라면 그렇게 말하는 게 잘못된 것이긴 해도 범죄는 아니다. 그녀는 자신이 섣불리 그런 식으로 결론을 내려버린 것―얼마나 오만하고 미국적인 행동인가!―에 대한 죄의식에 오싹해졌고, 감정의 늪지대에 빠지는 것을 피하려고 다시 체인점에서 물건을 사기 시작했다.

　체인점에서 산 우유와 달걀이 담긴 봉지를 흔들흔들 골반에 스치며 돌아오는 길에, 그녀는 가게 주인이 가게 앞에 나와 있는 것을 보았다. 그의 시선은 먼저 그녀가 손에 든 봉지로 향했고, 곧 얼굴이 구겨졌다. 그리고 다정하지 않은 건 아닌 느낌으로 그녀에게 손을 흔들었고, 혼란스러워진 그녀는 그를 못 본 척했다.

　아파트로 올라간 그녀는 안절부절못했다. 집밖으로 나갈 때마다 늘 이렇게 기분 나쁜 감정에 휩쓸려야 하나? 가게 주인은 그녀의 휴가 전체를 망치려는 건가? 그녀는 과일샐러드를 만든 뒤, 그에게 복수할 요량으로 발코니로 나가 앉아 그것을 먹었다. 크고 두꺼운 구름이 형성되고 바람이 거셌다. 그녀는 다 먹은 뒤 일어서서 바다를 보았다. 저멀리 검은 구름에서 비가 얇은 판처럼 쏟아져 자신을 향해 빠른 속도로 다가오는 것을 지켜보았다. 비는 항구 밖에 나가 있는 유람선 위로, 이어 모터를 켠 채 입항중인 낚싯배 위로, 항구 위로, 교회 첨탑 위로 순식간에 커튼을 드리웠다. 그녀는 비가 길 건너 빨간 지붕을 때릴 때 간발의 차이로, 폭풍우가 나머지 세상은 언제라도 당할 수 있는데 그녀 혼자 젖지 않고 무사한 것에 몹시 화가 났다는 듯 그녀를 세차게 후려치기 직전에, 안으로 들어와 유리문을 닫았다.

여기저기 창문을 후려치는 폭풍우 소리는 시끄럽기 짝이 없었고, 헬레나는 박물관에 갈 수도, 영화를 보러 갈 수도, 레스토랑이나 바나 나이트클럽에 갈 수도 없어, 온종일 아파트 안에 처박혀 있었다. 가져온 책을 전부 읽었고, 언니들과 어머니에게 편지를 썼다. 파스텔 색조의 이 이상하고 꿈같은 타운과 언덕, 지금은 주로 옷감이나 수공예품을 파는 옛 노예시장의 가로등 아래에서 춤을 추고 열정적인 연주를 하는 북 치는 떠돌이 소녀들에 대해 썼다. 이곳에서 첫번째로 만난 남자 이야기도 썼다. 이렇게 한 달씩 시간을 보내며 편지를 쓸 때는 늘 그러듯 진실을 많이 왜곡시켜, 시차에 적응하는 짧은 시간에 일어난 일을 이야기하면서 연애를 한 듯한 암시를 풍겼다. 어머니는 낭만적인 사람이었고, 행복한 결혼생활에 정착한 언니들은 그해 내내 헬레나가 준 힌트나 숨겨진 사실들에 대해 쯧쯧거리거나 떠들어대면서 헬레나가 얽혀든 관계들을 검열하는 척만 할 뿐이었다. 그녀는 노소 세뇨르두본펌 교회에 찾아갔던 일을 쓰고 그 뜻을 우리 해피엔딩의 신이라고 옮기면서, 언니들과 어머니가 어떤 반응을 보일지 생각했다. 어머니는 낭랑한 포르투갈어 발음을 듣고 십자가에 매달린 피부색이 짙은 예수를 상상할 것이고, 언니들은 그 농담을 이해하고 손으로 입을 가리고 웃을 것이다.

오후 위로 밤이 내리자, 그녀는 절박한 심정이 되어 머리에 비닐 쇼핑백을 뒤집어쓰고 묶은 다음, 어쨌거나 남반구는 여름이라고 생각해 딱 한 벌 챙겨온 트렌치코트를 입었다. 그녀는 신발을 손에 들고 달려 거리 끝에 있는 수녀원을 개조한 고급 호텔로 갔다. 벨보이가 아슬아슬하게 문을 열어주어 그녀는 로비로 와락 들어갔고, 웃음을 터뜨리며 노란 머리카락에서 물을 털어냈다. 그리고 금색 틀이 달린 큰 거울을 보면서 머리에 뒤집어쓰고 묶었던 비닐봉지를 풀었다. 여기가 훨씬 좋았겠어, 그녀는 식물과 나무 세공 장식이 있는 정글 같은 호텔을 둘러보며 그렇게 생각했고, 머리 모양과 화장 상태를 점검했다. 얼굴이 상기되어 아주 예뻐 보였다. 그녀가 신발을 신자, 벨보이가 조그맣게 박수를 보내더니 난롯가로 손짓했다.

하지만 그녀는 고개를 가로젓고 곧장 바를 향해 걸어갔다. 대체로 그녀에겐 너무 비싼 곳이었다. 어젯밤 폭풍우 때문에 꼼짝없이 갇혀 있었던 터라 돈이 얼마나 드는지는 신경쓰지 않았다. 잃어버린 시간을 보상할 필요가 있었고, 그녀가 선호하는 비즈니스맨들이 이런 호텔을 자주 이용했다. 그녀는 숨을 돌린 뒤 스카치를 홀짝이며 바 뒤쪽에 진열된 장식을 바라보았다. 기름 같은 액체 속에서 푸른빛을 받은 거품들이 말도 안 되게 느린 속도로 올라오고 있었다.

미국 남자 둘이 그녀에게 미소로 답했지만, 곧 무늬 원피스를 입은 아내들이 나타나 합류했다. 그녀는 나이들어 보이는 한 남자에게 윙크했고, 그러자 그는 놀랐는지 휘청휘청 가버렸다. 그녀는 컴퓨터만 들여다보고 있는 일본인 비즈니스맨을 향해 몸을 돌리고 립스틱을 덧발랐다. 다른 사람은 없었고, 바텐더는 여자였다. 헬레나는 햄버거와 고르곤졸라를 듬뿍 얹은 양파튀김을 주문했고, 아무도 들어오지 않는 출입구를 쳐다보며 느릿느릿 깔끔하게 베어 먹었다.

전등 불빛이 깜박이다 꺼졌지만, 테이블 위에 켜진 촛불들이 은은한 별자리를 이루고 있었다. 그녀는 바텐더가 다시 실내가 황혼처럼 밝아질 때까지 촛불을 더 많이 켜는 것을 지켜보았다.

음식을 다 먹었을 즈음 그녀는 자신이 광적인 에너지로 가득해진 것을 느꼈지만, 귀를 먹게 할 만큼 요란한 바깥의 빗소리를 들으니 그날 밤은 허탕이 될 것 같았다. 제정신인 남자라면 누구도 이런 날씨에 밖으로 나오지 않을 것이었다. 벽난로 불빛과 흩어진 촛불들의 불빛 속에서 헬레나는 마지못해 다시 머리 위로 쇼핑백을 뒤집어쓰고 묶은 뒤, 젖어서 불쾌한 느낌을 주는 트렌치코트를 입었다. 하지만 문 쪽에서 벨보이가 고개를 가로젓더니 안 돼요, 안 돼요, 손님! 하고 말하면서 두 팔을 휘저었다.

나도 폭풍우가 몰아치고 있는 건 알지만, 내 아파트는 말 그대로 50피트 거리에 있어요, 그녀가 그의 당황한 모습에 감동하여 말했다. 그녀는 유리를 통해 그에게 가는 길을 보여주려고 했다. 하지만 비가 억수같이 퍼붓고 밤은 아주 어두워서, 그들이 서 있는 곳에서 1피트 떨어진 곳부터 세상은 이미 사라지고 없었다. 그녀가 그에게 빙긋 웃어주었지만─그는 귀엽고 귀가 컸는데, 아쉬운 대로 그래도 괜찮았다─그는 그저 리셉션 데스크 쪽을 돌아보며 뭐라고 외칠 뿐이었다. 한 여자가 급히 달려왔다. 키가 큰 것으로 보아 독일계 브라질 여자인 것 같다고 헬레나는 생각했다. 눈은 엷은 갈색이고 긴 머리칼은 색이 고르지 않았다. 헬레나의 가슴속에서 증오심이 뜨겁게 올라왔는데, 그 여자는 헬레나가 지금껏 예뻤던 것보다, 심지어 한창때의 헬레나보다 더 아름다웠기 때문이었다.

손님, 여자가 말했다. 지금 그냥 가시도록 둘 수는 없어요. 엄청난 비예요. 바람을 동반한 비, 그걸 뭐라고 부르죠?

허리케인은 아니에요, 헬레나가 말했다. 남대서양에는 허리케인이 없어요. 그녀가 이것을 알게 된 것은 어머니가 불안해했기 때문이었고, 그녀는 어머니를 안심시켜주려고 오래된 백과사전 전집에서 브라질에 관한 항목을 찾아봤었다.

음, 여자가 어깨를 으쓱하며 말했다. 하지만 그냥 폭풍우에 불과해도 여기 계셔야 해요.

헬레나는 아파트가 얼마 멀지 않다고 다시 설명한 뒤 속눈썹 아래로 벨보이를 흘끗 쳐다보았고, 그가 그 속뜻을 알아챌지 궁금해하며 그를 데려가겠다고 제안했다. 하지만 그는 한 걸음 뒤로 물러섰고, 그녀는 그의 파리하고 작은 얼굴에 공포의 빛이 떠오르는 것을 보고 웃음을 터뜨렸다. 저는 괜찮을 거예요, 그녀가 말했다.

여기 계세요, 여자가 말했다. 방을 반값에 드릴게요.

헬레나는 얼굴이 확 달아오르는 것을 느끼며 이렇게 말했다. 그러면?

여자가 아파트 렌트비 한 달 치에 해당하는 액수를 말했다. 너무 비싸요, 헬레나가 말했다.

4분의 1 값으로 드릴게요, 여자가 고민하다 말했다. 더 낮은 액수로 해드릴 권한은 제게 없어요.

고마워요, 헬레나가 말했다. 저는 괜찮을 거예요. 그러고는 신발을 벗고 문을 홱 연 다음 씩씩하게 밖으로 걸어나갔다. 그리고 곧바로 실수를 했다는 것을 깨달았다.

바람이 그녀의 입에서 나오는 숨을 데려갔고, 빗물이 눈을 두들겼다. 헬레나는 뒷걸음질을 치다 호텔 치장벽토에 손이 닿았다. 출입구도, 방금 서 있던 러그도 보이지 않았다. 구부러진 팔꿈치 안쪽으로 바람을 막아야만 숨을 쉴 수 있었다. 하지만 그녀는 되돌아가는 사람이 아니었다. 단연코. 그녀의 아파트까지는 고작 몇 걸음이었다. 몇 시간 전만 해도 여기서 맨발로 뛰어 기껏해야 일 분이면 갈 수 있었다. 그녀는 신발을 떨어뜨리고, 옛 수녀원의 둥근 벽을 더듬더듬 짚어가며 안뜰을 빙 둘러친 연철 울타리를 향해 힘겹게 나아갔다. 여기서부터는 좀 쉬웠는데, 뱃사람이 돛대를 올라가듯 양손을 번갈아 잡아가며 몸을 끌어당기는 게 가능했고, 그렇게 다음 치장벽토의 질감이 만져지는 곳까지, 그리고 다음 건물까지 갈 수 있었기 때문이었다.

건물 출입구에 이르렀을 때쯤 그녀는 울고 있었다. 걸음을 멈추고 몸으로 유리를 밀면서 문을 열려고 해봤지만, 잠겨 있거나 바람 때문에 열리지 않는 것 같았다. 그녀는 울음이 멈출 때까지 바람을 피할 수 있는 우편함 근처에서 잠시 숨을 골랐고, 부은 눈을 훔친 뒤 다시 출발했다. 바보 같은 계집애, 그녀가 혼잣말을 했다. 바보, 멍청이, 끔찍해. 이런 꼴을 당해도 싸.

그녀는 조금 더 앞으로 나아갔다. 문을 세 개만 더 지나면 그녀가 이용하는 연철 대문에 다다를 것 같았다. 안으로 밀면 열리는 문이었고, 손을 대면 바람이 대번에 활짝 열어줄 것이었다. 그녀는 안뜰로 끌어당겨질 것이고, 그러면 집이었다. 어쩌면 문이 네 개였을지도 몰랐다. 확실히 기억나지 않았다. 이 순간 이전에 자신이 그것에 크게 관심이 없었다는 것이 믿기지 않았다.

하지만 세번째 문에 이르기도 전에 그녀는 뭔가에 발이 걸려 엎어졌고, 무릎이 까지면서 몹시 아팠다. 기력을 모으려고 몸을 공처럼 말고 그 자리에 누워, 화가 나고 지치기도 해서 울음을 터뜨렸다. 그녀는 혼자였고, 자신이 혼자라는 사실을 인정했다. 그녀는 늘 혼자일 것이고, 누워 있는 지금 이 순간에도 점점 커져가는 이 물웅덩이 안에 영원히 있게 될 것이었다. 아주 긴 시간 동안 그녀는 그 자리에 누워 있었고, 그녀 위로 바람이 불고 비가 쏟아져도 끔찍하게 느껴지지 않았다. 그건 그저 공허일 뿐이었다.

갑자기 뭔가가 폭풍우를 뚫고 급히 달려나왔고, 그 뭔가가 그녀의 손목을 잡았다. 그녀는 자갈 깔린 길 위로 몸이 끌어당겨지는 것을 느꼈다. 거친 땅바닥에 팔다리가 끌리면서 금이 가는 것 같았다. 그러다 처음에는 얼굴에서 바람이 사라졌고, 이어 쏟아지는 비가 사라졌다. 그녀가 눈을 뜨자 어둠이었다. 그녀는 숨을 쉴 수 있다는 게 너무나 감사해서 자신이 있는 곳이 어디인지도 궁금하지 않았다. 마침내 호흡이 진정되고, 조금 전까지 가슴에서 올라오던 씨근거리는 소리도 잠잠해졌다. 이어 덜컹 냉혹하게 울리는 금속 소리가 들렸고, 그러자 폭풍우 소리는 더욱 줄어들었다. 그러고는 탕탕 두들기는 소리가 들렸는데, 바깥에 남겨져 화가 난 바람소리였다. 그녀는 힘겹게 몸을 일으켜 앉아 다리를 끌어당겼다. 다리에 난 상처가 몹시 쓰라렸다. 뭔지 모르지만 등뒤에 있는 것에 몸을 기댔는데, 아주 부드럽고 비닐에 싸여 있었다. 손으로 만져보니 자신이 기대고 있던 그것은 두루마리 종이타월이었다. 그제야 그녀의 멍해진 머리는 자신이 식료품점 안에 있다는 사실을 깨달았다. 이 지구상의 하고많은 사람들 중 하필 그가 그녀를 구한 것이다. 이제 그곳의 냄새가 확 올라왔다. 반쯤 썩어가는 시큼한 밀가루 냄새. 그가 뭔가 무거운 것을 문 앞에 옮겨놓는 소리가 들렸다.

뭔가 불쾌한 생각이 깜박거리며 그녀의 마음을 휘젓기 시작했고, 그녀는 몸을 두루마리 종이타월 쪽으로, 선반에 닿을 때까지 밀었다. 흐트러져 있던 두루마리 종이타월들이 바닥에 툭툭 떨어졌다. 이가 달달 부딪쳐서 원피스 칼라를 악물었다. 실내는 어두웠고, 멀리 전자제품에서 깜박이는 붉은빛이 유일한 빛이었다. 그 빛은 무엇 하나 밝히지 못했다.

헬레나는 처음 왔을 때 본 그 소녀 혹은 여인이 이곳에 있기를 바랐다. 그 작은 몸이 가까이 다가와 그녀의 손을 잡고 그녀를 따뜻하게 해주기를 간절히 바랐다. 하지만 아무리 귀를 곤두세워도 가게 안에는 그녀와 이 남자 둘뿐이고 다른 사람은 없었다. 그들의 숨소리가 유일한 숨소리였다. 그녀는 귀를 쫑긋 세우고 그의 소리를 들었다. 묵직한 신발소리가 그녀가 앉은 자리로 저벅저벅 다가왔다. 그가 그녀의 종아리를 걷어찬 것은 가까이 오다가 일어난 우연이었을 것이다. 그녀는 그에게 무엇이 보이는지 알 수 없었다. 그녀는 숨을 참았지만 그는 당연히 이 가게의 구석구석을 알았고, 심지어 더 가까이 다가왔다. 그의 냄새가 났다. 발과 겨드랑이와 기름때가 낄 때까지 오래 입은 데님 바지가 만들어낸 특유의 고약한 냄새였다.

그는 아무 말 하지 않았고, 선 채로 한참 동안 그녀를 내려다보았다. 그가 다시 한번 발을 끌며 가까이 왔고, 데님 바지의 천이 그녀의 얼굴을 쓸었다. 그녀는 원피스를 입에 물고 있어서 다행이라고 생각했다. 그러지 않았다면 비명을 질렀을 것이었다.

그가 걸걸한 목소리로 뭐라고 말했지만, 그녀는 알아들을 수가 없어 굳이 대답하지 않았다. 숨을 얕게 조심조심 쉬려고 애썼지만, 고투를 벌이고 기름진 음식을 먹은 탓에 놀랐는지 배에서 꾸르륵 소리가 났다. 그가 기분 나쁘게 웃었다.

그 순간 가게 주인이 멀어졌고, 그녀는 어깨에서 긴장이 떨어져나가는 것을 느꼈다. 그가 뭔가 뒤지는 소리가 들렸고, 이어 방 저만치 냉장고 문이 열리고 닫히며 두 번 쪽쪽 키스 소리가 들렸다. 그녀는 막연히 지금 달아나야 한다고 생각했지만, 이 바람 속에서는 철제문을 들어올릴 수가 없었다. 게다가 가게 뒤쪽에 출구가 없다는 것도 거의 확실했다. 그가 나쁜 사람일지라도, 그녀는 바깥 폭풍우 속에 있어보았고, 확신은 없었지만, 폭풍우가 더 나쁠 거라고 생각했다.

남자가 돌아왔다. 이번에는 서 있는 대신 그녀가 앉은 자리 맞은편에 털썩 주저앉았다. 그녀는 목에 갑자기 날카로운 통증을 느꼈다. 하지만 통증은 곧 차가운 느낌으로 바뀌었다. 그가 그녀에게 유리병을 내밀고 있었던 것이다. 그녀가 한 손으로 받았다. 이어 그녀의 뺨에 또다른 뭔가가 느껴졌다. 매끈한 플라스틱 질감이었다. 남자가 말했다. 비스코이투스.* 그녀는 반대쪽 손으로 쿠키통을 받아, 예의를 갖추려고 하나를 먹었다. 오브리가두,** 그녀가 조그맣게 말했다. 하지만 그는 아무 대꾸도 하지 않았다.

음료는 맥주였다. 그녀는 그 묵직한 병을 손에 꼭 쥐고 있었다. 비록 그의 힘이 그녀보다 훨씬 셌지만, 그가 그녀에게 무기를 준 셈이었다. 그녀는 병의 무게를 유지하기 위해 조금씩 아껴 마셨다. 어두운 만 같은 통로 맞은편에서 그가 꿀꺽거리는 소리는 굵고 요란했다. 이따금 콘크리트 바닥에 빈병 내려놓는 소리와 새 맥주병을 딸 때 나는 픽 소리와 병뚜껑이 바닥에 쟁그랑 떨어지는 소리가 들리는 걸 보면, 그는 자기가 마실 맥주를 더 가져온 것이 틀림없었다. 밖에서는 폭풍우가 한결같이 포효하고 있었다. 바닥에 놓인 그녀의 발에 물방울이 똑똑 떨어지기 시작하더니 물이 찰랑거렸다. 폭풍우가 침입하고 있었다.

---

* 브라질에서 쓰는 언어인 포르투갈어로 '쿠키'라는 뜻.
** '고맙다'는 뜻.

폭풍우 속에 있는 것보다 더 나쁜 것은, 폭풍우가 무엇을 하고 있는지 모른다는 것이었다. 폭풍우의 증거는 어디에나 있었다. 작은 선반에 닿은 그녀의 엉덩이까지 밀고 들어온 차가운 물에도, 휘몰아치는 바람에도, 덜컹거리는 건물에도, 그리고 먼 데서 뭔가가 부서지는 소리에도. 아마 보트가 해안으로 밀려와 부서지는 소리일 것이다. 그녀는 타운의 이 지역에 지어진 낡고 삐걱거리는 건물들 안에 불이 피워져 있을지, 그리고 아침에 무엇이 남겨질지 궁금했다. 그녀가 이 밤으로부터 살아남는다면, 어둠 속 자신의 맞은편에 앉은 이 남자로부터 살아남는다면, 그녀는 택시를 타고 눈을 감은 채 공항으로 갈 것이고, 비행기에 올라타 파괴의 잔재 위로 날아오를 것이다. 마침내 비행기가 착륙하면 휠체어에 탄 어머니가 수하물 찾는 곳 에스컬레이터 아래에서 환한 웃음으로 그녀를 맞아줄 것이다. 이 엉망진창의 상황을 치우고 정리하는 것은 그녀의 몫이 아니었다. 그녀는 그저 이곳에 놀러온 것뿐이었다. 이 일에서 그녀는 면죄될 수 있었다. 하지만 그것은 차가운 위로였고, 거의 위로라고 할 수도 없었다. 폭풍우의 끝은 올 것 같지 않았고, 그녀는 지칠 대로 지쳐 있었다. 이곳 어둠 속에서 기다린 시간, 집의 어둠 속에서 기다린 세월은 너무 힘에 겨웠다. 그 시간들이 고단함의 파도가 되어 그녀를 덮쳤다. 물이 얼마나 빠른 속도로 차오를지 알 수 없었다. 그건 중요하지 않았다. 남자는 이미 여기 있었다. 그리고 헬레나는 그가 기습적으로 달려드는 순간을 기다리고 있었다. 그녀의 가냘픈 몸은 그의 강한 몸에 오래 저항하지 못할 것이다.

바깥에서 뭔가 팡 터지는 소리가 들렸고, 남자의 육중한 몸이 더 가까이 다가왔다. 그가 걸걸한 목소리로 뭔가 말했고, 그녀는 몸을 움츠렸다. 하지만 그는 그녀의 몸을 만지지 않았다.

　그녀는 어둠에, 남자가 술을 마실 때를 빼고는 움직이지 않는다는 사실에 마음이 진정되었다. 적어도 지금쯤 아침이 밝았을 것이다. 그녀의 두려움은 무뎌졌고, 그녀의 생각에는 잠이 잔뜩 묻어 있었다. 그녀는 포장된 종이타월에 머리를 기대고 몸을 조금 움직여 엉덩이 경련을 완화한 뒤 눈을 꾹 감았다. 그렇게 하면 어둠을 더 어둡게 만들고 폭풍우와 이 남자를 그녀에게서 더 멀리 몰아낼 수 있을 것처럼.

　가게 주인이 세 번 일어섰고, 냉장고 키스 소리가 세 번 들렸다. 그가 철벅거리며 발을 끌고 돌아와 그녀의 맞은편 바닥을 내려다보면서 신음한 것도 세 번이었다. 세번째 때 그녀는 거의 잠이 들어 있었는데, 그가 몸을 숙이고 그녀의 발목에 손을 댔다. 그가 맥주를 손에 쥐고 있었던 터라, 그녀의 살에 닿은 그의 살은 깜짝 놀랄 정도로 차가웠다.

　그녀는 오랫동안 이 순간을 두려워했다. 그러나 지금 그 일이 일어나자 거의 마음이 놓이는 것 같았다. 그녀는 분노가 활활 살아나는 것을 느끼며 다리를 홱 치웠지만, 그의 손이 그녀의 발목을 다시 찾아내더니 고통이 느껴질 정도로, 그리고 그 이상으로 힘껏 잡았다. 그녀는 자신도 모르게 비명을 질렀고, 그 정도는 자기 힘의 최대치에 미치지 못한다는 걸 알리려는 듯 그가 웃음을 터뜨렸다. 그녀는 피가 날 때까지 입술을 깨물었고, 그가 다시 손의 힘을 풀었다.

그녀는 마이애미 집에 있는 어머니를 생각했다. 지금 그곳에는 바깥에 메마른 태양만이 떠 있을 것이고, 침대 위로는 어둠 속에 십자가상이 걸려 있을 것이다. 그녀는 어둠 속 금전등록기 위에 조용히 있는 바다의 여신, 주석으로 만든 작은 오리샤*도 생각했다. 그녀는 어머니에게인지, 그 신들 중 하나에게인지, 아니면 그 셋 모두에게인지 몰라도 자신이 기도를 하고 있다는 사실을 깨달았다. 하지만 기도가 누구를 향하는지는 사실 중요하지 않았다. 지향 없는 그 행위가 그녀가 할 수 있는 전부였기 때문이다.

가게 주인이 손을 치웠는데, 오로지 선반에서 맥주나 음식을 더 가져오기 위해서였다. 그는 쭈그리고 앉아 무겁게 숨을 쉬며 쩍 쩍 소리가 나게 입술을 붙였다 뗐다. 그가 발코니에 나와 있던 그녀를 올려다본 그날, 앞니 사이 벌어진 곳에 혀를 어떻게 밀어넣었는지, 그 혀가 얼마나 분홍색이고 불끈거리고 음란해 보였는지 그녀는 기억하고 있었다. 돌아온 그는 다시 그녀의 다리를 잡았는데, 잡을 때마다 손이 종아리에서 점점 더 높이 올라갔다. 이제 문 덜 컹거리는 소리는 덜 절박해졌고, 바람은 조금 잦아든 듯했다. 그가 그녀의 무릎에 손을 뻗어 아직 젖어 있고 피가 나는 상처의 벌어진 자리를 만졌다. 그녀는 자신도 모르게 숨을 훅 들이쉬었고, 그것이

---

* 요루바족의 요루바 종교에서 인간의 모습을 한 정령들. 예만자는 오리샤이자 모든 오리샤의 어머니다.

그의 뭔가를 흔들어놓았다.

그가 상처 가장자리를 손가락으로 쓸었다. 이따금 손가락이 쑥 들어와 상처 안쪽을 건드렸고, 그녀가 헉 소리를 내면 그가 웃었다. 그리고 그는 말을 하기 시작했다. 그는 많이 취해 있었다. 확실히 그런 것이, 혀가 둔하고 말이 이상하게 들렸다. 그녀는 자신이 포르투갈어를 할 줄 안다 해도 지금 그가 하는 포르투갈어는 알아듣지 못할 거라고 확신했다.

고통을 예견하자 그녀는 속이 울렁거렸다. 몸에 단단히 힘을 주고 기다렸다. 그녀의 뇌는 그 언어를 초현실적으로 바꾸어 받아들이고 있었다. 긴 가락이 짧은 가락들로 쪼개지며 유사한 리듬으로 휩쓸려들어갔다. 그녀는 어둠 속에서 자기 앞에 나타나는 이미지들에서 위로를 찾았다. 황소의 피 호박 꽃별. 그녀는 그가 그렇게 말한 거라고 상상했다. 이상하고 미친 얼룩말의 영화 대조.

그녀는 귀를 기울였다. 그의 발음이 무뎌졌다. 그의 손이 그녀의 무릎에서 떨어져 종아리를 타고 아래로 툭 떨어졌다. 바깥에서는 바람이 잎사귀들을 파고드는 소리가 들렸다―그렇다면 나무가 여전히 살아 있고, 나무에는 여전히 잎이 있는 것이다. 그리고 이따금 비가 금속을 통통 두드리는 소리가 들렸다. 폭풍의 눈일 수도 있다고, 그녀는 혼잣말을 했다. 정말로 그렇다면, 그녀는 다시 거센 바람을, 이 남자의 무거운 존재감을 견뎌야 할 것이다. 바깥에서 들리는 끔찍한 포효를 다시 한번 그와 함께 기다리며 통과해야 한다면 무슨 일이 일어날지 그녀는 알았다. 그녀는 그가 그녀의 존재를 잊을 만큼 충분히 얌전히 있지 못할 것이다. 하지만 마침내 가게 주인이 조용해졌고, 그의 코에서 휘파람소리가 나기 시작했다. 그녀는 그가 잠든 것을 알 수 있었다.

　그녀가 그의 손에서 몸을 조금씩 빼냈다. 그리고 자신이 앉아 있
던 콘크리트 물웅덩이에서 일어나, 문이 있었다고 기억하는 자리
로 뻣뻣하고 차가워진 몸을 옮겼다. 나가는 길을 막아놓은 선반을
옮기고 자물쇠를 들어올리려면 밤새 꼭 쥐고 있던 맥주병을 내려
놓아야 했다. 그녀는 온 힘을 다해 바닥에서 문을 들어올렸다.
　햇살이 아롱거렸다. 거리에서 수증기가 피어올랐다. 액체 같은
깨끗한 햇살이 자갈 깔린 길을 한 겹 덮고 있었고, 건물의 젖은 표
면이 반짝거렸다. 금색 물방울이 나뭇가지에서 떨어졌고, 서늘하
고 부드러운 바람이 그녀의 얼굴에서 머리칼을 걷어주었다. 다리
에 피가 덕지덕지 묻어 있고, 상처는 검푸른색이 되었으며, 관절이
삐걱거렸다. 하지만 그녀는 신경쓰지 않았다.
　그녀 뒤에서 가게 주인이 몸을 움직여 일어서려 했고, 그러려
고 애를 쓸 때 젖은 바닥에서 병들이 부딪치는 소리가 났다. 그녀
는 소리지를 준비를 하며 돌아섰지만, 그는 그녀를 비껴 저기 바
깥을 쳐다보고 있었다. 거리에서 반사된 빛이 가게의 어둠 속으로
밀고 들어왔고, 그의 둥글고 번질거리는 얼굴은 햇살의 이동에 따
라 빛이 났다. 그는 자기 앞의 선반을 꼭 붙잡았고, 그녀는 그에게
서 그녀의 것과 다르고 더 미묘한 두려움이 올라와 실내의 더 깊은
어둠 속으로 들어가는 것을 보았다. 가게 주인이 고개를 옆으로 기
울이고 눈을 감았다. 그리고 곧 말했다. 캄파이냐스,* 그녀는 그 말
을 알아들었다. 교회 종소리가 아침 공기 중으로 울려퍼지는 것을

들었기 때문이었다. 그녀가 말했다, 그러네요. 그는 그녀가 그곳에 있는 것이 놀랍다는 듯 그녀를 쳐다보았다. 그녀의 존재를 잊고 있었던 것이다. 그에게 그녀는 그저 폭풍우가 몰아치는 밤의 추신에 불과했다. 그저 방문자였다. 아무것도 아니었다. 헬레나는 금전등록기 위 주석으로 만든 오리샤에 손을 뻗었고, 그것이 그녀가 상상했던 것보다 더 날카롭고 가볍다는 것을 깨달았다. 물질이 된 하나의 생각, 손안에 꼭 맞게 잡히는 하나의 관념.

그녀는 한참 동안 출입구에 서 있었다. 종소리를 들으며, 그 소리에 행복해하며. 하지만 종은 울리고 또 울렸고, 이제 그녀는 종소리가 언제 멈출지 기다리며 듣기 시작했다. 한 번 울릴 때마다 이번이 마지막일 거라고 확신했다. 그 밝은 소리는 바다의 손길이 닿은 바람 속으로 사라질 테고, 살바도르의 일상적인 소리―누군가를 외쳐 부르는 소리, 스쿠터 소리, 개 짖는 소리, 북소리―가 깨어나서 종소리의 자리를 대체할 것이다. 헬레나는 자유롭게 걸음을 옮겨 밖으로, 더 멀리 나아갈 수 있었다. 하지만 한 번의 종소리가 해체되면 다음 종소리가, 또 다음 종소리가 뒤따랐고, 그녀는 서 있는 자리에 발이 붙어버린 것 같았다. 그녀 안에서 야성의 감정이 솟구쳤다. 몸의 긴장은 참을 수 없을 만큼 고조됐다. 심장이 너무 빨리 뛰어 마치 날개가 달린 것 같았다.

그리고 그녀는 자기 앞에 있는 거리만큼 분명하게 보았다. 집 침

---

* '종'이라는 뜻.

대에 누워 있는 어머니를, 베개들 속에 파묻힌 창백한 얼굴을. 헬레나는 어머니가 죽었는지 살았는지도 알 수 없었다. 어머니는 아주 평화롭고 아주 고요해 보였다. 마이애미의 태양이 블라인드 가장자리를 만지작거렸다. 새들이 창밖 비파나무에 한가득 앉아 있었다. 그 나무는 헬레나가 태어나기 전에 어머니가 심은 것인데, 이미 열매가 썩어 있었고, 새들은 벌써 그것을 먹고 취해서 신나게 노래하고 있었다.

헬레나가 환시를 멈추려고 손을 뻗는데, 아까 옆쪽 출입구 목조 부분에 부딪힌 검지 손톱이 욱신거리기 시작했다. 그녀 앞에 다시 젖은 거리가 펼쳐졌다. 허공에는 여전히 진저리나는 종소리가 가득했다. 그녀는 마지막으로 가게 안을 심란하게 돌아보다가, 가게 주인이 파괴의 잔재 속에 무릎을 꿇고 있는 것을 보았다. 그는 상표 딱지가 물에 떨어져나간 캔 하나, 분홍색 종이에 싸인 말짱한 두루마리 화장실 휴지 하나를 들고 있었다. 그의 얼굴은 그 안으로 허물어져버린 것처럼 낯설었다. 그는 치아 사이 벌어진 틈으로 휘파람 같은 나지막한 소리를 내고 있었다.

그녀는 생각 없이 한 걸음 그에게 다가가다, 멈추었다. 처음의 충동, 그를 위로하겠다는 생각을 한 자신이 미웠다. 다른 이들을 돌보는 사람은 그녀가 되고 싶은 모습이 아니었다―그것은 그녀가 타고난 역할이 아니었다. 하지만 어쩌다보니 그런 사람이 되어 있었다.

그녀는 널브러진 잔해를 조심스럽게 건너 가게 안으로 돌아가면서 위에서 내려다보듯 자신을 바라보았다. 그녀가 다가가는데, 가게 주인이 일어섰다. 그에게서 젖은 데님 냄새와 땀에 배어나온 술

냄새, 그리고 시큼한 체취가 났다. 아주 가까워졌을 때 그는 그녀의 얼굴을 잠시 개 같은 표정으로 쳐다보았다. 굶주림과 수치심이 동시에 드러난 표정. 어쩌면 그에게도 가족이, 그가 밤에 돌아오지 않은 것을 걱정하는 아내가 있을 것이다. 그 또한 아주 늙었거나 죽었을 어머니의 자식인 것은 분명했다.

그가 고개를 들고 그녀를 쳐다보았고, 오늘 아침 그녀의 존재는 그에게 너무 과하다는 듯 곧 눈을 감았다.

그를 만지려고 손을 뻗었지만, 결국 그녀는 그럴 수 없었다. 그녀는 한 걸음 뒤로 물러나 바닥에서 이것저것을 주워올렸다. 펜 하나. 쓰레받기 하나. 목욕용 장난감 하나. 그녀는 그 물건들을 조심스럽게 그의 품에 안겨주었다. 그래도 그가 움직이지 않자 허리를 숙이고 더 많이 모았다. 펜, 쿠키, 바나나 한 송이. 표면이 고르고 깨끗한 완벽한 오렌지 한 알.

꽃 사냥꾼

핼러윈이다. 그녀는 거의 잊고 있었다.

구석에서 한 남자가 모래와 티라이트 초를 하얀 종이봉투에 담고 있다.

그는 나중에 라이터를 가지고 돌아와, 사탕을 안 주면 장난을 칠 거라고 말하며 돌아다닐 아이들을 위해 어두운 동네를 격자무늬로 밝힐 것이다.

이것이 현명한 일인지 아닌지 그녀는 잘 모르겠다. 폴리에스터 단이 달린 옷을 입은, 자기통제가 안 되는 많은 꼬마들 가까이 촛불을 둔다는 건 사실 참으로 위험한 발상 아닌가.

오늘과 어제 온종일 그녀는 1774년에 플로리다를 여행한 초기 식물학자 윌리엄 바트럼의 책을 읽고 있다. 그 남자 때문에 핼러윈을 잊은 것이다.

그녀는 그 죽은 퀘이커교 신자와 사랑에 빠진 게 확실하다.

그렇다고 그녀가 남편을 더이상 사랑하지 않는다는 말은 아니다. 사랑한다. 하지만 십육 년을 함께 살다보니 서로의 눈에 보이는 상대의 형체 가장자리가 흐릿해진 것일 테다.

그녀는 자신의 옆 창가에서, 초를 놓는 남자를 지켜보는 개에게 말한다. 어느 날 눈을 뜨면 네가 좋아하는 사람이 인간의 형체를 한 구름이 되어 있다는 걸 깨닫게 될 거야.

그 개는 현명해서, 그녀의 말을 못 들은 척한다.

어쨌거나 남편이 이길 수밖에 없다. 바트럼은 죽은 나무와 꿈의 형체를 하고 있고, 남편은 따뜻하고 실용적인 살의 형체이기 때문이다.

그녀는 휴대전화를 집어들다가—절친한 친구 메그에게 자신이 퀘이커교 신자인 식물학자 유령에게 품게 된 갑작스럽고 엄청난 사랑에 대해 말하고 싶어서—메그가 더는 그녀의 절친한 친구가 되고 싶어하지 않는다는 사실을 기억해낸다.

일주일 전 메그는 아주 부드럽게 미안해, 그냥 좀 벗어나 있고 싶은 거야, 하고 말했다.

플로리다에서, 바깥에 나가면, 한낮의 햇살은 여전히 뜨겁고 노란 양모 같다.

부엌에서는 그녀의 아들들이 뚱한 표정을 하고서 저녁식사로 콩 타코를 먹고 있다.

아들들은 닌자가 되고 싶어했지만, 그녀는 빠르게 뭔가를 만들어내야 했다. 이제 아이들의 의상이 세탁실에 걸려 있다.

조금 전에 그녀는 작은아들에게 자신의 하얀색 긴 소매 버튼다운 셔츠를 앞뒤를 반대로 해서 입히고 소매를 교차해 뒤에서 묶었다. 그리고 길게 구멍을 내고 은색 샤피펜으로 색칠한 방독마스크를 씌웠다. 팔이 없어졌으므로 사탕 넣을 통을 허리에 핀으로 꽂아주었다.

캐니벌 렉처,* 아이는 자신을 이렇게 부른다. 좀 너무 정확하다.

큰아들에게는 하얀 시트에 눈구멍을 내서 옛 스타일의 유령을 만들어주었다. 하지만 하얀 시트를 뒤집어쓴 하얀 소년이라니, 마음이 불편해진다. 플로리다는 여전히 뿌리깊은 남부였다. 그녀는 그런 효과가 옷단을 따라 쭉 있는 장미꽃 봉오리로 인해 좀 줄어들기를 바란다.

그녀는 그날 아침 유치원에 가져가기로 되어 있던 유령의 아침식사도 깜박했다. 결국 부베리 머핀은 가져다주지 못했다. 작은아들은 평소 입던 옷을 입고 작고 빨간 의자에 앉아, 가면과 가발을 쓴 어머니들과 아버지들이 들어올 때마다 기대하는 표정으로 문쪽을 계속 쳐다보았지만, 들어오는 사람은 계속 자신의 어머니가 아니었다.

그 시간에 그녀는 아이 생각은 하고 있지도 않았다. 그녀는 윌리엄 바트럼을 생각하고 있었다.

퇴근한 남편은 그 의상들을 보고 눈썹을 치키지만 인자한 표정을 유지한다.

---

* 캐니벌 렉처(Cannibal Lecture)는 토머스 해리스의 연작 서스펜스 소설의 주인공 이름인 해니벌 렉터(Hannibal Lecter) 박사의 이름에 아이가 주인공의 특징을 보태고 비슷한 발음인 렉처로 바꿔 만들어낸 이름. 해니벌 렉터는 존경받는 사교계 명사이자 유명한 법정신의학자이나 아주 지능적이고 인육을 먹는(cannibal) 사이코패스 연쇄살인범으로 등장한다.

아들들은 남편이 〈Thriller〉 음악을 틀어 분위기를 띄우자 조광 스위치를 켠 듯 표정이 밝아진다. 디스코를 추며 돌아다니는 그들을 지켜보며 그녀는 심장이 뒤틀리는 것 같다.

아직 황혼이 내리지 않았지만, 그림자가 길어졌다.

남편은 낡은 녹색 모호크족 가발을 쓰고, 아들들은 몸을 흔들어 다시 의상을 입고, 세 사람은 밖으로 나간다.

그녀는 집에 혼자 있고, 그녀에게는 개와 윌리엄 바트럼과 매력 없는 색깔의 롤리팝이 든 봉지뿐이다. 드러그스토어 진열대에 남아 있는 롤리팝은 그게 전부였다.

사탕을 나눠주는 건 어쩔 수 없는 일이다. 그 집에 이사오고 첫해에 그녀는 자신이 바람직하다고 생각하는 대로 칫솔을 나눠주었다. 그날 밤 무거운 오크나무 가지가 그녀의 집 창문을 강타한 것은 우연이 아니었다.

그녀는 세 블록 떨어진 메그의 집 부엌 안까지 거의 다 볼 수 있는데, 메그는 직접 만든 아름다운 의상을 아이들에게 입히고 있다.

메그는 이런 뭣 같은 걸 좋아한다.

일주일 전 메그가 그녀와 절교를 선언했을 때, 그들은 메그가 직접 만든 생강 스콘을 먹던 중이었다. 입안에 들어간 한입이 너무 퍽퍽해서 한참 동안 목구멍으로 삼킬 수가 없었다.

그녀는 메그가 다정하고 단호하게 말할 때 고개만 끄덕였고, 메그의 능란한 손에서 자신의 심장이 더 작고 더 작은 조각으로 찢겨나갈 때 매 순간 그것을 감각으로 느꼈다.

메그의 눈은 아주 크고 회색이고, 골반과 어깨는 강하고, 머리칼은 유리잔에 짙은 색 벌꿀을 담고 햇살을 뿌린 것 같다.

메그는 그녀가 아는 사람들 중 가장 좋은 사람이고, 그녀 자신이나 그녀의 남편보다 훨씬 더 좋은 사람이다. 어쩌면 윌리엄 바트럼보다 훨씬 더 좋은 사람일 것이다.

메그는 타운의 임신중절 클리닉에서 메디컬 디렉터로 일하고 있어서, 보도에 나붙은 선동적인 포스터들의 비극적일 만큼 부족한 상상력을 참아내는 것은 물론이고, 온종일 환자들의 이야기를 들어주고 몸을 챙겨주어야 한다.

그건 누구에게나 너무 벅찬 일이겠지만, 메그에게는 그렇지 않다.

메그의 집 벽난로 선반에는 메그와 그녀의 아이들이 아기였을 때 함께 찍은 사진들이 놓여 있다. 아이들 셋 모두 그녀의 등에 꼭 들러붙어서 코알라처럼 카메라를 빤히 쳐다보고 있다.

그녀 역시 종종 메그의 등에 포근하게 업히고 싶은 충동을 느꼈다.

거기에서라면 그녀도 안전하다고 느낄 것이다. 그녀의 가장 강인한 친구 등에 뺨을 대고 있다면.

하지만 지난 한 주 동안 그녀는 메그가 표현한, 벗어나 있고 싶다는 소망을 존중했고, 그래서 메그에게 전화하지 않았다. 커피를 마시러 그녀의 집에 들르지도 않았고, 누군가가 멍이 들어서 혹은 저혈당으로 비명을 지르며 집으로 달려오기 전에는 아이들을 길 아래 메그의 집 아이들과 놀라고 보내지도 않았다.

나의 어떤 점 때문에 사람들은 내게서 좀 벗어나 있고 싶어하는 걸까? 그녀가 개에게 묻는다. 개는 뭔가를 말하고 싶어하는 것 같지만 타고난 성품이 다정해 말을 참는다.

너그러운 종種, 래브라두들.

음, 윌리엄 바트럼은 그녀에게서 벗어나 있을 필요가 없을 것이다.

죽은 자는 우리에게서 가져갈 것이 없다. 산 자가 가져가고 또 가져간다.

그녀가 윌리엄 바트럼을, 책에서 입은 의상 그대로의 모습으로 앞쪽 포치로 데리고 나간다. 그곳은 더 시원하다. 그녀는 사탕이 든 그릇과 개와 10달러짜리 시라즈 한 병을 다 담을 만큼 큰 와인 잔을 챙겨 나간다.

잭오랜턴* 만드는 것을 깜박해서, 박쥐 모양 조명의 전원을 꽂고 그 아래 자리를 잡은 뒤 진짜 박쥐들이 지붕 사이를 휙휙 이동하는 것을 지켜본다.

윌리엄 바트럼은 뿔 달린 거북과 개의 얼굴을 한 앨리게이터 그림들로, 그리고 신에 대한 무아경의 감사를 통해 들어올려져 신을 향해 날아오르는 모습으로 그녀를 유혹했다.

일주일 전 생강 스콘을 먹으면서 슬픔으로 질식할 것 같았던 그 순간 이후, 그녀는 오후에 휴가를 내고 골동품을 구경하러 미캐노피에 갔다. 인간의 손을 거치며 몇 세대를 살아남은 물건을 만지면 위로가 되었기 때문이다.

그녀는 자신이 마시고 있던 달지 않은 차를, 그것이 해체되어 수면 위에 영원히 떠 있을 폼플라스틱 컵에 담겨 있다는 이유로 미워하며 미캐노피의 중심지에 서 있었다. 그런데 바로 그때 1774년에

---

* 속을 파낸 호박에 얼굴을 새기고 등불을 넣은 것.

미캐노피를 통과한 윌리엄 바트럼에 관한 내용이 적힌 명판이 보였다. 당시 미캐노피는 쿠스코윌라라고 불리던 세미놀족의 교역소였다.

그 시절 그곳 추장은 카우키퍼라는 이름으로 불렸다.

카우키퍼는 바트럼이 플로리다를 터벅터벅 걸어다니면서 꽃의 표본을 수집하고 동물군을 관찰한다는 이야기를 듣고 그에게 푸크푸기라는 별명을 붙여주었다.

그 뜻을 대충 꽃 사냥꾼이라고 옮길 수 있는데, 전사이자 사냥꾼이며 잔인한 방법으로 많은 부족을 자신의 지배하에 두면서 약탈한, 노예들의 오만한 주인이었던 자가 붙여준 이름이니 아마 대단한 칭찬은 아니었을 것이다.

그럼에도 자동차 이전, 비행기 이전, 계획된 지역사회 이전, 미키마우스클럽 아이들이 벌떼같이 몰려들던 시기 이전의 플로리다에서, 열띤 눈빛을 한 푸크푸기는 어떤 것을 봤을까?

습하고 빽빽하게 뒤엉킨 곳.

위험한 것들의 에덴동산.

세 마녀가 보도를 걸어 다가온다. 그녀가 그들의 봉지에 맛없게 생긴 사탕을 넣어줄 때 누구도 고맙다는 말을 하지 않는다.

뺨에 고구마 같은 게 묻어 있는 슈퍼히어로 복장을 한 아기는 제 엄마가 베갯잇을 벌려 잡고 사탕을 받는 것을 지켜보다가, 칫 하고 실망한 소리를 낸다.

그녀가 사는 거리는 어둡고 임대한 집들이 많아, 눈치 빠른 아이들은 대체로 그녀에게 오지 않는다.

황혼이 내리기 직전, 하늘은 찬란한 오렌지색이다.

그녀는 호박 안에 있다.

작은 악귀들이 사라진 시간, 도마뱀들이 마지막으로 나와 빨간 목주름을 넓게 펴고 보도에서 팔굽혀펴기를 한다.

바트럼처럼 그녀 역시 한때는 이곳의 현란한 식물군과 동물군에 황홀해하는 북부 사람이었으나 그건 십 년 전 일이고, 한때 외계생명체로 느껴지던 그것들은 이제 그저 그녀 삶의 일부가 되었다.

그녀는 다른 모든 것은 무서워해도, 파충류는 더이상 무서워하지 않는다.

그녀는 기후변화가 무섭다. 이번 여름은 가장 더운 여름으로 기록되고, 사방에서 식물이 죽어간다.

그녀는 어제 비가 올 때 만난 작은 싱크홀이 무섭다. 그것은 그녀의 집 남동쪽 모퉁이 근처에서 입을 벌리고 있었다. 그것은 훨씬 더 큰 싱크홀로 들어가는 두려운 첫걸음일 것이다.

그녀는 자신의 아이들도 무섭다. 아이들은 이미 이 세상에 왔기에 그녀는 가능한 한 이곳에 오래 머물러야 할 텐데, 그래도 아이들보다 더 오래 머물 수는 없기 때문이다.

그녀는 무섭다. 남편에게 그녀가 이미 너무나도 구름 같은 존재가 되어 그가 그녀를 꿰뚫어보기 시작했기 때문이다. 그녀는 그가 건너편에서 무엇을 보는지가 무섭다.

그녀는 자신이 발 디딜 수 있는 땅에 사람들이 많지 않은 게 무섭다.

진실은 이렇다. 여전히 절친한 친구였을 때 메그는 이렇게 말했었다. 너는 너무 지나치다 싶을 만큼 인류를 사랑해. 하지만 사람들은 늘 너를 실망시키지.

메그는 인류와 사람을 모두 사랑하는 사람이다. 윌리엄 바트럼은 인류도 사랑하고 사람도 사랑하고 자연도 사랑한다.

재능 있고 직관적인 과학자인 그는 신을 믿었지만, 그 신은 약간 지적 훈련의 형태를 한 철학인 듯하다.

그녀는 자신도 신을 믿었던 때가 그립다.

작은 곡괭이를 든 탐사자가 온다. 겁먹은 십대 광대 두 명이 평상복을 입고 온다. 왕실 가족이 온다. 부모는 왕관을 쓴 섭정, 아들은 은색 플라스틱 갑옷을 입은 기사, 딸은 노란색 옷을 입은 촐싹거리는 공주다.

그녀가 아들을 낳았다는 게 얼마나 다행스러운 일인가. 이 공주라는 난센스는 여러 시대에 걸쳐 축적된 비극이다.

누군가가 너희를 구해주기를 기다리는 건 그만둬. 인류는 저 자신도 구원하지 못하는걸! 그녀가 머릿속에서 덩어리처럼 뭉쳐 와글거리는 공주들에게 소리 내어 말하지만, 동의의 뜻으로 눈을 깜작거리는 것은 그녀의 검은 개뿐이다.

그녀는 박쥐 조명 옆에서 책을 읽고, 그러는 동안 윌리엄 바트럼의 두 모습을 본다. 한 모습은 가무잡잡하게 탄 피부와 탄탄한 근육, 반짝이는 눈빛을 하고 스케치북을 들고 있는 서른네 살의 탐사자다. 앨리게이터들에게 포위된 채로, 모기들과 강바닥에 깊이 박힌 짙은 남색 나무들과 더불어, 홀로 편안하게 저녁을 먹는다. 또한 모습은 더 나이들고 피부색이 더 하얘진 바트럼의 모습인데, 펜실베이니아에 있는 조용한 정원에서 자신의 기쁨과 젊은 날의 모습을 페이지 위에 투사하고 있다.

두 바트럼, 즉 느끼는 몸과 기억하는 뇌 모두 그가 불게이터를 묘사한 부분에 드러난다. 그것이 창포와 갈대 숲에서 불쑥 나타나는 것을 보라. 그 거대한 몸집이 더 커진다. 그것은 딿은 듯한 모양의 꼬리를 높이 휘두르며 호수 위에 떠 있다. 그것의 벌어진 입에서 폭포 같은 물이 떨어진다. 그것의 팽창한 콧구멍에서 연기구름이 뿜어져나온다. 그것이 천둥소리를 내면 지구가 진동한다.

대체로 아들들과 메그와 메그의 세 아이들과 함께 사탕을 안 주면 장난을 칠 거라고 말하고 다닌 건 그녀였다. 하지만 올해 메그는 어마라와 함께 나갔다. 어마라는 은행 간부이고 좋은 사람이지만 그녀의 아이들을 통해 은근슬쩍 경쟁한다.

그녀는 어마라를 아주 적은 양만 섭취할 수 있다. 지구상에서 인간에 대해 상상 가능한 모든 양을 섭취할 수 있는 유일한 네 사람인 아들들과 남편과 메그를 제외한 모두에게 하는 식으로.

어쩌면, 그녀는 생각한다. 메그와 어마라는 지금 내 이야기를 하고 있을 거야.

그들은 내 이야기를 하고 있지 않아, 그녀가 개에게 말한다.

공기 중의 뭔가가 달라졌다. 이제 바람이 많이 불고, 뭔가가 숨어서 기다리고 있는 느낌이다.

그녀가 미신을 믿는 사람이었다면, 죽은 자들의 영혼일 거라고 생각할 것이다.

어둠이 깊어졌다. 그녀는 길 아래 저택에서 흘러나오는 음악소리를 듣는다. 그곳에서 매년 이웃들이 야단스러운 유령의 집 행사를 주최한다.

그녀는 혼자다. 한 시간 동안은 사탕을 달라며 집 앞을 지나간 아이들이 없었다. 하얀 모래주머니에 넣은 초들은 다 타버렸고, 세입자들은 집에 없는 척 전등을 다 꺼버렸다.

그녀는 바트럼의 서문을 읽는다. 거기서 그는 함께 사냥하러 간 친구가 어미 곰을 도살하고 무자비하게 새끼까지 도살하러 돌아가는 부분을 묘사한다.

어미를 잃고 슬픔에 빠진 이 아이가 끊임없이 울어대는 것이 내 분별력에 아주 큰 영향을 미쳤다. 마음속에 연민이 일어나, 이제는 잔인한 살해로 보이는 그 일을 내가 방조한 것처럼 나 자신이 원망스럽다. 그래서 그 아이의 생명을 구하고 싶은 간절한 마음에 어떻게든 막아보려고 한다. 하지만 소용없다! 그는 짐승에게는 연민을 느끼지 않는 것이 타성이 된 사람인데다, 엄마를 사랑하는 무해한 다음 희생자에게서 몇 야드밖에 떨어져 있지 않다. 그가 총을 쏘고, 어미의 시체 위에 죽은 아이를 포개 올린다.

이제 그녀는 울고 있다.

우는 게 아니야, 그녀가 개에게 말하지만, 개는 깊은 한숨을 쉰다.

개도 그녀에게서 조금 벗어나 있을 필요가 있다.

개가 일어서서 안으로 들어가 작은 그랜드피아노 밑으로 기어들어간다. 그녀가 오래전 외롭고 늙은 여인에게서 구입한 것이다. 아무도 치지 않는 피아노.

외롭고 늙은 피아노.

그녀는 늘, 〈월광〉 소나타를 연주할 수 있는 그런 사람이 되고 싶었다.

그녀는 자신의 모든 실패를 독서라는 행위 안에 묻어버리는 것처럼, 이 부분에서의 실패도 묻어버린다.

와인을 다 마셨다. 그녀는 빨간 맛밖에 나지 않는 롤리팝을 빨아먹는다.

그녀는 뱃속에서 꾸르륵거리는 소리 같은 것이 들릴 때까지 한참 동안 책을 읽는다. 하지만 사실 그 소리는 가까이서 들린 천둥소리다.

천둥이 친 직후 비가 오고, 비와 함께 집의 남동쪽 모퉁이 근처 작은 싱크홀에 대한 기억이 되살아난다.

남편이 문자메시지를 보낸다. 아들들과 함께 유령의 집에서 피신하고 있다고. 음식이 그득그득하고 모두 친구 같고 아주 재미있으니 그녀도 꼭 오라고! 하지만 그는 그녀가 오지 않으리란 걸 안다. 그것은 그녀에게 지옥의 제3원*이 될 것이다. 그녀는 파티에 깃들 수 있는 사람이 아니다. 가장 친한 친구를 잃은 지금은 어떤 친구에게도 깃들 수 없다.

심지어 바트럼도 더는 읽을 수 없다. 싱크홀에 대한 생각이 입안 치아가 빠진 자리의 구멍 같아져버렸기 때문이다.

그녀는 마음속에서 그 싱크홀을 막대기로 찌르고 또 찌른다.

비가 금속 지붕을 두들기고, 그녀는 비가 자신의 집 아래 석회석을 핥아먹는 것을 상상한다. 그녀의 아이들이 에버래스팅 고브스토퍼 사탕을 핥아먹는 것처럼. 아이들은 그 사탕을 먹으면 안 되지

---

* 단테의 「신곡」에서 폭음과 폭식에 빠진 자가 가는 곳.

만, 그녀는 여전히 아이들의 양말 서랍 안 끈적거리는 무지갯빛 웅덩이에서 그것을 발견한다.

비가 더 세차게 퍼붓고, 그녀는 큼직한 노란색 레인코트를 입고 오버슈즈를 신은 뒤 손전등을 들고 밖으로 나간다.

비는 커다란 손처럼 그녀의 얼굴을 세차게 후려치고, 정수리를 또 한 차례 강타한다.

그녀는 숨쉴 공기를 찾아 주먹으로 입을 가리고 싱크홀 가장자리에 섰다가, 쏟아지는 비에 불빛이 약해져서 쭈그리고 앉아서 본다.

그 큰 구멍에 빗방울이 모이지 않는다. 그녀는 그것이 아주 나쁘다고 생각한다. 그것은 물이 그 아래 작은 균열을 통해 똑똑 흘러든다는 말이고, 물이 빠져나갈 통로가 있다는 말이며, 거기 구멍이 있다는 말, 즉 그녀의 발 바로 아래 어마어마하게 큰 구멍이 있을 수도 있다는 말이기 때문이다.

그녀는 빗물이 머리카락 끝까지 핥고 내려가고, 비옷의 칼라 안쪽으로 들어가고, 맨어깨를 타고 서늘하게 왼쪽 젖가슴으로 내려가고, 사선으로 왼쪽 아래 흉곽으로, 이어 배꼽으로 들어가 오른쪽 골반에서 질펀하게 퍼지는 것을 알아차린다.

잘 드는 차가운 칼날이 그녀의 피부를 지나가는 것처럼 굉장한 느낌이다.

에로틱해, 그녀는 생각한다. 하지만 섹슈얼하다는 말은 아니야.

에로틱은 그녀의 갓난아기들에게 젖을 먹이는 것이다. 그 동물 냄새와 만져지는 느낌과 따뜻함과 부드러움이란.

친구의 어깨에 머리를 기대고 피부에서 나는 비누 냄새를 맡는 것이다.

암 걱정이나 빙원이 녹는 것에 대한 걱정 없이 햇살이 얼굴 위로 지나가게 하는 것이다.

그녀는 아내와 멀리 떨어져 깊은 아열대 숲속에 있는 바트럼을 생각한다. 그녀의 정원에서는 한낱 잡초에 지나지 않는 푸른 꽃을 보고 자극을 받아 흥분해서는 단연코 이중적인 의미로, 그렇지 않다면 아주 프로이트적으로 글을 쓰는 그를. 숲을 둘러싼 전망 속에서, 관목을 망토처럼 덮어주는 난봉꾼 클리토리아는 얼마나 환상적으로 보이는가.

이것이 그녀가 바트럼에게서 아주 좋아하는 면이다!

그가 자신을 온전히 동물로, 감각론자로 만드는 방식. 그가 몸의 굶주림과 기쁨 속에서 환희를 발견하는 방식.

플로리다는 에로틱해, 이것이 바트럼의 유령이 그녀에게 줄곧 말해주려고 하는 것이다.

여러 해 동안 그녀는 주위 어디에서도 그것, 에로틱한 것을 볼 수 없었다.

비는 어처구니없을 정도로 더더욱 세차게 쏟아지고, 심지어 손전등도 쓸모가 없다.

그녀는 젖은 몸으로 어둠 속에 혼자 쭈그리고 앉아 알 수 없는 구멍을 내려다본다. 이제 그녀는 균열이 일어난 지점이 어디인지 알겠다.

그걸 알아내는 데 이렇게 많은 시간이 걸리다니 이상한 일이다.

두 주 전, 그녀는 밤 열한시에 메그에게 전화를 걸었다. 멕시코 걸프만의 산호초가 정체를 모르는 희끄무레한 점액 같은 것으로 뒤덮이고 있는데 그것이 산호초를 죽인다는 기사를 읽었고, 산호초가 붕괴되면 그것에 의존하는 생물군도 붕괴되고 그것들이 사라지면 바다도 사라진다는 것을 알았기 때문이다. 메그는 평소처럼 전화를 받았지만, 방금 막내를 다시 침대에 눕힌 뒤였고 여자들을 돌보며 긴 하루를 보냈기 때문에 매우 지친 상태였다. 메그가 말했다. 있잖아, 편하게 생각해, 너는 그 문제에 대해 아무것도 할 수 없어, 병에 남은 와인을 비우고 목욕을 해봐. 그래도 여전히 슬프면 아침에 통화하자.

그걸로 끝이었다. 그 마지막 통화는.

불쌍한 메그.

그녀는 모두를 지치게 만드는 존재다.

그녀 역시 자신에게서 벗어나야 한다. 하지만 그것은 그녀에게 주어진 선택지가 아니다.

잠시 그녀는 작은 싱크홀 아래 있을 더 큰 싱크홀에 대한 상상에 빠진다. 그것이 아주 천천히 벌어지면서 그녀와 집과 개와 피아노를 석회석 공동空洞의 아주 검은 밑바닥에 닿을 때까지 집어삼키고 그것들을 저 깊은 아래에 내버려두어 누구도 그녀를 꺼내지 못한다. 가족들이 할 수 있는 건 그저 찾아오는 것뿐이다. 이따금 위쪽 입구에서 빠끔 들여다보는 가족들의 머리가 푸른 하늘을 배경으로 작고 하얀 조각들로 보인다.

그 아래에서 올려다보면 모두가 아주 행복해 보인다.

그녀는 비를 벗어나 다시 집안으로 들어온다.

부엌이 너무 밝다.

단연코, 인류 역사상, 그녀만 이렇게 느낀 건 아닐 것이다.

단연코, 이전의 그녀들 위에 쌓인 모든 그녀들을 더한 개인의 역사상, 그녀의 기분이 더 좋지 않았던 때도 있었다.

그곳은 신세계로 불렸다. 하지만 푸크푸기는 그곳에 새로운 것은 전혀 없다는 것을 알고 있었다. 저 비옥한 고원을 정복하는 거의 모든 걸음마다 우리는 고대 인류의 거주지와 경작지의 유적과 잔재를 발견한다.

그녀는 젖은 부츠와 젖은 재킷과 젖은 스커트와 젖은 셔츠를 벗고, 떨면서 전화기를 들고 남편에게 전화한다.

개가 그 따뜻하고 사랑스러운 혀로 그녀의 무릎에서 비를 핥아내고 있다.

그녀가 싱크홀이라고 말하면 남편은 아이들과 함께 맛있는 것을 들고 빗속을 뚫고 집으로 달려올 것이다.

그들은 아들들을 재우고 싱크홀 입구에 함께 서 있을 것이고, 어쩌면 그녀는 다시 단단해질 것이다.

그러므로 그가 전화를 받으면 그녀는 이렇게 말할 것이다, 여보, 우리한테 문제가 있는 것 같아. 하지만 나쁜 소식을 전하는 방식을 스승에게 배웠기에, 그녀는 자신이 낼 수 있는 가장 따뜻하고 가장 부드러운 목소리로 말할 것이다.

그녀는 남편의 목소리를 갈구하는 허기로 인해 자신이 찬란해질 때까지, 그 허기가 자라도록 둔다.

전화벨이 울리고 또 울릴 때 그녀는 자신을 올려다보고 있는 개에게 말한다, 음, 내가 노력하고 있지 않다는 말은 아무도 하지 못할걸.

위와 아래

그녀는 지붕 위로 투둑투둑 떨어지는 종려나무 열매 때문에 밤새 깨어 있었다. 창문으로 쏟아져들어오는 강렬한 햇살에 눈을 떴을 때는 모든 게 지긋지긋했다. 이 모든 것이여, 안녕! 그녀가 얼마 안 되는 짐을 스테이션왜건에 옮겨 실으며 노래했다. 전 남자친구의 기타, 대학원에 들어간 첫해에 함께 구입한 캠핑 장비(스와니강에서 하룻밤 묵으면서 그들은 불게이터의 우렁찬 울음소리에 엄청 겁을 먹었다), 그리고 책 한 상자였다. 그녀가 벽 쪽에 쌓아놓고 떠나는 수백 개의 다른 물건들에도 안녕. 쓸데없는 것들이에요, 그녀가 그 물건들을 팔려고 했을 때 중고가게 남자가 이렇게 말했다.

어떻게든 뚫고 솟아나려고 꿈틀거렸던 산더미 같은 빚도 안녕. 헌터오렌지색 퇴거 통지서도 안녕. 욕망도 안녕. 그녀는 이제 잃기로 선택했으니, 텅 비워질 것이다.

아파트는 잘 닦아 에나멜처럼 만든 껍데기였다. 그녀는 포치로 나가 심호흡을 했다. 고양이를 문밖으로 쫓아낼 때만 잠깐 현기증이 나면서 어질했다. 오, 넌 괜찮을 거야, 그녀가 말하면서 고양이의 양쪽 귀 사이 실크 같은 털을 만졌다. 하지만 눈 깜짝할 사이에 고양이가 그녀를 탁 쳤다. 손등에 네 개의 선이 그어지며 서서히 핏방울이 맺히기 시작했고, 그녀가 고개를 들었을 때 고양이는 이미 저만치 가버린 뒤였다. 그리고 고양이 역시 사라졌다.

그녀는 차를 몰고 대학의 벽돌 건물을 지나갔다. 신입생들이 이미 세단에서 짐을 내리고 있었고, 부모들은 두 팔을 교차해 자신들의 몸을 감싸안으며 스스로를 위로했다. 잘 있어, 그녀는 길 위를 구르며 윙윙 소리를 내는 타이어 곡조에 맞춰 소리 내어 말했다.

전기가 끊긴 상태로 여름을 보낸 뒤라서—창문을 열고 땀에 흠뻑 젖은 속옷만 입은 채로 창가에서 책을 읽으며 여름을 보냈다—차의 에어컨이 냉랭하게 느껴졌다. 그녀는 창문을 열고 플로리다 깊은 시골의 퀴퀴하고 축축한 사향냄새를 맡았다. 이 시골에서 사람들은 큰 돌로 집 마당을 장식하고, 신에게 직접 이야기할 수 있다고 믿었다. 여기서는 '데리다Derrida'가 엉덩이를 뜻하는 프랑스어 단어일 뿐이었다.*

그녀는 차창 밖으로 주먹을 내밀고 천천히 폈다. 그녀의 손바닥에서 희망들이 한 겹씩 벗겨져나가, 그녀가 지나온 길로 통통 튀어

---

* 데리다는 프랑스 철학자의 이름이나, 프랑스어로 엉덩이 또는 뒤를 뜻하는 derrière 와 철자가 비슷하다.

가는 모습이 눈에 보이는 것 같았다. 그녀가 자신의 이름을 써두었던 책들, 피렌체에서 보낸 안식년 기간, 숲 가장자리에서 환하게 빛나던 현대식 주택. 사라졌다.

그녀가 다시 자신의 손을 보니, 부어 있고 뜨겁고 땀이 차 있었다. 그녀는 손을 입에 가져갔다. 마침내 해안가 작은 타운의 변두리에 차를 세우고 바닷가 모래언덕에 자란 풀을 바라보았다. 혀에서 피맛이 나면서 구리 같은 맛이 느껴졌다.

누군가가 해변에 아이스박스를 두고 갔다. 그 안에 사과가 담긴 봉지와 먹다 만 샌드위치, 콜라 두 캔이 들어 있었다. 그녀는 앉아서 겨자색과 수박색으로 변하는 황혼을 지켜보며 그 전부를 먹어치웠다. 바닷새들이 젖은 모래 위에 무리 지어 있다가, 날개를 펼치며 공중으로 날아올라 흩어졌다. 어둠이 짙어져 사물이 잘 분간되지 않자, 그녀는 아이스박스를 차에 갖다놓은 뒤 A1A도로*를 걸어 공중전화가 있는 곳까지 갔다.

의붓아버지가 전화를 받으면 끊으려고 마음먹고 있었는데, 여보세요, 여보세요? 하고 조그맣고 느리게 말한 목소리는 어머니였다.

그녀는 말이 나오지 않았다. 원피스 잠옷을 입고 부엌에 있는 어머니와 일몰, 바깥에서 놀고 있는 이웃 꼬마들을 상상했다.

여보세요? 어머니가 다시 말했다. 그녀는 간신히 여보세요, 엄마, 하고 말할 수 있었을 뿐이었다.

---

* 대서양을 따라 남북으로 뻗은 플로리다주 도로.

너로구나, 어머니가 말했다. 네가 전화를 해주니 선물을 받은 것 같아.

엄마, 그녀가 말했다. 제가 이사를 했는데 그거 알려드리려고요. 그런데 아직 새 번호는 없어요.

그녀는 뺨에 햇볕 화상을 입은 자리가 따끔거리는 것을 느끼면서 기다렸다. 하지만 어머니는 그러니? 하고 심드렁하게 말할 뿐이었다. 재혼한 이후로 어머니는 지속적인 특발성 통증에 시달리고 있어, 역시 지속적으로 진통제를 먹어야 했다. 어머니는 삼 년 동안 딸의 생일을 기억하지 못했고, 아무것도 넣지 않은 생필품 꾸러미를 보낸 것도 한 번 이상이었다. 7월의 아주 더운 어느 날, 딸은 ATM 앞에서 점점 야위어가는 통장 잔고를 쳐다보며 도움을 청하는 전화를 할지 말지 고민했었다. 하지만 어쨌거나 그 봉투도 빈채로 도착하리란 걸 그녀는 알았다.

전화선을 타고 엔진소리가 가까워지는 것이 들렸고, 어머니는 오! 네 아버지가 돌아왔어, 하고 말했다. 두 사람 다 문이 쾅 닫히는 소리와 무거운 부츠가 계단을 올라오는 소리를 들었다. 그 사람은 제 아버지가 아니에요, 그녀는 생각했지만, 말은 하지 않았다.

오히려, 엄마, 제가 한동안 소식 안 드려도 걱정하지 마시라고요, 하고 말했다. 아셨죠? 저는 괜찮아요. 약속해요.

알았어, 딸, 어머니가 말했다. 어머니의 목소리는 남편이 곧 올라온다는 생각에 이미 부드러워져 있었다. 내가 하지 않을 만한 행동은 너도 하지 마라.

왔던 길로 돌아가는 길, 어둠 속에서 헤드라이트 불빛들이 쌩쌩 지나갔다. 그녀가 소리 내어 말했다. 나는 정확히 엄마가 할 만한 행동을 하고 있어요. 그리고 웃었지만, 전혀 재미있지 않았다.

　낮 동안 그녀는 몇 시간이고 계속 누워 있었다. 그러다 결국 목이 너무 말라서, 물고기 씻는 호스로 캠핑용 물통에 계속해서 물을 채워야 했다. 그녀는 백미러로 자신의 피부가 노릇노릇 구워지고 머리칼이 벌꿀색에서 레몬색으로 변하는 것을 지켜보았다. 옷자락이 몸에 붙어 펄럭거렸다. 그녀는 지난 세월 동안 머리카락에 부분 염색을 하느라 들인 수천 달러를 생각했다. 그저 게으르고 약간 굶기만 하면 예뻐질 수 있었는데 그렇게 속을 끓이고 다이어트를 해댄 것이다! 그녀는 기운을 차리려고 참치캔과 크래커를 먹고 해변 카페에서 사온 커피를 이따금 홀짝였다. 가진 돈이 놀라운 속도로 줄어들고 있었다. 손의 흉터는 햇빛 속에서 아름다운 은색으로 보였다. 그녀는 이따금 멍하니 그것을 쓰다듬었다. 시니피에 대신 시니피앙.* 잃어버린 삶을 상징하는 긁힌 자국.
　밤이 되자 그녀는 스테이션왜건의 뒤쪽 자리에 누워 잠들 때까지 펜라이트 불빛으로 『미들마치』를 읽었다.
　몸에서 나는 냄새가 너무 심해서 소금물로는 씻기지 않자, 그녀는 운동복을 입고 호화로운 해변 콘도 건물의 헬스장으로 걸어갔다. 누군가가 그녀에게 소리를 지를 거라 예상했지만, 지켜보는 사람은 없었다. 샤워실은 비어 있었고, 세면대 바구니에는 로션과 작은 비누와 일회용 면도기가 담겨 있었다. 그녀는 샤워기 밑에 서

---

　* 차례로 '기의' '기표'라는 뜻.

서, 외로움에 사무쳤던 지난여름을 씻어 보냈다. 남자친구가 그녀를 버리고 대학원 1학년생에게 가기 전에 이미 그녀는 자기 안으로 숨어들어가 있었다. 장학금을 받지 못해 조교 급여로만 버텨야 했는데, 그걸로는 식료품은커녕 월세도 겨우 절반만 감당할 수 있었다. 장학금을 받은 친구들의 눈을 쳐다보면서 수치심을 삼키는 건 할 수 있었지만, 외출 자체를 할 수가 없었다. 남자친구는 모든 것을 가져갔다. 일요일의 브런치, 어느 크리스마스에 그가 노골적으로 준 에티켓 북, 매일 여섯시 십 분 전에 그들을 깨우던 알람시계까지. 그는 어떤 일을 제대로 하는 것에 까다로운 사람이었다―깔끔하게 침대 정리하기, 근력운동, 메모하기. 그리고 그는 떠나면서 그녀의 일상도 훔쳐갔다. 최악은, 그가 그의 부모도 데려간 것이었다. 사 년 동안 명절 때마다 펜실베이니아주에 있는 석조 주택에서 그녀를 반기고 넉넉히 베풀던 그들. 몇 주 동안 그녀는 그의 어머니, 머릿결이 부드럽고 잘 안아주던 그 여인이 그녀에게 전화를 걸어주기를 바랐지만, 전화는 걸려오지 않았다.

문이 열리고 사람들의 목소리가 샤워실로 홍수처럼 밀려들어왔다. 에어로빅 수업 같은 것이 끝난 모양이었다. 그녀는 흐르는 물에 얼굴을 씻으려고 돌아서다가 문득 창피함을 느꼈다. 그녀가 눈을 떴을 땐 샤워기 아래에서 몸에 비누칠을 하며 웃고 있는 벌거벗은 중년 여자들이 가득했다. 다들 다이아몬드 반지를 끼고 있었고, 이가 반짝거렸고, 편안한 생활을 한 덕에 배와 허벅지에 지방이 끼어 있었다.

그녀는 귀 옆에서 세게 탁탁 치는 소리에 깨어, 간신히 잠을 떨쳐내고 어둠 속을 들여다보았다. 펜라이트를 켜서 보니, 신축성 있는 검은 천에 감싸인 사타구니와 반짝거리는 가죽 벨트, 거기 걸린 권총집에 든 권총, 그리고 어마어마하게 큰 손전등이 보였다.

경찰이다. 그녀가 생각했다. 죽음의 페니스, 빛의 페니스.

창문 열어요, 경찰이 말했다. 네, 그러죠, 그녀가 말했다. 그러고는 등받이를 세우고 차창을 내렸다.

뭘 보고 웃는 거죠? 그가 말했다.

아무것도 아니에요, 그녀가 말하고, 펜라이트를 껐다.

여기 있은 지 일주일이로군요, 그가 말했다. 계속 지켜보고 있었어요.

네, 맞아요, 그녀가 말했다.

불법입니다, 그가 말했다. 가끔 어린애가 모텔비를 아끼려고 이러는 경우가 있죠. 늙은 히피들이 밴에 타고 있는 경우도 있고요. 하지만 당신은 젊은 아가씨예요. 당신이 다치는 걸 보고 싶지는 않군요. 여기저기 나쁜 남자들이 깔려 있어요, 알아요?

알아요, 그녀가 말했다. 문을 잠가놓고 있어요.

그가 코웃음을 쳤다. 네, 뭐, 그가 말했다. 그러더니 말을 멈췄다. 남자한테서 도망다니고 있어요? 그런 사정이에요? 타운에 여자들이 지낼 수 있는 안전한 집이 있어요. 거기 넣어줄 수 있습니다.

아니요, 그녀가 말했다. 사정 같은 거 없어요. 제 삶으로부터 휴가를 떠난 거라고 해두죠.

음, 그가 말했다. 그의 목소리에서 관대함이 사라졌다. 여길 떠나요. 다시 왔을 때 내 눈에 띄지 않도록 해요. 안 그러면 부랑죄로 집어넣을 테니까.

그녀는 다른 해변으로 가서 며칠을 보냈다. 사람들이 트럭을 몰고 와 모래밭에 세우고 건전지가 닳을 때까지 음악을 울려대는 곳이었다. 그녀는 초콜릿바를 사 먹을 푼돈을 찾느라 스테이션왜건의 좌석을 뒤지고 또 뒤졌지만 실패했다. 그래서 어떻게 해야 할지 고민하면서 한참을 걸어 시내로 갔다. 도착했을 무렵에는 다리가 후들거리고 있었다.

시내 광장의 건물들은 옛 플로리다의 느낌—선풍기가 있는 높은 포치, 주석 지붕—을 풍겼지만 모든 것이 베이지색 색조의 고밀도 플라스틱으로 만들어져 있었다. 중앙에 분수가 있었다. 땅딸막한 개구리 한 마리가 물을 뿜어내고 있고, 물 아래 푸른 타일에 동전이 흩어져 있었다. 그녀는 분수 가장자리에 앉아 부티크에서 쇼핑하는 사람들과 아이스크림콘을 먹는 사람들을 지켜보았다.

광장 한쪽 구석에 벽돌로 지은 작은 교회 건물이 서 있었다. 건물 측면에는 백일홍이 꽃을 피우고 있었다. 사람들이 양손 가득 뚜껑 달린 스티로폼 그릇과 주스팩을 들고나오기 전까지, 그녀는 교회 앞에 모여 있는 그 사람들의 존재를 알아차리지 못했다. 어떤 사람들은 힘줄이 보일 만큼 야위고 땟국물이 좔좔 흘렀다. 그녀가 살던 대학 타운 변두리에서 거의 눈에 띄지 않게 살아가는 사람들, 흔히 볼 법한, 삶에 시달려온 사람들이었다. 하지만 단단한 안전모를 쓴 공사장 일꾼도 있었고, 아이들을 끌어당기며 왔던 길로 바쁘게 멀어지는 어머니들도 있었다.

그녀는 일어서고 싶었다. 줄을 서고 싶었고, 음식을 받고 싶었다. 하지만 몸이 말을 듣지 않았다. 여명 속에서 한 가족이 지나갔고, 그녀는 한때 자신도 부모가 뒤에서 걷는 동안 혼자 노래를 부르며 세발자전거를 타는 금발의 어린아이였다는 사실을 떠올렸다. 그 삶이 얼마나 급작스럽게 일그러졌던가! 열 살 때 아버지가 돌아가셨고, 고등학생 때는 돈 때문에 내내 힘들었다. 어머니는 지쳐서 결혼했으나 자신의 삶을 완전히 접게 되었을 뿐이다. 그녀에게 남겨진 안전한 장소는 학교뿐이었다. 하지만 결국 지나치게 조심스러웠던 탓에 그녀는 필요한 학문적 위험을 감수하지 못했고, 심지어 학교마저 빼앗겼다.

그녀는 너무 배가 고파 몸을 웅크린 채 분수 가장자리에 두번째 개구리처럼 앉아 있었다. 시간이 재깍재깍 흘러 아주 늦은 시간이 될 때까지 앉아 있었고, 마침내 혼자 남겨졌다. 그녀는 청바지를 걷어올리고 물속으로 들어갔다. 발로 바닥을 더듬으며 나아가자 마침내 동전이 밟혔다. 팔을 어깨까지 물속에 넣었다. 하지만 거의 모든 동전이 타일에 들러붙어 있었다. 한 바퀴를 완전히 돌고도 손에 조금 움켜쥘 만큼 모았을 뿐이었다. 가로등의 흐릿한 불빛 속에서 그 동전들을 살펴봤는데, 대부분이 페니였다. 그럼에도 한 바퀴를 더 돌았다. 그녀는 아주 멀리 떨어져 자신을 바라보았다. 무릎 깊이의 물속에서 누군가의 소망을 주우려고 허리를 숙인 여인을.

대부분의 나날에, 그녀는 특산물 매장 뒤쪽 대형 쓰레기통에서 무더기로 버려진 깨끗한 음식—빵과 멍든 과일—을 발견할 수 있었다. 그녀는 슈퍼마켓 주차장 한쪽 끝 저류지貯留池 옆에 스테이션왜건을 세워두었다. 녹나무의 낮은 가지들에 차를 숨길 수 있었다.

밤에 그 냄새가 그녀의 꿈속으로 들어왔고, 물속에서인 듯 녹색 나뭇가지가 느리게 흔들리면 잠에서 깼다. 그 바람에 보들레르의 시 한 편이 떠올랐다. 하지만 그 시는 이미 그녀의 기억에서 지워져 있었다. 또 뭐가 사라졌을지 그녀는 궁금했다. 괴테, 셰익스피어, 몬탈레. 태양이 그 전부를 표백시켜 먼지로 만들어버렸다. 그녀의 굶주림이 그것을 먹어치우고 있다. 그건 청소라고, 그녀는 결론을 내렸다. 아름다운 단어들이 그녀를 구원할 수 없다면, 그 단어들을 잃는 것이, 또한, 최선이었다.

그녀가 해변에 누워 햇볕을 받고 있을 때 나뭇잎 한 장이 그녀의 배 위를 스르륵 지나 날아올랐다. 느긋이 손으로 잡았더니 나뭇잎이 아니라 5달러짜리 지폐였다.

그날 밤 그녀는 아파트 단지의 수영장 옆 샤워실로 가 몸을 꼼꼼히 씻었다. 거울 속에 비친 자신의 벗은 몸을 보니 위쪽 흉곽의 늑골과 골반뼈의 콩 모양 곡선까지 보였다. 그녀는 드라이어로 머리를 말리고 뒤에서 하나로 높이 묶은 뒤 몇 년 전에 산 화장품을 발랐다. 이제 자기가 자기 같지 않아 보였다. 부지런하고 통통하고 단정해 보였다. 서핑하는 여자나 여학생 클럽의 회원 같았다. 그녀가 속으로 늘 미워했던, 하늘거리는 진주 같은 인간들 중 하나로.

그녀는 파도가 밀려와 부서지는 소리를 듣고 또 들으면서 3마일을 걸어 비치 바로 갔다. 뒷문으로 들어가니 그곳은 이미 사람들로 꽉 차 있었고, 엄청나게 큰 텔레비전에서 시끄럽게 풋볼 경기가 방송되고 있었다. 단지 그것이 미국 남부 타운의 링구아프랑카*이기 때문이긴 했지만, 한때 그녀도 그 경기에 관심을 쏟았었다. 신입생 작문 수업의 분위기를 편안하게 만드는 수단으로, 학장의 재미없는 아내와 대화를 나누는 수단으로. 하지만 지금은 그것도 어리석어 보였다. 젊은 남자들이 서로 몸을 부딪치고 미는 것, 패딩으로 완충한 전쟁 게임.

그녀는 1달러짜리 스페셜 맥주를 주문하고 바텐더에게 팁으로 1달러를 주었다. 그가 거스름돈을 건넬 때 손가락이 그녀의 손가락을 스쳤고, 그의 피부가 따뜻해서 그녀는 깜짝 놀랐다. 그녀는 맥주의 라벨을 벗겨냈고 몇 차례 심호흡을 했다.

누군가가 그녀가 앉은 옆자리의 스툴에 앉았고, 그가 진토닉 두 잔을 주문하자 그녀는 그를 쳐다보았다. 그는 모래색 머리에 크고 빨간 귀를 가진 귀여운 인상의 어린 남자였다. 그녀의 수업에서 대체로 노력만으로 늘 B-를 받는 학생 같은 유였다. 그는 수줍게 그녀 쪽으로 한 잔을 밀어주었고, 일단 말을 시작하자 멈추지 않았다. 북부에 있는 대학의 3학년생이라고 했고, 어쩔 수 없이 한 학기를 휴학하고 지금은 어머니의 부동산 회사에서 일하고 있다고 했다. 그게 거기서 오래 일한 중개업자들을 몹시 화나게 했는데, 요즘은 수수료를 충분히 받는 경우가 별로 없고, 이 엿같고 엿같은 시대에 부동산 사업이 점점 엿같이 되어가고 있기 때문이었다. 그러고도 줄줄 더 쏟아냈다. 석 잔을 마신 뒤 그녀는 지금껏 그 어느 때보다도 취한 상태가 되었다. 그의 말을 듣다가 그녀는 그가 무슨 일 때문에 한 학기 휴학을 하게 됐는지 궁금해졌다. 마약을 했나?

* '공통어'라는 뜻.

신고식과 관련된 불미스러운 일이 있었나? 성적이 나빴나? 그의 집으로 가는 길에, 그가 걸음을 멈추고 가로등의 차가운 금속 부분에 그녀의 어깨를 누르며 감동적일 만큼 진지하게 키스했다. 그녀는 그의 목 아래쪽에서 머리칼의 보드라운 감촉을 느끼며 어쩌면 이 남자가 신경쇠약인지도 모르겠다고 생각했다. 그는 불안의 공격에 쉽게 무너지는 소년처럼 키스했다.

하지만 그녀는 그가 마음에 들었고, 그의 아파트는 깨끗하고 예뻤다. 가구 배치에서 고압적인 어머니의 손길이 느껴졌다. 그녀를 만지기 전에, 그는 눈을 깜작이며 그녀의 벗은 몸을 한참 바라보았다. 그 순간 그녀는 그가 그녀를 바라보듯 자신을 바라보았다. 깨끗하고 하얀 비키니가 그녀의 살을 조였다. 대비의 에로티시즘. 감사하는 마음으로, 그녀는 그에게 다가갔다.

끝난 뒤, 침대는 저항할 수 없을 만큼 포근하게 느껴졌다. 남자가 잠들었을 때 그녀는 부엌으로 가서 냉장고 문을 열었다. 냉장고 안은 가득 채워져 있었고, 그 풍요로움 앞에서 그녀는 고요해졌다. 냉장고 불빛 앞에 서서 차가운 피자 한 조각을 먹고 피클 병을 열어 피클 세 개를 먹고 커다란 체더치즈 덩어리를 손가락으로 한 덩이 떼어내 게걸스럽게 먹어치웠다. 오렌지주스에 손을 뻗기 전까지 그녀는 입구에 서 있는 그를 보지 못했다. 그제야 그의 티셔츠가 희미하게 빛나는 것이 보였다. 그녀는 그를 쳐다볼 수 없어 눈을 감았다.

그녀는 그가 자신에게 다가오는 소리를 들으면서 비난을 들을 각오를 단단히 했다. 하지만 그는 그녀의 잘록한 허리 부분을 만지며 부드럽게 오, 허니, 하고 말했다. 이건 정말로 최악이었다.

허리케인은 카리브해를 건너며 세력을 키웠으나, 해안을 후려친 건 허리케인의 가장자리에 불과했다. 그럼에도 비명 같은 소리가 들리고 강풍이 몰아쳤고, 녹나무의 나뭇가지는 달그락달그락 차 지붕을 때렸다. 스테이션왜건이 너무 심하게 흔들려 차체의 금속이 비틀어지고 유리가 깨질까봐 그녀는 겁이 났다. 저류지가 흘러넘쳐 물이 휠캡까지 핥고 올라왔다. 그녀는 가능한 한 조용히 누워 귀를 기울이고 지켜보았다. 그녀는 중심에 날것의 신경이 있고 거기서부터 유리와 강철로 된 얇은 껍데기였다. 폭풍우가 더 가까이 다가오면서 근처를 공격하는 것 같았다. 그녀는 고통스럽고 숨이 가빴으나 인내심 있게 기다렸다. 하지만 그것이 오기 전에 그녀는 잠들었다.

그녀는 추수감사절에 어머니에게 전화를 걸었지만, 의붓아버지가 전화를 받더니 어머니가 또 몸이 좋지 않아 침대에 누워 있다고 말했다. 그녀가 신경쓸 정도는 아니라고. 그녀가 집에 오는 건 그들도 포기했지만, 어머니에게 한 달에 한 번씩 전화를 걸어줄 수는 없느냐고.

그녀는 수화기를 고속도로 쪽으로 높이 쳐들고, 그가 뭐라고 말하건 그대로 두었다. 잠시 침묵이 흐를 때, 어머니에게 사랑한다고, 곧 다시 전화하겠다고 전해달라고 그에게 말했다. 그녀는 한동안 모래언덕에 앉아 추운 바람 속에서 몸을 떨었다. 바다는 텅 비어 보이고 표정이 없었으며 연민을 드러내지 않았다. 마침내 그녀도 시내로 걸어가 교회 밖 긴 줄에 설 수 있을 만큼 충분히 무뎌졌다. 오늘 그들은 사람들을 의자에 앉혀 음식을 주고 있었고, 줄은 아주 더디 움직였다.

테이블에 앉은 사람들 대부분은 평범해 보였다. 그녀 맞은편에 한 가족이 앉았는데, 검은 머리칼을 세련되게 자르고 쇄골 부위에 가로로 문신을 한 어머니, 멋을 부려 머리 앞과 옆은 짧고 뒤는 길게 깎은 아버지, 내린 앞머리에 머리핀을 꽂은 여자아이 둘이었다. 그녀 옆에는 아주 비대한 여자가 앉았는데, 여자의 살이 그녀의 몸을 눌렀다. 단단하고 따뜻했다. 아무도 말하지 않았다. 수프 코스—집에서 만든 미네스트로네 수프와 맛좋은 빵—가 먼저 나오고, 이어 칠면조 코스가 캔에 든 온갖 것—크랜베리, 으깬 감자, 여러 가지 재료를 섞은 소, 그레이비, 콩—과 함께 나왔다. 마지막으로 집에서 만든 피칸파이와 호박파이가 커피와 곁들여져 나왔다.

그들의 테이블을 담당하는 여자가 파이 접시를 치워가려고 허리를 숙였을 때 그 비대한 여자가 그 여자의 장갑 낀 손을 꽉 잡았다. 그들 모두 음식을 내온 여자의 샤워캡 아래 놀란 얼굴을 올려다보았다. 고마워요, 비대한 여자가 말했다. 아아주 맛있었어요. 그러자 여자아이들이 웃었다. 그녀는 분위기가 어색해지며 음식을 내오는 여자가 허둥지둥 자리를 뜰 거라고 예상했지만, 그 여자는 잠시 비대한 여자의 머리에 자신의 뺨을 갖다댄 뒤 손을 꽉 잡아주었다. 두 여자는 눈을 감고 서로 몸을 가까이 기댔다.

드물게 따뜻한 날이었다. 그녀는 모래로 방풍벽을 세우고 계절의 마지막 햇살을 피부 속에 흠뻑 흡수했다. 그러다 어느 시점에 수건과 책과 물통을 손에서 놓고, 의아한 심정으로 스테이션왜건을 쳐다보았다. 문이 전부 열려 있었다. 물건들이 밖으로 쏟아져나와 있었고, 차 안이 완전히 헤집어져 있었다. 그녀의 물건들이 내장 같았다. 후드가 열려 있고, 엔진이 없어졌다. 타이어도 없어지고, 휠캡도 사라졌다. 앞좌석도 없어졌다. 차 안에서 오줌냄새가 진동했다. 누가 글러브박스에 오줌을 싼 모양이었다. 기타도 없어졌다. 캠핑용 버너도, 텐트도, 어린 시절에 갖고 놀던 거북 인형도, 겨울 재킷도. 다른 건 그렇다 쳐도 『미들마치』까지 없어졌다. 백팩에는 길게 찢은 자리가 남아 있었다.

그녀는 주섬주섬 집히는 대로—침낭, 『실낙원』, 옷 몇 벌, 방수포—주워모았다. 치실과 바늘이 보여 그걸로 백팩을 기웠다. 그리고 글러브박스에서 자동차 등록증을 꺼내 갈기갈기 찢었고—젖어서 쉽게 찢어졌다—면허판은 저류지 속에 던져넣었다. 면허판은 아주 잠시 좀개구리밥 위에 떠 있다가 가라앉았다.

그녀는 자신이 예전에 얼마나 가진 게 없는 사람이었는지 생각했다. 그리고 지금도 참으로 얼마나 가진 게 없는지를.

어쨌거나 떠나야 했다—지금은 바다에서 바람이 불어와 너무 추웠다. 가게 진열창에는 가짜 눈더미 속에 산타들이 있었다.

A1A도로에서 차들은 비명을 지르며 그녀 옆을 지나갔고 그녀의 얼굴에 배기가스를 뿜었다. 그녀는 엄지를 내밀었고, 황갈색 세단이 굴러와 멈췄다. 운전사의 얼굴이 하얗고 불안해 보여, 그녀 안의 어딘가에서 경고음이 울리기 시작했지만, 그녀는 그 소리를 차

단해버리려 하는 자신을 알아챘다. 그는 대학 타운으로 돌아가는 중이라고 말했고, 그녀는 전 남자친구와 친구들, 그리고 안전한 상태에서 추락한 자신의 처지를 생각했다. 그리고 그런 것을 신경쓰지 않는 자신을 발견했다.

바다가 그녀의 등을 잡아당기는 것이 느껴졌지만, 돌아서서 작별인사를 하지는 않았다. 그녀가 바다에게 바랐던 그것을 바다는 해주지 못했다. 결국 바다는 무심했다. 차는 작은 섬들과 물결 모양 다리가 있는 내륙 수로 위를 달려, 팰머토가 우거진 곳으로 들어갔다. 엄격한 대열로 늘어선 소나무들이 경계를 이루는 길게 뻗은 길 어딘가에서 남자가 그녀의 무릎에 손을 얹더니 눈앞의 텅 빈 아스팔트를 향해 눈을 찡긋했다. 그녀는 부드럽게 그 손을 치웠고, 그는 다시 시도하지 않았다. 그가 라디오를 켰고, 그들은 끈적거리는 러브 발라드를 들었다. 타운에 들어서자 그는 시내 광장에 그녀를 내려준 뒤 끼익 소리를 내며 가버렸고, 버스정류소에 있던 두 노인이 큰 소리로 욕을 내뱉었다. 그러고는 그녀를 보고 싱긋 웃었고, 둘 다 분홍색 풍선껌을 잇몸에 붙여 크게 분 뒤 한 사람씩 터뜨렸다.

밤에 공공도서관이 문을 닫기 직전에, 그녀는 엘리베이터를 타고 맨 위층으로 올라가, 건물 꼭대기에 왕관처럼 자리잡은 스테인드글라스가 있는 큰 컨퍼런스룸으로 갔다. 아까 기울어져가는 칠판 뒤쪽에 잠겨 있지 않은 벽장이 있는 것을 봐두었다. 침낭을 깔고 간신히 몸을 누일 만한 길이였다. 어두운 벽장에서 그녀는 자신이 낮 동안 찾아낸 것을 먹었고 텅 빈 도서관 소리를 들었다. 지금은 오렌지의 계절이어서, 온주귤을 따서 아침으로 먹었고, 씨는 길에 뱉었다.

그녀는 크리스마스와 새해를 어머니에게 전화하지 않고 넘겼다. 낮에 책을 읽으려고 하면 단어들이 뜻을 잃고 그녀의 눈동자에서 느슨하게 떠다녔다.

하루는 저녁에 도서관에 제시간에 맞춰 가지 못해, 얇은 청재킷만 입고 오들오들 떨며 밤을 보냈다. 끈 없는 원피스를 입은 대학생 한 무리가 휴대전화를 만지작거리고 종종거리며 지나갈 때 그녀는 방금 문을 닫은 클럽 앞을 지나고 있었다. 그녀는 그들 중 하나를 알아보았다. 작년에 그녀의 비교문학 수업을 들었던 학생이었다. 겁먹은 표정에 조용한 학생이었고, C-를 받았다. 아무리 열심히 연습을 시켜도 its와 it's의 차이는 그 학생의 머리를 빠져나갔다. 오늘밤 그녀와 그 학생이 마주치게 된다면, 그 학생은 이런 지치고 더러워진 모습이 아니라, 그전의 강사의 모습으로 그녀를 볼 것이다. 한때 그녀는 채찍을 후려치듯 말했지만, 지금은 할말이 전혀 없을 것이다.

Its, it's. 이제 그녀는 소리 내어 말했다. 누가 상관이나 한다고?

한 남자가 실외 테이블을 놓는 자리 앞에 의자를 쌓고 있다가, 그녀의 말소리를 듣고 웃었다. Twits,* 그가 거들었다.

---

* '멍청이'라는 뜻으로, its, it's와 라임이 맞는다.

그녀는 난간에 기대서서 그가 일하는 모습을 지켜보았다. 그는 키가 작고 비쩍 마르고 피부가 갈색인 남자였는데, 동작이 엄청나게 빨랐다. 고무매트는 이미 돌돌 말려 있었고, 지금은 호스를 들고 벽돌을 씻어내리고 있었는데, 그녀는 그가 아직도 그녀에게 이야기하고 있다는 사실을 깨달았다. 진지하게 말하는 건데요, 그가 말하고 있었다. 머리통에 트위턴지 스쿠턴지 페이스북인지 스타북스인지 하는 그런 엿같은 걸 자꾸 처넣다가는 하루하루 조금씩 더 바보가 될 거예요. 그가 그녀를 올려다보고 싱긋 웃었다. 앞니 네 개가 이미 빠지고 없어서, 여섯 살짜리 악동 같은 분위기가 풍겼다. 내 이름은 유진인데, 모두 나를 유진-유클린이라고 불러요. 내가 청소를 하니까요, 알겠죠? 아침이 되기 직전까지 여기 클럽 세 곳의 준비를 마쳐야 해요. 그래서 일손을 놓고 잡담을 나눌 틈이 없네요.

알겠어요, 그녀가 말하고 한 걸음 내디뎠지만, 그의 말뜻은 일손을 놓을 틈이 없다는 것일 뿐, 잡담을 늘어놓는 데는 문제가 없었다. 이 땅엔 말이죠, 그가 말했다. 이 땅엔 살아 있는 멍청이들과 불안정한 영혼들이 가득해요. 두 가지 다요. 영혼들은 시끄럽고 불행해서 이 장소를 악으로 채우죠. 죽은 스페인 선교사들, 뱀에 물려 죽은 세미놀족, 굶어죽은 크래커들* 등등 전부요. 유진-유클린이라는 남자는 사 년 전에 애틀랜타에서 이 근방으로 내려와 그 영혼들에 감염됐어요. 그 영혼들이 그의 안에 들어왔고, 그는 이제

---

* 미국 식민지 시대에 플로리다에 정착한 개척자 정착민을 말하며 흔히 채찍을 든 카우보이의 모습으로 그려진다.

떠날 방법을 찾지 못하는군요.

이제 그들은 술냄새가 진동하는 클럽 안에 들어가 있었다. 유진이 그녀에게 크랜베리주스 한 잔을 따라주었다. 그는 바닥을 표백제로 닦기 시작했는데, 너무 독해서 그녀는 눈물이 났다. 그는 그녀를 올려다보다가 퍼뜩 어떤 생각이 떠올랐는지 말을 멈췄다. 당신이 마음에 들어요, 그가 말했다. 당신은 약속을 철저히 지키는 사람이겠죠.

고마워요, 유진, 그녀가 말했다.

내 일을 좀 거들어도 될 것 같은데, 그가 말했다. 아침 시간이 시작되기 전까지 혼자 클럽 세 개를 청소하는 게 벅차요. 화장실 청소 같은 걸 해주면 좋겠는데. 직장에 다녀요?

아니요, 그녀가 말했다.

그가 재보듯 그녀를 쳐다보더니 말했다. 목요일, 금요일, 토요일 밤에는 50달러, 다른 요일 밤에는 20달러. 월요일은 쉬고.

그녀는 그가 양손에 들려준 빈 양동이를 보며 눈을 깜작였다. 파트너가 된 거예요, 그가 말했다.

청소는 그녀가 다른 삶의 시간에서 익숙하게 느꼈던 감각을 일깨웠다. 책 읽는 게 너무 재미있어서 시간 가는 줄 모르고 몰입했던 때의 감각을. 단어들은 삶에서 깎아낸 따뜻하고 안전한 공간이었다. 창문을 닦아 완벽히 깨끗하게 만들고, 도기로 된 변기와 세면대를 닦고, 타일이 이처럼 반짝거릴 때까지 부식성 화학품을 바른다. 그런 일을 하고 있으면 그녀는 자신에게서 분리될 수 있었다. 그녀의 앙상한 팔에 점점 근육이 붙었다.

아침에 추운 공기 속으로 나가면 고단함이 밀려왔다. 유진-유클린이 이따금 아침을 사주었고, 그들은 부스 안에서 따뜻하고 기름진 음식과 뜨거운 커피향에 감싸인 채 화학물질냄새를 풍기면서 앉아 있곤 했다. 그녀는 그와 함께 웃고 싶었고, 어렸을 때 어머니의 집에서 느꼈던 공포를, 바퀴벌레와 때가 덕지덕지 앉은 리놀륨을, 지금 그녀가 청소일을 하고 있다는 게 얼마나 이상한지를 그에게 이야기하고 싶었다. 하지만 유진 혼자 이야기를 거의 다 해서, 그녀는 뭐든 말할 필요를 전혀 느끼지 못했다. 그는 자신이 꼬마였을 때 알던 말하는 개에 대해 이야기하거나, 세상의 흐름이 느려지고 악마가 그의 귀에 대고 속삭이던 시기를 지나 밝은 기운이 그의 안에서 자라고 세상을 빛 속에 담가 마침내 악마를 쫓아냈을 때 그에게 찾아온 깨달음의 순간에 대해 이야기했다.

그녀는 고속도로 쪽으로 튀어나와 있는 땅딸막한 콘크리트 건물 모텔에 일주일 단위로 방 하나를 빌렸다. '합리적인 가격—베스트 프라이스—쾌적한 방'이라고 되어 있었지만, 욕실을 사용할 만하게 만들기 위해 유진에게서 세제와 걸레를 빌려와야 했다. 그녀는 트럭이 덜컹덜컹 지나가는 소리와, 옆방에서 들려오는 한결같은 리듬의 목소리와, 이웃한 치킨집에서 청년들이 어울려 놀다가 갑자기 뽐내는 말을 하거나 조롱을 담은 폭소를 터뜨리는 소리가 좋았다.

어느 아침 그녀가 모텔로 걸어 돌아가는데, 예전에 과제의 성적을 매기며 종종 앉아 있던 커피숍 앞에 낯익은 자전거가 세워져 있는 것이 보였다. 그녀는 야구모자로 얼굴을 가리고 창문 안을 들여다보았다. 그녀의 친구였던 두 사람이 한 테이블에 앉아 있었는데, 둘 다 얼굴을 찡그린 채 노트북을 쳐다보고 있었다. 그들은 얼마나 뚱뚱해 보이고, 얼마나 분홍빛인가. 그들은 아무것도 타지 않은 블랙커피를 홀짝이고 있었는데, 그녀는 그들이 전에 라테도 못 마실 만큼 가난하다며 불평하던 것이 떠올라 못난 마음이 울컥 올라왔다. 그들은 얼마나 부유한 사람들이었던가. 그런 부는, 아침에 밖에 서서 벌벌 떨며 자신이 예전엔 어땠는지를 바라보기 전까지는 가진 줄도 모르는 것이었다. 그녀의 친구들 중 하나인 남자가 자신을 바라보는 시선을 느꼈는지 천천히 고개를 들었다. 그녀의 가슴속에 존재하는 매듭이 팽팽히 당겨졌다가, 그의 시선이 자전거를 타고 그녀 옆을 지나가는 날씬한 여자에 가닿자, 매듭의 올이 약해지며 툭 끊겼다.

3월의 어느 토요일에 마지막 클럽을 청소하다가 그녀가 고개를 드니, 유진-유클린의 몸이 선 채로 이리저리 흔들리고 있는 것이 보였다. 그는 얼굴에 긴장된 황홀경의 표정을 띤 채 위쪽 공기 덕트를 빤히 쳐다보고 있었다. 그녀가 그가 있는 곳에 이르기도 전에 그는 쓰러졌다. 그의 몸은 딱딱했고, 턱이 맷돌처럼 움직이고 있었다. 그녀는 구급차를 부르려고 하다가, 그 생각을 접었다. 그에게는 의료적 처치를 받을 돈이 없었기 때문이었다. 그는 빠진 이 자리에 새 이를 해넣으려고 돈을 모으고 있었다. 자신은 안 좋은 상황에서 늘 빠져나왔다고, 그가 그녀에게 말했었다. 악마는 그의 내면에 있는 빛의 적수가 되지 못한다고. 그녀가 할 수 있는 건 그저 기다리는 것이었다.

그녀는 다시 돌아가 청소를 했다. 청소를 끝내고 유리잔을 전부 닦았고, 맨 꼭대기 선반에 놓여 있는 병들의 먼지를 닦아냈다. 그리고 고무 밀대로 창문을 닦았다. 바깥에 작업복을 입은 사람들이 지나다니기 시작했으니 이제 시간이 되었다. 그녀는 유진-유클린에게 갔는데, 지독한 냄새가 나서 보니 그가 대변을 본 것이었다. 그녀는 그를 들어 의자에 앉히고 화장실로 끌고 가서 가능한 한 잘 씻어주었다. 그녀는 그의 바지와 속옷, 양말, 신발을 대형 쓰레기통에 던져넣고 자신의 운동복 셔츠로 로인클로스 같은 것을 대충 만들었다. 그의 밴이 주차장에 세워져 있어, 그녀는 그를 뒤쪽 좌석에 간신히 옮기고 깨끗한 천 뭉치 위에 잘 눕혔다.

그녀는 그가 어디 사는지도, 사랑하는 사람들이 있는지도 몰랐다. 그녀는 그에 대해 아무것도 묻지 않았고, 그저 그가 말하기로 한 것만 들었을 뿐이었다. 그녀는 그의 가슴에 쪽지를 남겨놓고 밴을 잠갔다. 오후에 그를 확인하러 돌아왔을 때 밴은 사라지고 없었다. 그도 사라졌다. 그녀는 다음 한 주 동안 매일 밤 클럽에서 그를 기다렸다. 하지만 광장에서 돌아다니는 배고프고 게으른 사람들, 나이트클럽 매니저들, 쉼터에서 지내는 사람들 중 누구도 그가 어디 있는지 몰랐고, 안다고 해도 그녀에게 말해주려 하지 않았다.

4월의 어느 밤, 차가운 바람이 불어와 대부분의 가냘픈 식물들을 죽였다. 타운 전역에 해골 같은 양치식물과 바나나나무와 동백나무가 있었다. 아침에 '합리적인 가격—베스트 프라이스—쾌적한 방' 모텔을 하는 체구가 작고 얼굴을 찡그린 태국 여자가 그녀의 방문을 두드린 뒤, 그녀가 짐을 꾸리고 신발을 신고 재킷을 입고 그 방에서 나올 때까지 조용히 팔짱을 낀 채 문간에서 기다렸다.

정오에 그녀는 천천히 이동하는 가난한 사람들의 행렬을 쫓아 광장으로 가서 비닐에 싼 샌드위치와 캔에 든 주스를 받았다. 여섯시에 그녀는 그들을 쫓아 감리교 교회로 가서 유치원 때 먹은 것으로 기억되는 시큼한 맛의 우유와 칠리를 넣고 구운 감자를 받았다.

나중에 그녀는 한 무리의 사람들을 쫓아 노숙자 쉼터 앞을 지나갔는데, 밤 동안 문을 여는 곳으로 다섯시에서 일 분만 지나도 이미 만원이었다. 그들은 타운의 옛 기차역 앞을 지나갔고, 철망 울타리와 흙무더기가 흉터처럼 있는 공원을 통과했다. 그리고 그들은 자전거도로로 나왔는데, 그녀가 전에 전 남자친구와 함께 앨리게이터들이 싱크홀 웅덩이의 둑에서 몸을 반짝거리고 있는 것을 보면서 느긋이 오래 자전거를 타던 곳이었다. 숲은 어두웠고, 스페인 이끼와 언뜻 보면 뱀처럼 보이는 넝쿨이 무성한 곳이었다. 그녀는 자기 안에서 새로운 뭔가가 솟구치는 것을 느끼고 그것을 삼키려고 했다. 그것은 날카로운 공포였다. 그녀 앞에 있던 사람들이 자전거도로에서 사라져 나무들 사이로 들어갔다.

그녀는 보기 전에 냄새로 먼저 알았다. 코를 찌르는 오줌과 똥냄새, 나무를 이용해 불을 피운 연기 냄새, 쏟아진 맥주 냄새, 뭔가 녹말 같은 것이 끓는 냄새. 그녀는 사람들의 목소리를 들었고, 공터로 들어섰다. 어둠 속에서 그녀가 볼 수 있는 것보다 더 먼 위치에 텐트들이 모여 있었고, 여기저기 불이 피워져 있었다.

한 남자가 소리쳤다. 나를 찾아왔소, 아가씨? 그러자 웃음이 터졌고, 곧 가장 가까운 모닥불에서 검은 형체 하나가 떨어져나와 그녀에게 다가왔다.

그녀의 뒤에서 따뜻하게 말하는 여자의 목소리가 들렸다. 어서와요! 그녀는 자신의 몸이, 가까이 다가온 그 남자를 지나, 일고여덟 개의 모닥불을 지나 옆으로 떠밀리는 것을 느꼈다.

그들이 멈추었다. 기다려봐요, 여자가 말하고는 허리를 숙여 라이터를 신문지에 갖다댔고, 이어 그 신문지를 불쏘시개에 갖다댔다. 불길에 빵 같은 얼굴과 분홍색 색조가 도는 빨간 머리칼의 체격 좋은 여자의 모습이 드러났다. 물 가져왔어, 얘들아, 그녀가 말했다. 나와도 돼. 지퍼 여는 소리가 들렸고, 작은 몸 넷이 텐트에서 기어나왔다. 처음에는 아이들을 잘 분간할 수 없었다. 비쩍 마른 긴 금발의 아이들 넷.

그 여자가 고개를 들고 말했다, 이런 델 혼자 오다니 똑똑하진 않은데요.

갈 데가 없었어요, 그녀가 말했고, 그 목소리는 자신의 귀에도 못나게 들렸다.

가족은 없어요? 여자가 말했다. 아가씨처럼 깨끗해 보이는 사람이?

없어요, 그녀가 말했다.

먹을 건 좀 있어요? 여자가 물었다. 그녀는 고개를 끄덕이며 백팩에서 마지막 남은 식량을 꺼냈다. 식빵 한 덩이와 땅콩버터 한병, 치즈 한 팩, 정어리 몇 캔, 값싼 라면 몇 개.

땅콩버터다! 아이들 중 하나가 그것을 낚아채며 소리쳤다. 여자가 그녀에게 처음으로 웃어주었다. 음식을 나눠줬으니 우리 텐트를 같이 써도 돼요, 그녀가 말했다.

고마워요, 그녀가 말했다. 그들이 음식을 먹으려고 앉았을 때 여자아이 하나가 그녀에게 다가와 한 손을 그녀의 발바닥에 댔다. 그녀도 어렸을 때 접촉에 대한 똑같은 허기가 있었다. 그녀는 소녀의 금발에서 나무를 태운 연기 냄새를 맡을 수 있었다. 피부에서는 정향냄새 같은 것이 났다.

뚱뚱한 여자의 이름은 제인이었고, 그들은 아이들이 잠든 뒤 묽은 코코아를 홀짝홀짝 마셨다. 제인은 그녀에게 달아난 남편에 대해, 자신과 아이들이 잃은 집에 대해, 자신이 성질을 부려 해고된 직장에 대해 이야기했다. 그리고 한숨을 쉬었다. 다 똑같은 얘기죠, 여자가 말했다.

캠프장에서 사람들이 자리를 잡으려고 부스럭거리는 소리가 들렸고, 그곳의 독한 지린내 위로 마리화나 냄새가 나기 시작했다. 한 남자가 소리를 지르고 있었고 그 소리는 갑자기 뚝 멈췄다. 정말로 좋은 집이었어요. 제인이 그리운 듯 말했다. 수영장도 있고 없는 게 없었는데. 남편은 입버릇처럼 플로리다에 수영장 없는 어린 시절은 없다고 말했어요. 여자가 쿵 콧소리를 내더니, 아이들을 손짓으로 가리켰다. 지금 우리는 캠핑을 하고 있는 거예요.

여기 온 지 얼마나 됐어요? 그녀가 물었다.

해서는 안 되는 말이었다. 제인은 그녀를 보고 얼굴을 찡그리더니 말했다. 잠시 있는 거예요. 그러고는 컵을 씻으려고 일어섰다. 우리는 원래 살던 곳으로 돌아갈 거예요.

그녀는 이를 닦으러 가면서 제인이 자신을 계속 쳐다보고 있는 것을 알아차렸다. 아이들이 한동안 치약 없이 살았어요, 여자가 말했다. 내일 우리가 좀 빌려 써도 돼요? 그녀가 당연히 그래도 된다고 하자 제인이 다시 미소를 지었다. 두 여자는 텐트 안으로 들어가 아무렇게나 뻗고 누워 자는 네 아이 양쪽에 웅크리고 누웠다. 그들은 다시 친구였다.

아침의 밝은 햇살에 캠프장은 안개로 김이 서린 듯 뿌옜다. 거의 위험이 없고 꿈속 같은 장소로 보였다. 그녀가 불을 피웠고, 식수를 가져와 아이들에게 줄 오트밀을 끓이기 시작했다. 그들이 하나씩 텐트 밖으로 나왔다. 가장 큰 아이가 다섯 살이 넘어 보이지 않았고, 누구도 학교에 다닐 나이는 아니었다. 다른 텐트들에서 다른 여자들의 목소리가 커졌고, 다른 아이들이 대답했다. 작은 남자아이가 달려와 제인의 아이들에게 수줍게 안녕, 하고 말한 뒤 자기 엄마에게로 다시 뛰어갔다.

그녀는 이제 여기가 텐트촌의 가족 구역인 것을 이해했다. 이곳의 안전은 사람 수가 많기에 가능한 것이었다. 규칙에서, 얼마 떨어지지 않은 곳에 존재하는 위험에 대항하는 무언의 투지에서 비롯하는 안전이었다.

제인이 머리를 삐죽 내밀고 싱긋 웃으며 패스트푸드점 유니폼 차림으로 나타났다.

오늘 우리 애들 좀 봐줄래요? 그녀가 말했다. 원래 애들 봐주는 여자가 있었는데 며칠 전에 집을 구했어요. 다시 도서관에 데려다 놓는 건 하지 않는 게 좋을 것 같아서요.

나 글 읽을 줄 알아요, 제일 큰 여자아이가 말했다. 나도요, 둘째 아이가 말했다. 좀 안다는 거지, 큰아이가 말했지만 목소리는 다정했다.

아이들을 보며 그녀는 가슴속에서 뭔가 가라앉는 느낌이 들었다. 오, 그녀가 말했다.

제인의 표정이 다시 냉정해졌다. 이봐요, 여자가 말했다. 내가 일을 하러 가지 않으면 우린 결코 여길 못 벗어나요. 당신이 여기서 애들을 봐주거나, 아니면 내가 가는 길에 애들을 도서관에 데려다놓거나예요. 거기 데려다놓으면 가족복지기관이 눈치를 채고 아이들을 데려갈 위험을 무릅써야겠죠. 다른 선택지는 없어요.

그럴게요, 그녀가 말했다. 당연히 제가 돌봐야죠. 제인은 고맙다고 말했지만, 아이들의 엉킨 머리를 젖은 빗으로 풀어주면서 그녀를 꺼림칙하게 쳐다보았다.

밤마다 제인은 기름냄새를 풍기며 돌아왔고, 너무 오래 놔둬서 팔 수 없는 버거와 감자튀김을 가져왔다. 그녀는 신음소리를 내며 따뜻한 물에 발을 푹 담갔고, 아이들이 잠들면 상사를 욕했다. 음탕하고 멍청한 애송이, 그녀가 말했다. 그놈이 비품실에서 내 가슴을 더듬었어요.

그녀는 고개를 끄덕이며 이야기를 들었지만 반응은 거의 하지 않았다. 하지만 제인은 그녀의 조용한 존재감에서 위안을 찾는 것 같았고, 그녀를 머리가 좀 모자란 사촌쯤으로, 딱하지만 도움이 되는 사람으로 생각하는 것 같았다.

어느 오후 아이들과 그녀가 도서관에서 나오는데, 제인이 길 건너 벤치에 앉아 있었다.

어, 큰딸이 말했다. 막내딸은 오빠의 등에 머리를 묻었다.

여기 가만히 있어, 그녀가 말하고는 아이들을 도서관 앞 담벼락에 앉혔다.

해고됐어요, 제인이 고개도 들지 않고 말했다. 성질을 부리다가. 말했잖아요.

괜찮아요, 그녀가 말했지만, 발아래 땅이 휘는 것 같았다. 다른 직장을 구할 수 있을 거예요.

제인이 고개를 들고 침을 뱉었다. 아니, 괜찮지 않아요. 빌어먹게 괜찮지 않아요. 요전날 가진 돈을 어느 집에 몽땅 몰아박았는데, 금요일에 급료를 받으면 나머지를 내려고 기다리고 있었어요.

제인이 한숨을 쉬고 한 손으로 얼굴을 쓸며 말했다. 텐트로 돌아가요. 나는 돌아갈 수 있을 때 돌아갈게요.

저녁으로 그녀는 아이들과 함께 토마토 수프와 치즈 샌드위치를 먹었다. 그녀는 아이들에게 『아라비안나이트』에서 슬쩍 가져온 이야기를 해주었고, 아이들은 엄마를 기다리다 잠이 들었다. 그녀는 땔나무가 떨어지고 어둠 속을 떠다니는 몸들이 위협적으로 느껴지기 시작할 때까지 불가에 앉아 있었다. 그리고 텐트 안으로 들어가

지퍼를 닫았고, 아이들의 입김에 몸을 데웠다.

아침에 텐트의 제인 자리는 여전히 비어 있었다. 그녀는 텐트촌과 타운의 중간쯤에 있는 묘지로 아이들을 데려갔다. 그들이 아주 좋아하는 장소였다. 조용하고 단정하고 아름다웠고, 크고 나이 많은 오크나무들이 늘어서 있고 조화들이 줄지어 놓여 있었다. 그들은 조화를 한아름 그러모아 가장 외로워 보이는 묘석들에 다시 나누어주었다.

하루가 끝나갈 때 그녀는 아이들을 경찰서로 데려갔다. 그리고 각자에게 대기실 테이블에 놓여 있던 지나치게 단맛이 나는 차와 설탕가루가 뿌려진 도넛을 주었다.

그녀가 제인에 대해 물었을 때 여자 경찰은 컴퓨터 화면에서 거의 고개도 들지 않았다. 경찰이 입술을 빨더니 제인의 이름을 입력하고 말했다. 음음. 어제 일곱시경 붙잡혔어요. 매춘 행위로요.

설마요. 그녀가 말했다. 아이들은 들리지 않는 거리에 있었다. 그녀가 말했다. 그럴 리 없어요.

경찰이 눈을 깜짝이며 그녀를 훑어보았다. 그러자 자신의 모습이 경찰이 본 대로—지저분하고 더럽고 냄새나고 햇볕에 타서 갈색 가죽 같고 누가 봐도 노숙자로—보였다. 경찰의 입술이 오므라지며 주름이 잡혔다. 음, 사실이에요, 경찰은 그렇게 말하고 하던 일로 돌아갔다.

그녀는 한때 거의 교수와 다름없었던 자신의 유령을 불러내 또박또박 말했다. 경관님, 제 말 좀 들어보세요. 가족복지기관에 연락을 취해주시면 좋겠어요. 이 아이들은 제인의 아이들인데, 안타깝게도 저는 지금 이 아이들을 맡을 수가 없어요.

그녀는 아이들과 함께 앉아 기다렸고, 마침내 검은 정장을 입은 피곤해 보이는 여자가 허겁지겁 들어와 책상에 앉은 경관과 이야기를 나누었다. 가족복지기관 여자가 밝은 목소리로 안녕, 하고 말했다. 아이들은 열심히 보고 있던 잡지에서 눈을 떼고 고개를 들었고, 그 여자가 바지를 추켜올린 뒤 그들 앞에 쭈그리고 앉는 것을 경계하는 눈빛으로 지켜보았다.

그녀는 일어섰다. 무릎이 후들거렸다. 그리고 다시 문 쪽으로 걸어갔다.

날이 너무 환했다. 그녀는 머리가 지끈거렸다. 아침부터 아무것도 먹지 못했다. 그녀는 텐트로 돌아가 새벽까지 잠을 잤다. 텐트촌이 다시 부스럭거리기 직전에 그녀는 소지품을 챙겨 타운으로 걸어갔다. 제인의 텐트는 세워놓은 그대로 두고, 아이들의 짐은 한곳에 잘 정리해 모아두고, 그녀 자신의 침낭은 비겁한 사과의 뜻으로 한복판에 놓아둔 채로.

그녀는 어머니에 대해 생각했다. 사라진 딸이 있다는 건 어떤 기분일까. 경찰이 버려진 스테이션왜건을 발견하고 추적을 했을 것이다. 누군가가 전화를 걸었을 것이다. 어머니는 살인이나 납치를 생각했을 테고, 자기가 어떻게 했길래 딸이 감사할 줄 모르는 사람으로 컸는지 생각했을 것이다. 딸은 불쑥 원망이 솟구쳤고 이런 생각이 들었다. 어쩌면 공포가 마침내 어머니를 깨어나게 했을 거라고, 어쩌면 어머니는 이 순간에도 그녀를 찾아 주 전체를 샅샅이 뒤지고 있을 거라고.

그녀는 전에 이웃이던 사람의 대나무숲에서 방수포를 덮고 이틀을 잤다. 5월에는 밤이 더 따뜻했지만, 여전히 몸이 떨렸다. 한번은 일어났더니 고양이의 밝은 녹색 눈이 그녀를 쳐다보고 있었다. 키우던 고양이의 이름을 불렀더니, 고양이는 달아났다.

그녀는 졸업식이 있는 주말이라는 것을 떠올리고 대학으로 걸어갔다. 이사를 나가는 학생들이 많다는 뜻이었다. 어쩌면 먹을 것이나 또다른 침낭을 하나 구할 수 있을 거라고 그녀는 생각했다. 대학에서, 남학생들이 5층 남학생 클럽의 창문을 열고 완벽히 괜찮은 컴퓨터를 땅바닥에 내던지는 것을 본 적이 있었다. 그녀 자신도 미니 냉장고에서 아직 신선한 요구르트와 사과와 냉동피자를 꺼내 쓰레기통에 버렸었다. 그녀는 어둠에서 어둠으로 옮겨다니는 자신이 캠퍼스의 쥐처럼 느껴졌다. 혹 그녀가 아는 누군가가 그녀를 본다면. 누군가 그녀의 냄새를 맡는다면. 어느 안뜰에 텐트 하나가 세워져 있었는데, 거기서 새벽에 뷔페를 준비하고 있는 게 보였다. 그녀는 케이터링 업체 직원들이 잠시 쉬러 밴 뒤로 갈 때까지 기다렸다가, 접시에 뜨거운 계란과 감자와 소시지를 잽싸게 담았다. 그녀가 고개를 드니 직원 하나가 그녀를 노려보고 있었다. 그의 손에는 유리잔들을 담은 상자가 들려 있었다. 그녀는 그를 보고 미소를 지었고, 그는 험악한 표정을 지으며 손짓으로 그녀를 쫓아냈다.

4학년 기숙사 밖에서 그녀는 큰 금속 트럭을 보았다. 사람들이

트럭 안에 매트리스, 커피메이커, 의자들을 힘겹게 옮겨넣고 있었다. 사무실 의자가 대형 쓰레기통 입구 위로 살짝 떠 있는 것이 보였다. 하지만 그걸 받기로 되어 있던 남자는 이미 전기선을 담은 상자를 들고 돌아선 뒤였다. 의자를 잡고 있는 팔이 흔들리기 시작했다. 그녀는 아무 생각 없이 앞으로 나아가 머리 위로 그 의자를 붙잡았다. 의자를 건네던 남자가 밖을 내다보고는 그녀에게 미소를 지었다. 그는 검은 머리를 하나로 올려 묶었고, 눈 옆에 깊은 잔주름이 져 있었다. 도와주려고요? 그가 말했다.

그녀가 놀라서 말했다, 그럼요.

그가 눈을 찡긋하더니 돌돌 만 러그를 건넸다.

그녀는 책을 넣은 박스, 침대 머리판, 커피 테이블을 날랐다. 트럭에 갑자기 시동이 걸렸고, 누군가가 툭 내뱉었다, 타. 다른 사람들이 달리기 시작할 때 그녀도 달려 그들과 함께 트럭에 뛰어올랐다. 보안 차량이 와서 서는 순간 문이 쾅 닫혔고, 트럭은 떠났다. 날은 어두웠고, 엔진은 으르렁거렸다. 사람들이 너무 많아서 그녀는 질식할 것 같았다. 하지만 누군가가 그녀의 팔을 잡더니 가볍게 쓸며 손까지 내려왔다. 그리고 종이로 싼 무언가를 그녀의 손바닥에 쥐여주었다. 초콜릿바였다.

마침내 트럭이 멈췄고, 시동이 꺼졌다. 찰칵 소리가 들리고 문들이 열리자 바깥은 믿어지지 않을 만큼 밝았다. 그들이 도착한 곳은 넘실넘실 길게 펼쳐진 풀밭의 가장자리였다. 그녀는 먼저 백팩을 휙 던져놓고 모래밭에 풀쩍 뛰어내렸다.

얼굴에 지저분한 게 묻고 머리를 길게 땋은 여자가 그녀를 돌아보며 말했다. 아침식사 시간이에요.

그녀는 여자를 따라 흙으로 된 진입로를 걸어 무질서해 보이고 금방이라도 무너질 것 같은 건물로 갔다. 이건 뭐죠? 그녀가 말했고, 그 여자가 웃었다. 초원의 집이요, 그녀가 말했다. 무단으로 점유한 거예요. 보통 어디 가는지도 모르고 이렇게 사람들을 따라다니나요?

최근에는, 그래요. 여자가 그녀를 유심히 바라보더니 말했다. 저런. 몸 상태가 별로 좋아 보이지 않네요. 그러고는 그녀를 침대로 데려갔다. 시트에서 다른 사람의 냄새가 강하게 났지만 그녀는 털썩 드러누웠다. 부츠를 벗을 힘조차 없었다.

그녀는 그날 낮과 밤과 다음날까지 내리 잤고, 일어났을 때는 허기가 느껴지고 머리가 띵했다. 간이침대와 매트리스에 흩어져 누운 사람들을 지나 살금살금 부엌으로 갔다. 냉장고를 열자 구역질이 났는데, 이것저것 잔뜩 채워져 있었고 마늘 같은 썩은 냄새가 났다. 하지만 아직 따뜻한 스튜가 담긴 냄비가 쪼글쪼글해진 사과들 사이에 처박혀 있는 것을 발견했다.

달이 초원 위로 떠올라 작은 언덕들에 그림자를 드리웠다. 작은 생물이 풀밭 가장자리를 돌아다니고 있었고, 집안에서 사람들이 잠들어 있는 것을 움직임과 숨소리로 알 수 있었다. 정신이 여러 해동안 그랬던 적 없을 정도로 또렷했다. 그녀는 레인지 위 등을 켰고, 끔찍한 모습을 목격했다. 묵은 식사의 흔적이 덕지덕지 붙어 있고 기름냄새가 났다. 당장 시작해야겠어, 그녀는 그렇게 생각하고 개수대 아래에서 세제와 짝이 안 맞는 고무장갑과 철수세미를 찾아냈다. 그리고 가능한 한 조용히 움직이면서 조금씩 청소를 해나갔다. 창문은 일부러 닦지 않았는데, 창밖을 내다보면 초원으로부터 모여든 유진의 굶주린 영혼들과 채찍을 든 크래커들과 작은 조랑말을 타고 있는 말라리아에 걸린 정복자들이 보일 것 같은 예감 때문이었다. 혹은 유리창에 얼굴을 바짝 갖다댄 제인의 아이들이.

아침이 되었을 무렵 레인지는 반짝거렸고, 냉장고는 깨끗해졌고, 썩은 음식은 버려졌고, 개수대에 쌓여 있던 그릇들은 윤이 나게 닦였고, 개수대 자체도 원래의 스테인리스스틸 색깔을 되찾았다. 그녀는 그릇장도 다시 정리하면서 쥐똥이나 죽은 바퀴벌레를 치웠다.

몸은 피곤하고 나른했지만, 머릿속은 여전히 맑았다. 그녀가 돌아서서 보니, 대형 쓰레기통의 그 남자가 테이블에 앉아 그녀를 지켜보고 있었다. 와우, 굉장한데요, 그가 말했다. 누가 이 부엌을 이렇게 반짝반짝하게 만들어놓은 게 언제였는지 기억도 안 나요.

아직 할일이 많아요, 그녀가 말했다. 그러자 그가 말했다. 잠시 앉아서 이야기해요.

그가 그녀에게 규칙을 일러주었다. 싸우지 않기, 마약을 하지 않기, 잠은 빈자리가 보이면 거기서 잘 것. 사람들이 늘 들고 나고 이곳 사람 전부를 아는 이는 아무도 없으니 귀중품이 있다면 몸에 지니고 다닐 것.

가진 게 없어요, 그녀가 말했다. 그러자 그가 그편이 훨씬 낫죠, 하고 말했다. 모두 집이나 헛간에서 이런저런 일을 하면서 자기 몫을 하고 있어요. 거기서 누가 버린 물건을 인터넷에서 되파는 사업을 하는데, 그걸로 수도세와 전기세, 구해오지 못한 음식을 구입

할 돈을 벌어요. 가능한 한 돈 없이 살아보려 하고, 꽤 잘해내고 있어요.

그가 말을 멈추고 그녀를 향해 싱긋 웃었다.

그렇게만 하면 돼요? 그녀가 말했다. 텐트촌에서는 암묵적인 규칙이 더 많았다.

넵, 그가 말했다. 천국이죠.

그녀가 잠시 생각한 뒤 말했다. 아니면 지옥이든가요.

그게 그거죠, 그가 말하고, 그녀에게 커피를 따라주었다.

그들 무리는 점점 조직을 갖추어갔다. 초원의 집에서와 마찬가지였다. 사람들은 싱크홀 안에서 놀랄 만큼 하얀 물방울을 튕기며 벌거벗은 채 헤엄을 치고 있었다. 오크나무에 걸어놓은 크리스마스 전등이 만들어내는 빛의 원 속에 술통이 있었다. 그녀는 모닥불 앞에 서 있다가 돌아섰고, 그녀의 눈동자에는 여전히 춤추는 몸들의 실루엣이 남아 있었다.

파티가 열리는 곳 저멀리, 초원은 두루마리를 펼친 듯 펼쳐져 조용하고 무감정한 모습으로, 하늘과 동등한 어둠으로 만나고 있었다. 그녀는 어느새 그 속으로 들어서고 있었다. 한 걸음 한 걸음이 술 취한 목소리, 모닥불이 만들어 날리는 활활 불붙은 종이 나방, 타닥거리며 타들어가는 불꽃의 소리로부터의 위로였다. 나무들이 모여 자라는 첫번째 작은 언덕을 지나자 어둠은 그 자체의 빛을 띠었다. 그녀는 땅의 질감을 구분하기 시작했다. 그리고 모래 구덩이들이 있는 곳으로 조용히 이동했다. 팰머토가 종아리를 물었고, 늪지의 이상한 물질이 갑작스레 다리에 스몄다. 작은 존재들이 그녀의 발길이 닿았던 자리마다 바스락거렸고, 그녀는 그것들에 대해, 그 작은 크기와 그것들이 느낄 공포에 대해 애틋한 마음이 들었다.

십 분이 지나자 사람들의 소리는 전혀 들리지 않았고, 벌레들의 소리는 절박해졌다. 그녀의 몸은 땀에 젖어 미끈거렸다. 걸음을 멈췄을 때 처음으로 몸이 가려운 걸 느꼈다. 그녀는 움직이지 않고 가만히, 아주 오랫동안 조용히 서 있었고, 초원은 다시 은밀하게 움직이기 시작했다. 불이 만든 안락함 속에서 볼 때는 서늘하고 잘 닦인 슬레이트처럼 보이는 세상이었으나 지금 보니 예상치 못하게 무수한 생명으로 가득한 곳이었다.

그녀는 대공황기에 바보들이 좋은 의도로 파놓은, 초원을 관통하는 배수로에서 나는 썩은 냄새를 맡을 수 있었다. 땅이 그들의 손자국을 취하여 저 자신의 것으로 만들어놓은 것이었다. 그녀는 저들의 굴 안에서 똬리를 틀고 잠들어 있을 뱀들을, 어둠 속에서 그녀의 냄새를 맡고 수면 위로 올라오는 앨리게이터들을, 그것들이 꿈틀꿈틀 땅으로 올라와 배를 끌며 살금살금 이동하는 모습을 상상했다. 그녀는 수많은 다른 존재들 사이에 그저 살아 있는 하나의 상실된 존재에 지나지 않았다. 인간이라고 특별하지 않았다. 뭔가가 그녀의 목을 가로지르며 기어갔다.

그녀의 몸이 얼어붙었다. 몸에 흐른 땀이 식었고, 그녀는 몸을 바르르 떨었다. 별들로 흐릿하게 가려진 하늘에는 어떤 위로도 없었다. 그녀가 상상할 수 있는 것보다 더 방대한 별들의 거미줄. 주위에는 아무도 없었다. 그녀를 사람들의 위로 속으로 다시 데려다줄 사람은 아무도 없었다.

여러 해가 지나, 진눈깨비로 하얗게 변한 언덕에서 어머니의 장례식을 치른 뒤, 그녀가 딸을 출산하는 길고 끔찍했던 시간 동안, 초원에서의 그 밤이 그녀에게 되살아났다. 척추에 놓은 주사가 통증을 없애주었고, 그녀는 삑삑거리는 기계음 속에서 안전함을 느끼며 자신의 몸 위에 붕 떠올라 있었다.

하지만 아주 갑작스럽게 뭔가가 잘못되었다. 간호사들의 얼굴이 바짝 다가왔다. 세상이 갑자기 날뛰기 시작했다. 그녀의 침대는 추운 방으로 옮겨졌다. 거의 크리스마스가 다 된 시점이라 구석에 포인세티아가 동그마니 놓여 있었다. 그것을 보며 그녀는 화분 안의 검은 흙과 거기 있을 모든 생명을 생각했다. 몸이 너무 심하게 부들거려서, 그녀가 누워 있는 알루미늄판이 덜덜거렸다. 의사가 칼을 찔러넣을 때 그녀 안에서 견디기 힘들 만큼의 누르는 힘이 느껴졌다. 그 순간 오래된 공포가 되살아났다. 어둠, 자신이 상실된 느낌, 뱀의 송곳니에 물렸다고 생각했으나 사실은 팰머토 때문이었던 발목에 벤 상처, 목덜미에 뜨겁게 느껴지던 나쁜 영靈의 숨. 그 순간 그녀는 어둠 속에서 은은한 불빛을 보았고, 다시 모닥불이 있는 곳으로 휘청휘청 돌아갔다. 우리를 다른 뭔가에 묶어주는 끈은 얼마나 섬세하고 미묘한가. 어둠 속에서 뭔가가 반짝거린다. 간호사의 목에 걸린 벨이 울린다. 사람들의 몸이 그녀에게로 기운다. 숨을 쉴 수조차 없을 만큼 강한 압박, 그리고 물러나는 힘.

뱀 이야기

여보, 사탄이 아담과 이브를 유혹했을 때, 사탄이 말하는 조개로 변신하지 않은 데는 꽤 합당한 이유가 있었어.

내게 이 이야기를 해준 사람은 남편이었다.

그의 이 말은 어제 작은아들이 길에서 막대기인 줄 알고 거의 밟을 뻔했던 3피트 길이의 쥐잡이뱀처럼 터무니없어 보이기도 하고 위험해 보이기도 했다.

플로리다에서 밖에 나와 걸으면 뱀이 당신을 지켜볼 것이다. 뱀은 뿌리덮개에도, 잡목숲에도 있다. 잔디밭에서 뱀은, 당신이 수영장을 떠나면 자기가 들어가려고 기다리며 때를 노린다. 뱀은 송곳니를 깊이 박아넣으면 어떤 느낌일지 궁금해하며 당신의 쥐 같은 발목을 지그시 바라본다.

지난가을, 세상에 다른 끔찍한 사건들이 일어난 그 시점부터 우리 주변에서는 사람들의 결혼생활이 끝나가고 있었다. 조용하게 서서히 멀어진 경우도 있었고, 활활 불이 붙은 채로 헤어진 경우도 있었다. 남편이 내게 원죄에 대해 설명한 그날 밤, 우리는 새해 전야 파티에 갔다가 술에 취해 아주 이른 아침에 집으로 걸어 돌아가고 있었다. 우리를 초대한 오마 배런스는 아내가 자기 몰래 서방질을 한 카우치로 모닥불을 피웠다. 세기 중반의 모던한 스타일로 만들어진 빈티지 카우치여서, 수천 달러는 받고 팔 수 있었을 것이다. 하지만 그것을 태운 불길이 놀랍고도 예상치 못하게 은은한 녹색을 띠었다는 것 또한 더도 덜도 없는 사실이었다.

이 말을 하면서 나 자신에게 반역자가 된 것 같지만, 청개구리들과 죄짓는 이들을 제외한 모두가 잠들어 있는 이 시간에, 덩치가 너무 커서 아무도 건드리지 않는 이 남자 옆에서 걸으며 나 자신의 침대로 가는 기분은 아주 좋다. 한동안 늦은 밤 산책과 새벽 달리기를 하지 못했다. 우리 동네는 보석 같은 곳이지만, 지난 석 달 사이 우리집에서 몇 블록 안에서 세 번의 강간 사건이 일어났다. 잠을 못 이루는 밤이면, 내 예민한 신경은 한 아들의 침대에서 다른 아들의 침대로, 다시 내 침대로, 이어 바깥의 카우치로 옮겨간다.

그런 때면 내 피의 흐름 속에서 세상에 새로 침투한 독을 느낄 수 있다. 왠지 몰라도 남자에 대해서만 작용하는 독, 한때 나쁜 생각이었던 것이 단단해져 새롭고 더욱 나쁜 행동으로 나타나는 독.

나는 이곳의 이방인이자 양면적인 태도를 지닌 북부인이라서, 플로리다에서 태어난 내 아들이 뱀을 당연시하는 것이 이상해 보인다. 기후변화로 죽은 복숭아나무를 파내고 있던 남편이 독을 품은 산호뱀 새끼들을 한 삽 가득 집안으로 데려왔다. 꿈틀거리는 밝은 에나멜 색깔의 그것들을. 짱인데요! 내 어린 아들들이 말했다. 하지만 그날 밤 광적인 상태로 잠에서 깨어난 나는, 내 몸에 느껴지는 시트의 가벼운 무게감이 우글우글 삽을 탈출한 뱀들이 마침내 내 따뜻한 몸을 발견하고 휘감은 것이라 확신하고 시트를 찰싹찰싹 때렸다.

다른 밤들에는 나의 오래된 말라리아 꿈이 다시 찾아온다. 천장은 내 손에 민감하게 반응하는, 경련을 일으키는 창백한 배belly다. 밤새 비늘이 내 몸 위로 박엽지처럼 떨어진다.

나는 그것들, 뱀에게서 달아날 수 없다. 유치원에 다니는 내 아들조차 이상하게도 일 년 내내 뱀에 사로잡혀 있다. 아이가 집으로 가져온 과제물은 온통 뱀뿐이다.

애완동물 과제. 나는 코브라가 나쁜 애완동물이라고 생각한다. 나를 물 것이기 때문이다. 아이가 코브라에게 잡아먹히는 그림.

시 과제. 뱀은 쥐를 잡아먹는다. 그것들은 슬금슬금 움직이고, 그것들은 나무에서 떨어지고, 그것들은 쉬이이익쉭 소리를 낸다. 뱀이 나무에서 뛰어내려 비명을 지르는 아이에게 떨어지는 그림. 그게 아니라면 나는 이렇게 생각해본다. 내 아들은 미니멀리스트 시기를 지나고 있다고. 아이의 그림은 죄다 삐뚤삐뚤한 막대에 원뿐이다.

우리 지구에는 아름다운 생물이 많고 많은데, 왜 뱀에 관한 것만 계속 쓰니? 내가 묻는다.

나는 뱀이 좋고, 뱀도 나를 좋아해요, 아이가 말한다.

새해 아침, 카우치가 불길에 휩싸인 그 밤에 집으로 걸어 돌아오면서, 나는 내가 서방질이라는 표현을 얼마나 싫어하는지 말한다. 서방질이라는 단어는 간통에서 여자를 빼버리고 그 일을 남편과 여자의 연인 사이의 레슬링 시합으로 바꿔버린다고. 말하자면 거대한 불알 싸움이지! 거대한 불알 싸움! 남편이 웃었다. 어떤 상황에서도 그 표현이 남편에게 재미있지 않을 리 없다. 내 남편은 거의 전적으로 좋은 사람이다. 나는 우리의 더 나은 천사들이 우리의 가장 몹쓸 악마들의 적수가 된다고, 그리고 우리 모두의 안에서 끊임없는 전투가 일어나고 있다고 믿는 사람이기에 이 말을 한다. 거대한 불알 싸움. 남편의 내면은 천사들이 점령하고 있지만, 그런 그조차 싸워야 하는 유혹이 있다. 오마의 아내 올리비아를 예로 들 수 있다. 올리비아는 늘 운동복을 입고 다니는 빛나는 금발의 여자로, 내 남편은 파티에 가면 늘 중력에 끌리듯 그녀에게 끌린다. 그들은 다른 사람과 결혼한 괜찮은 외모의 사람들 사이에 관습적으

로 허용되는 것보다 훨씬 더 오래 함께 서서 컵을 내려다보며 농담
을 나누고 웃는다. 이따금 나와 눈이 마주치면 남편은 죄의식을 느
낀 듯 내게 윙크하지만, 그러는 동안에도 여전히 그녀와 함께 웃고
있다. 올리비아가 이혼을 하고 우리 사이에 몇 번 불편한 만남이
있은 후엔, 내가 동네에서 개를 산책시키다가 그녀가 차를 운전해
지나가는 걸 본 게 전부다. 나는 대체로 그녀를 못 본 척하고, 그저
아래를 내려다보며 나를 너무 잘 이해하는 개에게 뭔가를 중얼거
린다.

  2월의 어느 날, 나는 뼛속까지 슬픔을 느낀다. 한 남자가 환경을
관리하는 일에 임명되었다. 하지만 그의 욕망은 오로지 바퀴벌레
처럼 환경을 파괴하는 것이었다. 나는 내 아이들이 물려받을 세상
에 대해 생각한다. 그들은 구름처럼 모여 있는 모나크나비를 결코
보지 못할 것이고, 작은 물고기들이 물속에서 산호초를 씹어먹으
며 입을 벙긋거리는 소리를 결코 듣지 못할 것이다.
  나는 개를 데리고 오리 연못에 한참 서 있었다. 개도 자기가 인
내심 있게 얌전히 기다려야 한다는 것을 아는 것 같다. 백조들은
거위들과 함께 저들의 섬에 있었고, 큰 왜가리는 얕은 물을 걸어
서 지나갔다. 나는 왜가리가 서서 조각상이 되는 것을, 이어서 머
리를 아래로 홱 집어넣더니 뭔가를 창처럼 찌르는 것을 지켜보았
다. 다시 부리를 들자 입에 길고 가는 물뱀이 물려 있었다. 우리는
꼼짝하지 않고 넋을 잃은 채 그 광경을 바라보았다. 왜가리가 머리
를 홱홱홱 세 번 아래로 후려치자 뱀이 반으로 갈라지며 피를 뿜었

다. 왜가리가 그 절반을 삼켰다. 뱀은 여전히 생생하게 살아 있어서, 나는 그것이 길고 우아한 목안으로 넘어가면서 몸부림치는 것을 볼 수 있었다.

그 모습을 보며 나는 『일리아드』를 떠올렸다. 〔트로이군이〕 열심히 들판을 건너고 있는데, 그들 앞에 새 한 마리가 나타났다. 독수리는 높이 날며 그 무리 왼쪽에서 빙빙 돌았고, 발톱에는 핏빛같이 붉은 괴물 뱀이 붙잡혀 있었다. 여전히 목숨이 붙어 있는 그것은 싸우는 중인 듯했고, 아직 전투를 잊은 것 같지도 않았다. 그것이 몸을 뒤로 비틀더니, 자기를 가슴에 붙여 들고 있는 독수리의 목 옆을 공격했다. 마침내 독수리는 몹시 고통스러워하며 그것을 땅으로 떨어뜨렸고, 그것은 그들 무리 한가운데로 떨어졌다. 독수리는 요란한 울음소리를 내며 강풍을 타고 빠른 속도로 날아가버렸다.

이것은 명백하고 분명한 징조였다.

트로이군은 그것에 주의를 기울이지 않았고, 그래서 고통받았다.

하지만 잠깐. 아담과 이브 이야기가 주는 가르침은 여자가 인간의 모든 죄를 뒤집어쓰는 거라는 거, 당신도 알잖아. 우리가 어둠 속을 통과해 집으로 걸어 돌아오던 그 밤에 내가 남편에게 말했다. 우리는 빨간불일 때 무단횡단을 했지만, 둘러봐도 차는 없었고, 우리의 경범죄는 발각되지 않았다.

뱀이 부린 또다른 잔꾀지, 남편이 안타깝다는 듯 동의했다.

내가 그 여자를 발견한 날, 울새들은 다른 곳으로 이주하는 중이었고, 백일홍은 빨간빛을 내뿜고 있었다.

구름은 건물들 위에 자기 배를 올려놓고 있었다. 나는 달리기를 하려고 바깥으로 나갔다. 비가 오고 있다는 건 이미 알았고, 내가 언젠가 번개에 맞아 죽을 거라고 오래전부터 확신하고 있었기 때문이었다. 나는 그 사실을, 큰아들의 몬테소리 유치원 주차장을 가로지르며 뛰어 나무계단을 풀쩍 뛰어오른 그날 이후로 알고 있다. 문 앞에 서서 뒤를 돌아보니, 내가 방금 서 있던 미끄럽고 젖은 아스팔트 위로 굉음과 함께 번개가 지지직 떨어졌다.

비가 억수같이 쏟아지며 양옆 숲속의 그림자를 마구 흔들 때 나는 방향을 돌렸다. 민박집 구역 뒤로 지름길이 있었다. 그 좁은 골목에 무성하게 자란 장미 덤불은 누군가가 지나가면 옷자락을 낚아챘다. 나는 스쳐지나가기 직전까지 그 여자를 보지 못하다가, 그 여자의 뻗은 다리를 뛰어서 건너야 했다. 그러다 버려진 재를 밟고 비스듬히 넘어져 골반과 어깨를 부딪혔다. 대번에 피가 났다. 나는 몸을 굴려 일으킨 뒤 그 여자에게로 기어갔다. 그녀가 어두운 표정으로 나를 쳐다보았다. 그녀의 다리가 움찔거렸다. 그렇다면 살아 있는 것이었다.

나는 그녀의 티셔츠가 찢긴 것을 보았다. 그녀의 손에서 피가 흐르고 있었고, 얼굴 한쪽은 벌써 붓기 시작했다. 내 안을 늘 떠나지 않는, 많은 도시의 많은 어두운 거리를 돌아다니면서 다져진 내 안의 냉정한 부분은 그게 뭔지 알았다.

여기서 기다려요. 민박집으로 뛰어가 경찰과 구급차를 부를 생각으로 내가 말했다. 하지만 여자가 쉰 목소리로 말했다, 안 돼요. 어찌나 겁을 먹은 것 같던지 나는 주위를 둘러보았다. 덤불이 무성한 골목은 아주 어두웠다. 휘감아오른 덩굴은 빽빽해서, 몸을 숨기려고 하면 그럴 만한 장소가 아주 많았다. 그러면 나랑 같이 가요. 우리, 경찰을 불러요. 내가 말하자 그녀가 필사적으로 말했다. 경찰은 절대 안 돼요. 구급차도 안 돼요.

알았어요. 내가 말했고, 머릿속이 텅 비어버렸다. 내가 다시 말했다. 그러면 우리집으로 가요. 겨우 몇 블록 거리예요. 그녀는 눈을 감았고, 나는 그것을 동의의 뜻으로 받아들였다. 나는 그녀를 부축해 일으켰고, 그녀의 허벅지에 흐른 피가 비에 섞여드는 것을 보았다.

길에는 물이 이미 발목 깊이로 차 있었고, 운전자들은 길가에 차를 대고 시야가 트이기를 기다리고 있었다. 여자는 가벼웠다. 내 옆으로 보이는 그녀의 옆얼굴은 아름다웠다. 속눈썹이 길고 입술이 도톰하고 피부가 완벽했으며, 빨갛게 상처가 난 듯 보이는 코에는 피어싱을 했다. 나는 그녀를 부축해 안으로 들어갔고, 황급히 수건을 가져와 그녀를 감싸고 머리카락에서 반짝거리는 빗방울들을 조심스럽게 닦아주었다. 그녀는 차를 마시지 않겠다고 했다. 도움을 요청하는 전화도 하지 못하게 했다. 음식을 만들어주지도 못하게 했다. 그저 짤막하게 말했다. 집어치워요, 아주머니.

나는 집어치웠다. 그녀를 내 부엌에 앉히고 나도 그녀 옆에 앉았다. 그리고 그녀 몸의 떨림이 멈춘 뒤 그녀에게 병원에 데려가도 되겠느냐고 물었다. 그녀의 대답은 아니요, 집에 갈래요, 하는 정도가 다였다.

나는 조수석에 수건을 깔았고, 우리는 오크나무와 종려나무에서 물방울이 똑똑 떨어지는, 텅 빈 젖은 거리를 차를 몰고 통과해 달렸다. 라파사디타 그릴과 스페인 교회 사이의 동네로 들어섰다. 그녀가 왼쪽, 오른쪽, 왼쪽, 여기요, 하고 말했다.

폭풍우가 그친 뒤, 이 타운의 햇살은 땅에서부터 방사형으로 퍼지는 것처럼 위로 올라가며 쏟아졌고, 갑작스럽게 드러난 치장벽토와 스페인 이끼의 아름다움은 가슴 한복판을 세게 치는 듯했다.

마당에 작은 녹색 오두막이 보였다. 까마중과 방치된 오렌지나무가 있고, 썩은 열매에는 말벌이 우글우글 들러붙어 햇살에 일렁이고 있었다. 모든 것이 햇살을 붙잡았고 축복받은 존재인 양 환하게 빛났다. 깨진 창문과 포치에서 내용물을 다 쏟아내고 있는 검은 쓰레기봉지를 보면서, 나는 심장이 덜컹 내려앉는 것 같았다. 정말로 도와주고 싶어요, 내가 말했다. 그러자 그녀가 누구한테건 한마디만 해봐요, 하고 말하고는 차에서 내린 뒤 문을 쾅 닫았다. 그러고는 발을 질질 끌며 작은 길을 걸어가 오두막 안으로 들어갔다.

아들들과 남편은 이미 집에 와 있었다. 남편이 저녁을 준비하고 있었다. 피가 엄청 많이 흘렀어요, 큰아들이 의자 위에 잔뜩 쌓여 있는 수건을 가리키며 말했다. 남편이 걱정스러운 얼굴로 나를 쳐다보고 있었다. 나는 수건을 집어들고 다시 문밖으로 나가 그것을 경찰서로 가져갔다. 그리고 열여섯에서 스무 살 사이의, 아마도 라틴계인 것 같은 그 여자에 대해 묘사했지만, 그들이 할 수 있는 건 아무것도 없었다. 아니, 하지 않으려고 했다. 마침내 한 경찰관이 백인인 나의 집요함에 굴복해 나를 태우고 그 오두막으로 갔다.

그때쯤 바깥은 어두웠다. 나는 그의 손전등이 작은 길을 따라 움직이는 것을 지켜보았다. 문에 그려지는 빛의 원은 점점 작아지고 선명해졌다. 그가 문을 두드렸고, 다시 두드렸다. 그리고 손잡이를 돌려 열고 안으로 들어갔다. 그가 차로 돌아와 말했다. 제 생각엔 그 여자가 당신을 폐가로 데려간 것 같은데요. 그리고 나중에 나를 내 차가 있는 곳에 내려주면서 내 어깨에 손을 올리고 말했다. 그 사람들 말이죠, 애들 같아요. 그들은 아무…… 하지만 내가 싸늘한 표정으로 쏘아보자 그는 말을 멈추었다. 나는 울음을 그칠 수 없었고, 마침내 그가 난감하다는 듯 말했다. 저기, 잘은 몰라도 아마 출입국 문제 때문일 거예요. 하지만 아주머니, 도움을 원하지 않는 사람들을 도와줄 수는 없어요.

새해 아침, 남편과 나는 하늘이 귀퉁이에서 희끄무레하게 밝아올 때 우리집에 도착했다. 우리는 안으로 들어갔다. 아이들은 저들의 할아버지 할머니 집에 가 있었지만, 우리는 아주 고단했고 결혼한 지도 너무 오래되어 그 기회를 이용하지 않았다. 그는 이를 닦지도 않고 곧장 침대로 갔다. 나는 어둠 속에서 오줌을 누면서, 올리비아의 이혼 후 그녀와 내가 한 번 만나 어색하게 술을 마셨던 일을 생각했다. 그녀는 변기에서 뱀을 발견했을 때 자신의 결혼이 끝났다는 걸 알았다고 했었다. 뭔가 의심스러운 것이 있더라도, 나라는 사람은 결코 그것을 쳐다보지 않을 거라는 걸 아주 잘 알고 있다.

나는 옷을 벗고 샤워를 했다. 따뜻한 물을 맞으며, 남편을 만나기 전 보스턴에서 어느 여름 동안 괜찮은 남자와 데이트를 했던 것을 떠올렸다. 그는 잘생겼고, 영화를 보면서 울었고, 얼티미트 프리스비를 했고, 사회주의자였으며, 멋진 남자였다. 모두가 그렇게 말했다. 바가 문을 닫은 뒤 우리 둘 다 취한 상태로 집에 돌아온 어느 밤이었다. 나는 재미있을 거라고 생각하며 도와줘요, 도와줘요! 나는 이 사람을 몰라요! 하고 소리쳤다. 하지만 그는 그것에 몹시 화가 나서 나를 앞질러 성큼성큼 집으로 걸어갔고, 내가 그의 아파트 안으로 들어갔을 땐 이미 침대에 누워 있었다. 내 몸에서 땀냄새, 흘린 맥주 냄새, 담배 연기 냄새가 나서, 그날 밤도 역시 샤워를 하기로 했다. 한참 샤워를 하고 있는데 커튼이 열리는 소리가 들렸고, 내가 잠깐, 하고 말할 시간밖에 없이, 그가 내 안으로 자신을 밀어넣었다. 뺨이 타일에 눌렸고, 비눗물이 눈을 찔렀다. 내가 숨을 쉬면서 다섯까지 셌을 때 그는 끝냈다. 그가 나갔다. 나는 물이 식을 때까지 천천히 몸을 씻었다. 내가 그의 침실로 돌아갔을 때 그는 코를 골고 있었다. 나는 너무 피곤해서 생각조차 할 수 없었고, 아주 긴 시간 동안 벌벌 떨면서 알몸으로 서 있었다. 그러고는 걸어가 서랍장을 짚고 서랍 하나를 연 뒤 그의 냄새가 나는 티셔츠를 찾아냈다. 그리고 다시 생각할 수 있을 만큼, 마음을 추스를 수 있을 만큼, 다시 내 집으로 돌아갈 수 있을 만큼 몸을 덥히려고 이불 속으로 기어들었다. 하지만 그러기는커녕 잠이 들고 말았다. 우리가 아침에 일어났을 때 이미 일어난 그 일은 아주 먼 옛일로 느껴졌다. 우리는 그 이야기를 결코 꺼낸 적이 없었다. 나는 누구에게도 이야기하지 않았다. 내 남편에게도 말하지 않았다. 우리는 몇 주 뒤 헤어졌다. 그 남자가 나를 찼다.

내가 욕실에서 나왔을 때, 창밖 목련나무에서 새들이 노래하고 있었고 남편은 코를 골고 있었다. 내가 그의 가슴팍에 젖은 머리를 대자 그가 깨어났다. 그는 다정한 사람이기에 내 머리를 끌어안고 내 목덜미를 어루만져주었다. 나는 눈을 감고 있었고, 거의 잠이 든 채 이렇게 말했다. 말해봐. 세상에는 여전히 착한 사람들이 있다고 생각하는 거지?

그럼, 당연하지, 그가 말했다. 몇십억은 될걸. 나쁜 사람들이 훨씬 소란스럽게 굴 뿐이지.

당신 말이 맞으면 좋겠어, 내가 말했다. 그리고 잠이 들었다. 하지만 나는 한밤중에 깨어 자리에서 일어난 뒤 모든 창문과 모든 문을 점검했고 모든 변기 뚜껑을 닫았다. 왜냐하면, 비록 내가 벌거벗고 있고 밤은 얼어붙을 듯 추워도, 우리가 사는 이 세상에 정말로 알 수 있는 것은 없기 때문이다.

이포르

어머니는 8월 동안 어린 아들 둘을 프랑스에 데려가기로 결심한다.

봄 내내 그녀 안에는 심장을 손바닥으로 찰싹 때리는 것 같은 빠른 발작의 순간들이 매복하고 있었다. 그게 어디서 비롯한 것인지 그녀는 모른다. 하지만 그녀는 비누 매대에서, 일립티컬 운동기구에서, 혹은 늦은 밤 몇 시간이고 걸으면서 자신의 두려움을 산책시키는 불 꺼진 거리에서 쓰러지는 것에 지쳤다.

게다가 여름의 플로리다는 뜨거운 물에 느리게 익사하는 기분을 불러일으킨다. 습기 때문에 그녀의 피부에 생긴 반점이 점점 커진다. 피부가 하얀 자리에는 분홍색 반점이, 피부를 태운 자리에는 하얀색 반점이 생긴다. 옷 아래로 그녀는 섹시하지 않은 치타 같다.

이런 이유들은 시시하게 들린다. 두려움과 열기. 가족과 친구들 중 누구도 이해하지 못할 것이다. 어쨌거나 겨울 이후로, 학교나 스카우트나 종신 재직이나 요가 걱정에 빠진 그들은 그녀에게 아주 멀게 느껴지고, 일몰 속에 반쯤 녹아 없어진 듯했다. 그녀가 하는 일은 그들에게 미스터리이지만, 그들도 그 필요성은 이해하는 것 같다. 그래서 그들은 그녀가 기 드 모파상에 대해 연구를 해야 한다고 말하면 알겠다는 듯 고개를 끄덕인다.

그건 틀린 말이 아니다. 십 년 동안 그녀는 그 작가에 대한 프로젝트에 매달려 있었다. 혹은 기 드 모파상이 그녀 안에 들러붙어 있었다. 목구멍에 걸린 생선 가시처럼.

기 드 모파상의 문제는 무겁다.

한때 그녀의 가장 어둡던 나날에, 기 드 모파상은 그녀에게 아주 큰 의미였다. 그녀는 열여덟 살이었고, 프랑스 낭트에서 교환학생으로 일 년을 보내고 있었다. 그녀는 자신이 믿었던 것만큼 그 언어를 잘하지 못했다. 그녀는 중학교college* 3학년la troisième에, 열네 살 학생들로 구성된 반에 배정되었다. 그녀는 참담한 심정이 되어 크레페와 치즈만 먹고 점점 뚱뚱해졌고, 거울을 보면서 손가락으로 배를 찌르면 뱃살이 출렁거렸다. 값싼 페이퍼백을 파는 서점이 그녀에게는 구원이었다. 책 한 권에 5프랑, 한 번 갈 때 1달러를 쓰는 교육이었다. 맨 처음 산 책이 기 드 모파상의 『미련한 여자 이야기』로 얇고 표지가 희미한 색이었다. 그녀는 수업을 빼먹고 강가에 있는 일본식 정원으로 가서 앉았고, 거기서 인상적이지만 인간미는 없는 아름다움 속에 숨어 있을 수 있었다. 그녀는 그 책을, 그

---

* 이 단편에는 종종 프랑스어가 사용됐는데, 대부분 한국어로 옮기고 원문을 병기했다.

작가를 사랑했다. 그의 따뜻한 목소리를 읽으면 자신이 덜 외롭고 덜 무능해지는 것 같았다.

책을 읽으면서 차츰, 그녀는 한 언어가 요구하는 것이 사람을 어떻게 바꿀 수 있는지 깨닫게 되었다. 프랑스어를 쓰면 그녀는 다른 사람이 되었다. 더 차갑고 더 우아하고 더 절제된 사람이. 그녀는 자신이 프랑스어를 쓸 때 가장 자신다울 수 있기를 바란다.

기 드 모파상 프로젝트를 하면서 그녀는 그 작가를 폭발시키고 싶다. 혹은 탐구하고 싶다. 어느 쪽인지 모르겠다. 처음에는 번역 프로젝트로 시작했는데, 그의 단편을 삼백 편 넘게 읽은 뒤 자신이 좋아하는 건 그저 한 움큼뿐이라는 사실을 깨달았다. 그 순간부터 그 일은 역사적인 허구로 변해버렸다. 다른 작가의 삶을 허구로 다시 상상하는 것이 속임수를 부리는 일, 주의를 다른 데로 돌리는 일로 느껴지기 시작했다. 손재주로 마음을 홀리는 것처럼. 지금은 그런 것을 하고 있기에는 너무 불안한 시대다. 이렇듯 긴박한 시절에 그녀는 진실이 적나라하고 냉정한 모습이기를 바란다.

그녀의 아들들은 프랑스로 간다는 이야기를 듣고도 별 반응이 없다. 심지어 울지도 않는다.

큰아들은 8월 말에 일곱 살이 된다. 흔치 않은 신체적인 아름다움을 지니고 있어, 그녀는 가끔 자기가 낳은 아들이라는 사실이 믿기지 않는다. 아이는 근육이 발달했고 또래에 비해 키가 아주 크며, 새끼 사슴 같은 우아하고 큰 눈을 가지고 있다. 아이의 아름다움은 몹시 수줍어하는 태도와 극단적인 예민함 때문에 얼마간 묻힌다.

　이 아인 완벽하고 바람 없는 연못 같아, 한번은 남편이 그렇게 말했다. 뭔가가 가라앉는 걸 보려고 연못에 던져넣으면, 그게 평생 바닥에서 당신을 되쏘아보고 있다는 걸 알게 될 거야.

　네 살인 작은아들은 다르다. 그 아이는 햇살 같고 황금 같다. 자기 엄지를 빤다. 엄지에 맛이 쓴 광택제를 발라놓아도 그런다. 그 아이는 늘 우피 파이라는 이름의 고양이 인형을 가지고 다닌다. 그 아이는 모두와 친구가 된다. 끝나지 않을 것 같던 시간 동안 비행기를 탄 뒤—아이는 내내 잠도 자지 않고 말똥말똥 깨어 있었다—드골공항에서 그들이 빌린 11번가onzième 아파트로 가는 기차를 탔을 때, 아이는 골격이 큰 젊은 독일 여자에게 자신의 작고 빨간 백팩을 보여준다. 여자는 울고 있었지만, 아이가 그녀의 무릎에 올라앉아 자기 엄지를 빨다 그녀의 귀를 만지려고 손을 뻗자 아이를 꼭 끌어안고 자신의 눈을 아이의 머리칼에 갖다댄다. 어머니는 아이에게서 고약한 냄새가 날까봐 걱정이다. 올랜도에서 아이가 온몸에 쏟은 우유가 여전히 아이 피부에 잔뜩 묻어 있기 때문이다. 떠나온 것이 이미 후회되지 않는 그곳 플로리다의 삶. 하지만 독일 여자는 신경쓰지 않는 것 같다. 어머니인 그녀와 아들들이 기차에서 내린다. 큰아들은 작은아들의 손을 꼭 잡고 있고, 어머니는 튼튼한 두 팔로 그들의 가방 전부를 운반한다. 어머니인 그녀가 뒤돌아보니 그 위안이 일시적이었다는 걸 알 것 같다. 독일 여자는 다시 울기 시작했다.

그들은 첫 주를 파리에서 보낸다. 어머니는 아이들이 몸에 흙을 묻히듯 프랑스어를 빨리 익히기를 바란다. 그녀는 매일 아침 아이들을 자르댕 뒤 뤽상부르에 있는 푸생베르 운동장에 데려간다. 아이들이 프랑스 아이들과 놀면서 삼투압처럼 프랑스어를 배우기 바라서다. 하지만 아들들은 줄을 타고 움직이는 놀이만 자꾸 하면서 둘이서 논다. 작은아이가 형의 손을 잡으려 하지만, 형은 땀을 너무 많이 흘렸고 노는 데 정신이 팔려 그러도록 두지 않는다. 그들은 르 레스토랑 포요에서 점심을 먹는다. 채식주의자를 위한 꽤 괜찮은 프리픽스 메뉴가 있다. 아직 한시밖에 되지 않았지만, 그녀는 차가운 화이트와인 반 카라페*를 마시고 기분이 좋아져, 아들들에게 크렘브륄레를 먹는 방법을 보여주면서 지나치게 많이 웃는다.

그녀는 파리가 얼마간 플로리다처럼 변해버린 것이 당황스럽다. 아주 습한 공기, 온통 분홍색 치장벽토를 바른 건물들, 반바지 단 아래서 출렁거리는 셀룰라이트. 예상했던 것보다 기온이 십 도 더 높고, 그녀의 기억 속에 살아 있는 파리보다 훨씬 더 밝고 시끄럽다. 그녀는 기후 전쟁이 일어날 미래를 어렴풋이 그리며 그때 지낼 곳으로 늘 여기를 생각했었다. 들판으로 둘러싸인 온화하고 차분한 물의 도시. 하지만 아마도 가서 지낼 만한 곳은 없을 것이다. 행성은 더 뜨거워져 어쩌면 모든 곳이 똑같이 나쁠 것이다. 어디에나 사막과 굶주림이 있을 것이고, 여기조차 그럴 것이다. 어머니인 그녀는 지글지글 탈 듯한 뜨거운 오후에 아들들에게 관광을 시켜준다. 인형극, 에펠탑, 박물관, 센강에서 즐기는 그림같이 아름다운 이른

---

* 와인이나 물을 담는 유리병.

식사. 그들은 하루에 오 분 동안 그녀의 남편과 스카이프로 이야기를 나누지만, 그는 정말로 시간이 없다. 8월은 그가 하루에 열여덟 시간씩 일하는 시기이고, 아들들은 그가 조바심을 내는 것을 알아차리고는 화가 나는지 컴퓨터로 와서 대화하는 걸 점점 내켜하지 않는다. 그녀가 어른들과 이야기하는 것은 뭔가를 주문할 때뿐이다. 그녀의 프랑스어는 머릿속에 끈적끈적 붙어버리려고 한다.

밤중에 아들들은 그녀와 함께 비좁은 방 하나에서 열 시간씩 잠을 잔다. 어머니인 그녀는 혼자 시간을 갖기 위해 와인을 마시면서 귀에 이어폰을 꽂고 컴퓨터로 프랑스 시트콤을 본다. 그녀가 정말로 해야 하는 일은 기Guy를 다시 읽는 것이다. 혹은 기의 전기를 쓴 작가들을 욕조로 데려가는 것이다. 격조 있는 프랜시스 스티그뮬러를, 음탕한 앙리 트루아야를. 하지만 그녀는 너무 피곤하다. 내일 시작할 것이다. 저녁마다 그녀는 스스로에게, 내일은 닥터 에스프리 블랑쉬의 정신병원에 가보자고 말한다. 기는 마흔두 살에 그곳에서 제3기 매독으로 죽었다. 1세기 전에 그곳은 정신병자 수감원이었다. 그전에는 팔레 드 랑발이었다. 랑발의 공주는 마리 앙투아네트의 가장 소중한 친구였는데, 혁명가들이 그녀를 잡아 강간하고 머리를 벤 뒤 장대에 걸어 왕비의 창문 앞에 보이게 두었다. 기가 자신의 오줌에 귀중한 보석이 있고 자기가 신의 아들이라고 믿었던 최후의 극심한 광기의 시기에 그 머리 없는 공주가 벽을 통과해 기를 찾아왔다.

하지만 하루가 지나고 또 하루가 지나도 어머니는 기가 마지막으로 살았던 곳에 가보지 않는다. 아이들에게 설명해야 할 것이 아주 많을 것이다. 매독이 뭔지, 광기가 뭔지, 혁명이 뭔지. 그러는 대신 그녀는 매일 새벽녘에 아들들과 함께 몽롱한 상태로 잠에서 깨고, 그러면 팽오쇼콜라와 커피와 과일이 몹시 먹고 싶다. 그러고는 다시 운동장에서 노는 즐거운 생활로 빨려들어간다. 기가 마지막 나날을 보낸 곳에 가보기도 전에, 마침내 그녀는 시간이 없어진다.

일곱째 날, 그들은 아주 일찍 일어나 루앙으로 가는 기차를 탄다. 거기 기차역에서 그들은 메르세데스를 빌려 서쪽 노르망디의 알바트르 해안으로 간다. 모파상이 태어나고, 돌아오고 또 돌아온 곳이다. 그의 어머니 로르는 그 지역 출신이었고, 두 아들에게 책을 사랑하는 마음을 물려주었다. 로르는 젊었을 때 혼자 유럽을 걸어 여행했고, 사람들이 이혼을 하지 않던 시대에 이혼을 단행했다. 하지만 두 아들 모두 매독으로 죽자, 그녀는 자신의 긴 머리칼로 자기 목을 조르려 했고, 신경쇠약증 환자로 슬프고 외롭게 생을 마감했다.

어머니인 그녀는 메르세데스를 운전하면서 자신이 뚱뚱하고 낭비벽 있는 미국인이 된 기분이다. 그녀는 고급 차가 존재하는 목적을 한 번도 이해해본 적이 없지만, 변속레버가 달린 차를 몰면서 아슬아슬한 절벽 옆 도로를 달릴 수는 없었다. 시동이 꺼지면 그들 모두 죽을 수도 있었다.

거기까지 한 시간 거리이지만, 그들은 구불구불한 작은 마을들에서 길을 잃는다. 네 살짜리 아들은 우피 파이에다 토한 뒤 잠이 들고, 여섯 살짜리는 냄새난다고 칭얼거리는 것 좀 그만하라고 그녀가 소리를 지르자 혼자 조용히 운다. 그녀도 속이 울렁거리는 걸

진정시키려고 어쩔 수 없이 창문을 조금 열어야 했고, 그러자 가는 비가 그녀의 눈으로 끊임없이 들이친다. 그녀는 페캉에서 차를 세우고, 그녀의 프랑스어를 알아듣지 못하는 척하는 남자에게 방향을 묻는다. 그녀는 사실 자신의 프랑스어가 꽤 괜찮다는 것을 알고 있어서 짜증이 난다. 마침내 가파른 언덕 중턱을 내려가 이포르로 접어들 때 그녀는 떨고 있다.

그곳은 어촌이다. 온통 실리카와 벽돌과 돌로 된 거리와 언덕뿐이다. 주먹 크기의 돌이 깔려 있고 아담한 곡선을 그리는 해변이 있고, 깎아지를 듯 가파른 절벽들이 해변을 양옆에서 괄호처럼 에워쌌다. 실망스럽게도 절벽은 흰색이 아니지만, 크림빛이 도는 베이지색 석회석에 회색 플린트 돌이 수평으로 길게 박혀 있다. 이곳 공기에는 탄산수 같은 느낌이, 뭔가 흥분되는 느낌이 있는 것 같다고, 그녀는 생각한다. 그 때문에 도착하자마자 방금 샴페인 한 병을 비운 것처럼 취한 기분이 되고, 춤을 추고 싶고, 일탈을 하고 싶다. 그런 생각을 해낸 자신이 뿌듯하지만, 그녀는 그 생각이 기의 가장 잘 쓴 단편에서 따온 구절이라는 것을 알아차린다. 「비곗덩어리」. 그녀는 카지노 주차장에 차를 대고 장폴이라는 이름의 남자를 기다린다. 그가 세시에 그들을 그 집으로 안내하기로 되어 있었다. 시계를 보니 아직 열한시밖에 되지 않아, 그녀는 마음이 무겁다.

다 왔어! 그녀가 말한다.

어디예요? 큰아들이 말한다. 그들은 함께 차 앞유리를 통해 텅 빈 회색 해변을, 회색 바다를, 머리 위 회색 하늘을 본다.

아무데도 아닌데요, 아이가 시무룩하게 말한다.

작은아들이 깜짝 놀라 잠을 깨서는 말한다, 깃발이다!

그녀는 미처 보지 못했는데, 정말로 그렇다. 판자로에 아주 높은 장대들이 죽 세워져 있고, 거기 수십 개의 깃발이 걸려 있다. 바람이 매섭게 몰아치는 판자로의 끝 1피트 정도 거리에 있는 깃발은 모두 나달나달하다. 미국 국기는 하나도 없다. 이곳은 이 세상의 스웨덴인, 덴마크인, 영국인을 위한 곳이지, 미국인을 위한 곳은 단연코 아니다. 그녀는 기쁘다. 차에서 내리자 바람이 쌀쌀하고, 머리 위에서 갈매기들이 비명을 지른다. 하지만 그녀는 관절이 부드러워진 것 같고, 야성의 느낌이 그녀를 휘감는다. 그녀는 그 느낌을 플로리다의 집 모퉁이만 돌면 자신을 기다리고 있던, 심지어 파리에서도 자신을 지켜보고 있는 것 같던 피할 수 없는 운명으로부터의 해방으로 규정한다. 이포르는 아주 작은 곳, 아주 특색 없는 곳이다. 르누아르가 그곳을 화폭에 담은 이후 이포르는 내리막길을 걸었다. 그녀를 괴롭히는 울적한 공포도 여기서 그녀를 찾으리라고는 생각지 못할 것이다.

해변으로 내려간 아들들은 거센 파도 속으로 돌멩이를 던지고 또 던진다. 그들은 돌멩이가 물마루 사이의 단단한 골에 떨어지며 만드는 딸깍 소리와 돌멩이가 물마루에서 만드는 꿀꺽 삼키는 소리를 좋아한다. 그들은 절벽에 있는 동굴로 기어들어간다. 동굴은 교회의 회중석처럼 생겼지만, 유령이 나올 것처럼 오싹하다. 그녀는 바람이 큰아들의 짙은 색깔 머리칼을 헝클어놓는 방식에 감탄하느라, 작은아들이 잽싸게 속옷 차림이 되어 거친 파도 속으로 뛰어드는 것을 보지 못한다. 황금색 머리칼이 물속으로 들어가는 것만 언뜻 볼 뿐이다. 그녀가 허우적허우적 들어가 아이를 끌어낸다. 아이는 피부와 입술이 파랗고 얼굴은 깜짝 놀란 표정이지만, 형이

자기를 보고 웃자 자기도 따라 웃는다.

　바람을 맞으니 아주 춥다. 그녀의 치마는 젖었고, 작은아들은 바들바들 떨고 있다. 하지만 아이들 옷을 갈아입히려고 차로 다시 가기에는 너무 피곤하다. 해변에는 기념품, 튀긴 해산물, 아이스크림을 파는, 주석으로 지은 작은 가게들이 모여 있다. 거기서 그녀는 투명한 비닐막의 따뜻한 보호를 받으면서 치즈와 달걀을 넣은 메밀 갈레트 세 개를, 디저트로는 소금을 친 캐러멜 크레페 하나를 주문한다. 집에서는 명절이나 비상상황일 때만 설탕을 먹는다—그녀는 설탕이 독이라고 알고 있다. 살을 찌우고, 정신을 이상하게 만들고, 늙었을 때 결국 기억을 잃게 만든다. 그녀는 양로원에서 지저분한 머리를 한 수다쟁이가 되는 것에 심각한 공포를 갖고 있다. 그녀에게는 아들들이 있고, 그녀는 바보가 아니니, 인류가 그만큼 오래 지속된다면 그런 슬픈 노화의 장면이 자신의 운명이 될 가능성이 크다는 것을 안다. 당신이 신체 기능에 대한 통제력을 상실했을 때 딸들은 기저귀를 갈아주겠지만 어떤 아들도 자기 어머니의 음부를 젖은 수건으로 닦아주고 싶어하지는 않을 것이다. 하지만 그녀는 아들들이 프랑스를 사랑하게 되기를 바라고, 그사이 자신이 뇌물에 의연한 사람이 아니라는 걸 깨달았다. 그녀는 작은아들의 몸을 덥혀주려고 자신의 셔츠와 카디건 아래로 살에 닿게 아이를 끌어안는다. 그러자 큰아들이 그건 공평하지 않고, 자기도 춥다고 말한다. 그래서 그녀는 무릎에 자리를 만들어 큰아이도 카디건 안으로 들어오게 한다. 옷이 무한 가방처럼 늘어나 아이들 모두를 받아준다. 그녀는 배고프지 않다. 그래서 그 지역 사과주를 마시고 알코올로 몸을 덥힌다. 희미하게 거름과 풀 맛이 배어 있어 구역질이 나지만, 그것을 독특한 향미로 생각하기로 한다. 그녀는 기 드 모파상 역시 지금과 똑같은 소금기 밴 추위 속에 앉아 똑같은 것을 맛보았을 거라고 상상한다.

그녀가 아는 기의 모든 모습―돈 많은 사교계 여자들만 유혹한 파리지앵 플레이보이, 센강에서 노를 저으며 섹스를 했던 음탕한 청년, 지중해에서 요트를 타고 자신의 광기에 쫓겨 항구에서 항구로 옮겨다니던 망상에 붙들린 남자―중에서 그녀는 오로지 알바트르 해안의 기만을 진심으로 사랑한다. 이곳의 그는 과수원을 맨발로 뛰어다니고 어부의 아이들과 노는, 마음이 따뜻하고 머리색이 짙은 노르만족 아이였다. 그리고 그녀는 이 해변에 있는 그의 모습을 아주 젊은 남자로 상상한다. 그는 새벽에 수영을 하러 파도 속으로 걸어들어간다. 콧수염에서 물방울이 똑똑 떨어지고 뺨은 빨갛다. 이때의 기는 황소처럼 강하지만 아직 나쁜 남자는 아니다.

절벽 위에는 바람을 맞아 퐁파두르*처럼 풀이 드러누운 에메랄드색 풀밭이 있다. 눈을 가늘게 뜨니 작고 하얀 반점 같은 것들이 보인다. 소일까, 양일까? 그녀가 아들들에게 묻는다. 아이들은 그녀가 시력이 정말 안 좋다고 놀린 뒤 마침내 말한다. 양이에요, 엄마, 너무해요, 양이 확실해요.

그녀가 아들들을 품에 안고 목냄새를 킁킁 맡은 뒤 인습타파적인 양 한 마리를 상상한다. 양은 바다 위에 떠서 우아하게 휴식을

---

* 앞에서 뒤로 빗어 넘긴 일명 올백 머리.

취하는 새들을 부러워하며 긴 삶의 시간을 보내다가 갑자기 이런 결정을 내린다. 찬란한 새가 되기 위해 한 걸음을 내딛겠다고. 그리고 바다를 만나, 해파리로 변한다.

아들들은 자신들의 음식과 그녀의 몫까지 다 먹어치운 뒤 땅바닥으로 쭈르륵 미끄러진다. 그녀의 짙은 녹색 카디건이 늘어나 절망적이고 볼품없게 변하고, 달걀노른자 때문에 노란 얼룩이 길게 남는다.

아들들이 카지노 앞의 돌로 된 낮은 담벼락에서 금색 벌들이 주위를 빙빙 돌고 있는 라벤더 화단으로 뛰어내린다. 그녀는 자신이, 아이들이 직접 실수를 해보도록 허용하는 어머니가 된 것 같다고 생각한다. 그녀는 아들들이 아픔을 경험하는 것을 원하지 않지만, 아들들이 위험한 것에 좀더 관심을 기울인다 해도 신경쓰지 않을 것이다. 그리고 세상에는 벌에 쏘이는 것보다 훨씬 나쁜 교훈들이 가득하다.

그 순간 땅딸막한 예순 살의 남자가 언덕을 내려오며 이봐요, 하고 부른다. 장폴 말고는 그럴 사람이 없다. 풍상에 시달린 얼굴이다. 그에게 눈이 있다고 해도 아주 깊은데다 짙은 눈썹에 가려져 있어 그녀는 볼 수가 없다. 그의 손이 악수하기 전에, 냄새가 먼저 그녀와 악수한다. 빨지 않은 옷, 몸, 소금, 입 냄새가 뒤섞였다. 평생 독신으로 지낸 남자의 냄새다.

그는 늦은 것에 대해 사과하고, 집이 준비되었다고, 그들은 그곳에서 아주 행복하게 지낼 거라고 말한다. 그는 그녀가 하는 프랑스어를 듣고 놀라서 말한다. 괜찮게 하시는데요! 그는 그녀에게 줄 선물이 있다고, 그 집 주인이 그녀가 기 드 모파상을 연구하고 있다는 말을 해줬다면서…… 청바지 뒷주머니에서 꼬깃꼬깃한 종이를 꺼내 과장된 동작으로 펴서 그녀에게 건넨다.

그녀는 그것을 쳐다본다. 그가 그녀를 위해 기 드 모파상의 프랑스어 위키피디아 페이지를 출력했다. 앙리 르네 알베르 기 드 모파상, 1850년 8월 5일 출생, 1893년 7월 6일 사망. 플로베르의 문하생, 자살 시도 실패, 자연주의 작가로 단편과 장편 등을 집필. 장폴이 그녀의 반응을 기다린다. 그녀는 웃음을 삼키고, 이런 걸 준비해오다니 아주 친절하시다고, 이럴 것까진 없었다고, 아주 많이 고맙다고 말한다. 그는 그걸로 충분하지 않은 것 같다. 얼굴을 찡그리고 눈을 가늘게 뜨고 그녀를 본다. 그러고는 돌아서서 아들들의 손을 잡는다. 큰아들은 손을 잡히지만 무례하게 느껴지지 않을 동안만 잡혔다가 빼낸다. 하지만 작은아이는 그 남자에게서 냄새가 나고 서로 말이 통하지 않는데도 손을 놓지 않고 장폴과 계속 이야기를 나눈다. 그들이 아주 긴 계단을 올라가기 시작한다. 그녀가 나중에 세어보니, 가파른 언덕에 일흔네 개의 계단이 깎여 있다. 어머니인 그녀가 가방 세 개를 다 운반한다. 무겁다.

큰아들은 그녀와 같이 뒤처져 걸으면서 조용히, 저 아저씨가 마음에 들지 않는다고, 냄새가 나고 뭔가 이상한 데가 있다고 말한다.

오, 그렇게 나쁜 아저씨는 아니야, 그녀가 말한다. 그녀는 숨을 약간 씩씩거린다. 정상에 먼저 온 장폴과 작은아들이 돌아서서 그녀가 힘을 내 한 계단씩 올라오는 모습을 지켜본다.

장폴이 웃음을 터뜨리더니, 아래를 향해 그녀의 모습이 암염소를 연상시킨다고 외친다.

마음이 바뀌었어, 아가, 그녀가 큰아들에게 소곤거린다. 나도 저 아저씨 싫어.

언덕 정상에 올라와서 보니, 거리는 불안정하고 제멋대로다. 길이 반 보에 한 번씩 꺾이고 골목길이 여기저기서 튀어나온다. 모든 것이 돌로 만들어져 있다. 바람에서 벗어나 햇볕 속에 서니 제법 따뜻하다. 빨간 제라늄이 사방에 흐드러져 있다.

마침내 장폴이 작은아들의 손을 놓고 화려한 동작으로 열쇠를 꺼낸 뒤, 벽에 다른 문들 옆으로 나 있는 문을 열고 안으로 들어간다. 그는 이제 다 왔다고, 여기가 집이라고 말한다. 안으로 들어가자 가구가 거의 없다. 그녀는 그것이 마음에 든다. 죄다 돌과 나무와 흰색 회반죽이다. 세 개의 방은 하나 위에 하나가 올려져 있는 구조이고, 나선형 계단으로 연결된다. 누군가의 할머니가 쓰던 가구가 있다. 기름지고 썩은 냄새가 나는데, 그녀가 젊었을 때 보스턴의 어느 아파트에서 맡았던 냄새다. 벽 안에서 쥐가 죽은 뒤, 그녀는 몇 주 동안 마음이 희미하게 괴로웠다. 아래층에는 테이블과 의자들, 카우치와 텔레비전이 있고, 그다음 층에는 바퀴가 달린 낮은 침대와 욕실이 있고, 꼭대기 층에는 퀸사이즈 침대만 있는 그녀의 작고 하얀 방이 있다. 창턱에 먼지가 쌓여 있고, 배수구에는 긴 머리카락과 모래가 있다.

그녀가 쓸 꼭대기 층의 장식 없는 하얀 방에는 천장에 두 개의 채광창이 있다. 그 창들이 열려 있어 그녀는 그리로 고개를 쑥 내민다. 한쪽 옆으로는 오로지 하늘과, 절벽 위에서 백일몽에 빠진 양들만 보인다. 하지만 다른 쪽 창을 보면 젖은 피부처럼 반짝거리는 슬레이트 지붕들이 펼쳐져 있다. 그녀가 여기서 보는 것은 죄다 줄무늬다. 시내 중심에 빨간색과 황갈색 시계탑이 있고, 해변의 주석으로 된 탈의실 지붕은 파란색과 흰색이다. 플린트 돌이 혈맥처럼 박혀 있는 크림색 절벽, 흰 파도가 이는 푸른 바다, 매리너 셔츠를 입고 해변 판자로를 걸어가는 작은 형체의 사람들. 뺨에 닿는 바람이 매섭다.

그녀가 머리를 다시 안으로 넣는다. 장폴이 아주 가까이 서 있다. 강한 그의 체취는 부엌에서 나는 죽은 짐승의 냄새와 합쳐져 그녀의 입안에 불쾌한 막을 형성한다.

그가 그녀에게 텔레비전과 와이파이와 레인지를 사용하는 방법을 알려주려 하지만, 그녀는 아니, 아니, 고맙지만 괜찮아요! 하고 말한다. 아니, 아니, 아니, 아니요. 그녀는 계단을 내려가며, 자꾸 따라오는 장폴에게 거듭 고맙다고 말한다. 앞문에서 그녀가 위층에 있는 아들들을 부르고, 아이들이 침대에서 풀쩍 뛰어내린다. 착지할 때 집이 흔들린다. 아이들이 툴툴거리며 내려온다. 식료품점에 가서 살 게 있다고, 그녀가 말한다. 꼭 가야 한다고. 문제가 있으면 집주인과 연락을 취하겠다고. 장폴을 만나서 아주 반가웠다고. 그녀가 문을 연다. 그는 머뭇거린다. 그녀는 세 가지 다른 방식으로 잘 가라고 말한다. 그가 슬며시 떠난다. 그녀는 창문이란 창문은 죄다 열고 바람이 마지막 남은 그의 자취까지 데려가게 십 분을 더 기다린다. 그리고 그가 떠났다는 확신이 들자 아들들에게 다시 샌들을 신으라고 한다.

타운에 딱 하나 있는 식료품점épicerie의 입이 건 여자가, 어머니인 그녀가 구입한 식료품 전부를 플로리다에서 가져온 장바구니에 쑤셔넣으려 애쓰자, 그것을 보고 웃는다. 어머니인 그녀는 창피하다. 아주 품질 좋은 버건디가 놀라운 가격으로 판매되고 있다. 미국에서 사는 와인 한 병 값의 15분의 1이라 매대에 있는 네 병을 전부 산다. 그래서 그 여자가 건네는 종이박스는 묵직하다.

아들들이 코를 킁킁거리며 천천히 빵집 앞을 지나간다. 정육점 앞에서는 걸음을 서두른다. 유리창으로 죽은 살이 보여 섬뜩하기 때문이다. 그들은 채식주의자이지만, 얼굴이 있는 생물에 대해서만 그렇다.

시내 중심으로 가는 길은 아주 간단하지만, 지금 어머니인 그녀는 길을 잃은 것 같다. 그들이 아침에 도착했을 때는 비가 흩뿌려 거리가 조용하고 음산했지만, 지금은 놀러온 사람들로 북적인다. 아이들은 앞으로 달려나가고, 집들 사이 비좁은 도로를 달리는 차들에 아이들이 치일까봐 그녀는 그러지 말라고 소리를 지른다. 아이들이 멀뚱한 표정으로 돌아본다.

그녀는 누군가에게 그들이 지금 있는 곳이 어느 거리인지 묻지만, 어부임이 분명해 보이는 그 사람은 알아듣기 불가능한 프랑스어로 대답한다. 그 때문에 그녀는 자신이 프랑스어를 완전히 잊어버린 게 아닌지 두려워진다. 이포르테, 나중에 알게 되기로 그건 낡은 밧줄처럼 우둘투둘한 그 지방 방언이다.

마침내 그녀가 식료품 산 것을 내려놓고 팔을 문지른다. 울지 않을 거라고, 혼자 다짐한다. 큰아들이 벽돌로 막아놓은 어느 집 앞문으로 올라가는 계단 옆에, 높고 둥근 장대가 있는 것을 발견한다. 아이는 동생에게 그걸 어떻게 타고 올라가고 내려오는지 시범을 보인다. 검은색 머리칼, 금색 머리칼, 검은색, 이어 금색.

기 역시 더 작고 더 금발인 누군가의 사랑하는 형이었다. 에르베. 하지만 비극적이었던 형을 비추는 거울이었던 에르베는 형보다 더욱 비극적이었다. 그 평행선이 그녀의 아들들에 대한 저주처럼 느껴져, 그녀는 그 생각을 마음속에서 빠르게 몰아낸다.

세상에서 가장 작은 운동장이다! 아들들이 장대를 타고 내려오며 외친다.

그녀는 아이들이 타고 내려오는 매 순간을 자신의 몸안에서 느끼면서 지켜본다. 그녀가 어렸을 때 건전지로 작동하는 장난감이 있었다. 펭귄 세트. 계단을 행진하여 올라가지만 그것은 휘도는 곡선의 경사로를 내려오기 위해서일 뿐, 행진은 다시 시작된다. 그것은 대리로 경험하는 전율, 아웃소싱한 아드레날린이다. 책 속에 파묻혀 사는 인생에게는 좋은 훈련이라고, 어머니인 그녀가 생각한다.

그녀가 보도 위로 올라서서 박스를 발로 민다.

뭐가 잘못됐어요, 엄마? 작은아이가 묻는다.

길을 잃은 것 같아, 그녀가 말한다. 걱정하지 마. 엄마가 알아낼 거야.

아이는 레몬을 빨아먹었을 때처럼 얼굴을 찡그리지만, 장대를 타고 미끄러져내려온 뒤 다시 계단을 뛰어올라간다.

큰아이가 다가오더니 그녀의 발 위에 올라서서 머리를 그녀의 흉골에 꾹 누른다. 그리고 묻는 표정으로 그녀의 얼굴을 올려다본다. 저기 아니에요? 아이는 붉은 제라늄이 심긴 금이 간 큰 테라코타 화분을 가리키며 말한다. 그 옆을 보니 집들 사이로 틈이 있고,

그 틈은 그들의 좁은 길로 통한다. 아이가 그들이 지금 어디 있는 지 안 지 제법 되었으면서도 그녀의 감정을 상하게 하지 않으려고 조심하고 있다는 것을 그녀는 알겠다. 사랑스러운 아이. 그렇게 사랑스럽지 않은지도 모른다. 그들이 집에 도착했을 때, 그녀가 열쇠를 더듬더듬 찾는 동안 아이가 제 동생을 계단에서 밀어뜨렸기 때문이다. 넘어뜨릴 의도는 없었던 걸 수도 있다. 확실히는 알 수 없다. 큰아이는 우아한 포식자의 몸을 하고서 상황을 지켜보고, 엉엉 우는 작은아이의 소리가 막다른 골목에 메아리친다. 아이의 무릎에 피가 조금 났다. 그녀는 동네 사람들이 두려워서, 가능한 한 빨리 아이들을 안으로 들어가게 하고 자신도 들어간다. 쾅 소리와 함께 문이 닫히면서 그들이 만든 소음을 차단한다.

아이들이 레고를 가지고 노는 동안 그녀는 집을 청소한다. 집은 그들이 도착하기 전에 이미 청소가 끝나 있어야 했다. 그게 그들이 오후가 될 때까지 기다려야 했던 이유였다. 냄새에 대해 그녀가 할 수 있는 것은 없지만, 창문을 열어두고 냄새가 빨리 빠지기를 바란다. 그들은 파스타와 당근을 먹고, 잠자리에 들기 전에 산책을 하러 나간다. 집으로 돌아오는 길에 요리하는 냄새가 나는 걸 보니, 휴양지에 놀러온 사람들이 저녁 시간을 보내기 시작하는 모양이다. 머리 위로 해는 여전히 밝다.

그녀는 아들들에게 마그네틱필즈의 〈Book of Love〉를 불러주고, 『어린 왕자』의 한 부분을 읽어준다. 아이들은 침낭 속에서 금세 잠이 든다. 프랑스어를 알아듣지 못하는데다 그녀의 노래도 고래 노래처럼 들렸을 테니까. 오, 하지만 그녀는 자신의 입에서 나오는 그 언어를 사랑한다. 실크와 뼈의 느낌. 밝은 모음과 그 언어를 말하는 아름다운 입 모양.

아래층에서는 사람들이 계속 창문 앞을 지나가고, 그들의 목소리는 크다. 그녀는 창문을 닫고 커튼을 친다. 와이파이가 작동하지 않아, 라우터를 여러 번 껐다 켰다 한다. 집주인이 놓고 간 바인더에 적힌 지침대로 해보고, 할 때마다 그전보다 더 신경을 쓰는데도 그렇다. 남편에게는 말하지 않을 것이다. 지금쯤 그는 일에 파묻혀 퉁명스러운 대답으로 그녀의 감정을 다치게 할 것이고, 그렇게 사랑받지 않는다는 느낌이 들게 할 것이다. 하지만 어쩌면 그녀에게 즐거운 이메일이 와 있을지도 모른다. 공책을 펴지만 글이 써지지 않는다. 그녀는 맛좋고 값이 싼 버건디 한 병을 따고, 한 잔을 더 따르려고 하다가 병이 금세 다 빈 걸 깨닫고 깜짝 놀란다. 방안에 투명인간이 있는 게 틀림없다. 그녀 옆에서, 눈에 보이지는 않지만 같은 병을 마시고 있는 두번째 그녀, 요가 바지와 플리스 재킷을 입고 얼룩진 안경을 쓴 꼭 그녀인 것 같은 도플갱어가. 그것만이 유일한 설명이다.

어쩌면 그녀가 그렇게 상상하는 것은, 기의 후기 단편들에 이중자아가 많이 등장하기 때문이고, 기의 병이 악화되면서 그가 자신의 유령을 보기 시작했기 때문일 것이다. 그의 많은 연인들 중 하나였던 지젤 데스톡, 그녀는 양성애자이자 화류계 여자였는데, 자신을 부당하게 대한 여자 연인과 공개적인 장소에서 가슴을 드러내고 칼싸움을 한 것으로 유명하다. 성질이 불같아서, 비열한 비평가에게 앙갚음할 목적으로 르 레스토랑 포요를 폭파시켰다는 혐의를 받았다. 그녀의 사후에 출간된 『사랑의 보고서』는 기와의 연애 행각에 관한 모든 것을 폭로한 책인데, 거기서 지젤은 한번은 그가 그의 이중자아에 대해 이렇게 이야기했다고 말한다.

기가 여전히 침대에 누워 있어서 어둠 속에서는 그를 잘 볼 수 없었다고, 그녀는 말한다. 어두운 구석이 유령들로 불끈불끈 움직이는 것 같다. 그는 잠들어 있었는가? 갑자기 그녀의 귀에 그의 조용하고 불안정한 목소리가 들린다. 거슬리는 어조다. 내가 일을 하지 못하게 하려고 그자가 나타난 게 이번이 세번째야. 처음에는 씰룩거리는 이상한 얼굴로 나타났어. 꿈에서 보는 얼굴, 마치 내가 거울을 보고 있는 것처럼, 그건 내 얼굴이었어. 그때 그자는 나한테 말을 하지 않으려 했어. 지난번에 찾아왔을 때, 내 남동생보다 나를 더 닮은 것 같은 이 방문자는 내게 현실의 인물로 보였어. 그자가 내 작업실로 걸어들어왔고, 나는 그의 발소리를 들었어. 그리고 그자가 내 의자에 더없이 자연스럽게, 마치 여기가 자신의 공간인 것처럼 앉았어. 그자가 떠난 뒤, 나는 그자가 내 책과 종이와 책상에 있던 물건을 모두 어디 다른 데 옮겨놓았을 거라고 장담했어. 지난번처럼 이번에도 그자는 내게 아무 말도 하지 않았어. 그자의 얼굴에 떠오른 표정은 내 일이나 내 걱정과는 아무런 상관이 없는 듯했어. 이번에 세번째로 찾아왔을 때에야 나는 내 이중자아가 뭘 생각하고 있는지 알아냈어. 그자는 내게 화가 아주 많이 나 있고, 나를 미워하고 경멸해. 왠지 알아? 그자는 내 책을 쓴 사람이 자기라고 믿고 있어! 내가 자기한테서 그걸 훔쳐갔다고 비난하고 있어!

가끔은 말이야, 기가 그녀에게 속삭였다. 내 머릿속에서 광기가 소용돌이치는 걸 느껴.

어머니인 그녀는 와인 두번째 병을 다 비운다. 그녀 앞의 페이지는 여전히 비어 있다.

제길, 그녀는 생각한다. 다 여행 때문이라고, 새로운 환경에 대한 긴장과 이 집의 냄새 때문이라고. 그래서 하루가 지나는 동안 몸이 해변에서 가져온 돌로 가득 채워진 것처럼 무거워진 거라고. 그 모든 것이 공모를 해서 그녀가 일하는 것을 막는 것 같다고. 그녀는 힘겹게 나선형 계단을 올라 자신의 춥고 하얗고 바람이 새어 들어오는 방으로 올라간다.

밤 열시인데도 천장 채광창으로 보이는 태양은 여전히 불타고 있다. 그녀는 채광창 밖 허공으로 고개를 내밀고, 바닷물이 저만치 멀리 물러가 있는 것을 본다. 물이 빠지고 검게 드러난 땅의 적나라한 모습은 무섭다. 어슴푸레한 빛은 어두운 달의 표면처럼 불길하다. 사람들이 조그맣게 보이는데, 그녀 생각에, 그들은 하얀 들통 같은 것을 들고 조심조심 그 땅을 건너가고 있다.

이웃집 지붕에 갈매기들이 줄지어 앉아 있다. 그것들은 이상하게도 움직임이 없고, 그녀에게서 고개를 돌린 채 바다를 보고 있다. 그녀는 열둘까지 헤아리다가, 세는 것을 멈춘다. 그것들의 침묵이 어딘지 모르게 불편해서다. 이 종種의 새는 결코 조용할 줄을 모른다. 생의 4분의 3이 비명이다. 분노의 새다. 모두 어미다. 수컷 갈매기조차 어미다.

뭔가 이상해, 그녀가 생각한다.

곧 하늘이 분홍색과 감청색으로 물들고 태양이 마지막을 불사르다 사라진다. 그녀는 바다의 선원들에 대해 읽은 적이 있다. 날이 아주 청명하면, 그들은 일몰의 순간에 번득이는 녹색 광선을 볼 수 있다. 그녀에게 보이는 것은, 눈을 감을 때 눈꺼풀에 나타나는 늙고 죽은 태양의 유령뿐이다.

잠시 후 가장 큰 갈매기가 날개를 편다. 갑자기 새들이 빽빽 비명을 지르기 시작한다. 웃음소리, 힘차게 날개를 퍼덕이는 소리. 귀가 멀 정도로 시끄럽다. 그녀는 너무 놀라 머리를 천창에 부딪히고, 그녀의 놀란 마음이 잦아들 때쯤 갈매기들이 옥상에서 떨어져 나와 바람을 타고 날아오르더니 뒤돌아 그녀를 향해 날아온다. 그녀가 다시 머리를 쑥 내리고 지켜보니, 몇 마리가 그녀의 머리 위 가까운 곳에 방향을 반대로 돌린 채 떠 있다. 그것들의 벌어진 입에서 혀가, 길고 겁에 질린 분홍색 벌레처럼 나와 있다.

그러더니 사라진다. 그것들의 소리가 저 먼 허공에서 들려온다. 그녀의 몸이 떨린다. 어쩌면 그녀는 그저 추운 것인지도 모른다. 그녀는 몸을 덥히려고 침대로 가 눕고, 숨 몇 번 만에 잠이 든다.

아침에 그녀의 따뜻한 깃털 이불 아래로 작고 얼어붙을 듯 차가운 몸이 파고 들어온다. 곧 또 한 몸이 파고든다. 아들들은 꼼지락거리긴 해도 얌전하다. 팔꿈치와 무릎이 그녀의 옆구리에 부딪히고, 뺨이 그녀의 팔과 가슴에 닿는다. 그들은 머리 위로 하늘이 서서히 밝아오는 것을 지켜본다. 그녀가 창문을 열어두어 방안은 얼어붙을 듯 춥다. 그녀는 어릴 때 뉴욕주 북부의 외풍이 심한 오래된 집에서 가족과 함께 살았는데, 그녀의 방이 얼어붙을 듯 추웠던 그 시절 그때처럼 춥다. 어떤 밤에 지켜보면, 좁은 틈으로 들어온 바람이 방바닥에 채찍을 휘두르듯 가느다란 실 모양으로 눈을 뿌렸고, 눈은 벽난로 안에 작고 완벽한 젖꼭지 형태로 자리를 잡았다.

빵집에서 그녀는 아이들에게 먹고 싶은 것을 프랑스어로 주문하게 하고, 빵집 주인은 다정한 눈빛으로 그녀를 바라보며 종이에 싼 페이스트리를 건넬 때 잠시 그녀의 손을 잡아준다. 집으로 돌아오는 내내 어머니인 그녀는 자신의 손에 닿았던 빵집 주인의 따뜻한 손가락을 느낀다.

이포르에서 그들 말고 깨어 있는 사람은 많지 않다. 한 남자가 길 저만치에서 자신의 스패니얼종 개를 괴롭히고 있다. 어부들이 저 아래 해변에서 윈치를 작동시켜 긴 체인으로 수로를 통해 그들의 배를 끌어올린다.

여기 있다. 어머니인 그녀가 사랑하는 프랑스가. 입안에 넣은 버터를 바른 페이스트리, 자갈 깐 길, 프랑스인의 모습은 거의 보이지 않는 그림 같은 새벽 풍경이.

오늘 그들은 에트르타에 가볼 것이다. 기 드 모파상은 에트르타를 사랑했다. 그의 어머니 로르 르 푸아트뱅은 삶의 대부분을 그곳에서 보냈다. 기는 그곳에서 자랐고, 돈을 벌자 어머니의 집에서 멀지 않은 곳에 집을 지었다. 그는 그 집을 자족적인 나르시시즘에서 라 길레트라고 불렀다. 어린 기라는 뜻이다.

어머니인 그녀가 바람 부는 도로를 운전해 절벽 꼭대기로 올라간다. 마침내 절벽이 아침 햇살 속에서 하얗게 보인다. 눈이 멀 정도로 그렇다. 아하, 그녀는 생각한다. 우리 모두가 그렇듯, 그곳도 하루가 지나면서 그저 더러워질 뿐이다. 와우, 작은아들은 숨을 들이쉬지만, 큰아들은 지켜보면서 자신의 속마음과 이야기한다. 큰아이 안의 뭔가가, 그저 어떤 일이 일어나는지 보기 위해 그녀가 액셀러레이터를 밟고 속도를 내어 절벽 위로 날아오르기를 바란다는 것을, 그녀는 안다.

작은 숲, 풀밭, 노래하는 새, 마을 들. 메르세데스가 바르르 몸을 떨며 에트르타로 들어간다. 그들은 기드모파상 거리에 차를 댄다.

이른 햇살의 스포트라이트를 받은 타운은 아주 고요하다. 기념품가게들이 오밀조밀 들어서 있는 것을 보니 나중에 관광객이 몰려들리란 걸 알겠다. 아이들이 또 배가 고프다고 해서, 그녀는 다른 빵집을 찾아 아이들이 프랑스어로 주문할 수 있는 한은 먹고 싶은 것을 먹게 해준다. 두 아이 다 살람보salambo를 고른다. 녹색 프로스팅을 바른 에클레르*의 일종이다. 역겨워 보이는데, 생각해보니 『살람보Salammbô』라는 소설은 플로베르의 책들 중 그녀가 가장 좋아하지 않는 것이다. 아들들이 기 드 모파상의 멘토이자 친구였던 플로베르를 암시하는 뭔가를 골랐다는 게 적절하게 느껴진다. 위대한 『마담 보바리』 뒤에 쓴 작품이 고대 카르타고에 관한 멜로드라마 같은 역사소설이라니 이 얼마나 비극인가. 무시무시한 휴머노이드 로봇을 만든 사람이 그다음으로 관심을 갖기로 한 것이

---

* 크림을 넣고 보통은 위에 초콜릿을 바른 길쭉한 페이스트리.

뻐꾸기시계인 것과 비슷하다.

하지만 플로베르는 기를 진심으로 사랑했고, 기에게서 자신의 절친한 친구의 유령을 발견했다. 알프레드 르 푸아트뱅, 기의 외삼촌. 알프레드는 아주 젊은 나이에 죽은 시인이었고, 플로베르는 그 충격을 결코 극복하지 못했다. 기는 자라나 플로베르와 친한 사이가 되었고, 자신을 플로베르의 틀 안에 밀어넣었다. 글에서는 절제되어 있었으나 삶에서는 음탕했다. 스승인 플로베르가 뇌졸중으로 사망했을 때 그의 가족은 기에게 플로베르의 시신을 씻기고 단장해달라고 부탁했다. 시신을 묻기 위해 파놓은 구멍의 길이가 너무 짧아 관이 들어가지 않자 기는 화가 나서 울었다. 나중에, 기는 애도의 시간을 보내는 중에 투르게네프에게 편지를 썼다. 그의 위대한 영혼이 나를 따라다닙니다. 그의 목소리가 자꾸 찾아옵니다. 그의 문장이 내 귓가에 들립니다. 이미 사라졌기에 찾으려 하나 찾을 수 없는 그의 사랑이 내 주위를 텅 빈 듯 만들어버렸습니다.

어머니인 그녀와 아들들이 판자로로 나간다. 빨간 깃발들이 걸려 있는데, 수영하면 안 된다는 뜻이다. 제정신인 사람이 이렇게 거칠게 부서지는 하얀 파도 속으로 용감하게 뛰어들기라도 할 것처럼. 이 해변은 이포르의 해변과 비슷한데, 다만 엄청나게 크다. 하지만 이곳의 웅장한 절벽을 보면 숨이 멎는다. 왼쪽으로 바늘같이 생긴 크고 뾰족한 바위와 뼈처럼 하얀 돌이 깎여서 만들어진 듯한 아치 모양의 길이 뚫린 절벽이 있다. 오른쪽으로 더 작은 아치 길이 뚫려 있는 절벽이 있는데, 그 위에 갈색 모자chapeau를 쓴 것처럼 교회가 하나 있다.

바람을 맞아 너무 추워지자 그들은 시내를 걸어다니는데, 건물의 미학에 그녀의 마음에 들지 않는 측면이 있다. 밀폐된 느낌을 주고 상스럽다. 어딜 봐도 갈색 목조건물이고, 거리는 조밀하며, 2층과 3층짜리 건물들은 원래 형태에서 벗어나 무서울 정도로 길 쪽으로 기울어 있다. 토착 양식은 너무나도 장식적이고 어둡고 답답해 보여 그 효과는 거의 경멸스러울 정도다. 그녀는 등뒤에서 그녀를 지켜보며 속닥거리는 여자들처럼 건물들이 몸을 기울인다고 느낀다.

그녀는 아이들을 레 베르기 빌라로 데리고 간다. 부모의 이혼 이후, 기와 에르베는 힘들어하던 어머니에 의해 그곳에서 키워졌다. 하지만 그곳엔 아무것도 볼 것이 없고, 큰 대문이 앞을 가로막고 있다. 그녀는 아이들을 데리고 라 길레트까지 한참을 걸어간다. 거기서 볼 것은 라 길레트라고 쓰인 안내판뿐이다. 그녀는 안내판의 사진을 찍은 뒤 그 앞에 아들들을 세우고 한 장을 더 찍는다. 그리고 자신이 무단출입을 할 수 있을 것 같지는 않아, 그냥 걸음을 돌린다. 에트르타에서는 기 드 모파상보다 모리스 르블랑이라는 작가가 훨씬 더 큰 인물인 듯 보인다. 그는 아르센 뤼팽이 등장하는 이야기를 썼다. 방화범 늑대라는 뜻의 그 이름이 기에게 적용될 수 있다. 기는 매독에 대한 많은 치료법 가운데 방화를 선택했고, 성적 포식자였으며, 전해지는 말에 따르면 언제든 자신의 뜻대로 발기할 수 있었다.

그녀는 아들들을 데리고 긴 등산로를 올라 절벽 위 교회로 간다. 작은아이가 점점 지쳐서 더 걸을 수 없게 되자 그녀가 안고 간다.

근육이 기분좋게 타들어가는 것 같다. 그녀가 몹시 힘들어하자 큰 아이가 잠시 동생을 맡는다. 오, 그녀는 사랑이 북받쳐 울고 싶어진다. 석조건물인 교회에 다다르자 그녀는 아이들이 절벽 끝에 가지 못하도록 양치기 개처럼 추락 지점 가장 가까이 서고, 아이들이 교회 근처에서 계단을 오르거나 폴짝 뛰어내리면서 놀게 한다.

그들은 천천히 내려와 점심으로 마르게리타피자를 먹는다. 그리고 해변에서 돌 때문에 발바닥이 아플 것을 대비해 아쿠아슈즈를, 일광욕을 할 때 쓸 매트를, 튜브를, 그리고 이런 추위는 지금 여름인 지옥 같은 플로리다에서는 상상할 수 없으므로 선원들이 입는 것 같은 푸른색과 흰색으로 된 운동복 상의도 산다. 그들은 아들들의 아버지에게 보낼 엽서도 사지만, 엽서는 집에 돌아갈 때까지 아무 내용 없이 지저분해지고 귀퉁이가 나달나달해진 상태로 그녀의 가방 안 가장 아래에 머물러 있을 것이다.

더 할 일이 없자 그들은 판자로를 지나 걸음을 더 옮겨 다른 절벽으로 간다. 바위를 깎아 만든 계단과 구불구불한 좁은 길을 올라가야 하는데, 발을 헛디디면 300피트 아래 악의 구덩이로 굴러떨어질 텐데도 옆에 추락을 막아주는 난간이 없다.

아얏, 큰아이가 그녀의 손에서 자기 손을 빼내려고 하면서 말하지만, 그녀는 놓아주지 않는다.

내가 무서워서 그래, 그녀는 자신이 겁먹은 척해서 아이에게 할 일을 주려고 그렇게 말한다. 굴러떨어지고 싶지 않아.

그러자 두 아들이 양쪽에서 그녀의 손을 잡고 바위를 에둘러 그녀를 이끌면서 부드러운 목소리로 말한다. 아이들이 그 목소리로 말하는 것을 딱 한 번 들은 적이 있는데, 새끼 거위를 도랑에서 빠져나오게 하려고 구슬릴 때였다. 아이들은 몇 시간 동안이나 애를 썼고, 마침내 배가 고파진 새끼 거위가 잽싸게 밖으로 나왔다. 아이들이 새끼 거위를 잡아 동네의 오리 연못에 풀어주었다. 새끼 거위는 그뒤로 다시 보이지 않았는데, 지금 생각해보면 보호해줄 어미가 없어 매에게 곧바로 잡아먹혔을 것이다.

방대한 허공에 걸린 좁은 다리를 건널 때 바람이 그녀의 얼굴에서 거의 선글라스를 벗길 뻔하고, 그러자 그녀는 정말로 겁에 질린다. 아들들의 손을 꽉 쥐고서, 그녀는 바람이 아이들의 셔츠를 불룩하게 만들어 아이들을 허공에 밀어올리고 연처럼 날리는 환시를 보는데, 아이들의 작은 얼굴은 처음에는 어리둥절하면서도 즐거워 보이지만 정말로 날려가기 시작하자 서서히 공포의 표정이 떠오른다. 그녀는 아이들을 여기 이 땅에 자신의 몸과 함께 묶어놓아야 한다.

저는 무섭지 않아요, 작은아들이 그녀의 다리에 바짝 붙으며 말한다.

저도 안 무서워요, 큰아들이 말한다.

엄마는 무서운가봐요, 작은아이가 말한다. 우리는 아닌데.

엄마는 뭐든 다 무서운가봐요, 큰아이가 말하면서 다른 한 손으로 그녀의 다리를 어루만진다.

이쪽에서 보니 그들이 아까 올라갔던 반대쪽 절벽이 아주 위험해 보이고, 교회 건물도 바람이 강하게 불면 금방이라도 허물어질 것 같다. 아이들을 그 주변에서 뛰어놀게 했다니 믿을 수 없다. 목 안에서 뭔가가 메슥거리며 올라온다. 그녀가 아이들을 세상 건너 이쪽으로 끌고 온 것이다. 그녀는 아이들의 죽음을 무릅썼다. 무엇 때문에? 오래전에 죽은, 도덕적으로 혐오감을 일으키는 작가를 위해서였다. 그의 작품엔 백인 남성의 오만함과 반유대주의와 여성 혐오와 노골적으로 강간을 떠받드는 내용이 가득해, 그녀는 전체 작품 중 5퍼센트밖에 좋아하지 않는다.

이 타운은, 여기 위에서 내려다보니, 악의를 품은 듯 느껴진다. 기의 못된 마음에서 자라난 파생물 같다.

그들이 절벽을 내려가 다시 차로 갈 때까지 메슥거리는 느낌은 가시지 않는다. 에트르타를 빠져나오면서 그녀는 안도감을 느끼고, 아들들은 잠이 든다. 그녀는 이포르로 돌아가 카지노 주차장에 차를 대고 차 안에서 책을 읽는다. 이렇게 잠들어 있는 아들들의 모습이 너무 아름다워서. 이렇듯 평화가 깃든 그애들의 얼굴을 보고는 깨울 수가 없어서.

이포르의 판자로 끝, 절벽에 있는 오스스한 동굴 근처에, 디즈니 캐릭터를 본떠 만든 회전목마와 아이들이 버튼을 누르면 공중 8피트 높이로 단박에 솟구치는 놀이기구가 있다.

어머니인 그녀에게 스무 장의 표를 판 여자는 아름답고, 탈색한 금발에 아주 큰 젖꼭지를 가졌다. 그 여자는 회전목마 뒤쪽 트레일러에서 절대 셔츠를 입지 않는 살집 좋은 남자와 같이 산다. 그 여자는 말은 아예 하지 않는다. 어머니인 그녀는 그 여자가 아마 동유럽 사람일 거라고 추측한다. 여자는 표를 사는 부모들의 등뒤에서 험상궂은 표정을 짓는다. 그러고는 놀이기구를 타려는 아이들의 표를 받기 위해 그쪽으로 이동하고, 그 작은 손들에서 받은 표를 심술궂게 찢는다.

아들들은 함께 덤보카를 탄다. 아이들이 휙, 휙, 휙 지나가고, 스파이스걸스 노래가 흘러나오는 가운데 처음에는 낮은 목소리로, 곧이어 높은 목소리로 허공에 기쁨의 비명을 지른다.

그녀가 외국에 나가 공부한 그해, 낭트 외곽의 어느 마을에서 처음 지냈던 집의 열네 살짜리 딸은 해군인 열여덟 살짜리 남자친구가 바보 같은 방울이 달린 베레모를 쓰고 집에 찾아오면 문을 잠그고 그 노래를 반복해서 크게 틀어놓곤 했다. 그 시끄러운 소리에도 불구하고, 그녀는 그들의 신음소리를 들을 수 있었다. 너한테 내가 원하는 걸 말해줄게, 내가 정말로 정말로 원하는 걸.* 어머니인 그녀는 그 노래를 들으면 법정 강간**이 떠오른다.

그녀의 아이들이 공중에서 내려오고 놀이기구가 멈추자 작은아이가 달려와 금발의 머리를 그녀의 무릎에 박는다. 그제야 그녀는 아이가 울고 있다는 것을 깨닫는다. 웃고 있는 게 아니었다. 그 시간 내내 무서워서 비명을 지르고 있었던 것이다. 높아서가 아니라 빨간 버튼 때문인 걸 그녀는 깨닫는다. 형이 아이에게, 네 살짜리가 그걸 만지면 덤보가 폭발할 거라고 말한 것이다.

약속해, 작은 곰, 그녀가 말한다. 폭발하지 않아.

하지만 거기 폭탄이 있으면 어떡해요? 아이가 흐느낀다.

그녀는 진실만을 말하기로 마음을 먹었었다. 진실을 말할 방법을 찾아야 한다. 그래서 말한다. 음, 그래, 폭탄이 있다면 폭발할

---

* 스파이스걸스의 노래 〈wannabe〉의 가사.
** 법률용어로, 미성년자와의 성관계를 강간으로 간주하는 것.

거야. 하지만 누가 아이들이 타는 놀이기구에 폭탄을 설치하겠니?

아무도 그러지 않아요? 아이가 말한다.

네가 말한 대로야, 그녀가 말한다.

세상에 테러리스트들이 득시글한 것은 사실이다. 어머니인 그녀가 더이상 영화를 보러 극장에 가지 않는 것도 사실이다. 그녀는 레스토랑에 가면 늘 비상구가 어디 있는지 살펴둔다. 더 심해지고 더 나빠진 채, 죽음은 어디에나 있다. 국부 공격의 형태로. 공중 전자 감시 장치의 형태로. 아름다웠던 알레포*는 폭격 후 처참히 파괴되었다. 그녀는 이런 생각을 멀찍이 밀어놓는다. 그럴 수만 있다면 그녀는 침대에서 온종일을 보낼 것이다.

작은아들이 그녀를 쳐다본다. 더 이야기해달라는 뜻이다.

너를 폭파시키려고 하는 사람이 있다면 엄마가 끝까지 쫓아가 얼굴에 주먹을 날릴 거야, 그녀가 말한다. 그리고 페니스에도.

설마요, 아이가 말한다. 하지만 웃고 있다. 페니스라는 단어는 본질적으로 웃긴다. 페니스라는 개념 자체가 웃긴다. 그래서 늘 웃음이 난다.

아빠랑 엄마 중에 누가 더 **빠**를 것 같아? 우리가 공원에서 달리기를 하면 누가 이길까?

엄마요, 아이가 마지못해 대답한다.

맞았어, 그녀가 말한다. 나는 세상에서 가장 강인한 엄마야. 누가 너를 다치게 내버려두는 일은 없을 거야, 그녀가 말한다. 하지만 이게 거짓말인지 아닌지는 말하기 어렵다. 이 약속은 너무 복잡

---

* 시리아 할라브주의 주도.

하고, 미래는 전혀 알 수 없기 때문이다.

　일몰까지는 세 시간이 남았지만 하늘은 분홍색이고, 행복에 이르는 가장 빠른 길은 단것이다. 그래서 그녀는 각자 하나씩 먹을 수 있게 아이스크림을 산다. 그녀가 먹을 건 초콜릿, 아들들은 럼건포도. 그들은 위아래가 뒤집혀 있는 낚싯배에 앉아 아이스크림을 먹는다.

　아들들이 약하게 떨다가 마침내 차례로 한 명씩 몸의 시동이 꺼진다. 그녀는 하나는 등에 업고 또하나는 앞에 안고 숨을 헐떡이며 집까지 걸어온다.

　그녀는 아이들을 2층으로 데려가 눕히고, 굳이 집의 불을 켜지는 않는다. 그녀는 아래층 커튼을 통해 들어오는 어둑한 햇살이 좋다. 그녀는 또한 갈매기를 시야 밖으로 쫓아보내고 싶다. 그들이 어제 소리를 질러 해를 지게 만든 것처럼.

　그녀는 비어 있는 자신의 공책을, 그 공백이 머릿속으로 타들어가며 노랗게 그을 때까지 쳐다본다. 그리고 버건디 한 병을 따서 마시고, 또 한 병을 따서 마신다. 그러지 않을 이유가 뭔가.

　이웃들이 안뜰에서 저녁을 먹고 있다. 그녀는 부겐빌레아, 새 모이통, 길고 오래된 테이블이 있는 안뜰을 상상한다. 은제 포크나 칼은 대대로 물려받은 것이겠지만 짝이 맞지 않을 것이다. 그들은 시리아에서 전쟁이 일어난 이후 이주해온 사람들에 대해 이야기한다. 그녀는 집중해야 한다. 그들의 프랑스어는 속사포처럼 빠르고 입안의 음식물 때문에 잘 들리지 않는다.

기생충, 누군가가 말한다. 다른 누군가가 쿡쿡 웃는다. 구역질나, 저 아랍인들, 저치들이 여자들을 어떻게 대하는지 알아? 누군가가 말한다. 친척 남자가 여자를 강간하면 그 여자에게 돌을 던져 죽인대. 여덟 살만 돼도 노인들한테 팔아넘겨 그 짓을 하게 해. 야만인들.

그녀는 두번째 병을 비우고 다시 와이파이 접속을 시도해보지만 신호가 잡히지 않는다. 그녀는 텔레비전을 켜는 방법을 모르겠고, 가져온 책은 죄다 기에 관한 것인데, 에트르타에 다녀온 뒤라 오늘 밤은 그의 개똥 같은 책을 읽을 기분이 아니다.

이제 자러 가야겠다고, 그녀는 생각한다. 그리고 일어선다. 하지만 그녀의 시선이 문 쪽에 가닿고, 커튼 뒤 유리창에서 남자의 실루엣을 발견한다. 그의 팔이 움직인다.

혹시 문을 잠그지 않았는지도 모르겠다고, 그녀는 생각한다. 기억이 안 난다. 분명 잠그지 않은 것 같다.

그녀는 숨을 참고, 소파 뒤로 가서 쭈그리고 앉는다. 부드럽게 한 번 문 두드리는 소리가 들린다. 그녀는 뒤따르는 침묵에 귀를 기울인다.

그리고 문손잡이를 노려본다. 구부러진 형태의 레버, 그것이 움직이는 것을 지켜보지만, 움직임은 그녀의 눈이 만드는 것이지 손잡이가 만드는 것이 아니다. 손잡이는 그 자리에 가만히 있다.

얼마간의 시간이 흐른 뒤 남자는 떠난다. 정교한 휘파람소리, 날카로운 발걸음소리. 이웃들의 목소리가 잦아들고, 이제 그녀는 더이상 그들의 말을 알아들을 수 없다. 더이상 듣고 싶지 않다.

그녀는 문을 잠그고, 부엌 의자 하나를 손잡이 아래 놓는다. 그리고 창문을 전부 닫는다. 아이들의 얼굴은 어둠 속에서 형체 없는 희끄무레한 반점 같다. 한 아이가 잠결에 복도 불빛에 대해 불평을 할 때까지 그녀는 서서 아이들을 내려다본다. 그리고 계단을 기어 올라가 자신의 침실로 간다. 천창을 통해 여전히 해가 보인다. 그녀는 머리 위로 깃털 이불을 뒤집어써서 해를 가린다.

밤새 그녀는 깜짝 놀라 잠에서 깨고 바닥 한복판에서 어떤 형체의 윤곽을 본다. 하지만 그녀가 더듬더듬 안경을 찾아 얼굴에 쓰고 보면 그것은 늘 의자 등받이에서 마르고 있는 자신의 옷이다. 마침내 그녀는 포기하고 안경을 쓴 채 잠이 든다. 아침에 관자놀이에서 귀까지 분홍색 안경테 자국이 남고, 그 자리를 만지면 따갑고 아프다.

사흘 뒤 그들은 용감하게 물로 들어간다. 아주 많이 춥지는 않다. 적어도 숨을 쉴 수 있게 되는 순간부터는 그렇다. 기분이 좋아져! 그녀가 소리치며 아이들을 달래 물속으로 들어오게 하고, 마침내 아이들도 기분이 좋아져! 하고 말하기 시작한다. 재미를 느끼기까지 참아야 하는 약간 불쾌한 모든 상황에 대해 그들은 그 말을 쓴다. 저녁에 까끌까끌한 타일 위에서 따뜻한 물로 샤워를 할 때 그렇고, 그녀가 단지 병이 예쁘다는 이유로 구입한 곤죽 같고 버터 같은 당근과 완두콩을 먹을 때 그렇다. 이 타운에 채식주의자가 먹을 것이 별로 없어 또다시 먹어야 하는 파스타가 그렇다. 그리고 새벽에 빵집boulangerie이 문을 열기 전에 긴 줄을 서야 하는 것도 그렇다.

그들은 물에 들어갔다 나올 때마다 그녀가 가져온 여행용 스포츠타월로 몸을 감싸고 떨림이 멈추기를 기다린다.

무료 도서관으로 이용되는 작은 주석 건물에서 『아스테릭스』를 읽기로 한 큰아이는 해변의 돌로 멘히르*를 만든다. 이 돌을 갈레 galet라고 부른다는 것을 그녀는 알게 된다. 그녀는 백악이 가장 마음에 드는데, 이 돌은 쪼개지면 단단한 회색 골수 같은 것을 드러 낸다.

작은아이는 또래 여자아이에게 걸어가 평소처럼 친구가 된다.

어머니인 그녀는 얼룩덜룩해진 피부에 햇볕이 쏟아져도 그냥 내 버려둔다. 이따금 한 번씩 작은아이를 확인하고 다시 꾸벅꾸벅 존 다. 그녀는 머릿속이 이상해지는 것 같다. 잠결에 귀를 통해 들어 간 구름이 햇볕 속에 타 없어지기를 거부하는 것처럼.

그녀가 바로 전에 작은아들을 보니, 아이는 러플 주름이 달린 바 보 같은 슈트를 입은 여자아이를 놔두고 그 아이의 부모에게로 가 서 그들과 이야기를 나누고 있다.

그녀는 아이를 데려오려고 일어선다. 가까이 가서 말소리를 들 어보니 그 부모는 영국인이다. 여자는 머리색이 짙고 소년 같은 데 가 있으며 어조가 강하다. 아버지는 머리 크기에 비해 턱이 너무 크지만 매력적이다. 두 사람 다 아주 작은 수영복을 입고 있어서 어머니인 그녀는 그들의 얼굴을 보기가 민망하다. 상거래와 관련 되지 않은 문장을 어른들과 나눈 지가 오래되어 뭔가 할말을 찾는 게 어렵다.

그녀는 거기에 일반적인 경우보다 몇 호흡 더 길게 말없이 서

---

* 서유럽에서 발견되는 선사시대인들의 수직 거석 유물.

있는다.

안녕하세요, 아버지가 마침내 영국 억양으로 말한다. 아드님이 우리를 즐겁게 해주고 있어요.

안녕하세요, 그애가 원래 그래요, 그녀가 말한다. 엔터테이너예요. 귀찮게 한 게 아니면 좋겠네요.

전혀요! 머리색이 짙은 여자가 말한다. 재미있는 꼬마인데요. 우리한테 재미있는 질문을 했어요. 우주가 팽창을 멈추면 시간도 멈추는지 물어봤어요.

어머니인 그녀는 그것을 생각해본다. 그렇게 되나요? 그녀가 말한다.

공간과 시간은 단일한 천이에요. 씨실과 날실 같은 거죠, 남자가 말한다.

그렇군요. 그러니까 대답은 그렇다, 인 거죠? 어머니인 그녀가 말하지만, 두 사람은 하얗게, 그저 미소만 짓는다.

어머니인 그녀는 그들이 더 말하기를 기다리지만 그들은 말이 없고, 그녀가 말한다. 네 살짜리 아이의 질문치곤 확실히 희한하네요. 뭣 때문에 그런 게 궁금해졌는지 모르겠어요.

오, 아버지가 말한다. 아이에게 제가 천체물리학자라고 말해줬거든요. 네 살이면 그게 뭔지 모를 것 같아서, 우주를 연구한다고만 말해줬어요. 별과 블랙홀과 그런 것들이라고요.

천체학은 저도 뭔지 모르겠네요, 어머니인 그녀가 농담을 하듯 말하지만, 부부는 서로를 쳐다본다. 그러자 그녀는 말하고 싶다. 오, 맙소사, 물론 안다고, 유럽인은 미국인에게 은근 잘난 태도를 보이지만 그게 늘 정당화될 순 없다고. 그녀는 소설가라고. 그건 쓸모없는 지식을 모아 만든 여자 한 명의 카드식 카탈로그라고 할 수 있다고. 그녀는 그들에게 한두 가지를 가르칠 수도 있었다. 하지만 그렇게 말하면 이 실크 같은 두 사람에게 이미 보인 것보다 더 한심하게 보일 것이다. 어른 셋은 침묵 속에서 아이들이 앞서 하던 놀이를 다시 하는 것을 지켜본다. 회색 돌로 흰색 돌을 쳐서 하얀 백악 부분을 떼어내는 것이다.

그녀는 어쩌면 자신이 이 상황을 좋게 바꿀 수 있을 거라고 생각한다. 그들의 집으로 초대받아 같이 차를 마신다면 좋을 것이다. 스콘과 클로티드 크림을 먹고, 아이들은 말로 표현될 수 없는 뭔가―유령, 요정, 문화적 제국주의의 마지막 순간―를 찾아 정원 주변을 뛰어다닌다. 그래서 그녀는 자신을 소개하고, 자신은 글을 쓰는데 기 드 모파상에 대한 조사가 필요해서 아들들을 데리고 이 포르에 온 거라고 말한다.

작가란 어떤 사회 계층에게는 흥분제 같은 존재다. 이 계층에겐 분명 아닌가보다. 그들이 그녀에게 이름을 밝히지 않는 걸 보면 말이다. 그러는 대신 아버지인 남자가 말한다. 오, 그렇군요. 무슨 일로 여기 오셨는지 궁금했어요. 우리는 이포르에 휴가를 즐기러 왔어요. 여름마다 열 번 내리 왔는데 미국인은 오늘 처음 보네요.

별로 놓친 건 없으시네요, 어머니인 그녀가 농담을 한다. 하지만 그는 이렇게 대꾸한다, 그렇죠!

그녀는 포기한다. 작은아이의 이름을 부르며 집으로 돌아가 점심을 먹을 때라고 말한다. 아이가 망치로 쓰던 돌을 여자아이에게 건네고, 여자아이는 그것을 진지하게 건네받는다.

저기, 다른 여자가 햇살을 막으려고 손차양을 하며 낮은 목소리로 말한다. 아이가 좀 불안해 보여요. 물론 알고 계시겠죠.

불안해 보여요? 어머니인 그녀가 놀라서 말한다. 그녀의 작은 아들은 빛으로 가득하다. 이 아이 말씀하시는 건 아니겠죠, 그녀가 말한다. 그러고는 자신의 다른 아이를 가리킨다. 집중한 채 얼굴을 찡그리고 있는 아이, 만들어놓은 석상이 아이의 몸보다 크다. 그러니까 형 말씀이시죠. 이 작은 녀석은 아주 행복한데요, 그녀가 말한다.

그런가요? 아버지가 말한다. 당신이 이 아이를 가장 잘 아실 테니까요. 그저, 이 아이가 한밤중에 쓰나미가 오면 어떻게 되는지 물어보더라고요.

우리는 쓰나미가 오지 않기를 정말로 바란다고 말해줬어요! 다른 여자가 말한다.

그리고 대부분의 집들이 해수면이 높아지는 평균 높이보다 훨씬 높게 지어져서, 설사 그런 일이 생긴다 해도 판자로와 회전목마와 레스토랑만 물에 잠길 거라고 말했어요, 아버지가 말한다. 해수면 높이에서 사는 사람은 아무도 없다고, 그러니 아무도 다치지 않을 거라고 말해줬고요.

아이들은 아침에 일어나면 바로 집 앞 계단에서 게와 불가사리를 보게 될 거예요! 다른 여자가 말한다.

모험 같은 거란다. 경보는 필요 없어. 그렇지, 엘리? 아버지가 어린 딸을 보며 말한다. 딸이 그에게 수줍은 미소를 지어 보인 뒤 한숨을 쉰다.

어머니인 그녀는 작별인사를 하면서 생각한다, 당신도, 당신이 말한 그 공간-시간도 웃기지 말라 그래. 그리고 완벽히 사랑스럽고 다정하고 평범한 아들을 안아올린다. 아이가 그녀의 상체에 자신의 몸을 감는다. 그녀가 돌아선다. 그들이 집에 돌아올 때까지 그녀는 계속 기분이 나쁘다. 집에 오니 쓰레기통에서 쓰레기는 치워갔지만, 유리로 된 것, 와인병 전부와 유리병들은 계단에 펼쳐져 있다. 문에 열쇠를 꽂기 위해 서 있을 자리도 없다. 얼굴이 화끈거린다. 안으로 들어가서, 그녀는 아직 아이들이 한 편 보자고 조르지 않았는데도 아이패드로 영화를 틀어놓고, 유리로 된 모든 것을 비닐봉지에 넣어 앞문 근처 책장 뒤에 감춘다. 그녀는 아이들이 봤을 거라고 생각하지 않지만, 일을 마치고 개수대에서 손을 닦으면서 돌아서니 큰아이가 앞머리 틈으로 그녀를 지켜보고 있다.

그녀는 샴페인을 병째 마시고 있다. 이렇게 마시니 맛이 더 좋다. 거품도 더 많고 더 차다. 여기서 일주일을 보내고 나니 속에서 차가운 것을 원한다. 뼛속까지.

판자로 옆 작은 주석 건물들이 모여 있는 곳에서 한 밴드가 이글스, 레드제플린, 핑크플로이드의 곡을 나쁘지 않게 연주하고 있다. 보컬의 억양 때문에 단어들이 고무같이 통통 튀게 들리긴 하지만.

일몰이 아주 강렬해서 그녀는 향수에 사로잡힌다. 뜨겁게 불타는 것 같고, 모든 것이 붉은 색조를 띠고 있으며, 슬레이트지붕의 타일마저 붉다. 청춘의 색깔 같다.

갈매기들이 맞은편 지붕 꼭대기에 한 줄로 줄지어 앉아 있다. 가장 큰 갈매기가 날갯짓을 해 굴뚝에 가서 앉고 거기서 햇볕을 쬔다.

그냥 새야, 그녀가 혼잣말을 한다.

길게 늘어앉은 갈매기들 한복판에 왜소하고 약한 갈매기 한 마리가 있다. 옆에 앉은 새들 사이에서 힘겹게 어깨를 밀친다. 너무 말라서 다른 새들처럼 편안히 있을 수가 없다.

새들이 다시 조용해졌다. 처음에, 왜소한 새 왼쪽에 앉은 갈매기가 떨고 있는 그 새 쪽으로 절을 하는 동작을 할 때, 이어 오른쪽에 있는 또 한 마리가 같은 동작을 할 때 그녀는 자신이 무엇을 보고 있는지 모른다. 두 마리 새 모두 자꾸 절을 한다. 어쩌면 작은 새가 왕자 같은 존재일지 모른다고, 어쩌면 경의를 표하는 것인지 모르겠다고, 그녀는 영문을 모른 채 그렇게 생각한다. 이어, 가까이 있던 다른 갈매기들이 그리로 이동해 같이 절을 하고, 그제야 그녀는 그것이 절이 아니라 그 마르고 왜소한 갈매기를 죽이는 행위라는 걸 깨닫는다. 쪼아서 죽음에 이르게 하는 것.

그녀가 그쪽으로 병을 집어던지면 그것들은 당연히 멈출 것이다. 하지만 그녀는 몸이 얼어붙었고, 그 죽임의 행위는 순식간에 끝난다. 피 묻은 깃털 뭉치는 어느새 시야에서 사라진다.

모든 일이 침묵 속에서 일어났다. 비록 그녀의 내부에서 올라온 고음의 윙윙거리는 소리가 그녀의 귀를 가득 채우긴 했지만. 작은 갈매기는 비명조차 지르지 않았다. 담담히 받아들였다. 자신을 다른 새들에게 제물로 바치는 듯 보였다. 당연히, 적어도 비명을 지를 권리는 있었다. 결과는 피할 수 없었다 하더라도 저항을 하는 호사는 누려볼 수 있었다.

판자로의 밴드가 〈Kashmir〉*를 연주하기 시작했다.

---

* 레드제플린의 곡.

I yam at raveler of boat I'm and spice.*

그녀는 손잡이를 잡고 채광창을 내려 닫는다. 귀에 이어폰을 꽂고 베개로 귀를 꼭 막는다. 흘러나오는 음악과 해가 사라진 뒤 갑작스레 쏟아져나오는 갈매기들의 비명은 그녀의 뇌 한복판에서 그저 조그맣게 와글거리는 소리가 될 뿐이다. 더운 기운이 불끈거리고 멈추려 하지 않는다.

길은 곡선을 그리며 이어진다. 그 길 옆으로 들판에 가슴 높이로 자란 옥수수들은 그 사이로 빗이 지나간 것처럼 줄이 선명하게 그어져 있다. 길이 깊이 꺾인 곳에서 옥수수는 다시 덩어리로 뭉쳐 보인다.

아이들은 플로리다에 있는 아버지와 이야기를 하고 싶어한다. 통화하지 않은 지 일주일이 넘었다. 그녀는 와이파이를 직접 고치거나 집주인에게 고쳐달라고 부탁할 생각이지만 자꾸 깜박한다. 이른 아침, 플로리다는 지금 다섯시 반이다. 하지만 8월이니 남편은 새벽부터 자정까지 일할 것이고, 그녀와 아들들이 집에 있었다면 그에게 성가신 존재가 되었을 것이다. 남편은 지금쯤 일어나 커피를 어떻게 마실지 고민하고 있을 것이다.

그들은 큰 카르푸 매장으로 간다. 치즈가게, 안경점, 신문 파는 곳, 카페가 있는 대형 식료품 매장. 거기 가면 분명 와이파이를 쓸

---

* 원곡 가사인 'I am a traveler of both time and space(나는 시간과 공간의 여행자)'가 밴드 보컬의 억양 때문에 이렇게 들렸다는 의미.

수 있을 것이다. 그리고 조리된 음식을 살 수 있다. 그녀는 집에서 소스팬 겸 스튜용 냄비 하나로 뭔가를 만들어 먹는 데 점점 지쳐간다. 여기서는 아들들에게 보여줄 프랑스어로 된 DVD를 살 수 있다. 와인을 살 수도 있어서, 작은 식료품점épicerie 여자가 와인병들을 금전등록기에 찍으면서 꼭 다문 입술을 삐죽거리고 그녀를 뜯어보는 것을 피할 수도 있다. 양말을 살 수도 있다. 아이들 양말을 하나도 챙겨오지 않아서 아이들 샌들이 집의 냄새를 한층 더 고약하게 만든다. 이곳은 메가스토어, 미국에서 침입한 종種이다.

그녀는 안으로 들어가서 휴대전화로 스카이프를 시도한다. 하지만 신호가 가고 또 가도 남편은 받지 않는다.

아빠는 어디 있어요? 작은아이가 묻는다.

달리기하러 갔겠지! 그녀가 밝은 목소리로 말한다. 그리고 쇼송 오폼*을 사서 나눠 먹는다.

통로를 따라 이쪽으로 가면 잼, 브리오슈, 달걀, 치즈가 있다.

통로를 따라 저쪽으로 가면 와인, 피클, 포장된 당근 샐러드, 과일이 있다. 이곳의 청결함, 깔끔함이 위로가 된다.

그들은 다시, 다시, 또다시 시도하고, 신호음이 끝날 때까지 끊지 않는다.

뒷좌석에서 큰아들이 물끄러미 손을 쳐다본다.

왜 그래, 우리 아가? 그녀가 말한다.

아빠가 우리하고 이야기하고 싶지 않은가봐요, 아이가 낮은 목소리로 말한다.

---

* 프랑스식 사과파이.

그건 아니야, 그녀가 말한다. 아빠는 너희를 사랑하셔. 너희와 이야기하면서 늘 행복해하시는걸.

그러면 엄마하고 이야기하고 싶지 않은가봐요.

그것도 아니야, 그녀는 빠르게 머리를 굴린다. 아마 아침을 먹으러 나가셨을 거야. 우리가 집에 없으면 혼자 아침을 만들어 먹지 않으시잖아.

시리얼도요? 큰아들이 의심스러운 표정으로 묻는다.

그래서 살이 안 찌시는 걸걸, 그녀가 말한다. 몸도 많이 상했고. 이전 모습에 비하면 뼈만 남았어.

아니에요. 부리토를 하루에 세 번 먹는다고 장담해요, 큰아들이 말한다. 그러고는 얼굴이 밝아진다. 아빠는 분명 아주 뚱뚱해졌을 거예요. 우리가 집에 돌아갈 때쯤이면 아빠를 알아보지도 못할걸요. 옷이 작아져서 터지려고 할 거예요.

아빠는 죽었을 거라고 장담해, 작은아들이 말한다. 그러고는 조그맣게 쿡쿡 웃는다.

무슨 소리! 그런 말 하는 거 아니야, 그녀가 말한다.

바란다고 말하진 않았어요. 장담한다고 했지, 작은아들이 말한다.

아빠는 지금 이 순간 빌앤드캐럴스에 가 있을 거라고 장담해, 큰아들이 말한다. 아빠 앞에 오믈렛과 팬케이크와 비스킷과 버터와 꿀과 토스트와 커피와 오렌지주스와 해시브라운이 잔뜩 놓여 있을 거라고 장담해. 그걸 모조리 굴착기처럼 입안에 쓸어담으셨을걸. 그게 모조리 입 밖으로 빠져나오고 있을 거야.

우웩, 작은아들이 말한다.

밀크셰이크와 바나나 스플릿과 채식주의자가 먹는 초콜릿케이크, 콘 너깃, 템페 루벤 샌드위치, 감자튀김, 핫소스도. 랍스터 수프와 구운 감자와 브로콜리와 콩 타코도.

큰아들이 거의 웃는 얼굴로 이렇게 나오면, 그녀는 한 손으로 새끼 사슴처럼 삼각형인 아이의 얼굴을 잡고 영원히 그대로 있으면서 따뜻하게 해주고 싶다.

작은아들이 먹은 것을 자기 무릎에 토한다.

아침에 보니 유리병이 또 계단에 있다. 아주 많다. 그녀가 밤을 보내면서 만든 유령들. 누군가가 그녀에게 뭔가를 말해주려고 하는 것 같다. 그녀는 그것을 집안으로 가져와 앞문 뒤에 모아둔다. 쌓인 것을 보자 절망적인 기분이 된다.

그녀의 머릿속에 소음이 너무 많고 안개가 너무 자욱해 오전 내내 집밖으로 나갈 수가 없어서, 아들들에게 아침을 먹인 뒤 파자마 차림으로 집에서 〈탱탱〉을 보게 한다.

그녀는 기에게 집중해야 한다고 느낀다. 하지만 전기는 도저히 읽을 수가 없고, 그 주인공인 불쾌하고 추한 남자를 생각하면 속이 메슥거린다. 그래서 그녀는 다시 자신이 좋아하는 그 기에게로 돌아간다. 그의 단편들 중 그녀가 가장 좋아하는 이야기를 쓴 그 젊은 남자에게로. 「어느 농장 아가씨 이야기」. 내용은 아름답고 단순하다. 이야기는 농장에서 일하는 하녀에서 시작하는데, 어느 나른한 날 그녀는 제비꽃이 가득 피어 향긋한 냄새가 나는 작은 구멍에 낮잠을 자러 간다.

어머니인 그녀가 그 이야기를 읽는 동안, 열린 창문으로 젊은 기의 네모난 얼굴이 거의 보이는 것 같다. 1881년, 에트르타, 3월 초순의 비교적 따뜻한 날이다. 방안으로 마차와 바닷새 소리가 들려온다. 돌로 된 문진의 무게 아래 종이들이 숨을 쉰다. 기는 허구가 생생하게 살아나는 꿈을 꾸면서 못이 박인 작은 손으로 콧수염을 신경질적으로 만진다. 농장의 아가씨는 축축한 구멍에 누워 있고, 섹스가 그녀의 안을 휘젓는다. 기 안에서 상상 속의 아가씨가 차츰 생생하게 살아난다. 어머니인 그녀의 상상 속에서 기 또한 생생하게 살아난다.

〈탱탱〉이 끝나자 아들들이 그녀에게 달려온다. 작은아들이 방귀를 뀌고, 허공에 총처럼 손가락을 들어올리며 말한다. Un pistolet!*

그들이 마침내 해변으로 내려가자 물이 저만치 물러나 있다. 검은색과 녹색의 황무지. 큰아들이 말한다. 캡틴 아독의 목소리로. Mille milliards de mille sabords.**

그들은 어쨌거나 바람을 피해, 한시적으로 운영하는 무료 도서관에 들어가 앉는다. 그들을 지켜보는 십대 아이는 날마다 그들이 그러는 걸 그냥 둔다. 어머니인 그녀는 마르그리트 뒤라스와 미셸 우엘벡과 J.M.G. 르 클레지오를 찾아내고, 아들들은 만화책bandes dessinées을 휙휙 넘겨본다. 그녀는 책을 읽지만, 그녀를 내려다보고 있는, 모파상이 꽂혀 있는 선반은 무시한다.

그녀는 『모데라토 칸타빌레』를 읽기 시작한다. 그녀가 늘 경멸스럽게 생각했던 책. 믿어지지 않을 만큼 너무 냉소적이다. 이 책

---

* '권총 한 자루'라는 뜻의 프랑스어.
** 〈탱탱〉의 등장인물인 캡틴 아독이 입버릇처럼 하는 욕설로, 단어의 사전적 의미는 '많은 포문'을 말하며 '제기랄' 정도로 옮길 수 있다.

에 사랑은 없고, 심지어 등장인물인 어머니에게서도 영리하고 개구쟁이 같은 아들에 대한 사랑을 찾아볼 수 없다.

이따금 그녀는 고개를 들어 물이 빠져나가는 바다 가장자리에서 바닥을 쪼고 있는 작은 생물들을 쳐다보고, 다시 고개를 숙여 읽던 책으로 돌아간다.

해가 점점 열기를 뿜는다. 그녀는 재킷을 벗는다.

그녀 안에서, 그녀의 생각과 책 속의 팽팽한 단어들 뒤에서, 뭔가 두드리는 소리가 점점 더 시끄럽게 들린다. 뭔가 끔찍한 것이다. 하지만 그녀는 그것을 쳐다볼 수 없고, 그러니 외면할 수밖에 없다. 만약 쳐다본다면 그것은 그녀에게 더 가까이 다가올 것이고, 그녀에게 몸을 붙여올 것이다. 그렇게 내버려둘 수는 없다. 이 추운 곳에는 돌봐야 할 두 어린 아들이 있을 뿐 그녀 혼자다.

큰아들이 그녀의 발 위에 앉아 무릎에 짙은 색 머리를 기댄다. 바람은 아이의 머리카락을 갖고 놀지만, 아이는 그녀가 자신을 만지지 못하게 한다. 잠시 뒤 그녀는 아이의 몸이 경직되는 것을 느낀다. 작은아들이 말한다, 내 친구다!

그녀 앞에 오버슈즈가 나타난다. 무릎에 천을 덧댄 청바지, 벨트 위로 불룩 튀어나온 배. 장폴이다. 그는 싱글거리는데, 치아에 치석이 끼어 잇몸이 두껍다. 작은아이가 그를 향해 우피 파이를 흔든다.

그래Alors! 장폴이 말한다. 그는 나가는 길에 그들이 있는 것 같아 인사를 하려고, 조사는 어떻게 되어가고 있는지, 아이들이 이 작은 타운을 좋아하는지, 집이 지내기 불편하진 않은지, 모든 게 괜찮은지, 그녀를 더 편안하게 해주기 위해 그가 해줄 수 있는 게 더 있는지 알아보려고 들렀다고 한다.

그녀는 다 좋다고, 좋다고, 좋다고 말한다. 그리고 와이파이가 안 되는 걸 떠올리지만 장폴이 집에 들어오는 게 싫어서 그 이야기는 하지 않는다.

그가 그녀를 빤히 본다. 혹은 쑥 꺼져 있는 그의 눈 때문에 그녀가 그렇게 느끼는 것일 테다. 그가 아이들에게 자신의 들통을 보여준다. 그 안에서 조개가 느리게 움직이고 있다. 그는 그녀에게 그것이 뷜로bulot라고 말해준다.

처음에 그녀는 그 단어를 직업을 뜻하는 불로boulot라고 생각하지만, 그렇게는 전혀 맥락이 닿지 않는다. 이제 그녀는 그 생물이 쇠고둥인 것을 안다. 바다달팽이. 바다 에스카르고.

작은아들은 들통 안에 손을 넣고 행복하게 이리저리 움직이지만, 큰아들은 뭔가 공손한 소리를 낸 뒤 어머니의 다리에 더 꼭 붙는다.

할말이 많지 않다. 장폴이 그들에게 쇠고둥을 좀 주지만, 그녀는 그에게 감사하지만 괜찮아요! 하고 말한다. 그러자 그는 아이들에게 아이들이 이해하지 못하는 농담을 하고, 침묵이 너무 길어지자 저벅저벅 걸어서 떠난다. 그들은 그가 얼룩덜룩한 검은 돌멩이를 골라내는 것을 지켜본다.

살아 있는 거였어요? 큰아들이 묻는다.

응, 그녀가 말한다. 사람들이 그걸 마늘하고 버터하고 같이 요리해서 먹어.

오, 그러자 작은아들이 말한다. 왜요?

맛있으니까 그러겠지, 그녀가 말한다.

달팽이가요? 아이가 얼굴을 찡그리며 말한다. 그녀는 아이가 생각하는 모습을 지켜본다. 아이가 지금 『이상한 나라의 앨리스』에서 춤추는 무리에 끼어 춤을 추지 않는, 출 수 없는, 추지 않는, 출 수 없는 달팽이를 생각하고 있다는 것을, 그녀는 알겠다. 바다로 던져 넣어지기를 거부한 달팽이. 다른 누군가가 읽은 문학작품의 목록을 다 알고 있다는 것은 굉장한 일이다. 그들의 은밀하고 개인적인 언어를 아는 것과 같다.

나중에 레스토랑에서 훌륭한 픽스프리 점심 메뉴로 식사를 하면서, 큰아이는 작은아이가 홍합의 두툼한 살을 하나씩 솜씨 있게 발라내는 것을 보고 샘을 낸다. 그래서 몸을 앞으로 숙이고 그것도 살아 있던 거야, 하고 말한다. 하지만 지금은 죽었어. 넌 죽은 걸 먹고 있는 거야. 네 뱃속에 작고 죽은 홍합이 들어앉아 있는 거지.

작은아이가 홍합 살을 발라낼 때 쓰던 껍데기를 내려놓고 아니야! 하고 말한다.

맞아, 큰아이가 말하고는 차분히 먹는다. 작은아이의 얼굴이 일그러지는 것을 지켜보는 큰아이의 얼굴에 기쁨이 번득인다. 그러고는 어머니가 그를 향해 몹시 화가 났다는 표정을 짓자 웃음을 터뜨린다. 이 아이가 소시오패스는 아니겠지, 그녀는 바란다. 그냥 형이라서 그런 걸 거라고 생각한다. 그녀에게도 오빠가 있고, 커서 좋은 사람이 되었다. 퇴역군인을 보살피고 딸들이 태어나자 페미니스트가 된 친절한 의사, 하지만 어렸을 때는 그녀에게 끝도 없이 못되게 굴었다. 그녀의 큰아들은 아주 드물게 못되게 굴 뿐이다.

작은아들이 어머니의 무릎에 올라와 가슴에 얼굴을 묻고 운다.

오, 작은 곰, 괜찮아, 그녀가 아이의 머리를 쓰다듬으며 말한다. 큰아들이 제 동생의 감자튀김을 먹는데, 집에서는 절대 먹을 수 없는 또하나의 것이다.

곤란해, 작은아들이 말한다. 살아 있는 걸 먹는 건 정말로 곤란해.

안 먹고 싶으면 안 먹어도 돼, 그녀가 말한다.

얼마간의 시간이 지나자 아이가 잠잠해진다. 그녀는 낮잠을 재우려고 아이를 집으로 데려간다. 아이를 침낭에 넣어주자, 아이가 그녀의 얼굴을 한쪽으로 밀며 귓가에 뜨겁고 달라붙는 목소리로 속삭인다. 누군가가 나를 먹고 싶어하면 어떡해요? 하지만 그녀는 아무도 아이를 먹고 싶어하지 않을 거라는 말은 해줄 수가 없는데, 그건 사실이 아니기 때문이다. 이따금 그녀 자신도 아이를 먹고 싶다. 마치 아이가 브리오슈인 것처럼 그 완벽하고 보드랍고 달콤한 살을 베어 물고 싶다.

기에게는 조세핀 리즐만이라는 이름의 여자 사이에서 낳은 자식이 셋 있다. 그는 그들 중 아무도 인정하지 않았고, 그들 모두 그의 성을 쓰지 못한 채 사생아로 죽었다. 그 아이들이 아버지의 인정을 받지 못한 사실은 얼마나 슬픈가. 사랑할 줄 몰랐던, 심지어 자식도 사랑할 줄 몰랐던 기를 생각하면 얼마나 끔찍이 슬픈가. 그녀는 아이가 잠들 때까지 아이의 머리를 쓰다듬어준다.

그녀는 잠들어 있다. 달이 떠서, 방안은 희끄무레하다. 그녀는 너무 피곤해서 창문을 닫지도 않았다. 그녀는 찬 공기를 원했다. 뭔가가 그녀의 꿈속으로, 바다 한가운데로 떨어진다.

그것은 어마어마하게 크다. 아주 큰 갈매기다. 그것이 그녀를 보고 있다.

그녀는 자신의 몸을 무겁게 만들어 움직이지 않는다. 숨도 거의 쉬지 않는다.

새는 움직이지 않는다. 그저 은색 빛 속에 가만히 서 있는다.

그녀는 그 새가 뭔가 말을 하려는 건지 궁금하다. 이야기 속에서는 새들이 말을 한다. 그리고 그녀의 가장 유창한 언어는 이야기다. 그 새는 깊은 남자 목소리를 가졌을 것이다. 지금도, 그리고 그녀가 아는 모든 것과 읽은 모든 것에도 불구하고, 이야기의 기본 목소리는 남자다. 하지만 새는 아무 말 없이 거기 가만히 서 있는다.

마침내 그녀의 눈꺼풀이 서서히 무거워지고, 그녀는 다시 잠 속으로 떠내려간다.

아침에, 아들들이 이불 안으로 파고든다. 아이들의 팔다리가 차갑다. 아이들은 조용히 있는다. 작은아들이 엄지를 빨며 만족스럽게 숨을 쉰다. 그녀는 엄청나게 애를 써서 간신히 눈꺼풀을 떼어낸다.

지난밤에 꿈을 꿨어, 그녀가 말한다. 엄청나게 큰 새가 채광창을 통해 방안으로 들어와 바닥 한복판에 서서 나를 쏘아보고 있었어.

엄마 입냄새나요, 큰아들이 말한다. 엄마 입안에서 뭔가 죽은 것처럼요.

〈탱탱〉 봐도 돼요? 작은아들이 말한다.

그녀는 깃털 이불 속의 발을 끌어당겨 아들들의 다리에 대고 따뜻하게 덥힌다. 아이들은 뼛속까지 얼음 같은 그녀의 발이 살에 닿자 꽥 비명을 지른다. 왜, 그럼 안 돼? 그녀가 말한다.

몸을 일으킬 만큼 기운이 생기자 그녀는 일어선다. 바닥 한가운데 젤리 같은 푸짐한 새똥을 밟을 뻔한 걸 간신히 피한다. 새똥은 빛이 나고 충혈된 눈처럼 핏발이 서 있다.

종업원은 어머니인 그녀의 질문에 맞는다고, 전쟁중에 페캉에 폭탄이 엄청나게 떨어졌다고 말했다.

종업원은 발랄한 목소리로 말했지만, 음식을 가져다준 뒤 한 번도 다시 와보지 않은 걸 보면 틀림없이 기분이 상한 것이다. 어머니인 그녀는 그저 항구에 왜 오래된 건물이 거의 없느냐고 물어봤을 뿐이지만, 이렇게 추한 도시는 한 번도 본 적이 없다는 생각이 그녀의 목소리에 분명히 드러났을 것이다.

그날의 색깔은 황갈색이다. 절벽과 절벽 사이 해변이 그리는 곡선은 여기가 훨씬 더 커서, 절벽들이 난쟁이 같고 나중에 생각나서 덧붙인 것처럼 보인다. 판자로의 한쪽 끝에서 그들은 방수포로 덮어놓은 축제 행사장을 본다. 배우들이 플라스틱 의자에 앉아 쓸쓸하게 담배를 피운다.

아이들이 놀이기구를 보고 싶다고 졸랐지만, 축제는 오후가 되어야 열린다고 했다. 어머니는 이 타운에 그만큼 오래 있다가는 아마도 슬픔 때문에 죽을 거라고 생각한다. 그녀는 아들들을 이끌고 다른 곳보다 덜 나빠 보이는 레스토랑에 들어간다.

아들들은 갈레트도 물리고 감자튀김도 물린다고 했지만, 메뉴에 있는 다른 음식은 다 한때 살아 있던 것들이다. 그녀는 어쩔 수 없이 굴복한다. 자신도 기력이 없어서, 점심으로 피스타치오 아이스크림을 먹기로 한다. 불을 붙인 작은 폭죽이 그릇마다 꽂혀 나와, 아들들의 얼굴이 퍼지며 잠시 행복해 보인다. 그녀는 사과주 한 피처를 마시고, 약간 탄 오믈렛을 께지럭거리며 먹는다.

긴 판자로에는 해안 어디에나 보이는 깃발들이 *끄물끄물한* 하늘을 배경으로 거센 바람에 이리저리 펄럭인다.

타운의 관광객들은 뚱한 표정으로 서둘러 레스토랑에 들어가고, 크림소스와 홍합을 가득 넣은 주석 냄비에 손을 대고 덥히면서 서로 말은 거의 하지 않는다.

그녀는 수줍음을 타는 성격이지만, 사람들이 침울한 표정으로 저녁을 먹고 있는 이 테이블들 중 어디로든 의자를 가져가 정치건 돈이건 신이건, 어른들의 화제라면 무엇이든 쉴새없이 말을 쏟아내고 싶은 충동을 느낀다. 혀를 생각을 말하는 데 쓰고 싶다. 살아 있는 마음에 고독은 위험한 것이다. 주위에 생각하고 말하는 사람들을 둘 필요가 있다.

외롭게 지내는 시간이 길어지면 우리는 그 공백을 유령들로 채우려 한다. 기가 「오를라」에서 그렇게 말했다.

판자로를 따라 걷다보면 100피트마다 작고 완벽한 운동장이 있다. 그녀는 이 하루를 통째로 망치는 날로 만들지 않으려고 그날을 운동의 날로 정한다. 그녀가 크런치와 풀업과 푸시업과 제자리뛰기를 하고 아들들이 다른 아이들의 존재는 아랑곳없이 빽빽 소리를 지르며 놀이기구에 올라가고 숨바꼭질을 하자, 다른 부모들이 그녀를 이상한 사람 취급하며 곁눈질로 쳐다본다.

판자로에 있는 작은 가게 어느 곳도 문을 열지 않았지만, 그녀는 스쿼트를 하는 횟수를 헤아리면서 그 가게들의 플래카드에 적힌 메뉴를 읽는다.

쿠페 아메리칸은 각기 다른 여덟 가지 맛이 나고 휘프트 크림, 바나나, 세 가지 종류의 소스를 곁들인 아이스크림이다.

핫도그 아메리칸은 반으로 가른 바게트 한쪽에 1피트 길이의 소시지를 올린 뒤 구운 그뤼에르치즈를 덮은 것이다.

색색의 크림이 채워진, 3피트 길이의 채찍처럼 보이는 다양한 색깔의 감초에는 레글리스 아메리칸이라는 이름이 붙어 있다.

구역질나고 치명적인 모든 것에 아메리칸이라는 이름이 붙는 것 같다.

그렇다면 뭐 좋아, 그녀는 동의하지 않을 수 없다.

그들은 연이어 있는 운동장들을 개구리처럼 폴짝폴짝 뛰어 이동한다. 추운데도 그녀는 땀을 흘리기 시작하고, 아들들도 그렇다. 해가 살짝 나오자 갈색이 희미해져 희끄무레해진다.

맙소사, 외로워, 그녀가 생각한다.

그들은 수로 끝에 있는 등대에 도착한다. 온통 녹슬고 청회색인 커다란 배들이 타운의 비교적 안전한 그곳으로 옮겨져 휴식을 취하고 있다. 방파제가 수로 가장자리에서 바다로 뻗어나가는 겨드랑이 지점에서는 파도가 미쳐 날뛰고 치명적이 된다. 갈레 돌이 연어처럼 튀어오른다. 그 안으로 휘적휘적 들어가겠다는 사람이 있다면 그 사람은 머리를 얻어맞아 어떻게 된 것일 테다. 물러나는 파도 소리는 귀를 멀게 할 만큼 큰 박수 소리 같다. 어머니인 그녀는 운동을 하고 나니 기분이 좋아져 허리를 굽히며 감사합니다, 감사합니다, 인사를 하지만 아들들은 웃지 않는다. 그들은 선 채로 튀어오르는 돌을 한참 지켜보고, 이어 그녀가 휴대전화로 지도를 보더니 꺅 소리를 지른다. 이것 봐! 그녀가 아들들에게 말하면서 항구 위쪽으로, 수로 반대편에 조그맣게 무리 지은 19세기 집들을 손짓으로 가리킨다. 그 집들은 그들 주위의 21세기 산업을 불신하며 옹기종기 모여 있다.

저기가 그 집이야—그녀가 케 기 드 모파상을 가리킨다. 많은 사람들이 저기가 기 드 모파상이 실제로 태어난 집이라고 해. 하지만 진실을 아는 사람은 아무도 없지. 기의 어머니는 야심 있는 여자여서 성 하나를 빌렸어. 샤토 드 미호메닐. 이포르를 다 보고 나면 저기서 지낼 거야—

저는 이포르 다 봤어요, 큰아이가 말한다.

저도요! 작은아이가 말한다.

—아무튼 기의 어머니는 그가 미호메닐에서 태어났다고 말했어. 하지만 다른 사람들은 그가 실제로 태어난 곳은 여긴데 그의 어머니가 굉장한 속물이라서 그런 척했을 뿐이라고 말하지.

기, 기, 기, 큰아들이 말한다, 엄마는 그 이야기밖에 안 해요.

나는 기 드 뭔가 하는 사람이 누군지도 몰라요, 작은아들이 말한다.

나는 신경도 안 써, 큰아들이 말한다.

나도 신경 안 써, 작은아이가 말한다. 아이는 곁눈질로 어머니를 보며 말한다, 나는 그 사람 싫어.

나도, 큰아들이 말한다.

싫다고? 어머니가 말한다. 그 말을 하면서, 자신도 기를 싫어한다는 사실을 깨닫는다. 그에 관한 글을 쓰려고 십 년 동안 노력하고 있지만, 그녀가 지금 느끼는 것은 더이상 사랑이 아니라 증오다. 그만큼 간단하다. 이 남자는 도덕관념이 전혀 없고, 그녀가 남자와 문학에서 사랑하고 소중히 여기는 모든 것과 반대되는 인물이었다. 사실 그녀가 기를 미워한 지는 아주 오래되었다. 적어도 그의 전기에서 그 이야기를 읽은 뒤부터는 그렇다. 기는 청년 시절 해군성에서 근무할 때 주말마다 방탕한 친구들과 함께 노를 저어 센강으로 나가 섹스를 하고 튀긴 음식을 먹었다. 그들의 작은 사교 모임에 끼고 싶어하는 남자가 하나 있었다. 수지獸脂처럼 부드럽고 창백한 남자, 기나 기의 친구들처럼 사악한 사내들에게 그는 먹잇감이었다. 그들은 그를 싫어했다. 그들은 그를 물 아 베Moule à b.라고 불렀다. 좆같은 놈과 비슷한 음탕한 욕이다.

그래서 그들은 그 얼간이를 골탕 먹이려고 결심했다. 그들은 밤이 오기를 기다렸다. 그리고 그 좆같은 놈을 때려눕혔다. 처음에는 그에게 펜싱 장갑을 끼고 자위행위를 하게 했다. 두번째로 그의 곧창자까지 자를 찔러넣었다. 그는 사흘 뒤 책상 앞에 앉은 채 죽었다. 그가 이 괴롭힘으로 입은 상처 때문에 죽었는지는 전적으로 명확하지 않다. 그때 기가 친구에게 편지를 썼다. 빅뉴스야!!! 좆같은 놈이 죽었어! 전장에서 전사했대. 그러니까 그 뚱뚱하고 관료주의적인 자식이 토요일 오후 세시경에 죽었대. 그의 상사가 그를 데리러 오라고 해서, 수습사원이 들어가보니 그 불쌍하고 초라한 몸뚱이가 미동도 없이 코를 잉크병에 처박고 있더래. 인공호흡을 시도했지만 의식을 되찾지 못했어. 해군성에서 난리가 났었고. 그의 수명을 단축한 게 우리의 괴롭힘이라고 말한 사람들이 있었대…… 죽었어, 죽었어, 죽었어. 얼마나 농밀하고 멋진 말이야…… 죽었어. 농담이 아니야. 그는 죽었어, 죽었어. 우리의 좆같은 놈은 더이상 존재하지 않아. 뒈졌어. 죽었다고. 계집애처럼 치마나 입고 다니면 딱이었을 놈이 죽었어. 혹시 말이야, 자살한 걸 수도 있을까?

나도 기 드 모파상을 싫어해, 어머니인 그녀가 낮은 목소리로 말한다.

아이들이 놀라서 그녀를 쳐다본다. 싫어한다는 건 아이들이 아는 가장 나쁜 말이다.

그럼 우리는 왜 여기 온 거예요? 큰아이가 말한다. 기 뭐라는 사람을 그렇게 싫어하는데도요? 이해가 안 돼요.

아빠한테 화났어요? 작은아들이 말한다.

오, 맙소사, 아니야. 그녀가 말한다. 그 순간 그녀는 자신이 진실만을 말하기로 한 것을 기억해내고 이렇게 말한다. 그러니까 평소보다 더 화가 난 건 아니라고.

그럼 우린 왜 여기 있어요, 큰아들이 말한다.

그녀가 손가락으로 헤아리며 말한다. 하나, 너희가 프랑스어를 배우는 데 도움이 되게 하려고. 둘, 우리 모두가 싫어하는 기에 관한 조사를 하려고. 셋, 여름엔 플로리다가 너무 더우니까 그 더위 때문에 엄마가 죽을 것 같아서 벗어나 있으려고.

그녀는 넷은 말하지 않는다. 뭔가 가슴을 무겁게 짓누르는 게 있어서 프랑스로 달아나면 없앨 수 있을 것 같았다고.

음, 나는 추워서 죽을 것 같은데, 큰아들이 말한다. 나는 프랑스가 싫어요.

그녀가 한숨을 쉰다.

아빠가 보고 싶어요, 작은아들이 말한다. 친구들도 할머니도 아빠도 보고 싶고 여름캠프에도 가고 싶어요. 해적 주간인데! 아이가 말한다. 아마 그럴 거예요.

큰아들이 동생을 한 팔로 끌어안는다. 여름캠프에선 늘 해적 주간이야, 큰아이가 아쉽다는 듯 말한다.

그들은 회전목마를 탈 수 있는 표를 가지고 있지만, 아이들은 탈 기분이 영 아니다.

그들은 플라스틱 의자에 앉아 아이들이 빙글빙글 도는 것을 지켜보기만 하겠다고 한다. 입술 주변에는 녹색 피스타치오 아이스크림이 묻어 있다.

음, 적어도 어머니인 그녀는 저녁식사 때 로제 한 카라페를 다 마셨고, 쿵쿵 울리는 음악소리가 너무 커서 바닷새 울음소리는 들리지도 않는다. 하늘은 이미 붉다. 오늘밤 해가 완전히 지기까지는 몇 시간이 걸릴 것이다. 그녀는 족쇄에서 풀려난 기분이다. 그녀는 아들들 옆에 앉아 여섯 명쯤 되는 더러운 금발의 아이들이 모여 방파제 위에서 노는 것을 지켜본다. 머리는 죄다 스포츠형으로 깎았고, 절반은 코에서 턱까지 콧물이 흘러 있다. 몇 명은 여자아이 같다고 그녀는 생각한다. 젖가슴이 있는 자리가 뭔가로 불룩하다.

그 아이들의 몸뚱이가 방파제에서 뛰어내리는 것을 지켜보면서, 어머니인 그녀는 영원히 끝나지 않을 듯한 피로가 덮치는 것을 느낀다. 아이들이 천사처럼 하야스름하게 반짝이는 것 같다고 그녀는 생각한다. 어쩌면 영양부족 때문일 것이다.

그녀는 지금 태어나는 아이들이 인류의 마지막 세대일 거라는 생각을 멈출 수가 없다. 그녀의 아들들은 지금까지는 운이 좋았지만, 틀림없이 고통받는 순간이 올 것이다. 그녀는 그것이 다가오고 있음을 느낀다. 인류의 한밤이. 그들의 세상은 아름다움으로 가득할 것이다. 긴 어둠이 시작되기 전 섬광처럼 빛나는 최후의 끔찍한 아름다움으로.

시원한 바람, 일몰, 바다, 회전목마, 아이스크림을 먹는 오늘 저녁 같은 황혼의 즐거움, 이런 것들을 거부한다는 게 너무나도 부도덕한 일 같다.

이제 그녀에게 허기가 몰려오지만, 몸의 어느 부분이 느끼는 것인지 정확히 짚을 수 없다. 갈망의 감각. 무엇에 대한? 어쩌면 다정함에 대한, 분명하고 당당하며 그녀보다 더 큰 도덕감각에 대한, 그녀를 담요처럼 덮어줄 수 있는 무엇에 대한. 아니, 아니, 그녀가 잠시라도 안전하게 숨어 있을 수 있는 무엇에 대한.

그래서 그녀는 알딸딸한 상태로 일어서서 방파제 위에 모여 있는 아이들 무리에게 걸어가, 젖가슴 쪽이 불룩한 아이에게 코팅된 회전목마 표들을 건넨다. 아이가 그녀를 잠시 쳐다보고, 사이가 벌어진 이를 드러내며 싱긋 웃은 뒤 방파제에서 뛰어내린다. 나머지 아이들도 꾀죄죄한 행색으로 뒤따른다.

그리고 어머니인 그녀는 그 아이들이 표를 받는 여자에게 뛰어가는 것을 지켜본다. 젖가슴이 큰 그 금발 여자가 아이들을 보며 얼굴을 찡그리고 손에서 표를 낚아챈 뒤 뭐라고 중얼거린다. 그러자 여자아이가 뭐라고 말한다. 표 받는 여자는 고개를 들고 빙빙 돌아가는 회전목마 건너편에 있는 그녀를 쳐다본다. 여자의 얼굴이 경멸을 드러내며 일그러진다. 머리를 짧게 깎은 아이들은 회전목마를 타지 않는다. 달아난다.

어머니인 그녀는 자신이 바보였음을 깨닫는다. 저 아이들은 회전목마를 운영하는 여자의 자식들이다. 어머니인 그녀가 지켜보는 가운데 여자가 다시 고개를 돌리고, 어머니인 그녀는 자신이 아이들을 돌아보기도 전에 표를 줘버린 것 때문에 작은아들이 이미 울기 시작했을 것이고 큰아들은 얼굴이 하얗게 질렸을 것임을 안다. 아이의 가슴 밑바닥에 내려앉아 결코 잊히지 않을, 그녀가 저지른 또하나의 실수.

그들이 이포르에서 지낸 지 열흘째, 그녀는 마침내 교회 밖 작은 광장에 무료 와이파이라고 쓰인 플래카드가 걸린 것을 본다.

그녀는 큰아들보고 동생에게 책을 읽어주라고 한다. 딱 하나 있는 벤치는 이미 비둘기들과 졸고 있는 여자가 차지하고 있어, 큰아이는 그 여자 옆 도로 경계석 위에서 중얼중얼 책을 읽어준다.

이메일 수천 통이 와 있다. 그녀는 스팸을 지우면서 빠르게 훑어나간다. 그녀에게 원하는 것이 있는 사람들, 아이들의 학교에서 보낸 알림장들, 유순한 스토커들이 보낸 메일들이다. 그녀는 비즈니스 메일은 나중에 읽으려고 폴더에 넣는다. 혹은 영원히 읽지 않을 것이다.

남편이 급하게 감탄부호를 찍어가며 써 보낸 열 통의 메일이 와 있다.

그녀는 스카이프를 시도한다. 아들들의 기대를 높이지 않기 위해 소리를 죽여놓는다. 남편이 받지 않자 괘씸한 마음이 들어, 그녀는 그의 이메일에 답장을 보내지 않겠다고 생각한다. 애 좀 태우라지.

그리고 각기 다른 사람들에게서 온 다섯 통의 이메일이 있다. 모두 제목에 같은 친구의 이름이 적혀 있다. 그 친구는 살아 있는 남

자들 중 가장 다정한 남자다. 호리호리하고 겸손하고 엄격한 채식
주의자에 턱수염을 길렀다. 몸에는 펑크록 공동체생활을 하던 젊
은 시절에 직접 새긴 문신이 있다. 지금 그는 도서관 사서이자 만화
가이며, 그녀와 마찬가지로 작가이다. 그녀는 늘 그가 위대한 작가
가 되기에는 너무 다정한 사람일지 모른다고 생각했지만, 그런 건
나이가 들면 달라진다. 그녀의 개인적인 경험을 통해 보면 대부분
의 사람들은 나이가 들면서 속이 더 좁아진다. 언젠가 그녀가 아주
힘든 하루를 보내고 있을 때 그가 자전거를 타고 가다가 그녀를 보
고 멈추었다. 그녀는 자신의 슬픔에 대해, 자신이 쓸모없다고 느끼
는 것에 대해, 모퉁이를 돌면 숨어 기다리는 죽음에 대해 털어놓았
다. 그는 그녀를 안아주었고, 그날 밤 채식주의자가 먹는 초콜릿케
이크를 통째로 그녀의 집 앞 계단에 놓고 갔다. 남편이 자러 간 뒤
그녀는 그 절반을 먹었다. 먹은 직후에 기분은 훨씬 더 나빴지만,
구두 상자를 열고 그 안에서 아름답게 반짝거리는 채식주의자용
버터크림을 본 순간 느껴진 친구의 다정함에 그녀는 자신이 사랑
받고 있다고 느꼈다.

　일 년 전 그녀는 그의 결혼식에 참석하러 플로리다 남부로 갔다.
그는 고등학생 시절의 여자친구와 결혼했고, 그 여자 역시 그처럼
온몸에 문신을 하고 있었다. 빨간 립스틱을 바르고 하얀 홀터 드레
스를 입은 마른 몸의 베티 페이지* 같은 여자. 그들은 플로리다에
서 필라델피아로 이주했다. 아기가 태어났다. 그들이 아기에게 붙
여준 이름은 어머니인 그녀의 지난번 책 속에 나온 인물의 이름이

---

* 1950년대 핀업걸로 유명했던 미국의 모델.

었다. 그 인물은 그 책에서 사실상 가장 강하고 굳세고 훌륭한 캐릭터로, 공동체의 핵심인물이었다. 하지만 그 이름을 붙인 것은 아마도 우연이었을 것이다.

이메일은 하나같이 같은 내용을 말한다. 이 착하고 조용한 남자가 자살을 했다고.

뭔가 빨아들이는 소리가 들린다. 고개를 들자 작은 광장 가장자리가 흐릿해져 있다. 그것이 여기 또 나타났다. 그것이 이포르에서 그녀를 또 찾아냈다. 그 공포가. 이 장소는 너무 작아 눈에 띄지도 않을 거라고 그녀는 생각했었다.

어머니인 그녀와 아들들이 플로리다의 집으로 돌아갈 때쯤이면 토머스 센터 아트리움에서 추도식이 열릴 것이다. 그녀는 뜨거운 열기 속에서 서늘한 돌기둥에 기대고 선 채, 집단 애도의 분위기 속에서 뒤로 물러서 있을 것이다. 그녀의 친구인 남편을 잃은 아내와 그 아내의 다른 결혼에서 태어난 십대 딸이 거기 와 있을 것이다. 아기도 왔을 것이다. 그녀는 아기의 완벽한 머리를 만지면서 그 여자 아기의 따뜻함을 느낄 것이다. 그리고 문득 고마움을 느꼈던 것을 기억해낼 것이고, 바로 그 순간 자신이 아기에게 몹쓸 짓을 한 것을 깨달을 것이다. 그 끔찍한 일이 자기 중심이 아니라, 주변에서 일어난 것에 대해 안도감을 느끼는 죄를 지었음을. 이것은 그녀가 이겨낼 수 있는 슬픔이므로.

그녀는 아이들에게 다가가 한 팔로 두 아이를 끌어안는다. 아이들은 영문을 모른 채 그녀가 하는 대로 가만히 있는다. 아이들에게서 나는 쿰쿰한 냄새는 샤워로 없앨 수 있을 것이다. 그리고 아마도 이 썩은 신발을 버려야 할 것이다. 하지만 오, 맙소사, 그녀는 생각한다. 냄새가 나든 말든 그냥 두지 뭐.

어머니와 아들들은 프랑스에서의 마지막 주를 보내러 파리로 돌아간다.

하지만 먼저 이포르의 집에서 짐을 꾸려, 여전히 2차대전의 상흔이 남은 디에프로 운전해서 간다. 디에프는 칼레에서 전혀 멀지 않다. 그녀가 나중에 읽어서 알기로, 그곳은 이주자들이 모여들어 정글이라고 부르는 큰 캠프에서 지내다 잉글랜드로 넘어가기를 기다리는 곳이다. 작은 메르세데스를 타고 가는 어머니와 아들들은 이 절박한 사람들을 한 명도 보지 못한다. 노르망의 시골은 이상하게도 아무도 살지 않는 곳으로 보인다. 그들은 좁은 길을 달리며 녹색과 황금색 들판을 통과하고 꽃이 만발하고 깨끗한 타운들을 통과하여 샤토 드 미호메닐로 간다. 거기서 그들은 맨 위층 방에 묵는다. 향긋하고 깨끗하고 하얗고 평화롭고 비싼 방이다. 이곳에서 기가 태어났다. 하지만 이제 그녀는 그에 대해 눈곱만큼의 애정도 남지 않았다.

바다가 끊임없이 만들어내는 소리, 갈매기와 파도와 음악과 관광객들이 만드는 소리를 들은 뒤라, 들판의 따뜻한 자리에 서 있는 그 성은 거의 기괴하리만치 조용하게 느껴진다.

새들이 노래한다, 그건 정말로 노래다. 정원은 방대하지만 꿈속 같고 드넓은 채소밭potager은 아주 완벽하게 관리되어 있어, 어머니는 생뚱맞게 마음이 여려져 울고 싶어진다. 벽에 설치한 틀에 붙어 자라는 배나무가 거의 다 익은 과일을 무겁게 매달고 있다. 일종의 미니어처인 사과나무는 무릎 높이로 자란 덩굴에 맞붙여 키웠다. 검은 달리아, 광택이 나는 가지, 민트그린색의 있을 법하지 않은 색조를 지닌 나비들. 아들들은 교회의 오래된 종을 타고 몸을 흔들면서, 있는 힘껏 밧줄을 잡아당긴다. 그녀는 이끼가 자란 기드 모파상의 석조 흉상을 배경으로 아이들의 사진을 찍는다. 큰아이는 사진만 찍으면 늘 얼굴을 찡그린다.

그날 밤, 근처에는 저녁을 먹을 만한 레스토랑이 전혀 없고, 10킬로미터 내에 유일하게 문을 연 곳은 빵집뿐이다. 그래서 그들은 남은 페이스트리와 빵과 잼을 사서 마지막 관광객들이 어슬렁거리며 돌아다니는 가운데 정원에서 그걸 먹는다.

아이들이 긴 복도를 뛰어서 왔다갔다한다. 조심스러운 아이들, 아무것도 만지지 않고 아무것도 망가뜨리지 않는다. 착하고 똑똑한 아들들. 어쩌면 아이들을 좋은 남자로 만들 시간이 아직 있을 거라고, 그녀는 적어도 그렇게 희망한다. 아이들은 우유를 마저 마시러 그녀에게 달려오고, 그녀를 두 팔로 끌어안는다. 어쩌면 더이상 춥지 않은 것에 마음이 놓여서일 것이다. 사과가 큰아들의 머리 위로 떨어지고, 아이는 그녀가 이 일을 일어나게 한 것처럼 배신당한 표정으로 그녀를 쳐다보지만, 곧 표정을 풀고 웃는다.

밤중에 폭풍우가 친다. 나무들이 어두운 정원에서 사납게 흔들린다. 아이들은 바닥에 침낭을 깔고 자고, 어머니는 그 사이에 끼어 잔다.

어머니인 그녀는 잠이 오지 않아 기의 어머니인 로르 르 푸아트뱅을 생각한다. 그녀가 두 아들보다 더 오래 산 것은 얼마나 끔찍한가. 두 아들은 은밀한 섹스 때문에 매독에 걸려 아주 젊은 나이에 죽었다. 그것이 온몸에 퍼져 광증을 일으켰다. 그녀는 아이들을 보면서, 이 어두운 세상에서 이 아이들 없이 산다는 건 얼마나 외로운 일일지 생각한다.

그녀는 아침의 새로운 햇살이 아이들을 깨우는 것을 지켜본다. 그녀는 아주 고단하다. 아들들은 그들의 침대에 속한다. 그녀는 프랑스에 속하지 않는다. 어쩌면 한 번도 속하지 않았을 것이다. 그녀는 프랑스어를 써도 늘 그저, 결점 많고 신경질적인 자신의 모습이었다. 세상 모든 곳 중 그녀가 속한 곳은 플로리다이다. 자신에 대해 이 사실을 깨닫는다는 것은 얼마나 기운 빠지는 일인가.

하지만 이것이 이번 여행을 정의하지는 않을 것이다.

두 가지 사실은 더 오래갈 것이다.

첫번째는 그들이 이포르에서 보낸 마지막 밤에 짭조름한 캐러멜 크레페를 먹다가 깨달은 사실이다. 어머니인 그녀는 한 남자가 그의 발치에 있는 박스에서 유리병들을 꺼내 카지노 옆 커다란 녹색 컨테이너 안에 집어넣는 것을 본다. 그녀는 소리 내어 웃는다. 재활용. 그거였어. 아들들이 마침내 잠들고 거리가 조용해지자, 그녀는 병이 가득 담긴 비닐봉지를 두 팔에 걸고 숨을 참고 가능한 한 빠르게 언덕을 달려내려간다. 집에서 불이 나거나 아들들 중 하나가 무서워서 잠을 깬 뒤 그녀를 부르며 찾았을 때 그녀가 있어야 할 자리에 없는 것을 알게 되는 일이 없도록.

그녀는 유리병을 한꺼번에 쏟아붓고 번개처럼 뛰어 집으로 돌아온다. 아들들은 잠들어 있다. 각자의 침대에 무사히.

한밤중에, 그녀가 그 집에서 마지막 와인병을 비우고 별 의미 없는 글을 계속 끼적거리는데 문 두드리는 소리가 들린다. 그녀는 용감해지고 거의 가벼워져서 화난 듯 문을 연다. 장폴이 계단에 서 있다. 문을 두드리려고 그의 주먹이 올라가 있어 거의 한 대 칠 것처럼 보인다. 그녀는 몸을 피한다. 그는 부끄러워하는 것 같고, 이번에도 접힌 종이를 손에 들고 있다.

그는 이렇게 불쑥 와서 미안하다고, 이곳에서 즐겁게 지냈기를 바란다고, 그녀에게 줄 게 있는데 자기가 떠날 때까지 읽어서는 안 된다고 말한다.

그는 어머니인 그녀에게 아주 많이 공감한다고 말한다.

그녀는 공감하는 것이 전혀 없다.

그는 그녀의 손에 그 종이를 꼭 쥐어준 뒤 떠난다.

그것은 시다. 각운을 맞춰 지은 것이다. 어머니인 그녀에 대한 시.

그녀는 첫 연 이상은 읽지 않지만, 그렇다고 그 시를 버릴 수도 없다.

그녀는 웃기 시작하고, 웃음을 멈출 수가 없다. 배가 아파도, 시야가 아물거려도 멈출 수가 없다. 또 한 명의 빌어먹을 작가, 세상이 필요로 하는 바로 그것.

그리고 이 순간은 그녀와 함께 영원히 머물 것이다. 그녀는 물이 빠진 바다의 바닥에, 그녀의 작고 귀여운 아들 옆에 쭈그리고 앉는다. 밀물이 만든 웅덩이는 미니어처 바다다. 그들이 달팽이를 깃털로 간질이자 달팽이가 뿔을 집어넣는다. 파도가 물을 데려갈 때 붉은 아네모네가 심장이 뛰듯 꿈틀거린다. 손끝으로 초록 털이 달린 해조류를 만지자 새틴 같은 감촉이 느껴진다. 작은아들은 가무잡 잡하게 탄 몸에 햇볕을 받으며 가만히 있다. 큰아들은 바위들을 조심스럽게 골라 밟고 절벽을 향해 간다. 아이는 그녀의 손바닥 크기가 된다. 곧 그녀는 돌아오라고 아이를 부를 것이다. 아직은 아니다.

그녀는 작은아들과 함께 발목에 깔짝거리는, 은색 등뼈가 비쳐 보이는 유령 같은 생물을 바라본다. 새우인지 물고기인지, 그녀는 모른다. 그녀는 이 놀라운 세상에 대해 아는 것이 거의 없다.

유성이 바로 지금 땅바닥에 쾅 부딪히면 우리는 죽어요? 작은아들이 말한다.

어떤 유성인지에 따라 다르지, 그녀가 말한다.

엄청나게 큰 유성요.

그렇다면 그럴 거야, 그녀가 아주 천천히 말한다.

아이가 입술을 빤다. 공룡처럼요, 아이가 말한다.

진실은 도덕적일 수 있지만, 늘 옳지는 않다. 그녀가 글쎄, 하고 말한다. 좋은 점은 우리가 그것에 대해 아무것도 모른다는 거야. 어느 순간 햇볕을 쬐며 바다와 아이스크림과 낮잠과 사랑을 즐기지만 그다음은 아무것도 몰라.

천국에 가 있을 수도 있겠네요, 아이가 말한다.

그렇지, 그녀가 슬픈 목소리로 말한다.

큰아들은 이제 엄지 크기로 줄었다. 그녀가 불상사에서 그 아이를 구해내기엔 너무 먼 거리다. 악당 같은 파도, 유괴자. 하지만 어머니는 아이를 외쳐 부르지 않는다. 아이의 어깨에서 단호한 뭔가

가 느껴진다. 아이는 어디로도 가지 않는다. 단지 멀어졌을 뿐. 그
녀는 그것을 알고 있다.

그녀가 다시 작은아들을 돌아보니, 아이는 머리 위로 돌멩이를
들었다. 달팽이를 겨냥하고 있다. 핑, 아이가 조그맣게 말한다. 하
지만 팔은 여전히 허공에 있다. 손가락은 오므린 채다.

미국의 모든 주 중에서 가장 햇볕이 잘 들고 가장 이상한 주 플로리다여, 고맙다. 빌 클레그와 매리언 듀버트, 세라 맥그래스, 진 딜링 마틴, 다냐 쿠카프카, 제프 클로스케, 애나 자딘, 그리고 리버헤드 출판사에서 일하는 반짝이는 빛 같은 모두에게 감사한다. 케빈 A. 곤살레스, 엘리엇 홀트, 애슐리 워릭, 로라 밴덴버그, 이 단편들이 처음 실린 문예지와 문집의 편집자들에게 감사한다. 시간이라는 선물을 준 맥다월 콜로니, 레그데일과 올리비아 바론스, 나의 부모님과 시부모님, 그리고 유모들과 교사들과 편집자들과 착한 개들과 친구들과 이 세상의 독자들에게 감사한다.

클레이와 베킷에게 감사한다. 특히 플로리다에서 태어난 내 아기 히스에게 감사한다. 이것은 그 아이의 책이다.

달걀과 오렌지

『플로리다』에 스며드는 것은 경이로운 체험이었고, 『플로리다』에 녹아 있는 로런 그로프의 관점은 경탄스러웠다.

그리고 생각해보았다. 나는 지금 서울이라는 이 복작거리는 도시에서, 걸음을 옮길 때도 누군가와 부딪칠까 걱정하고 행여 부딪치면 금세 시비를 가리려는 생각부터 먼저 일어나는 좁아진 마음들 속에서 살고 있는데, 산책길에 거의 매일 뱀을 만나고 온갖 동식물이 눈길을 붙잡는 지역에서 살아가는 마음들이라면 그 바라보는 시야가 좀더 넓지 않을까. 시간이, 인간이 나눈 눈금에 따라 초까지 정확하게 움직여야 하는 곳에서 살아가는 것과, 해와 달이 뜨고 지는 것처럼 듬성듬성한 간격으로 나눠진 곳에서 살아가는 것은 우리의 관점에 분명 차이를 만들지 않을까. 개인적으로, 지난 두 해 남짓 사이 여러 개체의 죽음을 경험했고 생에서 사로 넘어가는 순간을 옆에서 지켜보기도 했다. 개미 같은 작은 생물이 절벽을 올랐다 떨어지기를 반복하며 시시포스의 몸짓을 하는 것도 보았다. 그런 체험과 관찰 이후 사고가 얼마간 우주적으로 확장된 것 같았다. 그후로도 확장의 욕구는 계속 남아 있었는데, 이 책『플로리다』가 또 한번 그런 경험을 안겨주었다.

번역이라는 작업이 하나의 작품을 보고 또 보기를 반복해야 하는 일이라 이 작품 또한 그러했는데,『플로리다』를 보는 건 매번 작가가 바라보는 시야의 폭을 새삼 확인하고 미처 보지 못했던 폭을 다시금 찾아내는 시간이었다. 우리가 세상을 바라보는 관점을 인간관, 세계관, 자연관이라는 말 등으로 풀어 말할 수 있겠으나, 로런 그로프의 이 작품에 대해서는 그 모든 것을 아우르며 그보다 더 큰 것을 포함하는 우주관이라는 단어를 쓰고 싶었다. "우주적인 책이야." 누가 물어본다면 그렇게 대답해주고 싶을 만큼.

로런 그로프는 지금까지 총 세 편의 장편소설을 썼고, 두 권의 단편집을 냈다. 우리나라에서는 2015년 발표된『운명과 분노』가 2017년에 처음 소개되었고, 그보다 앞서 2012년에 발표된『아르카디아』가 2018년에 소개되었다.『플로리다』는 로런 그로프가 펴낸 두번째 단편집으로 플로리다를 직접, 간접 배경으로 한 이야기들을 모은 것이다. 총 11편인데, 로런 그로프가 플로리다에서 살았던 십이 년 동안 쓴 작품들이라고 한다. 9편은 플로리다를 배경으로 했고, 2편은 플로리다에서 태어나고 자란 주인공들이 프랑스의 파리와 브라질의 살바도르에 가서 지내면서 경험하는 일을 들려준다. 두 편(「둥근 지구, 그 가상의 구석에서」와 「사랑의 신을 위하

여, 신의 사랑을 위하여」)을 빼고는 모두 여자 혹은 소녀들이 주인
공이다.

그런 만큼 이 단편들에는 페미니즘의 시각이 깃들어 있고, 성 역
할 고정관념에 대한 의문 또한 분명 존재한다. 하지만 그렇게만 한
정해 보기에는 앞서 말했듯 작가가, 그리고 이 작품들이 바라보는
시야가 너무도 광대하다. 생과 죽음, 생사의 경계, 생명의 불확실
성, 인간과 인간이 아닌 존재 사이의 경계, 폭력과 구원, 진실의 역
할, 모성과 인류애, 선과 악, 불안과 공포, 안전과 돌봄, 부재와 고
립 등 많은 주제가 녹아들어 있다. 〈파리 리뷰〉에서는 "모호함이
이런 강력한 소설의 씨앗이 된다는 것이 모순적이나, 그로프의 두
드러진 장점은 그런 모순되는 것들 안에서 글을 쓸 수 있는 능력이
다"라고 말했는데, 그 말처럼 그로프는 한 작품에 온갖 것을 집어
넣고 그것을 무리 없이 직조하여 천의무봉의 솜씨로 펼쳐낸다. 작
가가 가진 시선의 깊이가 더없이 깊고 던지는 질문이 더없이 넓어
서 『플로리다』를 읽는 경험은 인간의 관점뿐 아니라 라쿤이나 아르
마딜로를 포함한 모든 생물, 집과 같은 무생물, 달이나 바다와 같
은 자연물의 관점에서 광활한 우주를 탐험하는 느낌을 일으킨다.

작가는 어느 인터뷰에서 이렇게 말했다. "아이슬란드에서 가져
온 화산석은 인간의 수명보다 길다. 연필은 수명이 금방이지만 쓰
지 않으면 인간보다 더 오래간다." 모든 자연현상과 생명과 물질
에 대해 품게 되는 이 경외감. 그래서 경이롭고, 그래서 경탄스럽
다. 더 광대한 관점에서 인간은 그냥 인간일 뿐인 것이다. 별 대단
할 것도 없는. 이 지면에서 다 하지 못할 이야기들이 벌써 아쉽지
만, 이 작품들 속에 깊이 담긴 질문들을 인지할 수 있는 눈이 있다

면, 분명 우리의 사고는 한 발짝 더 확장되어 더 우주적인 것이 되지 않을까.

"이어 등에 아기를 단단히 업은 라쿤 한 마리가 강도처럼 부릅뜬 눈으로 나를 응시하며 스쳐지나갔다. 까꿍, 내가 말했다. 그러자 아기는 어미의 목덜미에 얼굴을 묻었다. 건전지를 넣어 쓰는 알람시계의 불빛 속에 쥐와 뱀과 버지니아주머니쥐와 한 무리의 벌레들이 마치 파자마파티를 하러 모인 것처럼 방안에 흩어져 있는 게 보였다." (「아이윌」)

우리가 뭔가를 새롭게 지각하게 되는 것은 아마도 경계가 해체되었을 때인 듯하다. 위 인용문의 풍경을 만들어낸 것은 이 단편집 곳곳에서 쏟아져내리는 비와 거세게 몰아치는 폭풍우다. 비와 바람은 지구와 천상, 하늘과 땅, 인간과 다른 생물, 인간과 사물 간의 경계를 지우고 기존의 안전하던 장소를 순식간에 불안과 공포의 공간으로 만들어버린다. 안전하던 세계에서 살아가던 사람들은 경계의 순간, 질서에서 무질서로 넘어가는 순간을 목격함으로써 자신의 존재를 다른 관점, 다른 세계 안에 놓게 된다. 그렇게 할 때 관점의 전환이 일어난다. 그것이 한 개체에게 일어나는 새로운 지각이고, 이는 와해되고 전복된 공간을 체험함으로써 가능하다. 모든 것이 와해되고 평등해지는 순간에는 분명 새로운 인식의 씨앗이 담겨 있다. 책을 펼치는 순간 우리도 작중 인물들을 따라 그런 경험을 시작할 것이다.

애초에 작중 인물들은 거의 모두 가슴 깊숙이 불안을 안고 있다. 「유령과 공허」에서 주인공은 "내 특별하고 어둡고 가시 같은 불안" 때문에 매일 밤 산책을 하러 나가지만, 거리 자체도 강간 사건이 일어났고 언제라도 폭력이 발생할 수 있는 불안한 곳이다. 『운명과 분노』의 옮긴이 말에서도 썼듯 작가 자신이 불안을 잘 느끼는 사람일뿐더러, 불안은 작중 인물들을 설명하는 핵심어이기도 하다. 한편으로 생각해보면 불안이 일어나는 것은 세상이 불안정한 곳일 수밖에 없기 때문이다. 이 세상의 역사가 그렇다. 이 세상에 필연적으로 담아진 폭력이 그렇다. "이 땅엔 살아 있는 멍청이들과 불안정한 영혼들이 가득"하고, 이 "영혼들은 시끄럽고 불행해서 이 장소를 악으로 채우"며, 그 영혼들은 "죽은 스페인 선교사들, 뱀에 물려 죽은 세미놀족, 굶어죽은 크래커들"로 이루어져 있다(「위와 아래」). 이 단편들의 주인공들은 종종 '싱크홀'을 걱정하는 모습을 보이고, 심지어 「꽃 사냥꾼」의 주인공은 핼러윈 날 빗속에 노란 레인코트를 입고 손전등을 들고 밖으로 나가 싱크홀을 들여다보기까지 한다. "큰 구멍에 빗방울이 모이지 않는다. 그녀는 그것이 아주 나쁘다고 생각한다. 그것은 물이 그 아래 작은 균열을 통해 똑똑 흘러든다는 말이고, 물이 빠져나갈 통로가 있다는 말이며, 거기 구멍이 있다는 말, 즉 그녀의 발 바로 아래 어마어마하게 큰 구멍이 있을 수도 있다는 말이기 때문이다."

그러니 우리의 불안은 언제 쏟아질지 모르는 비, 언제 발을 헛디뎌 빠질지 모르는 싱크홀처럼 수직적인 불안이며, 온갖 만물의 영혼이 악으로 혹은 선으로 채워져 있음에서 비롯하는 수평적인 불안이다. 그리하여 불안은 모든 사방의 공간을 장악한다. 영화 제목처럼 불안이 우리의 영혼을 잠식한다.

그리하여 그 불안을 못 이긴 우리는 늘 "잠시라도 안전하게 숨어 있을 수 있는 무엇"을 갈망한다. 「이포르」의 주인공은 무더운 여름 파리로 떠나고, 「위와 아래」의 주인공은 어머니에게 전화를 걸고, 「유령과 공허」의 주인공은 남편에게, 「꽃 사냥꾼」의 주인공은 친구에게 의지하고 싶어한다. 그렇듯 그 무엇은 파리처럼 막연히 그리워하는 장소일 수도 있고, 어머니의 품일 수도 있고, 남편의 가슴일 수도 있고, 친구의 어깨일 수도 있다. 하지만 안타깝게도 발 디딜 안전한 곳을 바라는 우리의 소박하고 기본적인 욕망은 알고 보면 불가능한 것이었고 어떻게 해도 채워질 수 없는 것이었다. 왜냐하면 파리는 플로리다처럼 되어버렸고, 어머니는 존재하나 부재하여 딸에게 아무것도 들어 있지 않은 생필품 꾸러미를 보내고, 남편은 가슴을 내어주기보단 위험한 밤 산책에서 돌아온 나를 다시 한번 위험한 밤 산책으로 떠밀고, 늘 이야기를 들어주던 친구는 "그래도 여전히 슬프면 아침에 통화하자"고 말하면서 오랜 친구의 불안을 회피해버리기 때문이다.

한편 우리의 불안은 언제 일어날지 모르는 죽음과 밀접하게 맞닿아 있다. 그리고 죽음이 맞닿아 있는 것은 바로 생명이다. 이 단편들에서 보이는 묵시록적인 장면, 혹은 갑작스런 위기의 장면 속에는 생사의 경계가 있다. 흔한 말, 인생은 혼자 왔다 혼자 가는 것. 그 말에 담긴 우주적 진리. 그런 상황 속에서 작중 주인공들은 혼자다. 혼자 산책하는 여자, 귀먹은 채 죽음이 바로 아래 도사리고 있는 배 안에 누워 더욱 혼자가 되는 남자, 모두 다른 곳으로 서둘러 피신하는 허리케인의 강한 바람 속에 혼자 남아 오래된 집을 지키는 여자, 머리를 부딪혀 쓰러진 뒤 아이들마저 잠든 밤 혼자 영혼만 빠져나와 숲속을 유영하는 여자 등 이들은 생사의 경계에 섰고 그 주변에는 짙은 적막감만이 흐른다. 외롭고 무섭다. 그런데 로런 그로프가 훌륭한 것은 바로 이런 지점인 것 같다. 그 혼자의 순간이 인간적인 관점에서 보이는 게 아니라, 자연과 우주의 관점에서 보이는 것이다. 혼자임을 사회적으로 극복하거나 존재론적으로 수용해야 한다고 설득하는 것이 아니라, 그들을 그냥 우주의 한 존재로 만들어버린다. 우주복을 입고 우주 공간을 유영하는 이미지처럼, 육신이 있건 없건 간에.

"하지만 달이 보고 웃는 대상은 우리가 아니다. 우리 외로운 인간은 너무 작고, 달이 우리를 조금이라도 알아차리기에 우리 삶은 너무 순식간이다"(「유령과 공허」)

"그녀가 바다에게 바랐던 그것을 바다는 해주지 못했다. 결국 바다는 무심했다."(「위와 아래」)

"시간은 무감정하고, 인간이기보다는 동물이기 때문이었다. 시간은 당신이 떨어져나가더라도 상관하지 않는다. 당신 없이도 계속 흘러간다."(「미드나이트 존」)

「유령과 공허」에 등장하는 주인공은 밤 산책길에 관찰자가 되어 '가족 수족관'을 애틋한 시선으로 바라본다. 우리는 달이나 바다도 우리를 그렇게 바라봐주길 바란다. 하지만 우리가 종종 달이나 바다 같은 자연물에 투사하는 그런 인류애적인 감정은 우리의 바람이고 상상일 뿐이다. 우리를 봐주지 않는 달, 우리의 욕구에 무심한 바다, 우리가 떨어져나가도 상관하지 않는 시간. 작가의 이런 시선이 발견될 때마다 광막한 시공간 속으로 홀로 들어선 듯한 외로움이 밀려오고, 그 외로움은 무서운 것이 되고, 나 자신은 한없이 작아진다. 그리하여 나는 이 세상에서 가장 작은 생물을 포함한 모든 생명과 동등한 존재가 된다. 「위와 아래」에서 주인공이 모닥불이 피워진 즐거운 장소를 떠나 초원의 적막한 어둠 속으로 걸어들어가는 부분의 묘사는 그렇기에 애틋하고 무섭지만 한편으로 아름답고 숭고하다. "팰머토가 종아리를 물었고, 늪지의 이상한 물질이 갑작스레 다리에 스몄다. 작은 존재들이 그녀의 발길이 닿았던 자리마다 바스락거렸고, 그녀는 그것들에 대해, 그 작은 크기와 그것들이 느낄 공포에 대해 애틋한 마음이 들었다."

가장 작은 생물이 느끼는 공포를 상상할 수 있다는 것, 일상에서 개미 한 마리에게 연민을 느꼈다고 말하면 '지나친' 사람이 되어버리는 이 세상에서 그 연민을 이야기할 수 있다는 것은 문학적 감수성을 지닌 자에게 주어진 특권 같다. 하지만 그 연민이 해낼 수 있는 건 많지 않아서, 우리가 풀숲의 모든 작은 생물을 조심하며 걸을 수도 없고, 이 책의 마지막 단편에 나오는 가족이나 『운명과 분노』의 마틸드처럼 채식주의자로 살아갈 수만도 없고, 동물 간에 일어나는 먹고 먹힘을 일어나지 않게 막을 수도 없다. 하지만 인간 또한 다른 생물과 마찬가지로 그 수명이 덧없고 먹고 먹힘의 연결고리 안에 들어갈 수 있다는 겸허한 자각이 일어난다면, 그리하여 모든 생명을 연민의 시선으로 바라볼 수 있게 된다면, 이 세상이

뽑어내는 에너지는 달라지지 않을까 하는 생각도 해본다.

살아 있는 한 우리는 불안하고 외롭다. 그런 의미에서 「이포르」에서 주인공이 집착한 대상인 작가 기 드 모파상의 이 문장만큼은 참으로 와닿는다. "외롭게 지내는 시간이 길어지면 우리는 그 공백을 유령들로 채우려 한다." 이 말은 첫 단편의 제목 「유령과 공허」를 상기시킨다. 마치 질문과 답의 순환이 이어지는 뫼비우스의 띠 같은 장치처럼.

11편의 단편에서 가장 생생한 이미지는 「아이월」의 마지막에 나오는 새벽의 모든 빛을 껍질 안에 담고 온전한 자태로 놓여 있는 달걀 하나, 그리고 「살바도르」의 마지막에 나오는 표면이 고르고 깨끗한 완벽한 오렌지 한 알이었다. 이 이미지에 대해 느끼는 것은 독자마다 다를 수 있겠으나, 내가 느낀 것은 엄밀히 희망은 아니었다. 그것은 그저 생명력, 강할 필요도 없고 여릴 필요도 없는, 혹은 강해도 괜찮고 여려도 괜찮은 그저 소박하고 순수한 생명력이었다.

"집은 우리를 담는다. 하지만 우리가 무엇을 담는지 누가 말할 수 있겠는가?" 「아이월」의 마지막에서 작가는 이렇게 질문한다. 이 책을 끝까지 읽은 여러분은 어떤 답을 내리고 싶은지 궁금하다. 내 안에 유령들을 채울 수는 없다. 나라면 폭풍우에서 살아남은 달걀의 생명력과 자신에게 공포의 대상이었던 이에게 생명의 오렌지를 집어 건네는 연민을 담고 싶다고 말하겠다. 그렇게 하면 우리 안의 불안도 조금 걷히고 외로움도 조금 덜어지지 않겠는가.

정연희

옮긴이 **정연희**
서울대학교 영어교육과를 졸업하고 미국 펜실베이니아대학교에서 석사학위를 받았다.
전문 번역가로 활동하고 있으며, 옮긴 책으로 『디어 라이프』『착한 여자의 사랑』『소녀
와 여자들의 삶』『운명과 분노』『내 이름은 루시 바턴』『무엇이든 가능하다』『에이미와
이저벨』『엘리너 올리펀트는 완전 괜찮아』『그 겨울의 일주일』『비와 별이 내리는 밤』
『커먼웰스』『헬프』『비둘기 재앙』『사랑의 묘약』 등이 있다.

문학동네 세계문학

플로리다

1판 1쇄 2020년 4월 27일 | 1판 2쇄 2020년 6월 12일

지은이 로런 그로프 | 옮긴이 정연희 | 펴낸이 염현숙
기획 이현자 | 책임편집 윤정민 | 편집 홍유진 임선영 이희연 이현자
디자인 윤종윤 이원경 | 저작권 한문숙 김지영 이영은
마케팅 정민호 정진아 함유지 김혜연 김수현
홍보 김희숙 김상만 지문희 우상희 김현지
제작 강신은 김동욱 임현식 | 제작처 영신사

펴낸곳 (주)문학동네
출판등록 1993년 10월 22일 제406-2003-000045호
주소 10881 경기도 파주시 회동길 210
전자우편 editor@munhak.com | 대표전화 031) 955-8888 | 팩스 031) 955-8855
문의전화 031) 955-8896(마케팅) 031) 955-2634(편집)
문학동네카페 http://cafe.naver.com/mhdn | 트위터 @munhakdongne
북클럽문학동네 http://bookclubmunhak.com

ISBN 978-89-546-7141-5 03840

잘못된 책은 구입하신 서점에서 교환해드립니다.
기타 교환 문의 031) 955-2661, 3580

www.munhak.com

이   책에   쏟아   진   찬사

이 절박한 시대에 마음을 회복시켜주는 소설. 가장 불길한 최후의 몸짓마저도 좋은 사람들에 대한 약속과 사랑을 향해 기울어 있다. **뉴욕 타임스**

최상급의 소설집이다. 별로인 단편이, 진심으로 단 한 편도 없다.
보스턴 글로브

로런 그로프는 이 소설집에서 마술적 리얼리즘을 구현할 뿐 아니라, 마치 등장인물이 모든 일을 경험하면서 동시에 꿈을 꾸는 것처럼, 혼란스러운 모호함을 드러내고 현실과 가상의 경계를 무너뜨린다. 환상은 플로리다 지면에 입을 크게 벌린 싱크홀이 된다. 하지만 그로프의 세계를 더욱 환각에 빠뜨리는 것은 소설 속에서 일어나는 사건이 아니라 사건을 서술하는 언어 그 자체다. **뉴요커**

『플로리다』는 소설집이라기보다 하나의 생태계다. **애틀랜틱**

길들여지지 않은 뭔가가 이 책의 표면 아래 잠복해 있다. 로런 그로프의 비할 데 없는 문장들은 위험성으로 고동친다. 플로리다라는 장소와 마찬가지로 이 책의 아름다움도 풍부한 야생에 자리하고 있다. **파이낸셜 타임스**

이 책에 실린 단편들은 긴장감이 넘치고 냉정하며, 위협과 음울한 에너지로 생기 있게 맥동한다. **월 스트리트 저널**

로런 그로프의 글은 경탄할 만하고, 통찰력은 예리하다. 단편 하나하나가 저 깊은 곳에서 끌고 나온 반짝이는 보석 같다. **이코노미스트**

로런 그로프의 『플로리다』는 우리를 놀라게 하고 위협하며 때때로 두렵게 한다. 그리고 이 세상 전체를 이전보다 더 완전하고 충만하게 만든다.
슬레이트

이 책은 플로리다 남부에 위치한 산호섬들처럼 매력적이다. 책을 읽다보면 홀로 달리기를 하는 사람, 버려진 두 자매, 엄마 없이 자라는 아들을 만날 것이다. 후덥지근한 날씨에 땀 흘리고, 뱀을 보고, 늪지에서 길을 잃을 준비를 하라. 작가는 아름다운 것들만 묘사하지 않지만 그럼에도 책장을 계속 넘기게 된다. **피플 매거진**

짧은 단편을 쓸 때도 로런 그로프는 넓은 캔버스를 선호한다. 이 책에는 허리케인과 격렬한 폭풍이 자주 등장하고, 인물들의 개인적인 위기가 그와 나란하게 진행된다. 직접적이면서도 은유적이다. **로스앤젤레스 타임스**

로런 그로프는 『운명과 분노』 이후 한 발짝도 헛디디지 않았다. 작가의 문장은 언제나처럼 눈부시고 정확하다. 커다란 곤경 속에서 완전하게 존재하는—그리고 실재하지 않는 능력과 정상성이라는 연약한 껍질 속에서 거의 완전하게 존재하는—등장인물 내면의 윤곽선을 그려내 보이는 작가의 능력이 경이롭다. **NPR**

점균류, 독사에 물려 죽은 아버지, 위험한 표범을 걱정하는 어머니, 섬에 버려져 반쯤 야생이 된 어린 여자아이들—이런 기이한 일들은 오직 '선샤인 스테이트Sunshine State' 플로리다에서만 일어날 수 있고, 오직 로런 그로프만 쓸 수 있다. 늪지에서 방충제가 필요한 만큼이나 꼭 읽어야 하는 책. **O. 오프라 매거진**

모든 단편이 그로프의 서명과도 같은 시적인 아름다움과 본능적인 날카로움을 품고 있다. **하퍼스 바자**